W0248541

Himmelstürmer Verlag

Himmelstürmer Verlag,
20099 Hamburg,
www.himmelstuermer-verlag.de
E-mail:info@himmelstuermer-verlag.de
Originalausgabe, August 2011
Rechtschreibung nach Duden, 24. Auflage

Coverfoto: © C.Schmidt / www.CSArtPhoto.de
Umschlaggestaltung: Olaf Welling, Grafik-Designer AGD, Hamburg.
www.olafwelling.de
Das Modell auf dem Coverfoto steht in keinen Zusammenhang mit dem Inhalt des Buches und der Inhalt des Buches sagt nichts über die sexuelle Orientierung des Modells aus.

Alle Charaktere, Orte und Handlungen sind frei efunden und Ähnlichkeiten mit lebenden Personen sind rein zufällig

ISNB Print	978-3-86361-077-7
ISBN ePub	978-3-86361-078-4
ISBN PDF	978-3-86361-079-1
ISBN PRC	978-3-86361-080-7
ISNB ipad	978-3-86361-081-4

J. Dankert

Vaters böser Schatten

Himmelstürmer Verlag

Wenn das Leben eskaliert …

Der Tag brach heiß an in Saither Hill. Die Abschlussklasse der Mountain Creek HighSchool verbrachte am See des kleinen Ortes, drei Autostunden von Mountain Creek entfernt, ihre Semesterferien.

Ryan hatte lange dafür gekämpft mitfahren zu dürfen und als er bereit war aufzugeben, als er einen letzten Vorstoß gewagt hatte, hatte sein Vater Jonathan McCoy plötzlich eingelenkt. Wenn er das mit seinem Gewissen vereinbaren könne … er würde schon sehen, was er davon habe … das waren Jon's Worte gewesen und Ryan waren sie nicht aus dem Kopf gegangen. Bis zu dem Moment, als Leon seinen inneren Schweinehund in die Wüste geschickt hatte und Ryan die drei berühmten und so geliebten Worte gehört hatte.

Leon die Augen öffnete, blendete ihn die Sonne gnadenlos. Aufseufzend legte er den Arm über die Augen.

„Wer zum Geier hat dafür gesorgt, dass es so scheiß hell ist?“

Ryan drehte sich auf den Bauch und lächelte verschlafen. „Keine Ahnung. Erklär mir mal lieber, warum es so warm ist?“

„Keine Ahnung!“

Ryan öffnete die Augen, blinzelte und sah Leon an, der sich zu ihm gedreht hatte - dann lachten sie beide.

Zärtlich streichelte Leon mit seinen Fingerspitzen Ryans Wange, sein Blick glitt über die dunklen Haare, die rehbraunen Augen und die Stupsnase. Leon liebte es, Ryan mit eben dieser aufzuziehen, denn er hatte nun mal eine - das konnte er nicht abstreiten - aber er wollte eben so gern ein Mann sein, und die hatten keine Stupsnase. Doch am meisten faszinierten Leon die sanft geschwungenen Lippen, die so verführerisch auf ihn wirkten. Leicht beugte er sich vor, küsste Ryan und legte sich danach wieder zurück.

„Die letzte Nacht war unglaublich“, flüsterte Ryan.

Zustimmend seufzte Leon, machte aber den Eindruck, als würde ihm etwas auf der Seele brennen. Unentwegt biss er sich nervös auf die Unterlippe, bis Ryan fragend die Augenbrauen hob.

Er rutschte ein Stück näher, so dass sich ihre Nasen berührten und konnte sich nicht zurückhalten; er musste Leon einfach küssen. Genießerisch schloss er die Augen und löste sich dann von ihm. „Was ist los?“, fragte er schließlich sanft.

„Also, was ich fragen wollte … klingt jetzt etwas bescheuert … ähm … also, sind wir jetzt … zusammen?“

Ryan hob die Augenbrauen, biss sich auf die Lippe und lachte doch los.

Grummelnd drehte sich Leon auf den Rücken und murmelte etwas von ‚Super Reaktion'.

„Tut mir leid.“ Ryan beugte sich über ihn. „Ich wollte nicht lachen, nur es klang so süß. Also ich will doch hoffen, dass wir es sind. Ich meine, ich liebe dich und …“ Ryan betrachtete ihn fragend.

„Ich liebe dich auch. Ja, dann sind wir wohl zusammen. Das ist ein ziemlich verrückter Gedanke. Verrückt, aber wunderschön.“ Leons Hand schob sich in den Nacken seines Freundes und spielte mit dem kurzen Haar, dann zog er ihn an sich.

Michelle öffnete müde die Augen. Lautes Gejohle drang vom Strand in ihr Zimmer. Murrend drehte sie sich auf die Seite, dann vernahm sie noch andere Geräusche. Ihr Blick glitt zu Lauren, die im Bett lag, an die Decke starrte und frech grinste.

„Was zum Teufel machen die beiden?“

„Ich habe keine Ahnung. Ist das Ryan, der ständig lacht?“

„Nein, das ist Leon. Ryan lacht anders. Leon ist sehr kitzlig. Ich schätze, die toben herum.“

„Ist ja okay, aber es ist erst halb zehn!“

Michelle lachte leise auf. „Ich kann mir vorstellen, dass den beiden das ziemlich egal ist.“ Langsam stand sie auf und murmelte, dass sie duschen gehen würde, bevor die beiden Turteltäubchen den Weg aus dem Bett gefunden hätten.

Ihre Freundin Lauren stimmte lachend zu und ging in die Küche hinunter, um die Kaffeemaschine anzustellen.

Die Jungs tobten wirklich durchs Bett. Ryan hatte Leon eigentlich nur küssen wollen, doch irgendwie hatten seine Streicheleien seinen Freund zum Lachen gebracht.

Nach einem kleinen Kampf saß Leon schließlich auf ihm. „Hörst du jetzt auf?!“

„Ich denk ja nicht dran. Du siehst einfach umwerfend aus, wenn du lachst!“

„Das ist fies. Nur weil du nicht kitzlig bist, kannst du mit mir nicht machen, was du willst!“

„Oh doch! Du gehörst jetzt mir.“ Blitzschnell richtete Ryan sich auf, drückte Leon auf die Matratze und küsste ihn so stürmisch, dass der plötzlich gar nicht mehr kitzlig war.

Er wühlte seine Hände in Ryans Haar, schlang die Beine um ihn und stöhnte leise auf. Etwas anderes als ‚Oh Gooootï!‘ brachte er nicht mehr zustande, denn Ryans Bewegungen auf ihm raubten ihm jeglichen Verstand.

Dieser atmete immer schneller und ließ seine Hand tiefer gleiten, doch Leon hielt ihn auf.

„Nimm mich richtig … bitte!“

In den dunkelbraunen Augen blitzte es gierig, als Ryan sich aufrichtete und nach dem Gleitgel griff. Er dachte allerdings nicht daran, es selbst zu benutzen. Er wollte wissen, was Leon am Abend zuvor gespürt hatte und gab eine kleine Menge auf seine Hand.

Leon merkte schnell, worauf die ganze Sache hinaus lief und grinste dreckig, als Ryans Hand fest seine Erektion umschloss, langsam auf und ab glitt - dann zog er seinen Freund hoch, der sich über ihn beugte.

„Entspann dich, dann ist es wunderschön …“, raunte Leon ihm zu, denn Ryan sah sehr nervös aus.

„Sei … vorsichtig“, murmelte Ryan und legte sich auf den Rücken.

Mit einem sanften Lächeln beugte sich Leon über ihn, streifte mit seinen Lippen sanft die seines Freundes und griff seinerseits nach dem Gleitgel. Niemals würde er ihm mutwillig wehtun. In dem Moment, als seine Hand zwischen Ryans Beine glitt und als sein Finger den festen Muskelring massierte, küsste er ihn tief, leckte über dessen Mundwinkel und forderte dessen Zunge zu einem hungrigen Kampf heraus, den Ryan nur zu gern annahm. Dann drang er mit einem Finger in ihn ein.

Mit erhobenen Augenbrauen hielt Ryan mitten im Kuss inne und runzelte dann die Stirn. Das war … seltsam. Als müsse er dringend wohin.

„Vertrau mir, Snoopy. Es wird noch schön.“ Leon tastete die Muskelwände ab und stöhnte innerlich, aufgrund der brodelnden Hitze. Ryan war verflucht eng. Würde er es überhaupt schaffen? Wirre Gedanken schossen ihm durch den Kopf, als er einen zweiten Finger dazu nahm.

„Leon? Ich … ich weiß … LEON!“ Ryan stöhnte laut auf. Wo er im ersten Moment noch hatte widersprechen wollen, konnte er im nächsten nicht glauben, was sich da in seinem Körper abspielte. Wilde Blitze durchzuckten ihn und ergeben schloss er die Augen, als Leon hingebungsvoll seinen Lustpunkt massierte und seine Finger immer wieder drehte und spreizte.

„Na? Willst du mehr davon?“, fragte Leon anzüglich, biss seinem Freund fest in den Hals, und als dieser heftig nickte, zog er seine Finger zurück, brachte sich in Position und drang tief in ihn ein. Langsam und Zentimeter für Zentimeter. Ryan sollte ihn spüren, sollte fühlen, was ihn am Abend so zum Beben gebracht hatte.

„Oh … Goooott … Leon!“, stöhnte Ryan nach dem anfänglichen Ziehen in seinem Unterleib auf, schlang Arme und Beine fest um ihn und gab sich diesen wunderbaren Gefühlen hin.

Immer fester und schneller trieb sich Leon in seinen Freund, küsste ihn tief und gierig, bis ihn die Enge über eine kilometertiefe Klippe springen ließ - geradewegs hinein in den Strudel der Lust, in den er Ryan mitnahm.

Als sie beinahe gleichzeitig kamen, stöhnten sie den Namen des anderen, klammerten sich noch fester aneinander und blieben keuchend liegen.

Es war gigantisch. Ryan hatte bis dahin nicht gewusst, zu welchen Emotionen ein Mensch fähig war. Er hatte ja nicht ahnen können, dass alles, was sich an Lust und Gier in ihm befand, hochprozentig auf ihn einzubrechen schien.

Erschöpft lag Leon neben ihm. Er war kaum in der Lage, den Kopf zu heben und hatte nicht vor, sich in den nächsten Minuten zu bewegen. „Warum zum Teufel haben wir so lange damit gewartet?“

„Keine Ahnung. Ich schätze, weil wir jetzt erst dazu bereit gewesen sind. Aber nun ist es auch egal. Gott, ich glaube einfach nicht, wie wahnsinnig geil Sex ist!“

Leon lachte matt auf. „Das fällt dir jetzt erst auf?“

„Jaah, weil jeder Sex davor einfach nicht gut war. Also mit den Mädchen, meine ich!“, fügte er schnell hinzu, als er Leons irritierten Blick bemerkte. „Mit dir war er immer geil, aber das eben … wow!“

Obwohl er dafür eigentlich keine Kraft hatte, drehte sich Leon trotzdem auf die Seite. „Es war unglaublich. Ich weiß nicht, was besser ist: passiv oder aktiv zu sein.“

„Es ist beides geil. Okay, wenn du aktiv bist, hast du gar keine Schmerzen, das ist der Vorteil, aber ansonsten … ich finde beides einfach perfekt!“

Kurz sahen sie sich an, dann küssten sie sich.

„So … aufstehen?“

Leon streckte sich und nickte. „Ja, ich muss duschen gehen!“

„Na, frag mich mal.“

Leon sah seinen Freund von oben bis unten an und grinste. „Du siehst in der Tat etwas vollgeschmiert aus!“

„Zu charmant, Blake!“ Ryan säuberte sich notdürftig, dann verließen sie das Zimmer. Im Wohnzimmer trafen sie auf Michelle und Lauren.

„Na, zu Ende getobt?“, grinste Michelle, Ryans beste Freundin.

„Aber ja. Leon, willst du zuerst, oder …“

„Nein, geh ruhig … oder … warte!“ Leon entschied spontan um, flitzte die Treppe hoch, holte zwei Handtücher und griff nach Ryans Hand. „Los, komm mit!“

Verwirrt sah Ryan ihn an.

„Abkühlen!“ Ohne auf eine Reaktion zu warten, zerrte Leon seinen Freund aus dem Haus.

„Hey, das Wasser ist scheißekalt!“

„Nur am Anfang. Hast du Angst, Baby?“

Ryan war stehen geblieben und warf Leon einen überheblichen Blick zu. „Seh ich so aus, als hätte ich Angst?“

„Du machst gerade ein wenig den Eindruck, Snoopy!“

„Vergiss es. Los, wer zuerst im Wasser ist, darf beim nächsten Mal unten liegen!“, raunte Ryan ihm lasziv ins Ohr, dann rannte er los.

Leon fing an zu lachen, doch ehe er so richtig begriff, was eigentlich los war, hatte Ryan schon einen mächtigen Vorsprung. Er gab sich wirklich alle Mühe ihn noch einzuholen, doch es war einfach nicht mehr möglich. Dafür riss er ihn zur Seite, als sie schon knietief im See standen, so dass beide kurz unter Wasser gerieten. Hustend und keuchend tauchten sie wieder auf.

„Hey, ertränk mich nicht. Sonst kannst du selbst Hand anlegen!"

„Oh Gott, bitte nicht!", stieß Leon hervor und schwamm seinem Freund hinterher.

Ryan stand bis zum Hals im Wasser, als Leon vor ihm auftauchte. Da er etwas kleiner als Ryan war, hätte er eigentlich ein Stück zurück gemusst, um nicht unterzugehen, doch das wollte er nicht, also schlang er seine Beine um dessen Hüfte, der ihn fest an sich zog und leidenschaftlich küsste.

Es war ein berauschendes Gefühl, diese feuchten Lippen zu spüren, die fordernden Hände, die über seinen Rücken strichen und das leise Stöhnen zu hören, welches nur er allein vernahm.

„Himmel, du machst mich wahnsinnig!", hauchte Ryan, heftig atmend.

Leon sah ihn an, fuhr mit den Fingerspitzen über die Lippen seines Freundes und presste sich fester an ihn. „Tut mir nicht mal leid …", gab er leise zurück, bevor sie sich erneut küssten.

Michelle hatte sich mit ihrer besten Freundin Lauren am Wasser in den Sand gesetzt und nippte an ihrem Kaffee. Dort hatten sie noch keine fünf Minuten verbracht, als ihre Klassenkameraden und Freunde Justin, Paul und Rick auftauchten. Sie wünschten sich gegenseitig einen guten Morgen und schauten wieder aufs Wasser hinaus.

Sichtlich amüsiert musterten die Jungs die beiden Küssenden.

„Jaja, die erste Verliebtheit ist noch etwas Schönes …“, seufzte Justin und schloss seine Arme um seinen Freund. „Die ersten sanften Berührungen …“

„... die ersten Küsse …“, ergänzte Paul.

„... der erste Sex!“

Lachend schüttelte Michelle den Kopf. „Ich will euch wirklich nicht die Illusion rauben, aber die beiden flirten schon seit Thanksgiving heftig und nicht nur das!“

Das überraschte nicht nur Justin und Paul. Auch Rick war verwirrt und überlegte laut, warum sie dann so lange gebraucht hatten, um schließlich zusammenzukommen.

„Leon ist unheimlich lieb und sexy, aber er ist definitiv nicht der Schnellste!“, sagte Michelle lächelnd.

Fragend musterten sie die Blondine, die abwehrend die Hand hob, glücklich darüber, dass ihre zwei besten Freunde endlich zusammen waren.

Nach und nach kamen auch Charlie, Kiron, Dakota, Jessy und Julie dazu. Gemeinsam saßen sie im Sand, tranken Kaffee, rauchten und warfen hin und wieder einen Blick zu Ryan und Leon, die völlig in ihre eigene Welt abgetaucht waren - in Hemisphären schwebten, in denen es nichts gab, außer den anderen, der sich so unglaublich gut anfühlte.

Beide tauchten aus einem langen, heftigen Kuss auf und blickten sich tief in die Augen.

„Ich liebe dich, Ryan …“, flüsterte Leon.

„Ich lie… oh nein, das glaub ich nicht!“

Leon runzelte die Stirn. „Was?“

„Hast du gewusst, dass unsere lieben Freunde allesamt Spanner sind?“

Leon drehte sich um und grinste mit hochroten Wangen,

ließ Ryan sofort los und tauchte ab.

Der lachte los. „Klasse, Leute, ihr habt mir alles versaut!“, brüllte er nicht ganz ernsthaft nach vorn.

Die Freunde blickten zum Wasser, wo Leon ein Stück entfernt von Ryan wieder aufgetaucht war.

Amüsiert wischte der sich das Wasser aus dem Gesicht und schwamm auf seinen Freund zu. „Lass uns nach vorn schwimmen. Ich könnte auch einen Kaffee vertragen.“

Frustriert nickte Ryan, und gemeinsam begaben sie sich zurück, wo sie sich ihren Freunden gegenüber in das flache Wasser auf den Bauch legten.

Irgendwie fiel es Leon schwer, seine Blicke von Ryan zu nehmen. Die nassen Haare und die Wassertropfen, die an ihm hinabperlten, machten ihn fast verrückt.

„Dakota, kannst du mir eine Zigarette geben?“, fragte Ryan.

Das Mädchen zündete zwei Zigaretten an, gab sie den Jungen in die nassen Hände, dann richteten sich alle Blicke auf Ryan und Leon.

Für die Freunde war es seltsam, die beiden nun so zu erleben; verliebt, küssend und selig grinsend.

Am Abend, als sie auf ihrem Bett saßen und einfach nur kuschelten, klopfte es leise.

Auf ihr synchrones „Ja?“ steckte Michelle den Kopf ins Zimmer und sah sie fragend an, ob sie hineinkommen dürfte.

Lächelnd nickten die Jungs.

Leise betrat sie das Zimmer. Sie hatte eine Flasche Wein und drei Gläser dabei und schloss die Tür. „Wie geht es euch?“, fragte sie und setzte sich ans Bettende.

„Richtig gut!“, lächelte Ryan.

„Na los, frag schon!“, grinste Leon, der erkannte, wie neugierig Mic war.

Den ganzen Tag hatte sie sich zurückgehalten, doch Einzelheiten, wie ihre erste Nacht abgelaufen war, interessierten sie schon. Doch jetzt schüttelte sie den Kopf. „Nein, es ist eure Sache. Ihr habt ja recht."

„Das schließt dich mit ein. Wir vertrauen dir, und wir wissen, dass du es nicht weitererzählen würdest", sagte Ryan kopfschüttelnd. „Das solltest du wissen!"

Also stellte sie die Frage, die ihr auf der Seele gebrannt hatte und die das erste Mal auf der Hinfahrt aufgekommen war. „Wer hat … unten gelegen?"

„Ich." Leon lächelte mit roten Wangen.

„Dachte ich mir doch." Michelle sah ihn liebevoll an.

Zuerst sah Leon zwischen Ryan und Michelle hin und her, dann fragte er verwirrt nach dem Warum.

Kurz überlegte sie. „Ich weiß nicht. Ich schätze, das hängt damit zusammen, dass Ryan dir gesagt hat, dass er dich liebt. Ich denke, du bist einfach schwach geworden."

Leon ließ sich ihre Worte durch den Kopf gehen. „Du meinst also, dass es anders gewesen wäre, wenn wir schon früher miteinander geschlafen hätten?"

„Ja, ich denke schon. Ich weiß es nicht. Aber Ryan hätte doch alles mitgemacht, nur um dir so nahe wie möglich zu sein."

„Da ist was dran. Aber ich muss fairerweise dazu sagen, dass Leon bis zum Schluss gekämpft hat!"

Leise lachten sie alle drei.

Jetzt, wo das Gespräch schon auf dieses Thema gekommen war, musste sie doch fragen, ob es sehr wehgetan hatte.

Wieder überlegte Leon. „Keine Ahnung. Ich denke … ich weiß nicht. Hat es wehgetan?", fragte er Ryan.

Michelle hob die Augenbrauen. „Wie viele Runden gab es denn?"

„Nur eine. Die zweite war heute Morgen!"

„Oh, verstehe. Als ihr mit Toben fertig wart.“

„Ja, der Schweinehund hat mich durchgekitzelt“, sagte Leon lachend.

Ryan grinste frech und murmelte dann, dass Leon doch drauf stehen würde. Dann überlegte er und schüttelte den Kopf. Wehgetan hatte es nicht, auch wenn es am Anfang sehr unangenehm gewesen war, bis es nur noch der Wahnsinn gewesen sei.

„Es war, wie im Himmel. Mit jeder Bewegung etwas näher dran, ein Stück dichter in die Wolken hinauf …“

Ryan und Michelle sahen Leon fragend an und bissen sich auf die Unterlippen, sonst hätten sie ihn vermutlich ausgelacht.

„Was denn? Ist doch so!“

Die Tage am See gingen schnell vorbei. Ryan wusste nicht, wann er sich je so wohl gefühlt hatte, und der Gedanke, dass er bald wieder seinem Vater gegenüberstehen würde, ließ beinahe schlechte Laune aufkommen. Doch die wusste Leon zu verhindern, indem er Ryan jedes Mal, wenn er in Trübseligkeiten verfiel, leidenschaftlich küsste, was auch bedeutete, dass sie mehr Zeit im Bett verbrachten, als ursprünglich von beiden geplant gewesen war.

Am Morgen der Abreise starrte Ryan traurig an die Decke. Leon schlief noch, also war er mit seinen Gedanken allein. Wie lange würde er dem heimischen Druck noch standhalten können? Wie lange würde es dauern, bis er ausbrechen würde, egal, wem er damit wehtun würde? Er liebte seine Mutter, doch er hielt es kaum noch aus. War sie so blind? Was musste noch passieren, bis sie begreifen würde, dass aber auch wirklich alles an dieser Familie nicht stimmte?

„Woran denkst du?“, fragte Leon leise.

Ryan wandte ihm langsam den Kopf zu. „Ich habe gar nicht bemerkt, dass du wach bist.“

„Weil du mit deinen Gedanken ziemlich weit weg warst. Lass mich raten“, sagte Leon verschlafen, gähnte ausgiebig und richtete sich auf, „du warst auf dem Hof, bei deinem Vater und hast überlegt, was wohl die Strafe dafür sein wird, dass du in diesem Moment hier im Bett liegst.“

„Du kennst mich zu gut.“ Ryan ließ seine Hände über Leons Rücken gleiten. „Ich will gar nicht wissen, was auf mich zukommt. Kann ich nicht bei dir bleiben?“

„Klar, von mir aus. Nur deine Mum wird sehr traurig sein. Du musst zu ihr. Ich denke, wenn du dich aus dem Staub machst, geht sie unter, und ich befürchte, dass sie keine Kraft hat, sich allein hochzuziehen. Sie braucht dich.“

„Ich weiß.“ Ryan kuschelte sich an seinen Freund. „Wenn sie nur mal endlich begreifen würde, was für ein unglaubliches Arschloch der Typ ist!“

„Ich befürchte, sie weiß es. Sie hat Angst!“

Ryan seufzte, hob dann aber den Kopf und blickte Leon in die Augen. „Berühre mich …“, flüsterte er.

Die Rückfahrt am Nachmittag verlief alles andere als fröhlich. Leon sah stur auf die Straße, Ryan schwieg die meiste Zeit und die Mädchen schliefen. Nach drei Stunden kamen sie in Mountain Creek an.

„Ich fahre erstmal zu mir, Mic, danach kannst du Lauren absetzen und dann Ryan nach Hause fahren.“

„Okay.“

Leon hielt vor dem Haus seiner Eltern und stieg aus.

Ryan folgte ihm. „Bis morgen. Gott, ich werde dich vermissen!“

„Ich dich auch. Lass uns heute Abend nochmal telefonieren, okay?“

„Jaah! Ohne werde ich kaum einschlafen können.“

Zärtlich küssten sie sich, dann stieg Ryan wieder ins Auto und Leon holte seine Tasche aus dem Kofferraum, bevor Michelle in der Einfahrt zurücksetzte.

Er blieb stehen, bis seine Freunde verschwunden waren, dann öffnete er die Haustür. „Mum? Dad?“

„In der Küche!“

Er folgte der Stimme seiner Mutter. „Hi!“ Plötzlich konnte er nur noch grinsen.

„Wie ich sehe, hat sich der Urlaub gelohnt!“ Maggie kam auf ihren Sohn zu und schloss die Arme um ihn.

„Ja, und wie! Ich habe es ihm gesagt und … Mum, du hattest recht!“

„Ach ja?“

„Jaah. Es war unglaublich. Ich … ich dachte, die Welt bleibt stehen. Gott, das klingt so kitschig, aber es war so!“

„So muss es sein. Meine Welt bleibt heute noch stehen, wenn dein Vater die drei berühmten Worte sagt.“

„Sieh mal, was er mir gegeben hat!“ Leon zog die Kette unter dem Hemd hervor.

„Das sind Erkennungsmarken der Army!“ Sein Vater war dazu gekommen.

„Ja. Sie sind von seinem Großvater. Er sagte, dass sein Großvater die zweite seiner Frau geschenkt hat, um ihr zu zeigen, wie sehr er sie liebt. Eileen hat sie Ryan vermacht, und er hat mir die zweite gegeben … aus den gleichen Gründen.“ Wenn er so erzählte, wurde ihm erst bewusst, was Ryan getan hatte, und sein Herz schlug gleich einige Nuancen schneller. „Oh Mann … es ist unglaublich. Ich liebe ihn, und er liebt mich und ich … scheiße, ich glaube, ich heule gleich los!“, lächelte Leon unter Tränen.

Maggie zog ihn sanft in ihre Arme. „Du glaubst nicht, wie sehr ich mich für dich freue!“

Michelle hielt vor der Einfahrt des McCoy-Hofes. „Lass dich nicht fertig machen!"

„Ich doch nicht. Bis morgen, Süße!"

„Ryan, warte!"

Er hielt beim Aussteigen inne und sah sie abwartend an.

„Ich wollte dir nur sagen, dass ich mich riesig für dich freue. Keiner verdient dieses Glück mehr als du. Halt ihn fest!"

„Keine Sorge. Ich habe nicht vor, Leon gehen zu lassen. Danke, Michelle, für alles in den letzten Monaten. Du weißt, dass ich dich liebe!"

„So, wie ich dich!"

Sie umarmten sich und Ryan gab ihr einen kleinen Kuss. Dann stieg er aus, nahm seine Tasche vom Rücksitz und sah zu, wie seine Freundin wendete und Richtung Stadt fuhr.

Mit der Reisetasche über der Schulter schlenderte er langsam über den Hof, lächelte unwillkürlich, als er seine weiße Stute June in der Ferne sah und hob die Hand zum Gruß, als Toby, der als Pferdewirt bereits seit einigen jahren auf dem Hof arbeitete, am Anbinder aufblickte.

Dann betrat er das Haus und stellte als erstes erleichtert fest, dass sein Vater scheinbar nicht in der Nähe war.

„Hey, Mum!"

„Ryan! Gott, ich hatte dich erst später zurück erwartet!"

Ryan schüttelte verwirrt, aber lächelnd den Kopf. „Ich freu mich auch, dich zu sehen!"

„So war es nicht gemeint. Schön, dass du zurück bist. Wie war es?"

„Absolut geil! Ganz ehrlich. Ich muss dir etwas zeigen." Er zog seine Kette unter dem Shirt hervor. „Fällt dir etwas auf?"

Kurz stutzte Eileen, dann lächelte sie. „Das ist wunderbar. Ryan, ich freu mich so für dich!"

Ryan kannte seine Mutter gut genug, um zu erkennen, dass

etwas nicht stimmte. „Was ist los?“

„Was meinst du?“

„Mum, du wirkst nicht gerade sehr glücklich!“

Eileen zögerte, dann nickte sie. „Ryan, setz dich bitte!“

Nun war er doch verunsichert. „Mum, was ist los?“

„Bitte setz dich und versprich mir, dass du nicht ausrastest!“

„Mum, nun sag schon!“ Er nahm Platz.

„Versprich es mir!“

„Mum, was …“

„Ryan, bitte!“, rief sie ungewohnt energisch.

Ryan starrte sie erschrocken an. „Ja, gut. Ich verspreche es. Was ist los?“

Eileen setzte sich ihm gegenüber. Es fiel ihr sichtlich schwer, zu sprechen. Ihre Hände zitterten, und ihr Blick war stur auf die blauweiß gemusterte Tischdecke geheftet. „Ryan, du weißt, dass dein Vater oft mit Steiger darüber gesprochen hat, in den Pferdefleischhandel einzusteigen.“

Ryan schluckte. „Ja, ich weiß“, antwortete er angewidert. Dieses Thema war immer wieder aufgekommen, und immer wieder hatte Ryan sich durchgesetzt, hatte als Gegenleistung zusätzliche Arbeit versprochen, damit sein Vater es sich anders überlegte. „Nun hat er mit Steiger Verträge unterzeichnet und hat vier Pferde schlachten lassen.“

Ryan starrte auf seine Hände, war unfähig, auch nur einen klaren Gedanken zu fassen. Dann hob er den Kopf. „Wen?“

„Samuel, Redwick, Fighter und …“, zählte Eileen drei Zuchtpferde auf, schwieg dann aber.

„Wer noch? Mum, sag es mir!“ Seine Stimme war angespannt. Er spürte, wie schnell sein Herz klopfte, und er wusste, dass er die Antwort nicht hören wollte.

„Ashley …“, flüsterte Eileen.

Ryans Finger krallten sich in die Tischdecke. Sein ganzer

Körper schien angespannt und für einen Moment war er zu geschockt, um sich daran zu erinnern, wie man atmete. Er hielt einfach die Luft an.

„Sag mir, dass das nicht wahr ist. Bitte, Mum, sag mir, dass er es nicht getan hat …“, flüsterte er. „Sie ist zu alt! Sie kann nicht geschlachtet werden, Mum!“

Die Antwort seiner Mutter kam nur leise und die Trauer darin war nicht zu überhören. „Es tut mir so leid. Ich konnte es nicht verhindern.“

„Er hat es getan, weil ich gefahren bin, nicht wahr?“ Ryan sprach mit ungewöhnlich ruhiger Stimme. Es war nicht seine Stimme. Er hatte keine Ahnung, wo sie herkam, doch es war nicht seine. „Er hat gesagt, wenn ich fahre, werde ich sehen, was ich davon habe, und er hat … es getan, weil ich gefahren bin …“

„Ryan, ich …“ Eileen streckte die Hand aus, doch Ryan zog seine zurück.

Er starrte noch immer auf den Tisch, dann stand er so abrupt auf, dass der Stuhl nach hinten kippte. Bebend vor Zorn und Trauer stand er in der Küchentür, die zum Hof hinaus führte. „Wo ist er?“

„Ryan, du hast mir versprochen, dass …“

„Wo ist er?“, fragte er nun lauter, wartete die Antwort nicht ab, sondern stürmte ins Freie.

„Ryan, bitte …“, rief Eileen ihm nach.

„Toby, wo ist mein Vater?“, fragte Ryan laut.

Toby wollte ihn aufhalten. „Komm schon, Ryan, bitte beruhige dich!“

„WO IST MEIN VATER?“, brüllte Ryan plötzlich, packte Toby am Hemdkragen und schüttelte ihn.

„Ryan, bitte nicht!“ Eileen war dazu gekommen und versuchte, Toby aus Ryans wütendem Griff zu befreien, als der grüne Pickup auf den Hof fuhr.

Sofort ließ Ryan Toby los, der noch versuchte, ihn festzuhalten, doch in seiner Rage spürte Ryan es nicht einmal.

„DU DRECKSCHWEIN!", brüllte Ryan und stürmte auf seinen Vater zu, der aus dem Auto gestiegen war. „DU ELENDES DRECKSCHWEIN! WIE KONNTEST DU MIR DAS ANTUN?" Ryan riss ihn von den Füßen und schlug immer wieder auf ihn ein, wollte ihm so viele Schmerzen zufügen, wie es ging.

Jonathan hielt schützend seine Arme über den Kopf, während die Fäuste seines Sohnes unaufhörlich auf ihn niedersausten, ihn schüttelten und erneut auf seine Brust und sein Gesicht einprügelten.

„Ryan!", schrie Eileen.

Lance Opath, einer der drei Arbeiter, war über den Zaun gesprungen, zerrte Ryan mit Tobys Hilfe von Jon hinunter und war kaum in der Lage, ihn festzuhalten.

„Du mieses Stück Dreck!", tobte Ryan weiter. „Ich bin dein Sohn, verdammte Scheiße! Dein Sohn und du behandelst mich wie eine Belästigung, nimmst mir alles, was ich habe. Gott, ICH HASSE DICH!"

Jon rappelte sich vom Boden auf, wischte sich das Blut von der Nase und starrte sein Kind hasserfüllt an. „Verschwinde!"

„Jon - Ryan, bitte!" Eileen war am Ende ihrer Kräfte. Haltlos weinte sie.

Ryan riss sich von Lance los, stürmte ins Haus, wo er sich in seinem Zimmer einschloss und in Tränen ausbrach. Immer wieder schrie er laut, trat gegen die Wände und die Türen, dann sank er erschöpft auf sein Bett.

Auf dem Hof war es still geworden. So wie es aussah, war sein Vater davongefahren, seine Mutter im Haus und die Jungs wieder bei der Arbeit. Zornig riss er die Tür auf und stürmte die Treppe hinunter.

Eileen drehte sich um und versuchte, ihren Sohn aufzuhalten, doch er wand sich aus ihrem Griff und schlug lautstark die Tür hinter sich zu.

Er war nicht nur auf seinen Vater unglaublich zornig. Auch seine Mutter trieb ihn zur Weißglut. Sie war so blind. Würde sie ihren Mann verlassen, hätten beide weniger Probleme. Er selbst hatte keine Wahl. Er musste es hinnehmen, denn er war minderjährig, doch seine Mutter hatte sehr wohl die Wahl. Ryan kletterte über den Zaun und betrat den Pferdestall, wo er vor Ashleys Box stehen blieb. Vorsichtig öffnete er die Tür und trat ein.

Noch immer war der Boden mit Heu bedeckt; noch immer lag ihr Geruch in der Luft. Er rutschte an der Wand hinunter, schlang die Arme um die Knie und weinte. Er verlor jegliches Zeitgefühl, bemerkte nicht, wie es langsam dunkler wurde. Er rührte sich nicht. Sekunden oder Minuten, vielleicht auch Stunden - er wusste es nicht und eigentlich war es ihm auch egal. Als die Schmerzen in seinem Rücken aufgrund seiner unveränderten Position unerträglich wurden, hob er den Kopf, wischte sich das Gesicht ab und stand langsam auf.

Auf dem Hof war es beinahe dunkel; nur die Lichter vom Haus erhellten ihn ein wenig. Ryan verspürte nicht im Geringsten den Drang, ins Haus zu gehen. Gerade, als er überlegte, die Leiter zu benutzen, drangen laute Stimmen zu ihm heraus.

„Ich habe dir gesagt, dass er es nicht einfach hinnehmen wird, und nun sieh dich an! Du hast ihm eines der wichtigsten Dinge in seinem Leben genommen!“, rief seine Mutter.

Ryan blieb stehen.

„Ach, hör doch auf! Das ist ein blödes Tier, mehr nicht! Es wird Zeit, dass der Junge aufhört, Dingen hinterher zu rennen, die es nicht wert sind!“

„Das ist ein Pferd und kein Ding! Auch Tiere haben Gefühle!“

„Das ist der größte Schwachsinn, den ich je gehört habe! Du redest schon genauso wie dein Sohn!“

„Er ist auch dein Sohn!“, fauchte Eileen.

„Das möchte ich wirklich bezweifeln. Wäre er mein Sohn, würde er sich ganz anders benehmen! Wer weiß, von wem du dir den Braten hast andrehen lassen!“

Ryan zuckte zusammen und erstarrte. Dass sein Vater ihn nicht mochte, wusste er, doch das war hart.

„Ich wünschte, es wäre so, dann müsste ich mich nicht jeden Abend dafür entschuldigen, dass du sein Vater bist!“

Einen Moment hörte Ryan nichts, dann schepperte es.

Sofort stürmte er los und riss die Küchentür auf. Was er sah, nahm ihm beinahe die Luft. Sein Vater stand mit erhobener Hand vor seiner Mutter, die auf dem Boden saß. Dunkles Blut sickerte ihr aus dem Mund.

Wortlos - völlig erstarrt - blickte er seiner Mutter in die Augen, doch sein Vater holte ihn ins Geschehen zurück.

„Ich sagte, du sollst verschwinden!“

Ryan starrte ihn an und griff mit einer blitzschnellen Bewegung das kleine Messer, welches auf dem Küchentisch lag. Er drückte seinen Vater mit zitternden Händen an die Wand und hielt ihm das Messer an die Kehle. „Wenn hier einer verschwindet, dann bist du es!“, sagte er leise, doch offensichtlich hatten alle den drohenden Unterton vernommen, denn sein Vater fing an zu zittern, und seine Mutter sprang auf.

„Ryan, bitte nicht!“, hauchte sie - zu geschockt war sie, um deutlich zu sprechen.

„Mum, geh zum Auto!“

„Was? Nein, ich …“

„Geh zum Auto, verdammt!“, schrie er.

Eileen zuckte zusammen, wandte sich aber um und verließ die Küche.

„Nimm das Messer runter, Junge!"

„Jetzt hörst du mir gut zu. Wenn wir wiederkommen, bist du verschwunden, und wenn du diesen Hof noch einmal betrittst, werde ich gründlicher sein!" Ryan richtete die Klinge nun auf Jons Bauch. „Hast du mich verstanden?"

Jon schluckte, reagierte aber sonst nicht, außer, dass er eine ruckartige Bewegung machte - eine Bewegung, die Ryan erstarren ließ.

Mit großen Augen sahen sich Vater und Sohn an.

Ryan ließ das Messer los, ging rückwärts aus der Küche und nahm im Vorbeigehen den Autoschlüssel vom Haken. Das Letzte, was er von seinem Vater sah, war Blut, welches einen immer größer werdenden Fleck auf dem hellen Hemd hinterließ. Dass sein Shirt ebenfalls dunkle Flecken aufwies, nahm er nicht wahr. Ryan legte den Kopf schief, runzelte die Stirn und rannte dann zum Auto. „Steig ein!"

Eileen schüttelte heftig den Kopf. „Ryan, du kannst …"

„Steig ein!" schrie er wieder. „Buster, komm her!"

Der honiggelbe Golden Retriever kam um die Ecke gesaust.

Ryan wartete, bis er ins Auto gesprungen war, dann setzte er sich ans Steuer. Staub aufwirbelnd verließ er den Hof.

„Ryan, bitte, du kannst doch gar nicht fahren! Um Gottes Willen, halt an! Bitte!", flehte Eileen. „Bitte, lass mich fahren!"

Ihr Sohn schien sie nicht zu hören. Mit sturem Blick raste er weiter die Straßen entlang, während sich seine Mutter verzweifelt an das Armaturenbrett klammerte. „Ryan, fahr langsamer! Bitte, halt an!"

Ryan überfuhr eine rote Ampel, hörte die Autos nicht, die hupend auf die Bremsen traten und blieb wenige Minuten später mit quietschenden Reifen vor dem Haus der Blakes stehen.

Leon hob den Kopf. Er saß mit seiner Familie im Wohnzimmer und runzelte nun die Stirn. „Was war das denn?" Langsam stand er auf, genauso wie sein Vater, als es an der Haustür Sturm klingelte.

„Bleibt da!“, sagte Taylor zu seiner Frau und seinen Kindern, während er mit Leon auf die Tür zuging.

Leon riss sie auf und erstarrte.

Eileen - kreidebleich - hielt sich krampfhaft am Türrahmen fest, während Ryan mit ausdruckslosem Blick auf den Boden sah.

„Ryan, Eileen! Um Gottes Willen, was ist passiert?“, wollte Taylor sofort wissen.

Zitternd und einem Nervenzusammenbruch nahe, taumelte Eileen ins Haus.

„Maggie!“, rief der Hausherr nach seiner Frau, die sofort aus dem Wohnzimmer gehastet kam und erschrocken stehen blieb. „Was …“

„Geht nach oben!“, sagte Taylor bestimmt zu seinen drei jüngsten Kindern.

„Daddy, Ryan ist voll Blut!“ Stephs Blick durchbohrte ihn förmlich.

„Geht nach oben!“ Tayler Blakes Stimme ließ keinerlei Raum für Widersprüche.

Leon, der noch immer Ryan schockiert ansah, drehte sich um. „Riley, Steph, nehmt Buster mit hoch!“

„Okay. Buster, komm mit!“, lockte Riley ihn zu sich.

„Schatz, komm rein!“ Leon nahm Ryans Hand, zog ihn sanft ins Haus und brachte ihn in die Küche, während sein Vater Eileen half, sich auf die Couch zu legen.

Andy stand noch immer bewegungslos im Flur.

„Dad sagte, du sollst nach oben gehen!“ Maggies Ton war schneidend, und Andy warf ihr einen verwirrten Blick zu.

„Ruf einen Krankenwagen!“, sagte Ryan plötzlich.

„Was … Ryan, bist du verletzt?“, fragte Leon und suchte am Körper seines Freundes nach Verletzungen.

„Mein Dad … ruf einen Krankenwagen!“, schrie er plötzlich.

Leon zuckte zusammen. „Okay. Ist er bei euch zu Hause?“

Ryan nickte langsam, fixierte noch immer einen Punkt auf dem Boden und murmelte etwas von ‚Küche'.

Leon griff zum Telefon und wählte den Notruf. „Blake hier! Ich brauche einen Krankenwagen! In der Suther Road. Der McCoy-Hof … Nein, ich weiß nicht, was passiert ist! Aber Mr. McCoy scheint verletzt zu sein. Was? … Herrgott, nun schicken Sie schon einen Krankenwagen dahin!“ Er legte einfach auf. „Ryan, sieh mich an!“

Sein Freund reagierte nicht, schaute nur weiter stumm auf den Boden, also nahm Leon dessen Gesicht in seine Hände und hob seinen Kopf. „Ryan, was ist passiert?“ Eine Antwort bekam er nicht. „Verdammt, Ryan, sieh mich an!“, stieß er laut hervor.

Ein Ruck ging durch Ryans Körper. „Ich habe meinen Vater umgebracht. Er ist tot … bestimmt ist er tot!“

„Ryan … hey, Baby! Sieh mich an!“

Ryan hob den Kopf, blickte in Leons Augen und schüttelte sich kurz.

„Was ist passiert?“

„Er hat sie getötet!“

„Wen hat er getötet? Ryan, *was* ist passiert?“ Leon wurde langsam ungeduldig und schnippte mit den Fingern vor Ryans Gesicht.

„Ashley …“

Leon schnappte nach Luft. „Was? Was redest du da? Dein Vater hat Ashley getötet?“

„Ja …“

„Ryan, sieh mich an, komm schon!“, forderte Leon eindringlich, denn immer wieder driftete sein Freund ab und ließ den Kopf sinken.

„Mum …“, sagte er plötzlich.

„Deine Mum ist hier. Es geht ihr gut!“

„Nein. Es geht ihr nicht gut. Sie ist verletzt!“

„Mein Dad kümmert sich um sie. Ryan, was ist passiert? Schau dich mal an. Du bist voller Blut!“

„Er hat sie geschlagen!“

„Wen? Ashley?“ Leon verstand gar nichts mehr und schnippte erneut mit den Fingern. „Hey, bleib hier! Rede mit mir, verdammt!“

„Mum … er hat Mum geschlagen!“

„Und du bist ausgerastet?“

„Nein … ja, ich glaube schon. Er ist bestimmt tot!“

Leon schloss die Arme um seinen Freund, küsste ihn sanft aufs Haar und wusste nun endgültig nicht mehr, was er noch tun sollte.

„Leon?“

Er wandte sich um und sah seinen Vater in der Tür stehen. „Ich bin gleich wieder da. Bleib hier sitzen!“, sagte er leise zu Ryan und verließ die Küche.

„Eileen schläft jetzt. Sie stand kurz vor einem Nervenzusammenbruch. Ich habe ihr etwas zur Beruhigung gegeben.“

Leon nickte.

„Was ist passiert? Hat er etwas gesagt?“, fragte Taylor und deutete auf Ryan, der auf dem Tresenhocker saß und auf seine Hände starrte, die rot waren - beschmiert mit dem Blut seines Vaters.

„Nicht viel. Er sagte, dass sein Vater Ashley getötet hat. Daraufhin ist Ryan ausgerastet, und dann hat Jon Eileen wohl geschlagen, und er redet ständig davon, dass er seinen Vater getötet hat.“

„Er steht unter Schock“, sagte Taylor, „geh wieder zu ihm.“

Leon war nicht bewusst, wie lange er Ryan einfach nur in den Armen hielt. Für ihn tröpfelte die Zeit gerade unbedeutend dahin, doch als es an der Tür klopfte, hob er den Kopf. „Bleib hier“, murmelte er seinem Freund ins Ohr und verließ die Küche. Taylor öffnete die Haustür. „Sheriff!?“

„Guten Abend, Dr. Blake. Sind Eileen und Ryan McCoy hier?“

„Ja, kommen Sie herein.“

Sheriff Lucas betrat das Haus, wo sein Blick gleich auf Ryan fiel.

„Wir waren gerade im Haus der McCoys. Jonathan lebt und ist im Krankenhaus. Er hat eine - wie der Arzt sagte - minimale Stichverletzung. Er wird wieder. Leider konnte er keine Aussage machen. Ist bekannt, was passiert ist?“

Leon zögerte deutlich. Er hatte furchtbare Angst, dass der Sheriff Ryan gleich verhaften würde. Widerwillig berichtete er, was Ryan ihm erzählt hatte.

„Sheriff, Ryan steht unter Schock. Es war nur eine Frage der Zeit, bis die Situation in diesem Haus eskalieren würde. Den Jungen trifft keine Schuld!“, sagte Taylor

„Ja, ich weiß. Ich werde ihn auch nicht mitnehmen. Ich weiß, wie es auf dem Hof zugeht. Mein Sohn arbeitet dort.“

„Toby!“, platzte Leon heraus.

„Ja. Wäre er nicht so vernarrt in Tiere, hätte er schon längst gekündigt. Er hat mir erzählt, dass Jon die Stute von Ryan hat töten lassen. Ich habe schon fast damit gerechnet, dass der Junge ausrastet. Gehen Sie zu ihm, Leon. Er braucht Sie jetzt.“

Leon warf dem Sheriff einen dankbaren Blick zu und betrat die Küche, wo er sofort wieder seine Arme um Ryan schloss. Nur entfernt hörte er das leise Gespräch seines Vaters mit dem Sheriff, dann klappte die Haustür zu.

„Taylor, kannst du mir helfen, Eileen ins Gästezimmer zu

bringen?“, fragte Maggie leise. Sie warf einen Blick auf ihren Sohn, der sie verzweifelt ansah und seinen Freund dichter an sich zog.

„Ja, ich lege sie ins Bett. Vielleicht sollte man Ryan ebenfalls ins Bett bringen“, überlegte er.

„Ich kümmere mich um ihn.“ Maggie kam in die Küche. „Ryan, mein Schatz? Wie geht es dir?“

„Keine Ahnung …“, murmelte er und zuckte mit den Schultern.

„Leon, bring ihn nach oben ins Bad. Er sollte duschen, dann wird es ihm besser gehen.“

„Okay. Ryan, komm mit!“, sagte er sanft, nahm die Hand seines Freundes und zog ihn die Treppe hinauf. „Geh da rein und zieh dich aus. Ich bringe dir andere Klamotten!“

Ryan betrat das Bad und starrte in den Spiegel. Als sein Blick auf seine blutverschmierten Hände fiel, zog sich sein Magen krampfhaft zusammen. Mit einem kleinen Schritt stützte er sich auf dem Waschbecken auf, übergab sich heftig und sank dann zu Boden, wo er haltlos in Tränen ausbrach.

„Oh Scheiße … Mum!“, schrie Leon, der gerade ins Bad zurückgekommen war.

Maggie kam sofort angerannt.

„Bitte, mach das weg! Ich kotze sonst daneben!“, stieß Leon hervor. „Ryan, steh auf, komm schon!“ Er half seinem Freund auf, setzte ihn auf die kleine Bank und bemerkte seinen Vater, der mit einer Spritze ins Bad kam.

„Was ist das?“

„Etwas zur Beruhigung. Keine Sorge.“

Leon schlang seine Arme um Ryan. „Ganz ruhig, mein Schatz.“

Ryan rührte sich nicht. Er spürte nicht einmal, wie Taylor ihm die Injektion gab. Er weinte nur.

„Leon, hilf ihm“, sagte Maggie leise und verließ, nachdem sie das Waschbecken gesäubert hatte, das Badezimmer, gefolgt von ihrem Mann.

„Snoopy? Hey, komm schon, zieh dich aus. Dann kannst du duschen gehen.“ Leon zog ihm das Shirt über den Kopf, nahm ihm seine Kette ab und zog ihn hoch. „Hey, du musst mir schon helfen!“

Ryan wandte sich ab, zog sich Hose und Shorts selbst aus und trat unter die Dusche.

Leon atmete tief durch, ließ sich auf der Bank nieder und schaute auf seine Hände, die nun ebenfalls ein wenig blutverschmiert waren. Schnell wusch er sie und setzte sich wieder. Langsam begann er, sich ebenfalls auszuziehen, bis er nur noch Shorts anhatte. „Ryan, alles okay?“

„Ja … nein. Ich weiß nicht!“

Leon öffnete die Tür zur Dusche und fand Ryan am Boden sitzend vor. Mit einem leichten Lächeln im Gesicht hockte er sich vor ihn, spürte, wie Wassertropfen auf seine Arme spritzten und hob Ryans Kopf mit dem Zeigefinger. „Hey, sieh mich an!“ Ryans Blick war so unendlich traurig, dass er schlucken musste. „Nun versuch mal, das zu vergessen. Du bist jetzt hier. Deine Mum schläft, und dein Dad wird es überleben. Hörst du? Er ist nicht tot!“

Ryan nickte matt.

„Tu mir einen Gefallen!“, sagte Leon. „Schließ die Augen.“

Ryan tat es. Zu müde war er, um irgendwelchen Protest aufkommen zu lassen.

„So, und nun denkst du bitte an heute morgen. Denk daran, wie glücklich wir waren, heute morgen im Bett!“

Ein kleines Lächeln umspielte Ryans Lippen. „Ich liebe dich, Leon!“, flüsterte er.

Leon setzte sich neben ihn, zog ihn fest in seine Arme und

küsste ihn sanft auf die Stirn. „Ich dich auch, Snoopy!“, antwortete er leise.

Als sie fertig gewaschen aus dem Bad traten, kam Maggie ihnen entgegen. „Buster liegt bei Steph auf dem Bett. Er scheint sich sehr wohl zu fühlen.“

Ryan lächelte leicht. „Ich möchte gern kurz zu meiner Mum.“

„Okay, aber sie schläft.“

„Ich werde sie nicht wecken. Ich will sie nur sehen.“ Leise öffnete Ryan die Tür zum Gästezimmer. Er war wie ein Stich ins Herz, seine Mutter dort liegen zu sehen.

Die Wunde an ihrem Mund blutete nicht mehr, dafür hatte sich ein blauer Fleck gebildet. Sie war blass und erschreckend dünn. Es war ihm vorhin nicht aufgefallen; es war ihm nie aufgefallen. Liebevoll streichelte er ihr Haar und gab ihr einen Kuss auf die Stirn. „Es tut mir leid, Mum!“ Dann verließ er das Zimmer, schloss die Tür und blieb vor Taylor und Maggie stehen. „Danke. Ich … es tut mir leid, ich wusste nicht, wo ich sonst hin sollte.“

„Nein, entschuldige dich nicht. Wir sind froh, dass es dir gut geht“, sagte Maggie und zog ihn in eine sanfte Umarmung.

Leon, der an seiner Zimmertür stand, beobachtete die Szene und lächelte, als Ryan sich von Maggie löste und nun auf ihn zukam.

Als die Tür hinter ihnen ins Schloss fiel, sahen sie sich an, und Leon legte seine Arme um ihn. „Mann, McCoy, da hast du dir was geleistet!“, murmelte er.

Ryan nickte verzweifelt. „Da komm ich nicht wieder raus.“

„Hey, jetzt ist es egal. Komm ins Bett. Versuche zu schlafen, okay?“ Fest zog er ihn in seine Arme, legte sich dann mit ihm ins Bett und strich beruhigend über das dunkle Haar. Er küsste ihn noch einmal sanft, bevor Ryan in einen tiefen Schlaf fiel.

Keine Ruhe

Am nächsten Morgen standen Maggie, Leon und Eileen in der Küche.

„Was meint ihr, kann er zur Schule gehen?“, fragte Leon und nippte an seinem Kaffee.

„Ich finde, er sollte auf jeden Fall gehen. Wenn er hier bleibt, grübelt er nur den ganzen Tag vor sich hin und dreht irgendwann durch“, antwortete Maggie und schob Eileen eine Scheibe Toast mit Erdbeermarmelade zu.

„Es ist lieb, Maggie, aber ich befürchte, ich bekomm nichts hinunter.“

„Eileen, du musst etwas essen! Sieh dich mal an. Du hast in der letzten Zeit zu viel abgenommen. Das ist nicht gesund!“

Eileen lachte gequält auf. „Davon träumen wir Frauen doch, nicht wahr? Einfach so ein paar Kilo abnehmen.“

Leon sah zwischen seiner Mutter und Eileen hin und her, schwieg aber.

„Leon, ich möchte dir noch etwas sagen.“ Eileen wandte sich dem jungen Mann zu.

Ryan, der schon die ganze Zeit auf der Treppe stand, hob nun den Kopf. Er lehnte in seinem Snoopy-Pyjama an der Wand, kämpfte gegen Tränen an und biss sich auf die Lippe.

„Ich danke dir. Du machst meinen Sohn sehr glücklich. In all den letzten Jahren hatte er nicht viel, was ihn zum Lachen gebracht hat. Als er gestern nach Hause kam, hat er mir gleich die Kette gezeigt, und ich wusste, dass ihr zueinander gefunden habt. Ich weiß nicht, was gestern passiert wäre, wenn er dich nicht hätte.“ Liebevoll legte sie ihre Arme um Leon, der kurz die Augen schloss und sie an sich drückte.

„Ich schätze, es ist dir zu verdanken, dass er trotz der letzten Jahre so ein unglaublich lieber Kerl geworden ist.“

Ryan lächelte ein wenig und ging leise die letzten Stufen hinunter. „Guten Morgen“, murmelte er und lehnte sich an den Türrahmen.

Alle drei drehten sich um, und Eileen war die Erste, die aufsprang. Ryan nahm ihre Hand und zog sie ins Wohnzimmer.

„Mum, ich kann dir gar nicht sagen, wie leid es mir tut. Ich habe total den Kopf verloren ...“, sagte er leise und spürte, wie ihm erneut die Tränen über die Wangen liefen.

„Ich hatte auch nicht wirklich angenommen, dass du dich noch an dein Versprechen erinnern kannst, wenn du erst gehört hast, was Jon getan hat.“

Ryan sah sie an und atmete tief durch. „Wie wird es jetzt weitergehen? Was passiert jetzt mit mir?“, fragte er leise.

„Ich weiß es nicht. Der Sheriff war gestern da. Wenn es nötig gewesen wäre, hätte er dich schon sofort verhaftet. Ich ...“ Eileen griff nach der Hand ihres Sohnes. „Egal was passiert, Ryan, wir schaffen das.“

„Mum ... wie kannst du ... ich habe deinen Mann schwer verletzt ... ich ...“ Ryan entzog seine Hände und stand auf. Er schämte sich - konnte seiner Mutter kaum in die Augen sehen.

In der letzten Nacht war alles auf ihn eingebrochen, alles, was nach der Todesnachricht Ashleys passiert war. Er hatte seinen Vater übel verprügelt, er hatte ihn mit dem Messer bedroht und letztendlich schwer verletzt. Er wusste, dass er oft viel zu impulsiv war, aber nun steckte er richtig in der Scheiße, und seine Mutter saß so ruhig neben ihm.

„Ryan, komm bitte her!“, bat sie sanft, aber bestimmt.

Langsam nahm er wieder neben ihr Platz.

„Ich habe lange überlegt. Eigentlich schon, seit Jon nach dem Unfall aus dem Krankenhaus zurück war. Kannst du dich an diesen Streit erinnern?“

Ryan nickte, ohne sie anzusehen.

„Du hast etwas gesagt, was mir sehr nahe gegangen ist. Ich habe all die Jahre die Augen verschlossen, weil ich glaubte, dass es einfach so sein müsste. Ich habe diesen Mann geheiratet und nun war es mein Schicksal. Dass ich dich dabei vergessen hatte, tut mir unendlich leid. Dass es auch dein Schicksal war, ist mir erst nach deiner Standpauke bewusst geworden. Du sagtest damals, er schlage dich und … nun Ryan, ich denke, dass uns beiden und vor allem dir viel erspart geblieben wäre, wenn ich schon früher erkannt hätte, was Jon für ein Mensch ist. Ich hatte einfach Angst. Angst, was aus uns werden würde, was aus mir werden würde, wie er reagieren könnte. Er ist ein sehr jähzorniger Mann. Das wusste ich schon, noch bevor dein Großvater gestorben war. Doch ich hatte nicht den Mut, mich dagegen aufzulehnen.“

Eileen schwieg kurz, strich mit der Hand über die Wange ihres Sohnes und lächelte unter Tränen. „Es war schlimm für mich, zu sehen, wie er dich behandelt hat. Du warst noch ein Kind, und trotzdem warst selbst du nicht vor ihm sicher. Ryan, wenn sich jemand entschuldigen muss, dann ich. Ich hätte dich vor ihm beschützen müssen, und das habe ich nicht getan.“

„Was hättest du denn tun können? Er hat dich doch genauso behandelt wie mich.“ Ryan konnte sich nur schwer verkneifen, zu sagen, dass er sie dann auch geschlagen hätte. In seinen Ohren klang noch immer das Geräusch des Vorabends, das Klatschen und Scheppern. Er wurde es einfach nicht los.

„Ich hätte ihn verlassen können.“

„Ja, das wäre eine Möglichkeit gewesen“, stimmte Ryan ihr

zu. „Ich glaube allerdings nicht, dass er das komisch gefunden hätte."

„Nein, ganz sicher nicht. Aber ich schätze, das werden wir jetzt herausfinden, nicht wahr?"

Ryan hob den Kopf und runzelte die Stirn. „Wie meinst du das?"

„Ich war letzte Woche bei einem Anwalt. Er bereitet in diesem Augenblick die Scheidungspapiere vor."

Nun war Ryan sprachlos. Völlig entgeistert starrte er seine Mutter an und zog sie dann in seine Arme.

Leon und Maggie, die unweigerlich alles gehört hatten, lächelten sich an.

Maggie legte den Arm um ihren Sohn und gab ihm einen Kuss auf die Wange. „Alles wird gut, du wirst es sehen!"

Leon nickte nur, unfähig etwas zu sagen und wischte sich verstohlen eine Träne aus dem rechten Auge, dann sah er auf seine Uhr.

„Hey, Snoopy, wir müssen bald los, und wenn sie dich nicht alle auslachen sollen, solltest du deinen Snoopy-Pyjama vielleicht noch gegen etwas Kleidsameres eintauschen!", rief er ins Wohnzimmer.

Ryan stand auf, lächelte Leon auf dem Weg zur Treppe an und ging nach oben. Sein Freund hatte ihm schon einige Sachen hingelegt und so zog er sich schnell um.

Als sie im Auto saßen, schaute Ryan auf seine Hände.

„Alles okay?", fragte Leon.

„Nein … ich werde den Blick von meinem Vater nicht los. Ich weiß nicht. Ich kann immer noch spüren, wie die Klinge …"

„Ryan, sieh mich an!" Leon drehte sich zu ihm um und schob seine Hand in Ryans Nacken. „Vergiss das jetzt, okay? Dein Vater wird wieder gesund. Das weißt du!"

„Ja, aber …"

„Nein, kein aber!“ Leon wusste sich nicht anders zu helfen, als Ryan stürmisch zu küssen. Minutenlang saßen sie da, knutschten ziemlich heftig herum, bis jemand auf das Autodach klopfte.

„Hey, ihr zwei, ihr kommt noch zu spät!“ Maggie lief mit Steph an ihnen vorbei, zwinkerte ihnen zu und stieg dann in ihr Auto.

„Wir sollten losfahren“, meinte Ryan leise.

Leon grinste, startete den Motor und fuhr die Einfahrt hinunter.

„Soll ich dir mal etwas Verrücktes erzählen?“, sagte Ryan.

„Was denn?“

„Gestern, als wir zu euch gefahren sind … meine Mum ist nicht gefahren!“

Leon runzelte die Stirn. „Was meinst du damit: Sie ist nicht gef… warte mal, Snoopy! Soll das bedeuten, du bist gefahren?“

„Jaah … und ich befürchte, mein Vater bekommt einen Strafzettel, da ich die rote Ampel an der Haymanroad überfahren habe. Da hängt ein Blitzer, nicht wahr?“

„Ja, der hängt da. Verdammt, Ryan, du kannst doch gar nicht fahren!“

„Hey, was soll das heißen? Ich bin ja wohl bei dir angekommen!“

Leon unterdrückte ein Grinsen, denn lustig war die Situation nicht. „Ja, das mag sein, aber es hätte auch schief gehen können. Tu das nie wieder, okay?“

„Ja, schon gut. Ich fahre nie wieder.“

„Das nun auch nicht. Mach erstmal deinen Führerschein! Ach, sag mal … was ist mit Michelle? Willst du ihr erzählen, was bei dir zu Hause passiert ist?“

Ryan zögerte und sah aus dem Fenster. „Nein, eigentlich nicht. Also nicht gleich. Vielleicht heute Nachmittag!“

Leon nickte und fuhr nur wenige Minuten später auf den

Schulparkplatz.

„Hi, Jungs!“, rief Michelle fröhlich.

„Hi, Süße!“ Ryan lächelte sie an und hätte Leon nicht genau gewusst, dass bei Ryan im Moment so gar nichts stimmte, hätte er angenommen, sein Freund sei glänzender Laune.

„Ach, bevor ich es vergesse: Sport und Bio wurden getauscht. Wir haben Bio erst in der zweiten Stunde“, sagte Mic.

„Gut, das passt mir. Komm, Leon!“ Ryan nahm seine Hand und zog ihn ins Schulgebäude, wo sie sich auf den Weg zur Sporthalle machten.

„Ist es schlimm, wenn ich keine Lust habe?“, murrte Leon.

„Doch, du hast Lust. Ich brauch Bewegung! Und ohne dich ist das langweilig!“

„Bewegung klingt gut, aber nicht hier, Baby!“, grinste Leon, als sie den Umkleideraum betraten.

Ryan lächelte nur und öffnete seinen Spint. „Na los, beeil dich!“ Ryan drängelte, doch Leon ließ sich Zeit, also ging er schon mal vor.

„Oh, Mr. McCoy! Wie schön, Sie zu sehen.“

„Guten Morgen, Mr. Kothery“, sagte Ryan, als er auf dem Sportplatz angekommen war. „Ich geh davon aus, dass wir erst ein paar Runden laufen sollen?“

„Jaah …“ Der Lehrer betrachtete ihn argwöhnisch, denn ein Ryan McCoy riss sich normalerweise nie darum, freiwillig ein paar Runden zu laufen.

„Fein, ich fang dann schon mal an!“ Ryan entfernte sich von ihm, während Leon auf den Sportplatz kam.

„Mr. Blake, ist mit Mr. McCoy etwas nicht in Ordnung?“

Leon lachte kurz. „Nun, er hat anscheinend ein perverses Bedürfnis nach Bewegung!“

„Ja, so kann man es auch nennen.“

Nach und nach fanden sich alle Schüler ein und liefen ihre

drei Runden.

Leon und Michelle warfen besorgte Blicke zu Ryan, der sich beinahe komplett verausgabte.

„Was hat er nur? So ist er doch sonst nicht drauf?“, überlegte Mic.

„Ja.“ Mehr wusste Leon nicht zu sagen. Er schaute Ryan hinterher, der sie gerade zum zweiten Mal überholt hatte. „Entschuldige mich.“ Schnell rannte er ihm hinterher. „Hey, Snoopy, schalt mal einen Gang runter. Mic macht sich schon Sorgen.“

„Es geht mir gut!“

„Ja, das seh ich.“ Leon zog ihn am Arm von der Bahn hinunter, auf die Wiese und sah ihn an. „Es geht dir nicht gut. Rede dir den Scheiß nicht ein!“

„Doch, soweit ist alles okay. Ich will nur mal für einen Moment vergessen, was gestern passiert ist.“ Ryan atmete schwer, stützte sich mit den Händen auf den Knien auf und schloss die Augen.

„Indem du dich ins Koma rennst? Hör mal, ich häng irgendwie an dir, also bring dich nicht um, okay?“

Ryan blickte auf. „Du hängst an mir?“, grinste er.

„Ja, ein wenig …“ Leon lächelte ihn an.

„Na gut, dann schalte ich einen Gang zurück.“

Leon nickte zufrieden und gemeinsam liefen sie an den Volleyballfeldern vorbei zu ihren Klassenkameraden.

„So, schön, dass alle wohlbehalten von der Semesterfahrt zurück sind. Wir spielen heute Volleyball. Ihre Leistungen werden benotet, also geben Sie sich Mühe, meine Herren.“

Ryan und Leon warfen sich fragende Blicke zu. Volleyball … schon wieder?

„Teilen Sie sich auf, dann kann es losgehen.“

Die Schüler teilten sich in vier Mannschaften auf, die gegeneinander spielen sollten. Ryan und Leon begaben sich zu Justin und Paul.

„Gut, dann beginnt die Mannschaft von Mr. McCoy gegen die Mannschaft von Mr. Murphy!“

„Oh, klasse!“, knurrte Leon.

Ben, Kilian, Kyle und Corbin stellten sich auf die andere Seite des Netzes.

„Mr. Murphy, bitte beginnen Sie doch!“

Ben stellte sich auf die Linie und schlug den Ball übers Netz, doch er ging ins Aus.

Nun war Ryan an der Reihe, und mit einem finsteren Blick drehte er den Ball zwischen den Händen, warf ihn hoch in die Luft und sah plötzlich das Gesicht seines Vaters vor Augen. So hart es ging, schlug er den Ball übers Netz, der an Kilian abprallte und zu Boden fiel. Auch der zweite und dritte Ball sah nicht anders aus. So ging es immer weiter.

Leon verschränkte die Arme vor der Brust und warf Ryan einen abwartenden Blick zu. „Hey, dürfen wir auch mitspielen, oder sind wir nur Statisten?“, fragte er.

Ryan lächelte nur, schmetterte den Ball übers Netz und heimste so bereits den achten Punkt ein.

„Könntet ihr euch vielleicht mal etwas Mühe geben und den Ball annehmen?“, fragte Leon nun Ben und Kyle.

„Wie denn? Was hat der heute Morgen eigentlich gefrühstückt?“, fragte Kilian mürrisch.

„Ich sag’s immer wieder. McCoy ist nicht ganz normal!“

Leon warf Ben einen drohenden Blick zu. „Hey, pass auf, was du von dir gibst.“ Er drehte sich zu Ryan um. „Warte mal, Baby. Das kann ja keiner mit ansehen!“

„Baby?“, fragte Ben abfällig.

„Schnauze, Murphy. Justin, hilfst du mir mal?“

Beide Jungen gingen auf die andere Seite des Feldes.

„Murphy, Anderson – rüber mit euch!“, bestimmte

Leon einfach

„Was soll das werden, Blake?“, rief Ryan.

Nun wurden alle hellhörig - auch die Mädchen, die bisher quatschend auf dem Boden gesessen hatten - und versammelten sich um das Spielfeld.

„Zeig mal, was du drauf hast, McCoy!“, gab Leon provokant zurück.

Ryan lächelte. Okay, er wollte es so? Er sollte es bekommen. Mit der gleichen Härte wie zuvor schlug Ryan den Ball übers Netz.

Leon ging zwei Schritte zurück, nahm den Ball an, nicht ganz sauber, aber immerhin, und spielte an Justin ab, der dafür sorgte, dass Leon den Ball übers Netz spielen konnte.

Damit hatte auf der anderen Seite nur Ryan gerechnet, und er war bereit. Plötzlich wurde es ein Zwei gegen Zwei – Match, denn Ben, Kyle, Kilian und Corbin zogen sich gänzlich zurück.

Leon war knallhart. Er war nicht bereit, diesen einen Punkt an Ryan abzugeben. Immer schneller flog der Ball übers Netz, laut riefen sie sich gegenseitig Befehle zu, dann stolperte Ryan nach hinten und lag heftig atmend auf dem Rasen - der Ball rollte weit von ihm weg.

„So macht man das, ihr Pfeifen!“, sagte Leon zu Ben und den anderen, ging ums Netz herum auf seinen Freund zu und sah zu ihm hinunter. „Alles klar, Schatz?“

„Keine Ahnung. Ich kann nicht mehr!“ Mühsam streckte er Leon seine Hand entgegen, der ihn zumindest in eine sitzende Position hochzog und sich dann vor ihn kniete. „Musste das sein? Den Sieg hättest du mir wirklich schenken können!“

Leon lächelte ihn liebevoll an und beugte sich zu ihm hinunter. „Ich kann ja nicht immer gegen dich verlieren, Darling!“, flüsterte er ihm ins Ohr.

Kurz lachte Ryan auf, dann setzten sie sich an den Spielfeldrand und sahen nur noch zu, denn die eins war den vier Schülern sicher.

Michelle war sehr besorgt. So aggressiv hatte sie Ryan seit Monaten nicht erlebt. Normalerweise lebte er die nur seinem Vater gegenüber aus, doch nicht in der Schule. „Ryan … warte mal!“

Die beiden Jungen, die eben aus den Umkleidekabinen gekommen waren, blieben stehen.

„Was ist los mit dir? Du wirkst heute etwas … nun ja, aggressiv.“

Ryan fuhr sich mit der Hand durch die nassen Haare. „Es geht mir gut. Mic, lass uns heute Nachmittag reden, okay? Dann kann ich dir alles in Ruhe erklären.“

Michelle nickte und gemeinsam mit Leon betraten sie den Klassenraum für Biologie.

Mr. Hagemann und Allison standen an der Tafel und warteten, bis die Schüler ihre Plätze eingenommen hatten.

„Guten Tag, die Herrschaften. Freut mich, dass Sie alle munter zurück sind. Und da Sie sich ja alle ausgeruht haben, werden wir gleich einen kleinen Test schreiben!“

Lautes Stöhnen ging durch die Klasse.

Leon legte seinen Kopf auf die Arme, während Michelle ihren Lehrer geschockt anstarrte und Ryan nur grinste.

Beruhigend streichelte er Leons Rücken. „Keine Panik, zusammen kriegen wir das schon hin!“

„Jaah … Gott, ich hasse es, wenn Lehrer einen so überfallen!“

Mr. Hagemann teilte die Blätter aus und die Köpfe der Schüler neigten sich über die Tische.

Leon fuhr sich mit der Hand verzweifelt übers Gesicht und seufzte.

„Was soll das?“, fragte Mr. Hagemann plötzlich.

Michelle, Lauren, Ryan und Leon hoben genauso die Köpfe, wie alle anderen Schüler und starrten den Sheriff und den Officer an, die soeben den Raum betreten hatten und nach einem entschuldigenden Blick zu Hagemann auf die vier Freunde zusteuerten.

„Tut mir leid, Ryan“, sagte Sheriff Lucas. „Du bist verhaftet. Steh auf und dreh dich bitte um.“

„Was?“, rief Michelle.

Ryan schluckte und nickte knapp. Er hatte damit gerechnet, dass sie ihn irgendwann holen würden.

Leon war bei weitem nicht so gefasst. „Bitte, das ist doch wohl ein Witz! Sie können ihn doch nicht einfach mitnehmen!“

„Leon, es geht nicht anders. Ryan, Hände auf den Rücken.“

In der Klasse wurde es immer lauter - die Schüler sprachen alle durcheinander.

„Müssen Handschellen sein? Ich komme auch so mit!“, sagte Ryan leise.

„Tut mir leid, aber das ist Vorschrift!“

Der Officer legte ihm die Handschellen an, dann drehte sich Ryan um.

„Was geht hier vor? Ryan, was soll das?“, fragte Michelle immer wieder.

„Leon, sag’s ihr, okay?“

„Ja … Scheiße, das gibt es doch nicht!“ Leon starrte seinen Freund an.

Ryan wandte sich zur Tür um und verließ mit den beiden Polizisten den Raum.

Für einen kleinen Moment war Leon unschlüssig, dann sprang er auf, gerade, als Mr. Hagemann bat, dass sich doch nun wieder alle um ihren Test kümmern sollten. „Sorry, aber ich kann nicht bleiben. Mic, kommst du mit?“

Michelle zögerte nicht und griff nach ihrem Rucksack. Leon

nahm seinen eigenen, und dann auch Ryans, warf alles, was auf dem Tisch lag, hinein und wollte gerade gehen, als Kilian den Mund aufmachte.

„Die haben den echt verhaftet, ich glaub's nicht!"

Leon griff innerhalb von Sekunden nach Kilians Hemd und zog ihn zu sich heran. „Ein Wort, Anderson, nur ein einziges beschissenes Wort und du wirst dir wünschen, mich nie kennengelernt zu haben!", zischte er ihm so bedrohlich zu, dass es augenblicklich mucksmäuschenstill war.

Niemand rührte sich - alle starrten nur Leon und Kilian an.

„Du bist echt das Letzte, Anderson!" Leon stieß ihn von sich und verließ mit Michelle den Raum.

Leon hörte die Tür ins Schloss fallen, hörte Michelles Schritte hinter sich und hörte sein Herz gegen seine Brust hämmern. Er sprang die Treppen hinunter, immer zwei Stufen auf einmal nehmend, dann riss er die Tür auf, die ins Freie führte. Doch er kam zu spät. Er sah das Polizeiauto vom Schulparkplatz fahren.

„Kann mir jetzt endlich mal jemand sagen, was zum Teufel hier los ist?", schrie Michelle hinter ihm.

Leon ignorierte sie. Er rannte zu seinem Auto, und Michelle hatte keine andere Möglichkeit, als ihm zu folgen.

„Leon, verdammt, sag mir jetzt endlich, warum die Ryan verhaftet haben!", brüllte sie ihn an.

„Er hat Scheiße gebaut, was sonst!" Leon steckte mit unnötiger Gewalt den Schlüssel ins Zündschloss. „Er hat mit seinem Vater abgerechnet und bekommt jetzt die Quittung."

„Ich versteh kein Wort. Wenn du mir …", rief Michelle aufgebracht.

„Mic, Jonathan hat Ashley töten lassen. Ryan hat ihn gestern richtig übel verprügelt, als er es erfahren hat. Am Abend hat sich Jon mit Eileen gestritten, und er hat sie geschlagen. Da hat Ryan rot gesehen. Er hat ihn mit einem Messer angegriffen und verletzt. Dann kam er mit Eileen zu uns“, erklärte er hastig. „Eileen stand kurz vor einem Nervenzusammenbruch, und Ryan hatte einen Schock, logisch.“ Ungehalten bretterte Leon durch die Straßen.

„Wo fährst du hin?“, fragte sie, und Panik schwang in ihrer Stimme mit.

„Zu Ryan, wohin sonst?“

„Scheiße, Leon! Fahr langsamer!“

Leons Finger schlossen sich krampfhaft um das Lenkrad, dann trat er plötzlich auf die Bremse.

Hinter ihnen quietschten Reifen; Autos schossen vorbei und deren Fahrer verfluchten Leon für seine Vollbremsung.

„Gott, hast du sie nicht alle?“, kreischte Michelle.

„Fahr du weiter!“ Leon stieg aus und setzte sich, nachdem Michelle auf den Fahrersitz gerutscht war, neben sie.

„Wohin? Zum Büro des Sheriffs?“

„Ja, ich schätze, er wird dort sein.“

Leons Hände zitterten. Alles, wovor er gestern Abend solche Angst gehabt hatte, war nun eingetreten. Wie mochte Ryan sich jetzt fühlen, wo er doch von einer Panikattacke geschüttelt wurde, wie er sie noch nie erlebt hatte?

Minuten später hielt Michelle vor der Polizeistation, die sie regelrecht stürmten.

„Ich möchte Sheriff Lucas sprechen!“, rief Leon dem Officer schon von Weitem zu.

„Der Sheriff hat keine Zeit. Wenn Sie ein Problem haben, können Sie es auch mir oder einem anderen Beamten mitteilen.“

„Jetzt passen Sie mal gut auf“, sagte Leon zornig und schüttelte Michelles Hand ab, die ihn zu besänftigen versuchte, „ist mir scheißegal, ob der Sheriff Zeit hat. Wenn der nicht gleich hier auftaucht, raste ich aus!“ Er wirbelte zu Michelle herum. „Hör auf damit!“

Michelle ließ seinen Arm los und wurde rot. „Leon, beruhige dich jetzt bitte. Du …“

„Sag mir nicht, ich soll mich beruhigen! Gestern Abend sagte der Sheriff noch, dass er Ryan nicht mitnehmen würde, und heute verhaftet er ihn vor seinen Mitschülern aus dem Unterricht heraus! Ryan ist unschuldig, und das weißt du auch!“, rief er aufgebracht.

„Sir, wenn Sie sich nicht augenblicklich beruhigen, dann …“

„Dann was?“, schrie Leon den Officer an. „Was ist denn dann? Wollen Sie mich auch verhaften? Bitte, nur zu! Dann bringen Sie mich aber zu Ryan, dann ist er in dieser Scheißzelle nicht allein, verflucht!“

„Leon, halt jetzt die Klappe! Du machst alles nur noch schlimmer!“, stieß Michelle wütend hervor.

Beide wurden immer lauter, keiften sich allmählich an und zogen so die Aufmerksamkeit der gesamten Polizeistation auf sich.

„Leon, bitte beruhigen Sie sich!“

Beide drehten sich um und sahen in das Gesicht des Sheriffs, der aus seinem Büro gekommen war.

„Wenn Sie weiter hier herumschreien, wird es Ryan nicht das Geringste helfen.“

„Kann ich zu ihm?“, fragte Leon und wirkte plötzlich gar nicht mehr wütend. Tränen liefen über seine Wangen, und er atmete schnell ein und aus.

„Ich … Leon, Sie wissen, dass ich Sie nicht zu ihm lassen kann.“ Es war dem Sheriff deutlich anzusehen, dass es ihm wirklich leid tat.

„Bitte! Er braucht mich, das weiß ich!“, flehte Leon nun. „Bitte …“

Der Sheriff rang mit sich und gab unter dem bettelnden Blick Leons schließlich nach. „Friedrichs, bringen Sie Mr. Blake bitte zu Ryan McCoy. Fünf Minuten, und keine Minute länger!"

„Okay. Danke!"

Leon folgte dem älteren Officer durch mehrere Gänge, dann stand er plötzlich und völlig unvorbereitet seinem Freund gegenüber.

Ryan saß in einer kleinen Zelle auf dem Bett, das Gesicht in den Händen verborgen und unverkennbar aufgelöst.

Leon kämpfte regelrecht um seine Fassung, als er dicht an die Gitter trat. „Ryan …", sagte er leise.

Der hob den Kopf, starrte seinen Freund einen Moment desorientiert an und sprang dann auf. „Was tust du hier? Du solltest deinen Test schreiben!" Er griff durch die Stäbe hindurch nach den Händen seines Freundes. Zitternd umschlossen sie sich - versuchten dem anderen Halt zu geben -, doch in diesen Mauern war das kaum möglich.

„Du weißt doch: es gibt Dinge, die wichtiger sind. Scheiße, ich glaub's nicht …", flüsterte Leon unter Tränen.

„Bitte, nicht weinen, Schatz. Es reicht, wenn ich heule." Ryan legte den Kopf in den Nacken und atmete tief durch. In diesem Moment, als sich die Handschellen um seine Gelenke geschlossen hatten, war sein gesamtes Leben den Bach runtergegangen. Er konnte es kaum glauben, als er seine Fingerabdrücke hatte abgeben müssen. Nun war er, egal, was passierte, für den Rest seines Lebens aktenkundig. Er war auch fotografiert worden. Es war ihm wie ein schlechter Film vorgekommen, als sie ihm ein kleines Schild in die Hand gedrückt hatten, auf dem eine Nummer und sein Name gestanden hatte.

Er hatte sich nach links und rechts drehen müssen und dabei die ganze Zeit an seine Mutter gedacht. Gott, was hatte er nur getan?

Und nun stand Leon vor ihm - weinend und total verzweifelt. Das war wieder einer dieser Momente, in denen er am liebsten niemanden sehen würde. Niemand sollte erkennen, wie sehr ihn all das belastete. Seinen Freund so vor sich stehen zu sehen, machte ihn fertig - noch mehr, als seine eigene Situation.

„Ich hol dich hier raus. Ich lass nicht zu, dass die dich hier behalten."

Ryan schüttelte den Kopf. „Du bist süß. Aber hier hilft auch dein Helfersyndrom nicht. Du kannst mich hier nicht rausholen." Er lächelte zaghaft, als er seinem Freund die Tränen von den Wangen strich. „Ich denke nicht, dass mir jetzt jemand helfen kann. Du hast niemanden verdient, der im Knast sitzt. Leon, ich …"

„Vergiss es, McCoy! Denk nicht mal daran. Ich steh hinter dir, egal, was passiert!"

„Warum? Ich meine, ich bin nicht unbedingt der wahnsinnig nette Kerl, den man um sich haben will." Ryan trat einen Schritt zurück. „Du solltest mich vergessen. Scheiße, ich ertrage das nicht, Leon." Weinend sank er auf das Bett und hielt sich wieder die Hände vor das Gesicht.

„Ryan, bitte! Das kannst du doch nicht wirklich denken! Komm her!"

Ryan schüttelte nur langsam den Kopf.

„Komm her, verdammte Scheiße!", schrie Leon plötzlich.

Sein Freund hob den Kopf, sah ihn einen Moment an und stand dann auf. Wieder schlossen sich ihr Finger umeinander.

„Ryan, ich liebe dich! Das weißt du und nach allem, was wir zusammen durchgemacht haben; nach allem, was zwischen uns passiert ist, wirst du mich nicht von dir fernhalten können. Sieh mich an!"

Ryan hob den Kopf. Plötzlich hatte er nur eines im Sinn. Er legte seine Hand in Leons Nacken, zog ihn sanft an sich und küsste ihn zärtlich. „Das kann ich nie wieder gutmachen", flüsterte er.

„Doch, indem du nie wieder sagst, dass ich mich von dir fernhalten soll. Ich gehöre zu dir. Hast du das vergessen?“ Er legte seine Hand auf Ryans Brust. „Darin schlägt mein Herz, und ich will es, verdammt noch mal, nicht wiederhaben! Hast du das verstanden?“

Ryan lächelte ein wenig und nickte dann schließlich.

„Die Zeit ist um!“, sagte der Officer hinter ihnen.

Ryan warf ihm einen kurzen Blick zu und sah dann wieder zu Leon. „Ich liebe dich …“, flüsterte er.

„Ich dich auch. Gib nicht auf, okay?“ Sanft küssten sie sich noch einmal, dann wandte Leon sich ab und ließ seinen Freund zurück.

Als er wieder zu Michelle kam, sah er Eileen an, die neben seiner Mutter stand und bitterlich weinte.

„Leon, wie geht es ihm?“, fragte Michelle gleich.

Eileen hob den Kopf, schloss Leon in ihre Arme und zitterte unaufhörlich.

„Ich weiß nicht. Er ist ziemlich fertig.“ Leon löste sich von Eileen, legte aber den Arm um ihre Schultern. „Weiß jemand, warum er doch verhaftet wurde?“

„Der Sheriff kommt gleich zurück. Dann erfahren wir es“, erklärte Maggie.

Leon setzte sich auf eine Bank, zog Eileen auf seine rechte Seite und Michelle auf die linke. „Das ist alles unglaublich …“, murmelte er und legte den Kopf zurück an die Wand. Mit geschlossenen Augen kämpfte er gegen die Tränen an.

„Nicht aufgeben, Leon“, sagte Michelle leise. Er gab ihr einen Kuss auf die Stirn, als der Sheriff auf sie zutrat.

„Bitte, kommen Sie doch mit in mein Büro.“

Eileen erhob sich, doch Michelle und Leon blieben sitzen.

„Leon, geh du mit. Maggie und ich werden warten.“

„Okay.“ Er stand auf und folgte Eileen und Sheriff Lucas.

„Setzen Sie sich.“

Eileen und Leon nahmen vor seinem Schreibtisch Platz und sahen ihn fragend an.

„Nun, Jonathan geht es soweit gut. Er hat die Operation überstanden und wurde heute Morgen von der Intensivstation verlegt. Er hat sofort die Polizei kommen lassen und gegen seinen Sohn Anzeige erstattet.“

Leon und Eileen starrten ihn an.

„Das ist nicht wahr!“, platzte Leon heraus. „Er hat nicht wirklich seinen eigenen Sohn angezeigt!“

Eileen zitterte noch heftiger, schnappte nach Luft und sank auf dem Stuhl immer weiter zusammen.

„Eileen? Geht es Ihnen gut?“

Leon sah sie besorgt an, stand dann auf und rannte aus dem Zimmer. „Mum! Ruf Dad an! Er soll herkommen! Schnell!“

Maggie warf ihrem Sohn einen verwirrten Blick zu.

„Es geht schon“, sagte Eileen gerade, als Leon zurückkam.

Der Sheriff hatte ihr ein Glas Wasser hingestellt, aus dem sie nun kleine Schlucke trank.

„Mein Dad kommt her. Er kümmert sich um dich.“

„Eileen, Ryan braucht einen Anwalt. Als er vorhin seine Aussage gemacht hat, konnte ich ihn davon überzeugen, eine Gegenanzeige wegen Körperverletzung zu stellen. Das hat er auch getan, doch ohne juristische Hilfe, wird er kaum eine Chance haben, da wieder heil herauszukommen.“

Eileen nickte, während Leon seinen Zorn kaum unterdrücken konnte. Er hatte in seinem bisherigen Leben nie Hass empfunden. Er hatte immer gedacht, dass ein Mensch, den er nicht mochte, nie solch eine wichtige Rolle in seinem Leben spielen könnte, dass er ihn hassen müsste, doch nun wurde er eines besseren belehrt. Er starrte auf seine zitternden Hände, vernahm die Stimmen nur am Rande und stand schließlich auf.

„Tut mir leid, aber ich brauche frische Luft. Ich muss hier raus!“

Er öffnete die Tür, ohne sich umzudrehen und hastete an Michelle vorbei, die ihm sofort folgte. Er hatte es nicht länger im Zimmer ausgehalten, das war schon richtig, doch im Moment wollte er nur eines ...

Michelle rief seinen Namen, doch stehen blieb er nicht.

„Verdammt, Blake! Er ist auch mein Freund! Sag mir endlich, was der Sheriff gesagt hat!“, schrie sie über den Parkplatz.

Leon war neben seinem Auto stehen geblieben und atmete tief durch. „Jon hat ihn angezeigt. Wegen Körperverletzung. Kannst du dir das vorstellen? Er hat seinen eigenen Sohn angezeigt!“ Er stieg ein und wartete, dass Michelle ihm folgen würde, doch die stand wie angewurzelt auf dem Parkplatz. „Ich fahre jetzt zu ihm. Kommst du mit?“

Sie blinzelte und sah Leon verwirrt an. „Zu wem?“

„Zu wem wohl? Zu Jonathan natürlich!“, gab Leon ungehalten zurück.

„Spinnst du? Du machst alles nur noch schlimmer!“

„Hey, jetzt pass mal auf. Dieses Arschloch hat dafür gesorgt, dass unser Freund, der Mensch, den ich über alles liebe, im Knast sitzt. Ich lass nicht zu, dass der damit ungestraft davon kommt!“

„Was willst du tun? Ihn verprügeln?“

„Nein. Ich weiß es noch nicht. Vielleicht anschreien, bis meine Stimme weg ist, und das kann dauern. Kommst du nun mit?“

„Ja!“ Sie stieg ein. „Jemand muss dich ja von Dummheiten abhalten. Leon, versprich mir, dass du ihn nicht anrührst!“

Er haderte mit sich, denn genau das wollte er am liebsten. Ryans Werk beenden, ihm die Seele aus dem Leib prügeln, doch tief in sich wusste er, dass das der komplett falsche Weg wäre. „Ich verspreche es. Schnall dich an!“

„Kommandier mich nicht herum!“, antwortete sie patzig.

Leon sah sie kurz an und lächelte dann. „Mann, Ryan würde sich schon wieder fragen, warum wir seinetwegen solchen Aufriss veranstalten!“

„Ja, weil er nie begriffen hat, was für ein unglaublicher Mensch er ist.“ Michelle sah auf ihre Hände und lächelte. „Ich vermisse ihn. Ich würde ihn jetzt gern in den Arm nehmen. Wenn ich mir vorstelle, dass er ganz allein …“ Ihre Stimme brach ab, erstarb in den Tränen.

Leon schaltete den Motor wieder aus und drehte sich zu ihr um. Sanft zog er sie an sich, vergrub sein Gesicht in ihrem Haar und küsste sie auf die Stirn. „Ich weiß, was du meinst. Ich habe ihn eben da sitzen sehen und … oh Mann …“

Beide weinten, versuchten sich gegenseitig Halt zu geben, doch innerlich zerbrachen sie beinahe.

„Lass uns mit dem Kerl ein ernstes Wort reden, okay? Das schulden wir Ryan einfach!“, sagte er dann leise.

Michelle nickte. „Ja, du hast recht.“

Leon startete den Motor erneut und fuhr los. Er wusste nicht genau, was es war, doch er schätzte, dass es Michelle war, die ihn in diesem Moment so sehr beruhigte, dass er nicht das Gaspedal durchtrat.

Am Krankenhaus hielt er an und stieg aus.

„Leon …“

„Ja?“

„Denke daran, was du mir versprochen hast. Du hilfst Ryan nicht, wenn du seinen Vater jetzt angreifst!“

„Ich versuche, mich zu beherrschen.“

Gemeinsam betraten sie das Krankenhaus.

„Hallo“, sagte Leon an der Information, „wir möchten gern Jonathan McCoy besuchen. Können Sie uns sagen, auf welcher Station er liegt?“

Michelle warf ihm einen mahnenden Blick zu. Sie hoffte,

dass er diese Ruhe beibehielt.

„Ja, er liegt auf Station 45."

„Danke." Leon lächelte die Dame an und ging auf die Fahrstühle zu. Er war angespannt, wusste, dass er kurz davor war, gänzlich die Beherrschung zu verlieren und konzentrierte sich auf das Versprechen, welches er Michelle gegeben hatte.

„Kann ich Ihnen weiterhelfen?", fragte eine junge Schwester, als sie auf der Station ankamen.

„Ja, ich weiß, dass eigentlich keine Besuchszeit ist, aber wir haben gerade erst erfahren, dass Jonathan McCoy hier ist. Wir würden gern wissen, wie es ihm geht." Leon sah sie mit einem freundlichen Lächeln an. „Er ist ein Freund der Familie."

„Verstehe. Nun, ihm geht es soweit ganz gut. Er braucht noch viel Ruhe."

„Das verstehe ich natürlich, aber könnten wir ihn trotzdem kurz sehen? Nur ein paar Minuten."

Michelle sah zwischen den beiden hin und her und hob überrascht die Augenbrauen.

Wenn es drauf ankam, wusste Leon um seine Reize. Er funkelte die Krankenschwester, die nicht älter als zwanzig war, mit seinen strahlend blauen Augen an, die sichtlich mit sich haderte.

„Okay, aber nur ganz kurz!"

„Danke, das ist lieb von ihnen!"

„Oh … keine Ursache. Er ist im Zimmer 4506."

Leon lächelte noch einmal und trat an ihr vorbei.

„Mann, Blake, du kannst lügen, ohne Rot zu werden!", raunte Michelle ihm zu, als sie am Ende des Flures angekommen waren.

Leon hörte sie gar nicht. Er starrte die Tür finster an und öffnete sie kurz entschlossen.

Jonathan lag mit geschlossenen Augen im Bett und bemerkte nicht, wie seine Zimmertür leise aufgeschoben wurde.

„Hallo, McCoy!“, sagte Leon mit ruhiger Stimme, doch Michelle war sicher, dass er bei weitem nicht so ruhig war, wie er klang.

Jon schlug die Augen auf und starrte die Freunde seines Sohnes an. „Was wollen Sie hier?“, rief er aufgebracht. „Verschwinden Sie, aber schnell!“

„Oh nein! Erst werden wir uns unterhalten!“ Leon stand vor dem Bett, musterte den Mann abfällig von oben bis unten und schüttelte den Kopf. „Gott, Sie sind der erbärmlichste Mensch, der mir je über den Weg gelaufen ist. Wie fühlt man sich, wenn man seinen Sohn und seine Frau schlägt? Wahnsinnig mutig? Toll? Männlich?“

„Raus hier!“

„Was haben Sie eigentlich erwartet, was Ryan tun würde, wenn er erfährt, was Sie mit Ashley getan haben? Dachten Sie, er würde es einfach hinnehmen?“

„Sie verteidigen hier einen gewalttätigen Jugendlichen. Machen Sie nur so weiter, dann werden Sie genauso enden!“

„Sie reden von Gewalt? Haben Sie sich Ihren Sohn mal angesehen, nachdem Sie ihn geschlagen haben? Haben Sie die Verletzungen gesehen?“ Leon wurde immer lauter.

Michelle versuchte, ihn zu beruhigen, doch er kam gerade erst so richtig in Fahrt.

„Ich sage Ihnen jetzt was, und Sie sollten mir verdammt gut zuhören!“ Er trat dicht auf Jon zu und fixierte ihn wütend.

„Ich muss gar nichts. Raus …“

„Halten Sie Ihr beschissenes Maul!“, unterbrach ihn Leon laut. „Sie sind ein arrogantes, selbstgefälliges, gewalttätiges und egoistisches Arschloch. Sollten Sie Ryan oder Eileen auch nur im Entferntesten zu nahe kommen, lernen Sie *mich* richtig kennen! Glauben Sie mir eines; Ryan ist in der Schule beliebter, als Sie sich vorstellen können, und eine Menge Jungs werden sehr sauer sein, wenn sie erfahren, was Sie getan haben! Darüber sollten Sie nachdenken!“

Jon zitterte, schluckte und wich ein Stück vor Leon zurück.

„Sieh ihn dir an Mic! Bei seiner Familie den großen Hengst raushängen lassen und nun liegt er hier und zittert vor Angst! Sie sind ein Waschlappen, McCoy und ich bin von Herzen dankbar, dass Ryan so gar nicht nach Ihnen schlägt. Und noch eines sage ich Ihnen. Sie sollten die Anzeige zurückziehen, sonst kann es passieren, dass Sie damit richtig auf die Schnauze fallen!“

Michelle war sicher, dass Leon sich nicht mehr lange zurückhalten würde, also zog sie sanft an seiner Hand, damit sie gehen könnten.

„Lassen Sie Eileen und Ryan in Ruhe!“ Leon gab Michelles Drängen nach und warf Jon noch einen letzten hasserfüllten Blick zu, bevor er das Zimmer verließ.

Eileen kam von ihrem Sohn zurück und sank mutlos neben Maggie auf die Bank. „Ich kann es kaum glauben, dass er wirklich im Gefängnis ist. Was soll nur aus ihm werden?“, fragte sie leise.

„Eileen, Ryan braucht einen Anwalt und zwar so schnell wie möglich!“, erinnerte sie Taylor.

„Ich … nein, das kann ich nicht machen … ich weiß nicht …“, murmelte sie unverständlich.

„Was kannst du nicht machen?“, fragte Maggie.

„Mein Schwager, Jons Bruder, also er ist Anwalt in Richmond.“

„Dann ruf ihn an! Los!“, drängte Maggie und reichte ihr ein Handy.

Eileen war unschlüssig, doch dann dachte sie an Ryans traurigen Blick und wählte die Nummer, die sie trotz all der Zeit, die vergangen war - in der sie wenig bis keinen Kontakt mit der Familie gehabt hatte - noch immer auswendig kannte.

„Kanzlei Rechtanwalt Thomas Bernett!“

„Guten Tag. Mein Name ist Eileen McCoy. Mr. Bernett ist mein Schwager und ich muss ihn dringend sprechen. Es ist ein Notfall!“

„Er ist in einer Besprechung, Mrs. McCoy“, antwortete die Frau, die wahrscheinlich seine Sekretärin war.

„Bitte, sagen Sie ihm, dass Eileen am Telefon ist. Es geht um seinen Neffen!“

Die Dame zögerte noch eine Augenblick, sagte dann allerdings: „Gut, einen Moment bitte.“

Eileen wartete und hörte die leise Musik aus der Warteschleife, bis diese von der freundlichen Frauenstimme unterbrochen.

„Ich stelle Sie durch!“

„Danke.“

„Eileen? Hier ist Tom.“ Jons Bruder hatte eine tiefe, markante Stimme, die sich jetzt wie Balsam auf Eileens Seele legte.

„Gott sei Dank. Tom, wir haben ein großes Problem!“ Mit wenigen Worten erklärte sie ihm, was passiert war.

Der Jurist schnappte hörbar nach Luft und schimpfte dann aus Leibeskräften auf seinen eigenen Bruder.

„Tom, bitte. Ich brauche deine Hilfe. Ryan ist unschuldig. Er muss aus dem Gefängnis raus!“

„Okay, ich nehme die erste Maschine zu euch und werde dann gleich zu Ryan fahren. Wo ist er denn?“

„Im Gefängnis unserer örtlichen Polizeistation.“

„Gut. Eileen, wurde schon eine Kaution beantragt?“

„Ich weiß es nicht.“ Eileen war unsicher, und das hörte ihr Schwager auch.

„Mach dir keine Sorgen, heute Abend ist er hoffentlich schon wieder bei euch. Ich fahre sofort nach der Besprechung los und melde mich dann bei dir!“

„Ich danke dir, Tom!“

Es war bereits später Nachmittag, als Tom Bernett auf dem Flugplatz in Mainsfield, der nächstgrößeren Stadt, landete. Er mietete einen Kleinwagen und fuhr sofort zum Amtsgericht, um die Kaution für seinen Neffen zu bezahlen. Noch immer war er zornig. Nach allem, was Eileen ihm am Telefon erzählt hatte, hatte sich sein Bruder nicht verändert. Zu oft hatte er versucht, auf ihn einzuwirken, doch er hatte nie auf ihn gehört. Vor etwa vier Jahren war der Kontakt schließlich abgebrochen, und er hatte seitdem nichts mehr von Jon, Eileen oder Ryan gehört.

Gott, er wusste nicht einmal, wie sein Neffe aussah. Als er ihn das letzte Mal gesehen hatte, war er dreizehn gewesen ... oder schon vierzehn? Tom wusste es nicht. Jon hatte es geschafft, seine Familie total zu entfremden, bis sie außer ihrer Arbeit nichts mehr hatten. Das einzige, was Tom wusste, war, dass Ryan aussah wie sein Großvater, wie Eileens Vater in jüngeren Jahren. Das hatten immer alle gesagt. Er hatte die gleichen dunkelbraunen Augen, das gleiche Lächeln und auch sonst war er ein komplettes Ebenbild von Richard McCoy.

Tom parkte vor dem großen Gebäude und fragte sich zu dem zuständigen Richter durch, bei dem er 1500 $ Kaution hinterlegte und glücklich die Quittung einsteckte, die für Ryan eine Fahrkarte aus dem Gefängnis bedeutete.

Ryan lag auf dem unbequemen Bett, hatte die Augen geschlossen und versuchte verzweifelt, sich aus diesem Gebäude zu träumen - weit weg von diesem Typen, der in der Zelle nebenan lag und laut schnarchte. Der Geruch von Alkohol, Schmutz und Urin sorgte dafür, dass ihm übel wurde. Ryan öffnet die Augen, als sich der Typ plötzlich schmatzend aufrichtete.

„Hey … hey, Jungs!“, rief er. „Hey … Hey … Hey …“ Es wurde zu einem Mantra, immer lauter und schriller, was Ryan unendlich nervte.

„Hey, halt die Klappe, du bist doch hier nicht allein!“, fluchte er und setzte sich auf.

„Was willst du denn?“, fragte der Mann.

Ryan besah ihn sich genauer; sah auf den graumelierten Vollbart, die strähnigen, stumpfen Haare, die vom Kopf abstanden, die löchrige Kleidung und die schmutzigen Hautstellen, die überall da hervor blitzten, wo die Klamotten zerrissen waren.

„Warum bist du hier?“, fragte er.

Der Typ runzelte die Stirn. „Ich weiß nicht. Ich schätze, ich bin eingeschlafen.“

Ryan konnte sich ein kleines Lachen nicht verkneifen.

Der Typ starrte ihn mit kullerrunden Augen an, verzog das Gesicht zu einer grübelnden Grimasse und wirkte ein wenig, wie einer dieser alten Männer auf einer Scherzpostkarte. „Wie heißt du?“

„Horst!“

Er sagte es so inbrünstig, dass Ryan lachte. „Bist du sicher?“

„Nein. Aber alle nennen mich so. Ich glaube, ich heiße …“ Er schien zu überlegen. „Herbert … ja, so heiße ich.“

„Ich bin Ryan. Aber den Namen hast du wahrscheinlich eh in zwei Minuten vergessen!“

„Jaah … hast du etwas zu trinken?“, fragte Herbert.

„Nein, aber ich hätte auch nichts gegen ein Bier. Allerdings schätze ich, werden die uns keins geben. Herbert, warum lässt du dich so gehen? Bist du allein?“

„Nein!“, rief Herbert. „Ich habe noch Johnny und Jim!“

Ryan runzelte die Stirn. „Ah, ich verstehe. Johnny Walker und Jim Beam, deine besten Freunde“, grinste er.

Herbert lachte und entblößte so einen fast zahnlosen Mund. „Nein, sie heißen wirklich so. Johnny und Jim.“

Ryan schüttelte den Kopf. Der Typ war irgendwie witzig in seiner Art, doch wenn er es sich so recht überlegte, war es traurig, dass ein alter Mann so fertig mit sich und der Welt war. „Geht es dir gut?“, fragte Ryan leise.

„Jaah, naja, ich würde gern etwas trinken, aber die geben mir hier nie etwas!“

„Das Leben ist ganz schön beschissen, oder?“

„Nein, es ist nur beschissen, wenn du es beschissen machst, Ryan!“

„Du weißt meinen Namen noch“, fiel ihm amüsiert auf.

„Ja … ich kann mir manchmal etwas merken.“ Herbert kratzte sich am Kopf. „Warum bist du hier?“

„Nicht so wichtig.“

„Ah … naja, du bist jung. Du kommst hier schon wieder raus. Du hast doch Eltern, die sich um dich sorgen?“

Ryan lehnte an den Gitterstäben. „Ich habe eine Mutter, ja.“

„Und bestimmt eine hübsche Freundin, nicht wahr?“, grinste Herbert.

„Ja und einen Freund. Ich bin nicht allein.“ Als Ryan es so sagte, wurde ihm erst klar, was er an seinen Freunden hatte. Sie sorgten sich wirklich um ihn und er vermisste sie. Frustriert seufzte er und schob den Gedanken an Leon und Michelle beiseite, sonst würde er nur wieder weinen. „Hey Herbie, wo wohnst du?“

„Comonwearstreet, unter der Brücke. Ich weiß gar nicht, ob es Jim und Johnny gut geht.“

„Bestimmt. Sie warten auf dich.“

Herbert und Ryan hoben die Köpfe, als sie das Klappern von Metall hörten und ein Officer auftauchte.

„Na, Herbie? Alles klar soweit?“

„Jaah! Kann ich jetzt gehen?“

„Klar, warum nicht und halte dich von dem Supermarkt fern, okay?“

„Jaah, Officer!“ Herbert verbeugte sich leicht und zwinkerte

Ryan zu.

„Pass auf dich auf, Herbie!“

„Du auf dich auch.“

Ryan beobachtete, wie Herbert dem Polizisten leicht schwankend folgte, dann setzte er sich auf sein Bett zurück. Wie lange er dort saß, wusste er nicht, doch eine vertraute Stimme riss ihn aus seinen Gedanken.

Zurück im Leben

„Ryan?“

Er hob den Kopf und sah in das lächelnde Gesicht des Sheriffs, der die Zelle aufschloss.

„Na komm schon.“

„Was?“

„Deine Kaution wurde bezahlt. Du bist frei … vorerst!“

Ryan erhob sich langsam, runzelte die Stirn und trat aus der Zelle heraus. „Von wem?“

„Warte es ab!“

Ryan folgte Lucas und erstarrte. „Onkel Tom?“

„Ryan, schön dich zu sehen!“

Obwohl er seinen Onkel so lange Zeit nicht gesehen hatte, verspürte er ein tiefes Gefühl von Zuneigung in sich aufkommen. „Ich versteh das nicht. Bist du jetzt mein Anwalt?“

„So kann man es sagen. Vorausgesetzt, du bist einverstanden.“

„Jaah! Himmel, ich nehm alles, wenn es mir hilft“, stieß Ryan hervor.

Tom lachte leise auf. „Gut, dann können wir gleich gehen.“

Er unterschrieb schwungvoll das Formular, welches ihm der Sheriff hingelegt hatte.

„Fein, gehen klingt gut. Allerdings hätte ich gern mein Handy zurück!“, sagte Ryan zu dem Officer, der bei ihnen stand. Keine Minute später hielt er das Mobiltelefon in der Hand und schob es in die Innentasche seiner Jacke.

„Dann mal los.“ Tom legte Ryan die Hand auf den Rücken und schob ihn sanft hinaus, was nicht nötig war, da es Ryan kaum noch erwarten konnte, die Sonne im Gesicht zu spüren. „Wo fahren wir jetzt hin?“, fragte er.

„Zu dir, denke ich. Oder?“

„Ja, egal, Hauptsache weg hier!“ Er stieg ins Auto und Tom lenkte es vom Parkplatz hinunter auf die Hauptstraße.

„Wie geht es dir?“

Ryan sah aus dem Fenster. „Ich weiß nicht. Onkel Tom, was passiert jetzt mit mir?“

„Nun, deine Mutter hat mir erzählt, dass du Gegenanzeige erstattet hast.“

„Ja.“

„Dein Vater muss einen Anwalt haben, also würde ich dem gern einen Deal vorschlagen.“

„Einen Deal? Wie soll der aussehen?“

„Ich möchte, dass Jon die Anzeige zurückzieht, wenn wir ihm sagen, dass du es dann auch tun würdest. Es gibt viele Zeugen, die gesehen haben, dass er dich geschlagen hat. Das sagt zumindest Eileen. Also muss er mit einer Bestrafung rechnen. Ich schätze, dass mein Bruder darauf nicht aus ist, also wird er sich auf den Deal einlassen. Ist das okay für dich?“

Ryan überlegte. Im Grunde war ihm alles recht, solange er seinem Vater nicht mehr gegenüber treten müsste. „Ja, ich denke schon.“

„Gut. Ich werde versuchen durchzusetzen, dass Jon den Hof

nicht mehr betreten darf. Wenn ich mich richtig erinnere - und sich da nichts verändert hat -, läuft alles auf den Namen deiner Mutter."

„Keine Ahnung!"

„Naja, darum kümmere ich mich schon." Tom machte eine kleine Pause. „Ryan, dir sollte allerdings klar sein, dass du um eine Verurteilung nicht drum herum kommst. Du hast eine Straftat begangen. Sicher im Affekt, doch es war eine Straftat. Aber ich möchte, dass du dir keine Sorgen machst. Du bist nie vorher strafauffällig geworden, und so läuft es dann eigentlich auf eine kurze Bewährungsstrafe hinaus."

Für Ryan war dies nur ein schwacher Trost. Er war Zeit seines Lebens nun aktenkundig. Klasse Aussichten.

„Deine Cousine war ganz aufgeregt, als sie gehört hat, wo ich hinfliege."

Ryan wandte sich seinem Onkel zu und lächelte. „Linda! Gott, wie lange habe ich sie nicht gesehen?"

„Beinahe vier Jahre. Du würdest staunen. Sie ist richtig groß geworden", sagte Tom und musterte Ryan kurz, „so, wie du übrigens."

„Ja, ich konnte es nicht aufhalten. Wie alt ist sie jetzt? War sie ein Jahr jünger oder zwei?"

„Sie wird nächsten Monat sechzehn." Tom holte aus dem Jackett eine Brieftasche und gab sie Ryan, der sie öffnete und das Foto eines jungen Mädchens anschaute. Seine Cousine sah süß aus: dunkelblonde Locken und leuchtend grüne Augen - nicht schlecht.

„Sie ist niedlich!"

„Ja, das ist sie. Sie hat gleich gefragt, wann sie dich wiedersehen wird. Ryan, wir haben in unserer Familie lange nicht über euch gesprochen. Deine Tante Sandra und Linda sind sehr froh, dass es euch gut geht. Naja, den Umständen entsprechend."

„Ich würde sie gern wiedersehen. Ist verdammt lange her …“ Ryan driftete kurz in seine Vergangenheit ab, als Linda und er über die Weiden geritten sind und viel Spaß hatten. Das war vor dem Tod seines Großvaters. Ab da wurde alles anders.

„Das Tor ist zu“, sagte Tom plötzlich.

Ryan blinzelte kurz und runzelte die Stirn. „Oh … dann ist sie wohl noch bei Maggie!“

„Wer ist Maggie?“

„Die Mutter meines Freundes. Du musst zurück zur Hauptstraße und dann in die Wilsher einbiegen. Sie wohnen in der Landresroad.“

„Okay, die finde ich.“ Tom wendete und fuhr zurück.

Wenige Minuten später machte Ryan ihn auf das große cremefarbene Haus der Blakes aufmerksam. Er wurde plötzlich ganz aufgeregt. Allein der Anblick von Taylor, der an seinem Auto stand, war gigantisch schön.

„Ryan! Gott sei Dank!“

Er war noch nicht einmal ausgestiegen, als er auch schon vom Vater seines Freundes in den Arm gezogen wurde, dann löste er sich von ihm.

„Tut mir leid.“

„Ach was. Das war fast eine väterliche Umarmung. Meine erste!“, grinste Ryan. „Taylor, das ist mein Onkel Tom Bernett – Taylor Blake, Leons Vater.“

Die Männer schüttelten einander die Hände.

„So, dann rein mit dir!“

Kaum hatte sich die Tür geöffnet, war auch schon Eileen im Flur und schloss ihren Sohn in ihre Arme. Unendlich erleichtert weinte sie. „Ich bin so froh, dass du wieder da bist!“, schluchzte sie.

Ryan hielt sie fest an sich gezogen und schloss die Augen. Als er den Kopf hob, stand Michelle vor ihm, die gleich den Platz von Eileen einnahm und Ryan umarmte, doch der Anblick, den Leon ihm bot, trieb ihm sofort wieder die Tränen in die Augen. Es war so deutlich zu sehen, dass Leon die letzten Stunden nur geweint hatte, dass sich sein Magen schmerzhaft zusammenzog. Er gab Michelle einen Kuss auf die Stirn und ging langsam auf Leon zu, der sofort die Arme um ihn schlang, sein Gesicht an seinem Hals vergrub und unendlich zitterte.

Ryan hielt ihn so sehr fest, wie es ging und gab ihm einen zärtlichen Kuss auf die Stirn, dann hob Leon den Kopf. Kurz sahen sie sich an, störten sich nicht daran, dass ihre Familien hinter ihnen standen und küssten sich. Ihre Tränen vermischten sich und zärtlich strichen sie sich diese gegenseitig von den Wangen.

Dann lächelte Leon: „Ich bin so froh, dass du bei mir bist!“

„Ahh … jetzt versteh ich das mit *mein* Freund!“, sagte Tom plötzlich.

Ryan drehte sich um, ließ Leon nicht los und grinste durch die Tränen hindurch.

„So, ich schätze, du hast Hunger, Ryan?“, beendete Maggie die rührende Begrüßung, bevor auch sie noch in Tränen ausbrechen würde.

„Jaah! Knastessen ist ja wohl das Letzte!“

Leises Gelächter kam auf, während alle ins Esszimmer gingen und an dem reich gedeckten Tisch Patz nahmen.

Ryan strich Steph kurz übers Haar und weigerte sich, Leons Hand loszulassen. Erst als er zu essen begann, brauchte er beide Hände, doch zwischendurch lag sie immer wieder auf dem Oberschenkel seines Freundes.

„Onkel Tom?“

„Ja?“

„Kann ich morgen zur Schule gehen?“

„Auf jeden Fall. Das ist kein Problem.“

Beruhigt aß Ryan weiter. Solange Leon bei ihm war und er zur Schule durfte, war alles in Ordnung.

Nachdem alle fertig waren, erhob er sich. „Ähm … seid mir bitte nicht böse, aber ich brauche Bewegung und frische Luft. Ich würde gern etwas spazieren gehen!"

„Geh ruhig", lächelte Maggie.

Er ging um den Tisch herum und gab ihr einen Kuss auf die Wange. „Danke für das Essen!", flüsterte er.

Kurz strich sie ihm übers Haar und wurde rot. „Habe ich gern gemacht und für dich sowieso!"

Ryan sah Michelle und Leon an, die noch immer auf ihren Stühlen saßen. „Kommt ihr mit?"

„Gott, ich dachte schon, du fragst gar nicht mehr!", platzte Leon heraus.

Ryan lachte. „Hey, dich lass ich heute nicht mehr aus den Augen. Die letzten sieben Stunden waren Hölle genug. Du bleibst heute schön bei mir!"

„Alles was du willst!"

Tom erhob sich ebenfalls. „Eileen, ich würde gern zu euch fahren. Ich habe vom Staatsanwalt die Aussagen bekommen, und wenn ich mich morgen um den Fall kümmern soll, muss ich noch etwas arbeiten."

„Natürlich." Eileen stand ebenfalls auf.

„Mr. Bernett, ich muss Ihnen noch etwas sagen", setzte Leon an und sah plötzlich richtig verzweifelt aus.

„Also, ich denke, Tom reicht. Und was müssen Sie mir noch sagen?"

„Ich … ich schätze, ich habe …"

„Wir!", unterbrach ihn Michelle.

„Oh … okay, also, wir haben etwas ziemlich Dummes getan!" Leon war nervös, denn dass es dumm war, was sie getan hatten, war ihnen schlagartig klar geworden, als sie das Krankenhaus verlassen hatten.

„Was ist passiert?", fragte Ryan.

Beide zögerten und schwiegen. Hatten sie alles nur noch schlimmer gemacht?

„Leon, was habt ihr getan?"

„Ich war so sauer! Als ich gehört habe, dass dieser Arsch …"

„Leon!", warf Maggie dazwischen.

„Dass dieser Kerl dich angezeigt hat, sind … oh Mann…"

„Er will sagen, dass mit ihm die Pferde durchgegangen sind!", versuchte Michelle zu helfen.

„Leon, ganz ruhig. Sagen Sie mir einfach, was Sie getan haben!"

„Wir sind ins Krankenhaus gefahren!", sagte Leon leise.

„Was?", schrieen Ryan, Maggie und Taylor gleichzeitig.

Leon sah nun richtig verzweifelt aus. „Ich habe ihn nicht angerührt! Ich schwöre es!", sagte er hastig.

„Das stimmt!", bestätigte Michelle.

Ryan starrte seine Freunde an und schwankte zwischen Freudentränen und einem ausgewachsenen Lachkrampf. „Das ist unglaublich!"

„Es tut mir leid!"

„Was haben Sie genau getan?", hakte Tom nach.

„Naja, ich habe ihn etwas angeschrieen und ihm gesagt… eh, Mum, kannst du Steph die Ohren zuhalten?"

„Okay, ich versteh schon. Sie haben ihn nicht angerührt?"

„Nein!"

„Haben Sie ihn in irgendeiner Art und Weise bedroht?"

Leon zögerte unsicher. „Naja, ich möchte es nicht unbedingt als Drohung bezeichnen ..."

„Ich schon! Er hat gesagt, wenn er Ryan und Eileen noch mal zu nahe kommt, lernt er ihn richtig kennen!", erklärte Michelle.

„Oh … also, so war's nicht!"

„Doch, genau so war es! Wortwörtlich, Leon!"

Tom lächelte verhalten. „Okay, ich denke nicht, dass es so schlimm war. Doch eines muss euch allen klar sein. Ihr müsst euch jetzt von ihm fernhalten. Besonders ihr zwei!" Er warf einen Blick zu Leon und Ryan, der noch immer seinen Freund anstarrte und im Moment den Eindruck machte, gleich über ihn herfallen zu wollen.

„Ja, Sir!", sagte Leon geknickt.

„Ryan, hast du das verstanden?", fragte Tom.

„Was? Oh … jaah! Keine Sorge. Ich denke nicht mal an ihn", erwiderte Ryan und sah wieder zu Leon, der ihn unsicher anlächelte.

„Gut. Also, Maggie, vielen Dank für das wunderbare Essen!", wandte Tom sich an die Hausherrin und verabschiedete sich.

Eileen trat auf ihren Sohn zu. „Es wäre schön, wenn du nachher noch nach Hause kommst."

„Ja, natürlich!" Ryan umarmte sie. „Oh, Maggie. Klingt jetzt vielleicht komisch, aber hättest du ein paar Reste vom Abendessen, die du mir einpacken könntest?"

„So verhungert siehst du gar nicht aus!", grinste sie.

„Es ist nicht für mich."

Maggie nickte, und Ryan nahm seine Jacke vom Haken. „Wir sollten Buster mitnehmen. Buster, komm her!", lockte er seinen Hund zu sich, der die ganze Zeit unter dem Tisch gelegen hatte.

Buster kam sofort, ließ sich von Ryan hinter den Ohren kraulen, der wartete, bis Leon und Michelle angezogen waren, dann traten sie ins Freie und liefen langsam die Straße hinunter. Seinen rechten Arm hatte er um Leons Hüften gelegt, genauso, wie es sein Freund bei ihm tat, Michelle hatte er an der Hand, die eine Tüte mit dem Essen trug.

„Das war ein Tag!“, sagte sie leise.

„Wem sagst du das? Was meint ihr, können wir unseren Test wiederholen?“, fragte Ryan.

„Wer will das schon?“, grinste Leon und beobachtete Buster, der einige Meter vor ihnen mit einem riesen Ast kämpfte.

„Ich! Ich will meine Eins haben!“ Ryan blieb stehen. „Hört mal, ihr zwei. Dass ihr heute bei meinem Vater wart, als welchen Gründen auch immer …“

„Es tut uns wirklich leid!“, sagte Michelle schnell.

„Nein! Muss es nicht. Ich finde es unglaublich. Ich meine, ihr habt euch mit meinem Vater angelegt. Wer macht das schon freiwillig!“

„Oh, also das Lob gilt allein deinem Schatz. Ich war nur da, um ihn von Dummheiten abzuhalten. Ich schätze, am liebsten hätte er auf ihn eingeprügelt“, grinste Mic.

„Ja, hätte ich auch. Und wärst du nicht mitgekommen, glaube ich nicht, dass ich mich hätte zurückhalten können. Er lag so schön wehrlos vor mir.“

Ryan lachte leise und lief dann weiter. „Gott, ihr glaubt gar nicht, wie sehr ich euch beide liebe!“

„Wir dich auch!“, sagte Michelle leise.

Ryan blieb noch einmal stehen und gab erst Michelle einen Kuss, dann küsste er Leon - leidenschaftlicher als Michelle - und Leon konnte ein leises Seufzen nicht unterdrücken.

Während die beiden mit Knutschen beschäftigt waren, wartete Michelle lächelnd, dann liefen sie weiter.

„Kommt, Leute, irgendetwas muss er doch angestellt haben. Die verhaften ihn ja nicht aus Spaß an der Freude!“

Ryan blieb stehen und legte den Finger auf die Lippen. Sofort schwiegen die beiden. Ryan hockte sich hin, hielt Buster am Halsband fest und lauschte den Stimmen aus dem Park.

„Und was soll das sein?“, fragte Kiron.

„Keine Ahnung! Vielleicht hat er endlich mit seinem Vater abgerechnet. Also so endgültig!“, schlug Rick vor.

„Oh, bitte“, erklang Laurens Stimme, „Ryan ist doch kein Mörder!“

„Hey, warst du jemals auf dem Hof? Vorletztes Jahr zu Thanksgiving bin ich mit meinem Vater hingefahren, um einen Truthahn auszusuchen. Ihr glaubt gar nicht, wie sein Vater mit ihm umgesprungen ist!“, sagte Rick.

„Okay, das ist vorletztes Jahr gewesen!“, mischte sich nun Charlie ein. „Denk doch mal an die letzten Monate zurück. Gott, du musst nur mal an letzte Woche am See denken. Habt ihr Ryan je so viel lachen gesehen?“

„Nein, aber wir wissen ja auch alle, wo das herkommt!“, meinte Lauren.

Leises Lachen erklang, während Ryan und Leon sich kurze Blicke zuwarfen.

„Leon!“, sagte Dakota nur. „Ich finde es unglaublich. Bevor er hier aufgetaucht ist, war Ryan ein mürrischer, ewig schlechtgelaunter Einzelgänger. Ich meine, du musstest ihn ja nur falsch anschauen und warst für den Rest der Woche bei ihm unten durch!“

„War ich wirklich so schlimm?“, flüsterte Ryan Michelle zu, die nur mit den Schultern zuckte.

„Nicht zu mir!“, gab sie leise zurück.

„Er hat sich sehr verändert“, schloss Dakota.

„Leute, soll ich euch mal etwas sagen?“, erklang wieder Laurens Stimme. „Ich habe echt Angst um ihn. Ich meine … er hat soviel durchgemacht in den letzten Jahren. Er hat so etwas nicht verdient. Er am allerwenigsten!“ Ihre Stimme wurde immer leiser und trauriger. „Wir wissen alle, was bei ihm zu Hause abgegangen ist, doch er wollte ja nie Hilfe. Und jetzt? Jetzt traut sich keiner mehr, ihm Hilfe anzubieten, weil wir nicht wissen, wie er rea…“

„Buster!“ Ryan konnte den Retriever nicht mehr halten, denn eine Katze war aus dem Nichts aufgetaucht, die der Hund unbedingt jagen musste. Ryan rappelte sich auf und schaute an den Büschen vorbei. „Hi, Leute!“

Dakota war die erste, die ihn beinahe ansprang. „Oh Ryan, wir haben uns solche Sorgen gemacht.“

Er legte die Arme um sie, dann um Lauren. „Ja, ich hab's gehört. Ihr seid echt süß.“ Verstohlen wischte er sich eine Träne aus den Augen. „Buster, verdammt, komm her! Lass das arme Katzenviech in Ruhe!“ Er löste sich von Lauren und lief seinem Hund hinterher.

„Wie geht es ihm?“, fragte Rick.

„Leute, ihr seid unverbesserlich. Wenn ihr etwas von ihm wissen wollt, dann fragt ihn doch!“, sagte Leon kopfschüttelnd.

Ryan kam mit Buster wieder. „So, sitz!“

Buster gehorchte aufs Wort, nun ja, jedenfalls meistens.

„Ryan, wie geht es dir?“, fragte Rick ihn persönlich.

Ryan überlegte und zuckte mit den Schultern. „Ich weiß es nicht so genau. Einerseits bin ich natürlich saufroh da wieder raus zu sein. Ich bin im Moment - Sitz, Buster! - ich bin im Moment auf Kaution frei. Keine Ahnung, wie es weiter geht.“

„Sag mal, Ryan, was hast du nun eigentlich mit dem Zeug in der Tüte vor?“, fragte Leon.

„Oh ja. Also, wir sehen uns morgen, Leute.“ Die drei verabschiedeten sich. „Wenn man durch den Park durchläuft, kommt man doch auch zur Comonwearstreet, oder? Wir müssen nicht zur Straße zurück, nicht wahr?“, fragte er Michelle.

„Himmel, was willst du denn da? Da leben doch nur Penner!“

„Ja, ich weiß und genau da will ich hin. Ihr müsst nicht mitkommen, aber ich muss etwas erledigen.“

„Keine Chance. Allein rennst du da nicht rum“, sagte Michelle entschieden, also gingen sie weiter.

Als sie den Park durchquert hatten, trafen sie bereits auf erste Nachtlager aus Decken und Kisten. Mit starren Mienen gingen sie die Straße entlang. Leon hatte seine Hand um Busters Halsband und Ryan hielt Michelle fest. Traurige, müde und verstörte Blicke streiften die drei Freunde.

„Wir müssen zum Fluss", sagte Ryan leise. Von weitem konnte er schon die Brücke sehen. In einer Tonne brannte ein helles Feuer, und als sie näher traten, erkannte Ryan Herbert, der mit einer Flasche billigen Whiskey auf dem Boden saß. „Hey, Herbie!", rief er.

„Herbie?", fragten Leon und Michelle sich gegenseitig.

„Ryan!"

„Oh, ich bin stolz auf dich. Du kennst meinen Namen noch!"

„Jaah …" Herbert hickste und setzte sich auf. „Haben sie dich also rausgelassen?"

„Mussten sie, mein Anwalt war da."

„Das ist gut. Hey, Jungs! Jungs … das ist Ryan!" Herbert deutete mit zitternden Fingern auf ihn, und zwei alte Männer hoben träge die Köpfe, fielen aber gleich wieder in ihren Rausch.

„Herbie, das sind meine Freunde."

„Hallo!", grinste er.

Leon und Michelle hoben irritiert die Hand.

„Ja, sie ist wunderschön!", zwinkerte Herbert.

„Ja, das ist sie. Ich habe dir etwas zu essen mitgebracht. Wenn du es willst … mein ich."

„Oh…" Herbert setzte sich auf und schaute in die Tüte. „Rieche ich Würstchen und Brot?"

„Ja, und Hähnchen und so weiter. Lass es dir schmecken. Ich komm wieder, wenn du magst!"

„Das wäre toll. Und wenn du etwas zu essen dabei hast, wäre es noch besser."

Ryan lachte leise. „Klar, das sowieso. Warte …" Er stand auf, holte aus seiner Jackentasche seine Zigaretten und griff dann in Leons Jackentasche.

„Kann ich dir suchen helfen?", fragte er mit einem schiefen Lächeln.

„Nein, gib mal deine Zigaretten her."

Leon zog sie aus der anderen Jackentasche. „Das sind meine letzten."

„Wir kaufen neue." Ryan gab sie Herbert, der sie mit strahlenden Augen anstarrte. „Gut, dann bis bald. Ich komm wieder!"

„Bis bald." Herbert stürzte sich auf den Inhalt der Tüte, als die drei den Rückweg antraten.

„Mann, Snoopy, du bist echt zu gut für diese Welt!"

„Woher kennst du ihn?", fragte Michelle.

„Er hat mir heute drei Stunden die Ohren voll geschnarcht. Er tut mir einfach leid."

Ryan und Leon brachten Michelle nach Hause und fuhren dann zum McCoy-Hof.

Die Laternen brannten bereits, als Leon seinen Wagen neben Eileens parkte und ausstieg.

Ryan ließ Buster raus, der sofort zu seiner Hundehütte lief und zu fressen begann.

Es war eine sehr milde Nacht. Der Himmel war klar und übersät mit glitzernden Sternen. Kein Lüftchen wehte, und von Weitem hörten sie das verschlafene Blöken der Schafe.

„Lass uns kurz zu meiner Mutter gehen." Ryan betrat das Haus, wo Eileen im Wohnzimmer saß und sich einen alten Schwarz-Weiß-Film anschaute.

„Hallo, mein Schatz!", lächelte sie müde.

„Du solltest schlafen gehen, Mum. Gönn dir etwas Ruhe, okay?", sagte Ryan leise und küsste sie auf die Stirn. „Wo ist

Onkel Tom?“

„Im Gästezimmer. Er sitzt am Schreibtisch und arbeitet.“

„Vielleicht sollte ich noch einmal zu ihm gehen“, überlegte Ryan und drehte sich zu Leon um. „Nimm doch schon mal zwei Flaschen Bier mit zum Anbinder. Ich bin gleich da.“

„Okay. Gute Nacht, Eileen.“ Leon beugte sich zu ihr hinunter und küsste sie auf die Wange.

„Guten Nacht. Schlaft gut, alle beide.“

Ryan nickte und lief die Treppe hinauf. Leise klopfte er an die Tür des Gästezimmers.

„Ja?!“

„Onkel Tom? Kann ich dich kurz stören?“ Ryan sah ins Zimmer, wo Tom am Schreibtisch saß und sich durch einen Haufen Papier wühlte.

„Du störst mich nicht. Komm rein.“

Ryan schloss die Tür und setzte sich auf die Bettkante. „Ich wollte mich bei dir bedanken. Du müsstest das nicht tun, schließlich geht es hier um deinen Bruder.“

„Ein Grund mehr. Ryan, ich bin zuversichtlich, dass sich alles zum Guten wenden wird. Du wirst sehen. Ich bin noch einige Tage hier, und Linda hat gefragt, ob sie herkommen dürfte. Deine Mutter hat zugestimmt, also kommen Linda und ihre Mutter morgen Nachmittag hier an.“

Ryan hob überrascht den Kopf. „Das ist toll! Ich freu mich, ganz ehrlich.“ Er lächelte, stand auf und trat auf seinen Onkel zu. „Gute Nacht.“

Kurz umarmten sich die beiden Männer, dann verließ Ryan das Zimmer und lief die Treppe hoch. Er hatte nicht vor, die nächsten Stunden im Haus zu verbringen. Alles, was er im Moment brauchte, war frische Luft und ganz viel Leon.

Er holte zwei Pullover und traf am Anbinder auf seinen Freund, der auf der Bank saß und ziemlich traurig June beobachtete, die allein in der Nähe der Ställe stand.

„Sie spürt es“, sagte Ryan leise und setzte sich neben Leon, der ihm sein Bier gab. „Ich seh es an ihrem Blick.“

„Klar spürt sie es; Ashley war ihre Mutter.“ Leon blinzelte die Tränen weg und schluckte. „Sie fehlt mir. Ich kann nicht glauben, dass sie weg ist.“

Ryan schaute in eine andere Richtung, kämpfte, wie sein Freund, gegen die Tränen an und verlor. Unruhig wischte er sich mit der Hand über die Wange.

„Ryan, sieh mich an.“

Ryan schüttelte den Kopf und stützte sich mit den Unterarmen auf den Beinen ab. „Ich habe sie bekommen, als sie gerade zehn Wochen alt war“, erzählte er leise mit zittriger Stimme. „Himmel, ich weiß es noch wie heute. Sie kam aus dem Stall gestolpert und ist die ganze Zeit Shadow hinterher gerannt. Ich weiß bis heute nicht, warum. Vielleicht dachte sie, er sei ihr Vater.“ Ryan lächelte durch die Tränen hindurch. „Sie war ein richtiger Wildfang. Mein Großvater hat angefangen, sie zu trainieren, damit sie etwas ruhiger wurde. Zuletzt war sie einfach wunderbar friedlich. Es war toll. Wenn ich mich mal so richtig austoben will, ist June perfekt dafür …“

„Stimmt, sie ist genauso wild wie du!“, unterbrach Leon ihn leise lachend.

Ryan drehte ihm den Kopf zu und grinste. „Ja, irgendwie schon. Ashley war einfach sehr … ja, ich weiß nicht. Gemütlich. Ja, so könnte man sie beschreiben.“ Er schwieg, hing seinen Gedanken nach und spürte Leons Hand auf seinem Rücken, die ihn sanft streichelte. „Ich vermisse sie …“, flüsterte er mit tränenerstickter Stimme.

Sofort hockte sich Leon vor ihn, zog ihn in eine feste Umarmung und fühlte, wie ihm heiße Tränen das Shirt an der Schulter durchweichten. Er sagte nichts; was hätte er auch sagen sollen? Ryan hatte einen verdammt großen Verlust erlitten. Es war so, wie er immer gesagt hatte. Er hatte nicht viel und war nicht bereit, das wenige kampflos aufzugeben. Leon war sicher, dass Ryan zumindest diesen Kampf verloren hatte. Jon hatte ihm Ashley genommen, jemanden, der Ryan näher stand, als sein eigener Vater …

Seine Gedanken verabschiedeten sich, als er plötzlich Ryans Zungenspitze an seinem Hals fühlte; gierige Küsse und Berührungen von dessen Lippen ließen ihn heftiger atmen. „Ryan … oh Mann … warte. Vielleicht …“ Weiter kam er nicht, denn Ryan blickte ihm kurz in die Augen, atmete hastig auf und küsste ihn dann. So stürmisch und ungezügelt, dass Leon den Halt verloren hätte, hätten sich nicht Ryans Finger um seine Arme geschlossen.

Ihre Küsse hatten nichts Zärtliches an sich, nichts romantisches oder sanftes, wie sonst. Sie waren verzweifelt, hungrig und brüllten geradezu nach mehr.

Ryan zog Leon plötzlich nach oben und griff nach seiner Hand. Ohne ein Wort zu sagen, schlug er den Weg zur Scheune ein. Es war seltsam, doch er hatte das Gefühl, als hätte sich alles, was in den letzten achtundvierzig Stunden passiert war, in Luft aufgelöst, nichts davon entsprach der Realität, außer dieser Kerl, der an seiner Hand hinter ihm lief und nicht wusste, was gleich auf ihn zukommen würde. Mit der freien Hand stieß er die Tür zur Scheune auf und schloss sie wieder. Sofort zog er Leon an sich, küsste sich beinahe um den Verstand und ließ seinem Freund keine einzige Sekunde zum Luft holen.

Leon wusste nicht, wie ihm geschah. Derartige heiße, brodelnde Gefühle hatte er noch nie gespürt. Die ganze Welt schien dunkel geworden zu sein, kein Geräusch, keine Luft, keine Möglichkeit, Ruhe zu finden. Alles in ihm stand in Flammen und breitete sich immer weiter aus. Plötzlich stand er mit dem Rücken am Traktor und legte den Kopf in den Nacken, als Ryans Zunge gierig über seinen Hals leckte. Seine Hände wühlte er in die brünetten Haare und leise stöhnte er auf, als Ryan seine Hände auf seinen Hintern schob. „Scheiße … was machst du mit mir?“, keuchte er lustvoll auf, denn Ryans Finger hatten sich um seine Hüfte geschlossen und ihn fordernd umgedreht.

Leon stand mit dem Rücken zu Ryan, der es sich wohl zur Mission gemacht hatte, seinen Freund nun endgültig in den Wahnsinn zu treiben. Er konnte nicht aufhören, konnte ihm keine Sekunde Ruhe gönnen, nicht von ihm lassen und so glitten seine Hände immer schneller über die heiße Haut, über die empfindlichsten Bereiche, bis sie schließlich die Knöpfe von Leons Jeans öffneten. Heftig atmend zog er den störenden Stoff hinunter und öffnete auch seine eigene Jeans.

Leon ahnte, was kommen würde, presste sich fester an Ryan, der seine Zunge plötzlich so ruhig über seinen Hals gleiten ließ, eine Ruhe, die Leon im Moment gar nicht ertragen konnte.

„Willst du mich?“, flüsterte Ryan ihm ins Ohr.

Hastig nickte Leon und stöhnte genussvoll auf, als Ryan seine Arme um ihn schloss und er deutlicher denn je spürte, wie erregt Ryan tatsächlich war. „Himmel … jaah! Mach weiter …“ Er ließ den Kopf sinken und dann verabschiedete sich sein Gehirn komplett, als er Ryan spürte.

Hart und heiß schob sich Ryan immer tiefer in ihn. Seine mit Spucke benetzte Erektion zuckte wild in der heißen Enge und befreiend stöhnte er in Leons Nacken, trieb sich mit einem einzigen Stoß fest in ihn.

Für einen Moment kniff Leon die Augen zusammen. Scheiße, das tat weh. Schneller atmend versuchte er, dem Schmerz zu entfliehen. „Warte … nicht so schnell …“, presste er hervor, bewegte sein Becken selbst ein wenig, bis das unangenehme Ziehen einer himmlischen Lust wich. „Ryan …“, hauchte er.

„Ich bin bei dir … ich lass dich nicht allein“, wisperte der zurück und biss ihm sanft in den Nacken, während sich seine Hände wie von allein über Leons Körper schoben und sich sein Becken beinahe selbstständig machte. Immer tiefer und schneller trieb er sich in ihn, nahm ihnen die Luft zum Atmen, bis er jegliche Vorsicht fallen ließ und sich wild in ihn hämmerte.

„Ryan … oh, verdammt … weiter“, stammelte Leon und stieß seinerseits sein Becken zurück, keuchte immer lauter. Seine Hand hatte sich um seinen Penis gelegt, pumpte ihn im gleichen Tempo.

„Komm mit mir“, wisperte Ryan, als er fester in Leons Nacken biss und sprang.

Wie genau sie ins Bett gekommen waren, wussten sie nicht. Sie wussten nur, dass ihre Klamotten noch immer in der Scheune lagen.

Leon hoffte und betete, dass sie niemand gesehen hatte. „Gott, ich glaube das nicht!“, grinste er.

Ryan lachte leise auf und beugte sich über ihn. „Kann es sein, dass wir halbnackt über den Hof gerannt sind?“

„Halbnackt? Snoopy, alles, was ich an hatte, liegt vor dem Traktor. Sogar meine Socken! Warum hast du mir meine Socken ausgezogen?“, fragte Leon und versuchte angestrengt, nicht zu lachen.

„Keine Ahnung. Ich kann mich nicht mal daran erinnern, dass ich sie dir überhaupt ausgezogen habe.“

„Oh doch. Irgendwann zwischen der ersten Runde und der zweiten. Mann, ich dachte, ich müsste explodieren.“

„Jaah … ging mir auch so. Wie sagte man so schön? Wie haben uns buchstäblich um den Verstand gevögelt!“

Leon sah ihn an und prustete los. „Ja, das ist wohl wahr, denn mein Verstand liegt auch noch in der Scheune!“

„Echt? Das ist interessant. Wie geht das?“

„Ich weiß es nicht. Snoopy, tust du mir einen Gefallen?"

„Jeden!"

„Gut, dann halt die Klappe und küss mich." Leon schob seine Hand in Ryans Nacken und zog ihn an sich. „Küss mich so, wie vorhin!"

Sie hatten einfach keine Chance. Vielleicht lag es an ihrer Gier, an ihrer Verzweiflung, an der vielen Wut, die sie an diesem Tag gespürt hatten … sie berührten, küssten und streichelten sich die ganze Nacht, ließen sich keine Sekunde Ruhe, bis sie um halb vier in einen erschöpften Schlaf fielen.

Traumlos, aber dennoch unruhig, wälzten sie sich im Bett herum, bis der Wecker klingelte, der Ryan aus dem Schlaf riss - so heftig und abrupt, als hätte man ihm eine kräftige Ohrfeige verpasst. Er rieb sich das Gesicht, stellte das Klingeln ab und sah zu Leon, der sich nicht einmal gerührt hatte. Sanft begann er, dessen Schultern zu küssen, in die weiche Haut des Nackens zu beißen und ihn zu streicheln, bis Leon sich mit geschlossenen Augen umdrehte und Arme und Beine um ihn schlang.

Als sie endlich die Treppe hinunterliefen, waren sie schon hoffnungslos zu spät. Sie nahmen nur von Eileen ihre Sandwiches entgegen, steckten sie in ihre Rucksäcke und verabschiedeten sich.

Ryan setzte sich auf den Beifahrersitz und legte den Kopf zurück. „Gott, ich bin so müde!", seufzte er.

Leon, der sich gerade anschnallte, lachte leise. „Frag mich mal. Du hast mir absolut keine Pause gegönnt. Ich hatte nicht mal die Wahl."

„Jaah! Und es war sehr geil!"

„Stimmt. Schnall dich an, Snoopy!"

Ryan griff nach seinem Gurt und hielt inne. „Klar hattest du eine Wahl! Wer hat denn heute Nacht im Bett gesagt: Küss mich so, wie vorhin!?“

„Ich hatte trotzdem keine Wahl. Nicht, wenn du mich so ansiehst!“

Ryan schnallte sich endlich an und beugte sich zu Leon hinüber. „Ach ja? Wie habe ich dich denn angesehen?“, fragte er dreckig grinsend.

„Genau so. Hey, Baby, gönn mir bitte eine Pause. Ich kann nicht mehr!“

Ryan lachte leise auf und gab Leon einen Kuss. „So gefällst du mir. Allerdings sollten wir los, sonst kommen wir doch zu spät!“

Leon startete den Motor und konnte sich ein Grinsen schwer verkneifen.

„Was ist los?“, fragte Ryan amüsiert.

„Ich weiß nicht, aber ich befürchte, wir beide müssen heute mal im Schulkeller verschwinden, weil ich es wahrscheinlich nicht schaffe, meine Hände von dir zu lassen. Ich muss immer an heute Nacht denken.“

Ryan prustete los und schlug sich die Hand auf den Mund. „Sorry!“

„Ja, lach du nur. Ich meine, es war unglaublich. Ich hatte zwischendurch Angst, du willst uns in den Himmel vögeln!“

„Wollte ich auch. Allerdings im übertragenen Sinn.“

„Oh, glaub mir, Snoopy, *das* hast du geschafft!“ Leon bog auf den Parkplatz ein und hielt an.

„Naja, dann hat meine Mission zumindest Erfolgt gehabt.“

Leon grinste und schnallte sich ab. „Definitiv, Baby!“ Er zog Ryan an sich und küsste ihn zärtlich. „Ich habe kein Problem damit, wenn du heute Abend da weitermachst, wo du heute Morgen aufgehört hast!“

„Geht nicht. Meine Tante und meine Cousine kommen

heute Nachmittag an. Ich freu mich schon tierisch auf die beiden."

„Okay, das ist ein Argument. Wie lange bleiben sie?"

Ryan zuckte mit den Schultern und stieg dann aus. „Keine Ahnung. Ich denke übers Wochenende. Linda muss ja Montag wieder zur Schule."

„Linda? Wie alt ist sie?" Leon grinste frech.

„Sie wird nächsten Monat sechzehn. Sie wird dir gefallen!", lachte Ryan.

„Sieht sie gut aus?"

Ryan nahm seine Hand und langsam liefen sie auf ihre Freunde zu. „Ja, sehr gut. Allerdings kann ich es nicht so ganz beurteilen. Sie ist immerhin meine Cousine."

„Stimmt. Mann, das ist mein Vorteil, oder?"

Ryan blieb stehen und legte seine Arme um Leon. „Mach sie nicht an. Ihr Cousin ist ein registrierter Straftäter. Der rammt dich in den Boden!"

Leon lachte auf und küsste Ryan. Bevor sie es allerdings übertreiben konnten, hörten sie Stimmen hinter sich.

„Mann, McCoy, die haben dich echt wieder rausgelassen? Ist ja unglaublich. Aber unser Rechtssystem ist eben total für den Arsch!"

Ryan starrte Anderson und Shelser wütend an und machte Anstalten, ihnen zu folgen, doch Leon hielt ihn zurück.

„Hey, vergiss die Idioten. Du hast genug Ärger am Hals, okay?"

Ryan atmete tief durch und nickte schließlich.

Ihre Freunde empfingen sie fröhlich, doch Ryans Laune hatte sich rapide verschlechtert.

„Lass dich von denen nicht fertig machen. Die labern einen Haufen Müll, mehr nicht!", sagte auch Rick.

„Ja, überlass sie uns!" Michelle gab Ryan einen Kuss auf die

Wange und ging, gefolgt von Lauren und Dakota, auf die Gruppe Jungen zu, die so herzhaft über Ryan ablästerten.

Gebannt beobachteten Ryan, Leon, Rick und Kilian, was die Mädchen vorhatten.

Michelle steuerte zielstrebig auf Kilian zu und drückte ihn mit einer Hand an einen Baumstamm. Der war viel zu überrascht, um sich zu wehren, und Michelle hätte es auch nicht zugelassen. „So, du Vogel. Jetzt hörst du mir mal aufmerksam zu. Wenn du nicht deine große Klappe hältst, werde ich mal in der Schule herum erzählen, was für ein lausiger Küsser du bist!"

Dakota fing an zu lachen, warf Shelser aber einen warnenden Blick zu. „Ist er das?"

„Oh ja! Sieh mal, Anderson. Ich habe mit dir rumgeknutscht, was nebenbei gesagt das Abartigste war, was ich mir je geleistet habe, doch ich habe auch mit Leon und Ryan rumgeknutscht und im Gegensatz zu dir, sind die beiden der Himmel auf Erden. Also überlege dir, ob du wirklich willst, dass alle Mädchen hier erfahren, wie mies du in Sachen Küssen bist."

Lauren lächelte Ben an. „Das Gleiche gilt für dich. Besonders prickelnd war es mit dir auch nicht!" Sie trat dicht auf ihn zu. „Du warst sogar richtig schlecht. Leon dagegen war göttlich! Er weiß, wie man ein Mädchen zum Beben bringt!"

„Ja, und einen Kerl anscheinend auch!", warf Corbin dazwischen.

„Davon bin ich sogar überzeugt. Aber das würde von euch keiner erwarten. Wer es bei Mädchen nicht schafft, wie soll er es dann erst bei Jungs schaffen?"

Ryan und seine Freunde verstanden jedes Wort. Mühsam unterdrückten sie ihr Lachen.

„Ich fass es nicht! Lauren hat es mit Murphy getrieben?", fragte Rick erstaunt.

„Hast du das gehört? Ich bring die Mädchen zum Beben!",

grinste Leon.

Ryan biss sich auf die Lippe. „Ja, und ich bring dich zum Beben!“

„Gott, jaah! Und wie!“ Leon drehte sich zu Ryan um und küsste ihn leidenschaftlich. „Und ich wohl dich, oder? Zumindest sagt Lauren das.“

„Dann wird sie wohl recht haben.“

Kilian versuchte noch immer, sich gegen Michelle zu behaupten und stieß sie ziemlich unsanft von sich.

„Vorsicht, Freundchen! Ich kann auch anders. Wenn du glaubst, ich bin ein kleines, unschuldiges Cheerleader-Mädchen, hast du dich geschnitten. Wenn ich mit dir fertig bin, bettelst du Murphy an, damit er dich ranlässt, denn die Mädchen werden dich nicht mal mehr mit dem Arsch ansehen!“

„Findest du es nicht ziemlich erbärmlich, dass McCoy sich von Mädchen verteidigen lassen muss?“, fragte Corbin.

„Findest du es nicht ziemlich erbärmlich, sich an den Problemen anderer aufzugeilen? Das finde ich viel schlimmer. Ryan braucht uns nicht, um sich zu verteidigen. Wir tun das, weil wir Freunde sind. Ein Begriff, mit dem keiner von euch etwas anfangen kann“, sagte Michelle giftig. „Ihr seid arrogante, stinkende, dämliche, ziemlich dumme, abgefuckte Wichser und ganz ehrlich, ihr glaubt doch nicht, dass euch ein Mädchen anschaut, wenn sie Ryan oder Leon haben könnten?“

Ryan und Leon konnten nicht anders als lachen.

Die Typen völlig verwirrt und auch verärgert zu sehen, steigerte Ryans Laune gleich wieder. Er fand es toll, zurück zu sein. Krampfhaft versuchte er, den gestrigen Tag zu vergessen, und als er in den Informatikraum kam, schaffte er es auch kurzzeitig.

„Ryan, meine Güte! Schön, dass Sie unversehrt zurück sind!“, rief Mr. Jones schon von weitem.

Ryan lächelte, umschloss Leons Hand etwas fester und

grinste Dakota an, die beinah hüpfend in den Raum kam.

„Wir finden es alle Klasse, dass er wieder da ist!“, sagte sie strahlend.

Corbin, der auch in diesem Kurs war, schnaubte laut. „Da kannst du aber nun wirklich nicht für alle reden, Binder!“, sagte er zu ihr.

Ryan stand langsam auf, trat auf ihn zu und funkelte ihn finster an. Es war deutlich zu sehen, wie nervös Corbin wurde.

Leon ließ seinen Freund nicht aus den Augen, bereit sofort aufzuspringen, sollte der doch etwas dummes vorhaben, doch der griff an Corbin vorbei, ins Regal und zog einige Kabel heraus.

Sichtbar erleichtert atmete Corbin aus.

Ryan drehte sich um und schüttelte den Kopf. „Du bist so ein Waschlappen, Abany! Und ich werde als Freak bezeichnet. Unglaublich!“

„Du bist ja auch einer!“

„Wenn du das sagst!“ Ryan setzte sich und warf einen Blick zu Leon, der nervös auf seiner Lippe kaute. „Was ist los? Meinst du, ich mach mir an so einer Pfeife die Hände schmutzig?“

„Ich hatte zwischendurch etwas Angst, ja. Tut mir leid, ich mach mir einfach nur Sorgen.“

Ryan lächelte und startete seinen Rechner. „Musst du nicht. Ich habe nicht vor, meine Freiheit aufs Spiel zu setzen.“ Er wandte sich seinem Bildschirm zu und tippte das Passwort.

Leon lächelte, als er es sah.

Ryan hatte ein Faible für extrem lange Passwörter, was wohl auch daran lag, dass er sowohl schulische, als auch private Dinge in seinem Ordner hatte. Sein Passwort lautete *Ashley0509LeonJune.*

„Das war der Tag, an dem wir uns kennen gelernt haben, oder?“

Ryan sah ihn irritiert an.

„05.09.! Das war der dritte Schultag. Zumindest für dich. Es war mein zweiter“, sagte Leon leise.

„Stimmt. Was hast du denn am ersten Schultag gemacht?“

Leon lachte und startete nun ebenfalls seinen Rechner. „Wir waren in Mainsfield, uns alle anmelden. Die fangen doch Tatsache erst an zu arbeiten, wenn die Schule beginnt. Hier hat meine Mum uns schon Anfang des Sommers angemeldet, doch die staatliche Schulbehörde musste warten.“

„Verstehe.“ Ryan schluckte, als sein Desktophintergrund erschien. Er hatte ein Bild von June und Ashley als Hintergrund. Langsam fuhr er mit einem Finger über den Monitor. „Sie fehlt mir …“, flüsterte er. Schnell wischte er sich eine Träne aus den Augen.

Leon nahm seine Hand und streichelte sie zärtlich.

„Gott, jetzt flennt der auch noch!“, platzte Corbin heraus.

Das war für Ryan zu viel. Er stand auf und verließ den Raum.

Leon sprang ebenfalls auf, wollte auf Corbin los, doch Rick war schneller.

„Sieh nach Ryan, los geh schon!“

Leon warf Corbin einen zornigen Blick zu und lief seinem Freund hinterher. Ziellos irrte er einen Moment umher, fand ihn dann aber im Waschraum. „Hey, alles okay?“

Ryan stand am Waschbecken, wusch sich das Gesicht mit kaltem Wasser und schüttelte den Kopf. „Nein. Scheiße, aber das verkrafte ich nicht!“ Er ließ den Kopf sinken, während ihm kaltes Wasser über das Gesicht lief und sich mit seinen Tränen vermischte.

Leon ging schnell auf ihn zu, zog ihn sanft an sich und wühlte seine Hand in die dunklen Haare. „Willst du nach Hause?“

Kurz zögerte Ryan noch, nickte dann aber.

„Na los, ich fahr dich!“

„Nein. Leon, sei mir nicht böse, aber ich wäre gern ein

wenig allein. Ich laufe."

Leon sah ihn verzweifelt an. „Bist du sicher?"

„Ja. Bis nachher. Ich liebe dich!"

„Ich liebe dich auch." Ryan wandte sich ab, doch Leon hielt seine Hand fest. „Mach keinen Scheiß unterwegs, okay?"

„Ich doch nicht." Er küsste Leon und verließ dann das Bad. Aus dem Klassenraum holte er seinen Rucksack, fuhr den PC hinunter und flüsterte Mr. Jones eine Entschuldigung zu, dann verließ er die Schule.

So schnell er konnte, beinahe schon rennend, verließ er das Schulgelände, sprang über eine niedrige Mauer, überquerte die Kreuzung und fand sich schnell am Waldrand wieder, der am Rande der Stadt lag. Mit einer Zigarette in der Hand und seiner Musik in den Ohren lief er langsam zwischen den Bäumen hindurch, kletterte über die Felsen und setzte sich an einen kleinen Bach. Hier hatte er schon als Kind immer gesessen und geweint und auch heute, viele Jahre später brach er in Tränen aus. Immer wieder wischte er sich das Gesicht ab und starrte in das klare Wasser.

Er sah Ashley so deutlich vor sich, als stünde sie vor ihm. Fast neun Jahren hatte sie auf dem Hof gelebt und nur weil er einmal ein Teenager sein wollte, musste sie sterben. Obwohl er wusste, dass er mehr als zornig sein sollte, empfand er nur unendliche Schmerzen. Vielleicht war es Wut, was ihm im Bauch solche Schmerzen bereitete, vielleicht war es aber auch die Trauer, vielleicht alles zusammen.

Auf Ashley hatte er richtig reiten gelernt. Sie war jeden Morgen sofort zum Anbinder gekommen, wenn er das Haus verlassen hatte, und sein erster Weg war immer der Anbinder, nur um sie zu begrüßen. Mehr als an jedem anderen Pferd hing an ihr sein Herz. Er konnte es einfach nicht glauben, dass sie weg war.

Wie lange Ryan am Bach saß, wusste er nicht, doch plötzlich

überkam ihn eine schwere Müdigkeit. Er stand langsam auf und machte sich auf den Weg zum McCoy-Hof. Obwohl ein fremdes Auto auf dem Hof stand, registrierte er es gar nicht.

Eileen hatte ihn aus dem Küchenfenster gesehen und war gleich aus dem Haus gestürmt. „Ryan, meine Güte! Ist alles okay?“

„Ja, na ja … es geht so. Ich hab’s nicht mehr ausgehalten.“ Er sank auf die Bank neben dem Eingang, und wieder konnte er die Tränen nicht aufhalten. Seine Mutter setzte sich neben ihn und plötzlich legte er seinen Kopf in ihren Schoß - so wie früher, als er noch ein kleines Kind gewesen war. Er weinte und weinte und hatte das Gefühl, nie wieder aufhören zu können. Er spürte die ruhige Stimme seiner Mutter, die streichelnde Hand in seinem Haar und glaubte einen Moment, wieder sieben Jahre alt zu sein, als er plötzlich fremde Stimmen vernahm.

„Oh, Mum! Das ist nur ein Freund, mehr nicht!“,

Ryan hob den Kopf und sah in die erschrockenen Gesichter seiner Cousine und deren Mutter.

„Ryan … geht es dir gut?“, erkundigte sich seine Tante Sandra.

„Mum, was für Fragen stellst du denn? Glaubst du, Ryan weint aus Spaß an der Freude?“

Mit einem scheuen Lächeln wischte sich Ryan das Gesicht ab und blinzelte seine Cousine gegen die Sonne an. „Hi!“

„Hey, Ryan.“ Linda lächelte und biss sich auf die Unterlippe. Es war deutlich zu erkennen, wie unangenehm ihr die Situation war.

„Oh Mann … tut mir leid!“ Er stand auf, umarmte erst seine Tante, anschließend seine Cousine kurz und wandte sich dann aber seiner Mutter zu. „Mum, ich hoffe, es stört niemanden, wenn ich mich hinlege. Ich bin furchtbar müde.“

„Nein, mach dir bitte keine Gedanken. Schlaf ein wenig.

Kommt Leon nach der Schule her?“

„Ich hoffe doch mal. Bis später.“ Er hob kurz die Hand und wollte schon ins Haus, als Eileen ihn zurückhielt.

„Schatz, wie wäre es mit einem heißen Kakao? Er beruhigt die Nerven, wie du weißt.“

„Das wäre klasse, Mum. Danke!“ Er gab ihr einen Kuss auf die Stirn und ging ins Haus. Schnell war er in seinem Zimmer, hatte seine Jacke ausgezogen und sich samt Schuhen aufs Bett fallen lassen. Es war unvorstellbar, wie schwer sich sein Körper anfühlte, aber nach der Nacht wunderte es ihn gar nicht.

Eileen holte indes eine Tasse heiße Milch aus der Mikrowelle, gab einen Schuss Sahnelikör hinzu und rührte Kakaopulver unter. „Euer erstes Zusammentreffen nach all den Jahren war nicht so toll, was, Linda?“

„Nein, aber wenn ich mir überlege, was er alles durchgemacht hat, geht es ihm doch noch verhältnismäßig gut, oder?“

„Ich weiß es nicht. Ich denke, er überspielt vieles. Linda, warum nimmst du nicht den Kakao und bringst ihn nach oben? Dann habt ihr ein paar Minuten für euch.“

Linda zögerte. Sie war sich nicht sicher, ob es Ryan recht sein würde.

„Na los, er beißt nicht!“, lächelte Eileen.

„Das habe ich auch nicht angenommen“, grinste Linda und stand auf. Mit der Tasse Kakao stieg sie behutsam die Treppe hinauf und klopfte leise an die Tür.

„Komm rein!“

Vorsichtig öffnete sie und lächelte, als sie Ryan völlig matt auf dem Bett liegen sah.

Der rappelte sich allerdings schnell auf. „Oh, hi!“

„Das *Hi* hatten wir schon!“, sagte sie und stellte die Tasse auf den Nachttisch.

„Sorry.“ Ryan rieb sich das Gesicht und überlegte kurz,

klopfte dann aber doch auf sein Bett, um Linda anzudeuten, dass sie sich setzen könne.

„Wie geht es dir wirklich, Ryan?“

Ryan seufzte leise und zuckte die Schultern. „Ganz ehrlich? Ich habe keine Ahnung. Ich meine, vor zwei Tagen war ich noch mit meinen Freunden in Saither Hill und nun … ich habe das Gefühl, meine Welt bricht zusammen. Ich war im Knast. Volle acht Stunden. Vielleicht war es mehr, vielleicht weniger. Ich weiß es nicht. Ich bin einfach nur ziemlich geschafft.“ Ryan musterte seine Cousine einen Moment. „Gott, was denkst du jetzt nur von mir!“

„Ich denke, dass du einfach ein unglaublich sensibler Kerl bist. Es würde mich wundern, wenn du freudestrahlend über den Hof rennen würdest.“ Linda legte ihre Hand auf seine. „Ich finde es zwar nicht gut, was du getan hast, aber dein Vater ist weg. Und meiner boxt dich da schon raus!“

Ryan lachte leicht auf und wischte sich die aufkommenden Tränen aus den Augen.

„Ich muss gestehen, ich war sehr aufgeregt, als wir heute hergefahren sind. Dich nach all der Zeit wiederzusehen, war ein schöner Gedanke.“

„Ja, ging mir auch so. Als dein Vater gestern sagte, dass ihr kommen würdet, habe ich mich richtig gefreut.“

„Okay, also wir können ja nachher noch reden. Trink deinen Kakao und versuch, etwas zu schlafen.“

Ryan lächelte sie dankbar an und griff nach seiner Tasse. Schon beim ersten Schluck verzog er amüsiert das Gesicht. „Mum! Sie hat Alkohol reingekippt, oder?“

„Ja, ein wenig. Bis nachher!“

„Okay.“ Linda schloss die Tür hinter sich, und Ryan legte sich in seinem Kissen zurück. Fest drückte er Snoopy an sich und schloss die Augen.

Abschied

Am Nachmittag fuhr Leon auf den Hof. Kurz hatte er vergessen, dass sich Besuch angekündigt hatte, doch in Anbetracht des Autos, welches seinen Parkplatz einnahm, fiel es ihm wieder ein. „Hallo, Eileen!“, lächelte er, als er die Küche betrat. Bei ihr saß eine Frau, die er nicht kannte.

„Leon, das ist meine Schwägerin Sandra – Sandra, Ryans Freund Leon.“

Die beiden gaben sich die Hand, dann wandte sich Leon an Eileen. „Ist er da?“

„Ja, er schläft. Aber geh ruhig hoch. Versuch, ob du ihn wach bekommst.“

„Okay, bis gleich.“ Leon stieg die Treppe hinauf und stieß mit einem Mädchen zusammen, das ihn erschrocken anstarrte.

„Oh … tut mir leid.“ Sie sah in Leons strahlend blaue Augen und ging langsam rückwärts die Stufen hinunter. Irgendwie konnte sie nicht aufhören, ihn anzustarren. Dann verschwand sie in der Küche.

Leon blieb stehen und lauschte.

„Mum!“, sagte Linda in lautem Flüsterton. „Mum, hast du diesen Kerl gesehen?“

„Welchen Kerl?“

„Na, mir kam gerade ein Typ auf der Treppe entgegen. Den müsst ihr doch gesehen haben!“

„Oh, du meinst Leon! Das ist Ryans Freund“, sagte Eileen amüsiert.

„Gott, ist euch aufgefallen, wie unverschämt gut der aussieht? Unglaublich. Der hat ja wohl die schönsten Augen der Welt." Seufzend ließ sich Linda auf den Stuhl sinken. „Der ist süß!"

Eileen wusste sich keinen Rat, als sie auf den Boden der Tatsachen zurück zu holen. „Oh, also bitte steigere dich da jetzt in nichts hinein. Der Gute ist vergeben!"

„Echt? So ein Jammer!"

„Tut mir leid. Linda, als ich sagte, dass er Ryans Freund ist, meinte ich es auch so."

Sandra und Linda musterten sie verwirrt.

„Wie sag ich es am besten. Also Ryan und Leon … sie sind, naja, zusammen."

„Was? Sie sind … schwul?", stotterte Linda. Erstaunt hob sie die Augenbrauen und stöhnte theatralisch auf. „Das kann doch nicht wahr sein! Warum sind die besten Kerle immer schwul?"

„Es tut mir leid. Aber da kommt auch keiner zwischen. Die beiden sind so verliebt, dass es schon beinahe wehtut!", sagte Eileen.

Leon, der noch immer auf der Treppe stand, schüttelte lächelnd den Kopf und öffnete dann die Tür zu Ryans Zimmer. „Hey, du bist ja wach."

„Ja, schon eine Weile, aber irgendwie ist mein Bett so bequem. Ich will noch nicht aufstehen." Er streckte die Hand nach Leon aus, der sich neben ihn setzte und zärtlich seine Wange streichelte.

„Wie geht es dir?"

Ryan zögerte, schloss die Augen und schmiegte sich an die warme Hand seines Freundes. „Es geht. Ich darf nur nicht an Ashley denken. Dann ist alles okay."

„Und du willst jetzt hier liegen bleiben?"

Ryan grinste frech und zog ihn auf sich. Fest schloss er seine

Beine um ihn und blickte ihm in die Augen. „Gib uns nur fünf Minuten“, flüsterte er.

Leon zögerte nicht, denn für gewisse Aktivitäten sind fünf Minuten nicht lange, also beugte er sich zu Ryan hinunter und küsste ihn leidenschaftlich.

Schnell hatte Ryan seine Finger in Leons Haar gewühlt und begann, seinen Nacken zu streicheln, während seine Zunge den Weg in Leons Mund suchte. Minutenlang waren sie in einen berauschenden Kuss vertieft, und Ryan hielt Leon nur schwer davon ab, aus diesem Kuss eine schnelle Nummer werden zu lassen. „Warte. Ähm, das hat bis heute Abend Zeit, Baby!“

Leon knurrte ihn leise an und stand auf.

Nun musste Ryan erst einmal lachen. „Du solltest dich … nun ja, abkühlen gehen!“ Feixend lag er auf dem Bett und lachte immer heftiger.

Leon wurde das zu bunt, und er schob seine Hand kurzerhand in Ryans Jeans. Ohne zu zögern ließ er sie in die Shorts gleiten und begann, Ryan zu streicheln.

„Das ist fies!“, keuchte der auf. „Hör auf!“ Wieder überkam ihn ein Lachkrampf, der sich mit seiner Erregung gar nicht vertrug. Leise stöhnte er auf, als Leon immer intensiver wurde. „Leon, bitte!“ Er konnte kaum noch still liegen.

Leon bewegte seine Hand immer schneller und grinste. „Komm schon, Snoopy! Ich kann jetzt eh nicht mehr aufhören!“ Er genoss es, Ryan so zu sehen. Wehrlos seiner Gier ausgesetzt. Doch besser war er auch nicht. Er öffnete Ryans Jeans und zog sie ein Stück hinunter, begann seinen Bauch zu küssen, bis er Ryan das schönste aller Geräusche entlockte: ein tiefes, Gänsehaut erzeugendes Stöhnen.

Als sie sich wenig später anzogen, grinste Ryan noch immer. „Du bist vielleicht ein Schweinehund!“

Leon schloss seine Jeans und überlegte kurz. „Ja, und dazu

steh ich auch. Gott, ich würde alles dafür tun, dich so stöhnen zu hören!“ Er schlang seine Arme um Ryans Hals und grinste frech.

„Du stehst also drauf, wenn ich stöhne?“

„Oh ja, und wie!“

Kurz blickten sie sich in die Augen, bevor sie sich erneut heftig küssten.

Plötzlich lachte Leon mitten in den Kuss hinein. „Wir sollten aufhören. Das wird sonst ein Endlosspiel!“

Ryan grinste nur und trat ein Stück zurück. „Hast du eigentlich die leiseste Vorstellung davon, wie wahnsinnig du mich machst?“

Leon spürte, wie ihm die Hitze in den Kopf stieg. Es war ein wunderbares Gefühl. Zu wissen, dass sie sich hier nicht mehr verstecken mussten, zu wissen, dass Ryan keine Angst mehr haben musste. Das schien seinen Freund sexuell noch mehr zu beflügeln, als er es ohnehin schon war.

Seit sie in Saither Hill das erste Mal miteinander geschlafen hatten, waren sie kaum in der Lage, die Finger voneinander zu lassen. Es war eine Sucht - ihre Sucht, ihre Droge. Sie brauchten die Berührungen des anderen, die Küsse, die wunderbaren Geräusche, die sie sich gegenseitig entlockten, wie die Luft zum Atmen.

Leon ging langsam auf ihn zu, glitt mit den Fingerspitzen über die weichen Lippen, auf denen sein Blick haftete, bevor er ihn erneut küsste - küssen musste, sonst hätte er geschrien. Es hatte sich eine Gier in ihm aufgestaut, der er kaum Herr wurde. „Oh Mann, ich kann nicht aufhören …“, murmelte er in den Kuss hinein.

„Das merke ich.“ Ryan schob seine Hand unter Leons Shirt auf den Rücken, zog ihn mit sich zum Bett und ließ sich fallen. Sofort verfielen sie in eine heftige Knutscherei, aus der sie atemlos auftauchten und grinsten.

„Gut, lass uns nachher weitermachen.“ Leon stand auf und schloss seine Jeans zum zweiten Mal. „Mann, ich habe gar nicht bemerkt, dass du sie wieder geöffnet hast.“

„Tja, so was mach ich ganz nebenbei.“

Kurz küssten sie sich noch einmal, dann öffnete Ryan die Tür und lief, von Leon gefolgt, die Treppe hinunter.

„Hey, Mum!“

Eileen sah von einem Stück Schweinebraten auf, den sie fürs Abendessen vorbereitete. „Ryan, hast du ausgeschlafen?“

„Ja, so halbwegs. Wo sind Tante Sandra und Linda?“

„Draußen im Garten. Setzt euch dazu. Ich bring gleich Kaffee raus.“

„Sollen wir ihn schon mitnehmen?“, fragte Leon.

Eileen schüttelte den Kopf. „Nein, er läuft ja noch durch. Ich bin gleich da, geht ruhig.“

Leon und Ryan verließen das Haus.

„Übrigens hast du recht“, sagte Leon leise.

„Womit?“

Ein freches Grinsen zog sich über Leons Lippen. „Deine Cousine ist verdammt niedlich!“

Ryan blieb stehen. „Ihr habt euch schon gesehen?“

„Ja, als ich die Treppe hoch bin, kam sie mir entgegen. Sie hat ihrer Mutter und Eileen gleich von meinen blauen Augen vorgeschwärmt. Doch deine Mum hat sie über uns aufgeklärt.“

„Mum hat den beiden gesagt, dass wir zusammen sind?“, fragte Ryan erstaunt.

„Ja, musste sie. Linda kam aus dem Schwärmen gar nicht mehr raus. Ich schätze, wenn sie es nicht getan hätte, wäre ich die Kleine nicht mehr losgeworden.“

Mit einem amüsierten Lachen gingen die beiden ums Haus herum und betraten die Terrasse.

„Ryan, na hast du endlich ausgeschlafen?“, fragte Linda.

Ryan zuckte unschlüssig mit den Schultern und setzte sich. „Naja, so mehr oder weniger. Leon, du kannst dich setzen."

Der schüttelte den Kopf. „Nein, ich will kurz zu June. Bin gleich wieder da."

Ryan wartete, bis sein Freund außer Hörweite war, dann lachte er leise. „Ich glaube, er wird jetzt schüchtern. Er hat gehört, wie Mum euch über uns aufgeklärt hat."

Linda starrte ihn erschrocken an. „Was? Aber … aber dann hat er ja auch gehört, dass …" Sie sprach nicht weiter.

„Dass du ihn niedlich findest? Jap. Mach dir keinen Kopf. Ich find ihn auch niedlich." Ryan amüsierte sich richtig.

„Dir geht es besser, oder?", fragte Sandra.

„Ja, schon. Es liegt an Leon. Wenn er in meiner Nähe ist … naja, ihr versteht mich schon."

Kurz schwiegen sie, dann lachte Linda auf.

„Was nun?"

„Ich kann mir vorstellen, dass ihr die Mädchen ziemlich zum Heulen gebracht habt, oder?"

Ryan hob die Augenbrauen. „Was meinst du?"

„Habt ihr euch geoutet, oder weiß es keiner?"

„Doch, eigentlich wissen es alle. Dafür hat Murphy mit seinen Vollidioten gesorgt", grinste Ryan.

„Ich schätze, einige Mädchen waren nicht so begeistert, oder? Ich meine, wenn ein Typ vergeben ist, dann ist die Hoffnung nicht ganz verloren. Man könnte ihn immer noch dem anderen Mädchen ausspannen. Wenn ein Kerl aber schwul ist, hat man als Mädchen keine Chance."

Ryan musterte sie kurz und nickte dann. „Ja, wohl wahr. Es gab einige, die das nicht so komisch fanden, bis Leon mich geküsst hat. Da kam dann nur noch ein lang gezogenes *Ooooh* ..."

„Lass mich raten. Die wollten alle beim Sex dabei sein, oder?"

Sandra starrte ihre Tochter verwundert an. „Was spinnst du dir denn zurecht?"

„Was denn? Es ist doch so. Gut, ich würde bei Ryan und Leon nicht dabei sein wollen, immerhin bin ich mit Ryan verwandt, aber ablehnen würde ich es auch nicht, wenn die beiden gut aussehen."

Ryan lachte laut auf. „Das ist unglaublich! Dakota, eine Freundin von uns, hat tatsächlich gefragt, ob sie zusehen darf. Was ist so Besonderes daran, wenn zwei Typen Sex haben?"

„Was denn? Ihr habt Sex?", fragte Eileen hinter ihm.

Ryan drehte sich um und grinste. „Aber nein, Mum. So etwas würden wir nie tun. Bestenfalls Händchenhalten."

„Das reicht, davon kann man nicht schwanger werden!", sagte sie ganz ernst, während sie Tassen auf den Tisch stellte.

Ryan hob die linke Braue. „Oh, was denkst du denn von uns? Wir wissen, wie man verhütet. Ich meine, ich will ja auch nicht, dass Leon plötzlich schwanger wird!", gab er genauso ernst zurück.

„Wer wird schwanger?" Leon war dazu gekommen. „Hey, wenn einer das Kind bekommt, dann du, Snoopy!"

„Vergiss es!"

„Snoopy?" Linda lachte. „Hast du die Macke immer noch?"

„Aber ja! Und noch viel ausgeprägter als früher. Dafür sorgen schon Leon und seine Eltern."

„Bettwäsche, Schlafanzüge, Shirts …", zählte Leon auf und setzte sich neben Ryan.

„Und nicht zu vergessen: Snoopy höchst persönlich!"

„Stimmt!"

Linda lachte nur noch. „Du hast einen Vollknall! Aber da hat sich ja zu früher nicht viel verändert."

„Doch, ich bin fröhlicher geworden! Mann, mein guter Ruf als Freak und Einzelgänger geht echt in die Binsen!"

Leon nahm seine Tasse in die Hand. „Ja, und daran bin angeblich ich schuld!"

„Wohl wahr!"

Schweigend tranken sie den Kaffee, dann stand Ryan auf. „Leon, Linda … kommt ihr mit? Ich würde gern etwas erledigen!"

„Oh klasse, darf ich doch zuschauen?", fragte Linda lachend.

„Wobei zuschauen?", wollte Leon wissen.

Ryan antwortete erst, als sie an der Scheune angekommen waren. „Beim Sex!"

„Bei welchem ... bei unserem Sex?", fragte er und starrte Linda kurz an, die nur amüsiert und verführerisch die Augenbrauen hob.

„Ja, ich weiß auch nicht warum, aber vielleicht sollten wir es auf Video aufnehmen und vermarkten."

„Also ich würde es auf jeden Fall kaufen!" Michelle war unbemerkt mit ihrem Fahrrad auf den Hof gefahren und hatte die Worte amüsiert vernommen.

„Mic! Wo kommst du denn plötzlich her?", strahlte Ryan und schloss sie in die Arme.

„Von zu Hause. Ich wollte sehen, wie es dir geht."

„Es geht mir gut. Michelle, erinnerst du dich noch an meine Cousine?"

„Linda, aber klar … Gott, bist du groß geworden!"

Die Mädchen umarmten sich kurz.

„Warte mal, Michelle. Du würdest dir das echt kaufen?" Leon ließ das Thema keine Ruhe.

„Klar! Mann, du weißt, dass ich euch beide verdammt heiß finde. Ich würde mir das auf jeden Fall kaufen! Du könntest mich allerdings auch zusehen lassen. Dann muss ich kein Geld ausgeben!", schnurrte sie amüsiert.

Ryan lachte auf. „Und da heißt es, ich habe einen Vollknall!"

„Hast du ja auch. Sag mal, Snoopy, warum stehen wir eigentlich in der Scheune?“

„Apropos Scheune. Als wir heute morgen angekommen waren, lagen hier ein Haufen Klamotten auf dem Boden. Waren die von euch?“, fragte Linda.

Ryan und Leon warfen sich einen kurzen Blick zu. „Nein!“, riefen sie, wie aus einem Munde.

„Verstehe.“

„Okay, also ich würde gern …“ Ryan zögerte und lehnte sich an die lange Werkbank, „nun, ich habe nichts, womit ich Ashley beerdigen könnte. Aber ich würde gern so etwas wie eine Erinnerung setzen, versteht ihr?“

„Du meinst ein Kreuz?“, fragte Leon leise.

„Ja, so etwas in der Art. Helft ihr mir?“ Ryan schaute zu Boden und biss sich auf die Unterlippe. Plötzlich, ohne dass er etwas dagegen hätte tun können, brach erneut der Verlust auf ihn ein.

Leon störte sich nicht daran, dass Michelle oder Linda dabei waren. Er hob mit einem Finger Ryans Kopf und küsste ihn sanft. „Klar. Sag einfach, was du vorhast.“

Linda starrte die beiden mit großen Augen an. „Sehr sexy!“, raunte sie Michelle zu, die nur grinsend nickte.

Ryan lächelte und löste sich von seinem Freund. In der Ecke, wo mal wieder sehr viel Holz lag, suchte er zwei Holzstücke heraus, die Leon ihm abnahm.

„Hast du ein Foto von Ashley?“, fragte er.

„Ja, in meinem Zimmer.“

„Okay, hol es bitte.“ Als Ryan die Scheune verlassen hatte, wandte er sich Michelle zu. „Kannst du in die Stadt fahren und das Bild laminieren lassen?“

„Klar, wenn du mir dein Auto gibst? Dann bin ich schneller zurück als mit dem Fahrrad.“

„Sicher.“ Er zog die Schlüssel aus der Hosentasche und gab

sie ihr.

„Darf ich mitkommen?“, fragte Linda.

„Wenn du magst. Dann muss ich nicht allein fahren.“

Ryan kam mit einigen Fotos zurück. Schnell hatten sie eins ausgewählt, auf dem er selbst mit seinem Pferd abgelichtet war.

„Gib es Mic. Sie lässt es laminieren. Und wir beide kümmern uns um das Kreuz“, sagte Leon entschieden.

Ryan lief ihm hinterher, während die Mädchen zum Auto gingen. „Und was machen wir jetzt? Du machst den Eindruck, als wüsstest du, was du tust!“

Leon grinste, legte das Holz auf den Tisch und drehte sich zu Ryan um. „Ja, das weiß ich auch. Zuerst werde ich dich küssen und dann basteln wir ein Kreuz!“

Ein freches Lächeln zog sich über Ryans Lippen, als er dichter auf Leon zutrat, genüsslich langsam seine Hände auf dessen Hintern schob und ihm tief in die Augen blickte.

„Gott, du bist unglaublich …“, flüsterte Leon. Seine Hände streichelten Ryans Nacken, wühlten sich in die kurzen Haare. Kleine Küsse folgten, bevor sie nicht an sich halten konnten und Leon sich auf die Werkbank setzte.

Ryan zog ihn fest an sich, spürte, wie sich Leons Beine um seine Hüften schlangen, dann legte er ihn sanft zurück und beugte sich über ihn.

Zärtlich glitten seine Lippen über Leons Hals. „Scheiße, das ist nicht gut! Ich möchte dich gern auffressen, aber die Mädchen sind ja gleich zurück“, jammerte er lachend.

„Ja, ich weiß, was du meinst.“ Leon setzte sich auf und strich Ryan die Haare aus der Stirn. „Ich weiß jetzt schon, dass der Sex heute Abend tödlich wird!“

Ryan grinste. „Ja, das befürchte ich auch. Ich werde dich um den Verstand bringen. Alles andere ist unwichtig.“

Gierig küssten sie sich, schmeckten den anderen, fühlten die

Leidenschaft aufkommen, dann wurden sie unterbrochen.

„Also, Jungs! Auf der nostalgischen Werkbank meines Vaters ...!"

Ryan drehte sich erschrocken um und sah in das amüsierte Gesicht seiner Mutter.

„Was macht ihr hier?", fragte sie.

„Ist das nicht offensichtlich?", gab Ryan frech zurück.

„Ich glaube, sie meint nicht das hier. Nein, wir wollen ein kleines Denkmal für Ashley setzen", erklärte Leon.

„Das ist eine hübsche Idee, aber bitte kommt von der Werkbank runter!", lachte Eileen.

Leon - knallrot geworden - sprang hinunter und griff sich das Holz. Unter den Augen von Ryan, begann er es zuzusägen und abzuschleifen.

„Du bist begabt! Das wusste ich gar nicht."

„Es gibt einiges, was du nicht von mir weißt, Snoopy!", gab Leon konzentriert zurück. Am Ende hielt er ein Kreuz in der Hand, auf dem das Foto klebte, welches Michelle und Linda in der Stadt hatten laminieren lassen. Die Ränder des Holzes waren sanft geschwungen und Ryan - der die schönere Handschrift hatte - hatte den Namen und das Todesdatum in das Holz gebrannt.

„Wo willst du es hinstellen?", fragte Michelle.

Ryan überlegte einen Moment und verließ mit seinen Freunden die Scheune. „Ich dachte, dass wir es hier neben dem Anbinder hinstellen. Vielleicht ans Holz nageln, oder so." Er hielt es an die Holzbalken, nur um zu sehen, ob es eine gute Idee war.

„Ich finde das gut. Eileen, kann ich dich kurz sprechen?" Leon nahm sie ein Stück beiseite. „Ich habe auf dem Dachboden mal eine Gitarre gesehen, kann das sein?"

Eileen überlegte einen Moment. „Ja, du hast recht. Ich habe sie lange nicht in der Hand gehabt. Ich kann nicht spielen. Sie gehörte meinem Vater.“

„Darf ich sie mir borgen?“

Eileen musterte ihn interessiert. „Sicher, ich weiß nur nicht, ob sie noch funktioniert.“

„Oh, ich denke schon. Nun, ich hoffe es. Danke.“ Leon ging zu Ryan zurück.

„Was meinst du? Heute Abend, bei Kerzenschein …“

„Nur wir beide?“, unterbrach Leon ihn grinsend.

„Äh … nein … also, das auch, aber ich meinte eigentlich so was, wie eine Art Trauerfeier. Übertreibe ich? Bestimmt übertreibe ich. Ich meine …“

„Ryan!“, sagte Michelle und schloss die Arme um seine Hüften. „Du übertreibst nicht. Jeder hier weiß, wie sehr du an Ashley gehangen hast. Sie hat es verdient!“

Ryan lächelte unschlüssig und gab Michelle einen Kuss auf die Stirn. „Okay.“

Nach dem Abendessen verließ Ryan das Haus, als der Wagen von Maggie und Taylor auf den Hof fuhr.

„Hi, was macht ihr denn hier?“, fragte Ryan erstaunt.

„Na, was wohl? Ashley verabschieden. Steph hat sehr geweint wegen ihr“, antwortete Maggie und schloss Ryan kurz in die Arme.

„Das ist lieb von euch. Vielen Dank!“ Ryan ging auf den Anbinder zu, wo Leon gerade den Akkuschrauber vorbereitete.

„Mum, Dad. Schön, dass ihr da seid.“

„Wo ist sie?“, fragte Taylor.

Leon lächelte verschwörerisch und ging mit seinem Vater ins Haus.

„Wo ist was?“, wollte Ryan wissen.

Michelle und Linda zuckten nur die Schultern. Eine halbe Stunde später brannten die Fackeln, die im Boden steckten; am Anbinder saßen Leon, Michelle, Maggie, Taylor, Sandra, Eileen,

Linda und Ryan und warteten, dass etwas passieren würde, als es hinter ihnen hupte.

Ryan wandte sich um und sah Tom, der auf sie zukam.

„Zehn Stunden Arbeit, aber es hat sich gelohnt!“, rief er fröhlich und wedelte mit einem Stapel Blätter in seiner Hand. Er zog Ryan von der Bank hoch. „Dein Vater hat sich auf den Deal eingelassen und seine Anzeige zurückgezogen. Das habe ich mit deiner auch gemacht, bleibt also nur noch die Sache mit der Körperverletzung, aber ich denke, das läuft auf ein halbes Jahr Bewährung hinaus.“

Ryan sah ihn etwas verwirrt an. „Das versteh ich nicht. Wieso noch Körperverletzung, wenn doch mein Vater die Anzeige zurückgezogen hat?“

„Nun, das ist es, was ich dir schon im Auto erklärt habe. Dein Vater kann dich anzeigen oder es lassen. Trotzdem hast du eine Straftat begangen. Würde die Anzeige noch stehen, würde das Strafmaß sehr viel höher ausfallen, aber so läuft es, wie gesagt, auf eine kleine Bewährungsstrafe hinaus. Mit der Anzeige wären mit Sicherheit noch Schadensersatzansprüche fällig gewesen.“

Ryan nickte verstehend und umarmte Tom kurz. „Danke für alles!“

„Keine Ursache. Du bist mein Neffe und somit werde ich alles tun, was in meiner Macht steht, um dich da rauszuholen!“

Ryan lächelte und setzte sich wieder zwischen Leon und seine Mum.

„Okay, dann lasst uns anfangen.“ Leon stand auf und ging zur Scheune, wo er zwei Gitarren holte. Eine gab er seinem Vater, die zweite behielt er selbst. „Michelle?“

„Ja, fangt an.“

„Okay. Ähm … Schatz, denke jetzt bitte nicht, dass wir dich zum Heulen bringen wollen, aber wir dachten uns, Ashley müsse anständig verabschiedet werden."

Ryan starrte ihn einen Moment an und nickte dann langsam.

Was dann kam, war wirklich zu viel für ihn. Leon und Taylor spielten eine leise Melodie, zu der Michelle mit ihrer warmen, hellen Stimme sang; so traurig und ergreifend, dass Ryan nur noch weinen konnte.

Als würde sie ahnen, dass es für ihre Mutter war, kam June an den Anbinder. Ryan stand auf, strich ihr sanft übers Fell und schmiegte sich an sie.

Als das Lied zu Ende war, befestigten Leon und Taylor das Kreuz an dem Holzbalken.

Ryan versuchte durch seine Tränen hindurch zu lächeln, doch es wollte ihm nicht so ganz gelingen, also setzte Leon sich auf den Holzbalken und zog Ryan in eine feste Umarmung, die sie erst lösten, als Maggie und Taylor sich verabschiedeten.

„Ich danke dir, Taylor. Das war … oh Mann …" Unbeholfen wischte sich Ryan über die Wangen.

„Keine Ursache. Hauptsache, es hat dir gefallen."

„Jaah! Sehr sogar." Ryan umarmte die beiden.

„Taylor, könnt ihr mich mitnehmen?", fragte Michelle.

„Klar."

Ryan trat auf sie zu. Er musste nichts sagen, Michelle verstand ihn auch so. „Ich liebe dich, vergiss das nie!", flüsterte er, küsste sie kurz und lächelte.

„Du bist ein unglaublicher Mensch, Ryan. Ich glaube, nur die wenigsten wissen, zu welchen Emotionen du eigentlich fähig bist." Sie küsste ihm eine Träne von der Wange, lächelte und stieg dann zu Taylor ins Auto.

Eileen, Sandra und Tom setzten sich mit einer Flasche Wein ins Wohnzimmer, während Linda, Leon und Ryan am Anbinder blieben.

Das Wochenende ging schnell vorbei. Als Tom, Sandra und Linda sich am Sonntagabend verabschiedeten, flossen bei Eileen reichlich Tränen.

„Würdest du jetzt bitte aufhören, zu weinen? Es wird alles wieder gut, du wirst sehen!“, lächelte Sandra.

Linda ging auf Ryan und Leon zu. „Wir sehen uns im Chat?“

„Klar! Ich schreib dir und außerdem können wir auch telefonieren“, sagte Ryan.

„Leon, es war schön, dich kennenzulernen.“ Linda und Leon umarmten sich kurz, dann wandte sie sich Ryan zu. „Pass auf ihn auf. So was Heißes gibt es nicht überall.“

Ryan lacht leise auf. „Ja, ich weiß. Aber keine Sorge, den gebe ich nicht mehr her.“ Sie umarmten sich zum Abschied. Er ging zu Tom, der den Arm um seine Frau gelegt hatte. „Danke noch mal!“, sagte er leise.

Tom lächelte. „Du bist ziemlich einzigartig, Ryan. Kaum zu glauben, dass mein beknackter Bruder so was auf die Beine gestellt hat. Das müssen wohl die guten Gene von Eileen sein.“ Lachend umarmten sie sich.

„Ja, das denke ich auch und all diese wunderbaren Gene liegen brach, weil es keine Enkelkinder gibt“, knurrte Eileen.

Leon legte ihr den Arm um die Schultern. „Ja, das ist wohl wahr, aber wir geben uns Mühe, das zu ändern.“

Kopfschüttelnd und lachend trat Ryan zurück, als die Drei ins Auto stiegen und stellte sich hinter Leon. „Wollen wir üben gehen?“, flüsterte er ihm ins Ohr.

Leon wandte ihm den Kopf zu und grinste. „Klar, und du liegst unten!“

Eileen musterte die beiden. „Ich bin froh, dass ich solch einer Diskussion nie ausgesetzt war. Oben liegen, unten liegen … Hauptsache, der Orgasmus ist gigantisch. Da ist der Rest doch nun wirklich Wurst!“

Ryan starrte seine Mutter an. So hatte sie nie geredet. Die Trennung von ihrem Mann schien ihr gut zu bekommen. „Hab ich dir je gesagt, dass du die coolste Mum der Welt bist?“, lachte er und schloss sie in die Arme.

„Nein, aber ich hab’s mir schon gedacht.“

Ryan sah zwischen seiner Mutter und seinem Freund hin und her. „Ich kann euch gar nicht sagen, wie glücklich ich bin. Das ist alles …“, plötzlich liefen ihm die Tränen übers Gesicht.

Leon stutzte und wischte sie ihm sanft ab. „Hey, was ist?“

„Nichts! Ich stelle nur gerade fest, dass mein Leben endlich so ist, wie es sein sollte. Nur meine Mum, mein Freund und Michelle. Mehr brauche ich nicht, und es ist niemand da, der mir blöde kommt!“ Ryan lachte leicht.

„Leon, nimm deinen Snoopy mit hinein. Ich mache das Abendessen.“

Am nächsten Tag in der Schule war Ryan wieder ganz der Alte. Dumme Kommentare ließ er an sich abprallen und das erste Mal, seit er überhaupt zur Schule ging, hatte er mit seinen Freunden richtig Spaß. Er hatte nicht einmal das Bedürfnis, seine Ruhe haben zu wollen. Ganz im Gegenteil, er sehnte sich nach den Pausen, wo er mit allen auf der Wiese sitzen und herumalbern konnte. So fühlte es sich also an, wenn man ein Teenager war.

Nach der Pause begaben sich Michelle, Leon und Ryan ins Sekretariat.

„Guten Morgen, Mrs. Kindler. Wir suchen Mr. Hageman. Wissen Sie zufällig …“, setzte Ryan an.

Die Sekretärin, die schon etwas in die Jahre gekommen war, lächelte munter. „Aber ja. Er ist beim Rektor. Ich frage mal, ob er Zeit hat.“ Sie stand auf und klopfte an die Tür von Rektor Lewis. „Sir? Mr. McCoy, Miss. Mackins und Mr. Blake möchten Mr.

Hageman sprechen. Es scheint dringend zu sein."

„Sie können hereinkommen."

Mrs. Kindler ging beiseite, und die drei Freunde traten ein.

„Hallo, Rektor Lewis. Wir wollten eigentlich nur Mr. Hageman etwas fragen." Ryan sah zwischen dem Rektor und seinem Biologielehrer hin und her.

„Nur zu, fragen Sie", antwortete Mr. Hageman.

„Also, wir würden gern wissen, ob die Möglichkeit besteht, den Test von Donnerstag zu wiederholen."

Michelle und Leon, die hinter Ryan standen, schwiegen. Sie waren nicht so erbaut davon, den Test zu wiederholen, doch Ryan hatte sie überredet.

„Ich bin überrascht. Nicht, dass Sie ihn wiederholen wollen, Mr. McCoy, aber dass Miss. Mackins und Mr. Blake sich darum reißen, hätte ich nicht erwartet."

„Tun wir auch nicht, doch Ryan meinte, dass wir es müssten", grinste Leon.

„Ja, weil die Noten wichtig sind!"

Mr. Hageman wandte sich dem Rektor zu und schmunzelte. „Nun, es wird Sie vielleicht interessieren, dass wir eben genau das gleiche Thema besprochen haben. Es steht völlig außer Frage, dass Mr. McCoy den Test nachschreiben kann. Es war nicht sein Verschulden, dass er ihn versäumt hat."

„Naja, so mehr oder weniger …", murmelte Ryan.

„Aber warum sollten Sie ihn wiederholen dürfen?", fragte der Lehrer nun Michelle und Leon.

„Sie wissen, wie wichtig Ryan mir ist … uns ist. Zu sehen, wie er verhaftet wurde; tut mir leid, aber ich konnte nicht sitzen bleiben und Michelle auch nicht. Wir … also, wir mussten doch zu ihm", druckste Leon herum.

„Ich hätte mich sehr gewundert, wenn Sie tatsächlich geblieben wären. Ich kann mich noch gut an die Diskussionsrunde mit

Miss. Peaks erinnern. Sie standen sich damals schon sehr nahe, auch wenn Ihre Meinungen ziemlich auseinandergegangen sind. Wie ich hörte, hat es sich in diesem Punkt geändert."

Mr. Hageman schien sich wirklich zu amüsieren. Er betrachtete Leon, der Ryans Hand ergriff und Michelle, die sich neben Ryan stellte. „Seien Sie morgen Nachmittag um drei in meinem Klassenzimmer. Aber denken Sie nicht, dass Sie die gleichen Fragen bekommen wie Ihre Mitschüler."

„Nein, das ist klar. Danke, Mr. Hageman!" Ryan strahlte ihn fröhlich an, während Michelle und Leon eher unglücklich aussahen.

Den Abend verbrachten sie zu dritt. Ryan versuchte krampfhaft, den beiden den Unterrichtsstoff einzuprügeln.

Den Test brachten sie wider Erwarten richtig gut über die Bühne. Über Ryans Eins wunderte sich niemand, doch Leon strahlte, als Mr. Hageman ihm seinen Test wiedergab, auf dem ebenfalls eine Eins prangte. Michelle hatte eine Zwei geschafft, da sie bei der letzten Frage nicht weitergekommen war.

Ende der Woche hatte Ryan eine Idee nicht vergessen, die er schon seit Tagen mit sich herumschleppte. Nun war er sich sicher, diese in die Tat umsetzen zu wollen.

„Hey, Baby, hast du Lust auf einen Ausflug nach Miami?"

Leon starrte ihn an, als sei er der heilige Geist. „Ähm … was?"

„Ich habe dir doch von meiner Tante erzählt. Der Schwester meiner Mutter. Tante Claire."

„Ja, ich weiß. Die mit dem Sohn, der in deinem Alter ist."

„Dylan. Ich würde meine Mum gern zu ihnen bringen. Ich meine, sie hat einfach verdammt viel durchgemacht, und ich glaube, sie braucht eine Pause von all dem."

„Ganz meine Meinung."

„Tante Claire und Mum haben sich allerdings seit der Beerdigung meines Großvaters nicht mehr gesehen. Das ist jetzt sechs Jahre her. Sie hatten keinerlei Kontakt, und ich weiß nicht, ob sie wirklich hinfahren würde. Sie sagte früher immer, sie schäme sich, den Kontakt abgebrochen zu haben, dabei wussten wir beide, dass es wegen Dad war. Onkel Dave war ihm ein echter Dorn im Auge. Ich denke, wenn der Kontakt weiter bestanden hätte, wäre mein Vater nicht mit allem durchgekommen."

„Du willst sie also hinbringen, ohne es ihr zu sagen?"

Ryan sah auf seine Finger und nickte. „Das Problem ist, dass Mum Flugangst hat. Sie würde nie in ein Flugzeug steigen."

„Verstehe. Lass mich mal überlegen. Wenn wir morgen früh losfahren, so dass wir morgen Abend in Miami sind … wie lange fährt man dahin?"

„Ich trau es mir gar nicht zu sagen." Ryan wich seinem Blick aus.

„Na los, raus mit der Sprache!"

„Siebzehn Stunden!"

Leon öffnete den Mund, als wolle er etwas sagen, doch die Worte blieben ihm im Hals stecken.

„Meinst du, du schaffst es?"

„Keine Ahnung. Ich bin noch nie so lange gefahren. Vielleicht sollten wir nach der Schule losfahren und in einem Motel übernachten. Ich bin mir nicht sicher, ob ich wirklich so viele Stunden hintereinander fahren will."

„Ja, wäre auch eine Idee. Rede mit deinen Eltern."

Leon nickte. „Ja, das werde ich tun müssen. Und ich bräuchte das Auto meiner Mutter." Er überlegte einen Moment. „Ist nur noch Musikunterricht jetzt. Den lass ich ausfallen, dann fahr ich jetzt nach Hause und rede mit meiner Mum. Ich hol dich nachher ab, also warte hier!" Er gab Ryan einen Kuss und war verschwunden, bevor sein Freund so richtig reagieren konnte.

Als der Unterricht vorbei war, stand Leon am Auto seiner Mum vor der Schule. „Genehmigt!“

„Fein, aber vielleicht sollte ich erstmal in Miami anrufen, oder?“

„Ich dachte, das hättest du schon getan!“

„Nein, du bist vorhin so schnell abgerauscht, dass ich gar nicht sagen konnte, dass ich mich da noch nicht gemeldet hatte. Warte, ich hab Mum die Telefonnummer geklaut.“ Ryan zog sein Handy heraus, setzte sich auf eine Bank und wählte die Nummer. Nach dem zweiten Klingeln nahm jemand ab.

„Thompson?!“

„Ähm … Hi. Hier ist Ryan. Tante Claire?“

Am anderen Ende war es für einen Moment still. „Oh mein Gott! Ryan!“ Claire schnappte nach Luft. „Das ist ja eine Überraschung. Wie geht es dir?“

Ryan erzählte mit wenigen Worten, was in den letzten Jahren passiert war. „Also, ich dachte, Mum könnte ein wenig Abstand gebrauchen und außerdem wäre es schön, wenn ihr euch wieder sehen würdet, oder?“

„Ja, natürlich! Das wäre unglaublich. Meine Güte, ich kann’s gar nicht glauben. Es ist so schön mit dir zu reden.“

Ryan lächelte verlegen. „Wir würden in etwa zwei Stunden losfahren und wären morgen Mittag bei euch. Wie lange darf sie denn bleiben?“

„Keine Ahnung. So lange sie möchte!“

„Schön. Tante Claire, es wäre nett, wenn du Dylan nichts sagst. Ich würde ihn gern überraschen.“

„Kein Problem. Ich freu mich auf euch.“

Ryan legte auf und strahlte seinen Freund an. „Auf nach Miami, Baby!“

Ryan war sich nicht sicher, ob seine Mutter es so lustig finden würde, wenn er sie aus dem Haus heraus ins Blaue entführen würde, aber er musste es riskieren. Zusammen mit Leon fuhr er nach Hause, wo er sich zuerst Julius schnappte. „Ich muss mit dir reden!“

„Klar … was …“

„Nicht hier!“ Ryan zog ihn in die Scheune. „Ich bin für zwei bis drei Tage nicht da. Ich will meine Mum nach Miami bringen. Kommst du hier allein klar?“

Julius legte den Kopf schief. „Willst du mich verarschen?“

Etwas unsicher, wie das gemeint war, hob Ryan fragend die Augenbrauen.

„Logisch kommen wir allein klar!“ Kurz musterte der Mann Ryan, dann grinste er. „Mach dir nicht immer so viele Gedanken. Ich hab schon ein Auge auf alles, Boss!“

„Boss?“ Ryan traute seinen Ohren kaum.

„Ja sicher. Nun, wo dein Vater weg ist, bist du hier der Chef!“

„Oh … ähm … okay …“ Ryan war etwas verwirrt. „Gut, wenn ich jetzt der Chef bin, dann sorge mal dafür, dass in einer Stunde die anderen beiden hier in der Scheune sind. Ich will noch mal mit euch dreien gemeinsam reden.“

„Alles klar!“ Ohne ein weiteres Wort marschierte Julius aus der Scheune und ließ Ryan allein zurück.

Der war zwar etwas verwirrt, hatte im Moment aber andere Sorgen. Schnell lief er ins Haus, die Treppen hinauf, in sein Zimmer, wo Leon wartete. „Kannst du meine Sachen packen? Dann kümmere ich mich jetzt um Mum!“

„Klar, kein Problem.“

Ryan war schon aus der Tür raus, als er noch mal den Kopf ins Zimmer steckte und grinste. „Vergiss Snoopy nicht!“

„Wie könnte ich! Aber den setzen wir aufs Armaturenbrett, damit er auch was von Amerika sieht!“

Ryan schüttelte lachend den Kopf. „Du bist einfach zu süß!“

„Dito!“

Schnell war Ryan zurück in der Küche, wo seine Mutter gerade den Kühlschrank einräumte. „Hey!“

„Na, Schatz? Wir war’s heute in der Schule?“

„Oh, eigentlich ganz nett. Mum, mach mal kurz den Kühlschrank zu und lausche meinen Worten!“

Eileen drehte sich verwundert um und musterte ihren Sohn, der breit grinsend an der Spüle lehnte. „Bitte was?“

„Also, du gehst jetzt nach oben, schnappst dir den größten Koffer, den du hast und packst alles ein, was du mitnehmen würdest, wenn du jetzt zwei Wochen verreisen könntest.“

Eileens Blick hing an ihrem einzigen Kind, als hätte der jetzt gänzlich den Verstand verloren. „Ryan, geht’s dir nicht gut?“, fragte sie verwirrt.

„Oh doch. Mir ging's nie besser. Mum, bitte!“

„Warum?“

„Weil du mich liebst und deinem einzigen Kind vertraust?“, schlug Ryan vor.

„Und weil ich weiß, dass mein einziges Kind einen ziemlichen Knall hat!“, fügte sie noch hinzu.

Da sie sich nicht rührte, legte Ryan seinen Arm um ihre Schultern. „Mum, vertrau mir, okay? Es ist nur zu deinem Besten!“ Lächelnd sah er ihr in die Augen. „Bitte…“, schmeichelte er ihr.

„Okay. Ich versteh es zwar nicht, aber gut.“

Ryan begleitete sie zur Treppe, wartete bis sie in ihrem Schlafzimmer verschwunden war und schaute nach oben. „Leon, wie weit bist du?“, rief er.

„Fang!“ Leon war oben am Treppenabsatz aufgetaucht und warf nun die schwere Reisetasche in die Arme seines Freundes.

Ziemlich unsanft knallte der mit dem Rücken an die Wand. „Scheiße …“, fluchte er kurz. „Hey, Blake! Hast du sie noch alle?", rief er nach oben und ließ die Tasche fallen.

„Alles okay?"

„Jaah … mach das nicht noch mal!"

Leon warf ihm einen Kuss zu, den Ryan grinsend erwiderte. „Verdammt, ich kann dir einfach nicht böse sein!", fluchte er theatralisch.

„Nein, weil du mich liebst!"

„Nein, das ist es nicht. Ich kann dir nicht böse sein, weil du ja schließlich gleich fahren musst." Ryan sprang mit der Tasche die Treppe hinunter, gefolgt von Leon, der ihn auf dem Hof zu fassen bekam.

Von dem Angriff überrumpelt, verlor Ryan das Gleichgewicht und fiel auf die Wiese, zog Leon mit sich und lachte unter Schmerzen auf. „Verdammt, Blake! Wenn du …"

„Halt die Klappe, McCoy! Ich bin also nur der Fahrer, ja?"

Ryan lachte, versuchte Leon von sich zu drücken und gab schließlich auf. Stattdessen schob er seine Hände auf dessen Hintern, schlang sein rechtes Bein um ihn und zog ihn zu einem Kuss an sich. „Naja, ich könnte mich darauf einlassen, dass du durchaus noch mehr Qualitäten hast, als nur Auto fahren zu können", sagte er leise.

„Das beruhigt mich aber ungemein." Leon gab ihm einen zärtlichen Kuss auf die Nasenspitze und biss ihm sanft in die Unterlippe, bevor sie in einem weiteren Kuss versanken.

Irgendwie wurde Ryan das Gefühl nicht los, dass sie beobachtet wurden, also löste er sich von seinem Freund und legte den Kopf in den Nacken.

Lance, Toby und Julius standen am Anbinder und grinsten dreckig.

„Macht ruhig weiter. Ist ein nettes Bild!", schmunzelte Lance.

Mit roten Wangen stand Leon auf, zog seinen Freund hoch

und wandte sich zu seinem Auto um.

„Jaja, lacht ihr nur“, meinte Ryan und klopfte sich das Gras von der Hose.

„Ryan, gibst du mir die Adresse? Dann kann ich den Navigator programmieren.“

Sein Freund holte einen zerknitterten Zettel aus der Hosentasche und reichte ihn weiter, dann ging er auf die Arbeiter zu. „In die Scheune, Jungs!“

Im Gänsemarsch folgten sie Ryan. „Okay, also da ich jetzt ein paar Tage nicht da bin, will ich es aus euren Mündern hören, ob hier alles klar geht.“

„Ryan, wie lange kennen wir uns jetzt schon?“, fragte Lance.

Der zuckte mit den Schultern. „Keine Ahnung.“

„Beinahe sechs Jahre. So lange arbeite ich hier schon. Julius noch länger. Wir wissen, was zu tun ist.“

„Das ist mir schon klar, doch im Normalfall musstet ihr am Wochenende nicht her.“

„Das ist schon okay, wenn du ein Bier ausgibst“, grinste Toby.

„Eins? Ne ganze Kiste. Hört mal, Jungs, ich möchte hier ein wenig Veränderung reinbringen. Macht euch mal Gedanken darum. Noch ein paar weitere Arbeiter und so. Wenn ich wieder da bin, reden wir drüber.“

„Alles klar. Ryan, deine Mum!“

Ryan drehte sich um und lächelte, denn Eileen stand vor dem Haus und musterte Leon, der im Auto saß und am Navigator herumspielte.

„Gut. Dann fahren wir jetzt. Ich denke, da wir Montag frei haben, sind wir im Laufe des Nachmittags wieder da.“

„Gute Fahrt.“

Ryan verabschiedete sich von den Männern und lief zu seiner Mutter. „So, wo ist der Koffer?“

„Oben. Warum?“

„Naja, du brauchst ihn.“ Ryan ging ihn holen und schloss dann das Haus ab.

„Ryan, kannst du mir jetzt bitte sagen, was hier los ist?“

„Nein. Steig ein! Schatz, alles fertig?“

Leon saß auf dem Fahrersitz. „Jap!“

„Mum, würdest du jetzt bitte einsteigen?“

„Ich kann doch nicht so einfach wegfahren!“, widersprach Eileen.

Ryan lehnte sich aufs Autodach. „Hast du am Wochenende ein Date?“, fragte er frech.

„Ryan, also bitte!“

„Hast du, oder hast du nicht?“

„Nein, aber …“

„Kein aber. Mum, vertrau mir einfach, okay?“

Kopfschüttelnd stieg Eileen schließlich ins Auto, während Ryan zu den Jungs sah, kurz winkte und sich auf den Beifahrersitz fallen ließ.

Nachdem alle angeschnallt waren, fuhr Leon los. Er war nervös. So lange war er noch nie gefahren und dementsprechend aufmerksam war er auch.

Die Stunden strichen dahin. Eileen hatte irgendwann die Fragerei aufgegeben und war eingeschlafen, Ryan hatte den Kopf zurückgelegt, die Augen geschlossen und seinen Arm auf die Lehne des Fahrersitzes gelegt, wo seine Finger nun zärtlich Leons Nacken streichelten.

Leon selbst sang leise die Lieder im Radio mit, richtete sich nach dem Navigator und fuhr um kurz vor Zehn auf den Parkplatz des Motels, in dem er bereits zwei Zimmer gebucht hatte. „Ich bin todmüde!“, seufzte er.

„Kannst gleich schlafen, mein Schatz“, erwiderte Ryan und

gab ihm einen zärtlichen Kuss.

„Ich geh rein und hol die Schlüssel. Wecke du deine Mum auf.“

Leon verließ das Auto und Ryan beugte sich nach hinten.

„Mum?“ Sanft berührte er ihre Schulter. „Aufwachen!“

„Sind wir endlich da?“

„Naja, so mehr oder weniger. Das ist ein Motel, wo wir die Nacht verbringen. Morgen früh fahren wir weiter. Na komm.“

Beide stiegen aus und streckten sich.

„Ich möchte wirklich wissen, was das alles zu bedeuten hat.“

Ryan lächelte sie liebevoll an und warf Leon einen Blick zu, der gähnend auf sie zukam.

„Das ist dein Schlüssel, Eileen. Zimmer 13. Wir sind nebenan, in Zimmer 12.“

Die Jungs holten die Taschen aus dem Auto und brachten sie auf die Zimmer, bevor sie sich in dem kleinen Restaurant trafen, wo sie nur einen kurzen Imbiss zu sich nahmen, da Leon nichts weiter wollte als schlafen. Und so war es auch.

Eine halbe Stunde später lag er in Ryans Armen, lächelte zufrieden und setzte kleine Küsse auf dessen Oberkörper, dann schlief er ein, während Ryan sich durch die TV-Kanäle zappte und bei einem alten Schwarz-Weiß-Western hängen blieb.

Er hatte die Arme fest um seinen Freund geschlungen und driftete mit seinen Gedanken weit ab. Zu seinem früheren Leben, zu seinem Vater, zu dem Angriff; Ryan sah auf den Fernseher, schaute aber eigentlich mitten durch. Seine Hand wanderte in Leons Nacken und streichelte ihn sanft, während ein kleines Lächeln seine Lippen umspielte. Warum war es nicht immer so gewesen? Warum musste er durch die Hölle gehen, um den Weg zum Himmel zu finden? Jahrelang schien ihm das Glück den Rücken zuzukehren und nun sprang es ihn beinahe an. Es war schon unglaublich, wie viel sich verändert hatte. Er setzte einen zärtlichen Kuss auf Leons Stirn.

Der seufzte kurz, lächelte ein wenig und kuschelte sich dichter an den warmen Körper, der ihn so liebevoll festhielt.

„Ich liebe dich, Leon …“, flüsterte Ryan, schaltete den Fernseher aus und schloss die Augen.

„Ich liebe dich auch …“, gab sein Freund leise zurück.

Ryan lächelte, kuschelte sich dichter an ihn und ließ seine Lippen über Leons gleiten, bis sie zu einem sanften Kuss verschmolzen, dann schliefen sie endgültig ein.

„Möchte mir jetzt vielleicht mal jemand sagen, wohin wir fahren?“, fragte Eileen am nächsten Morgen beim Frühstück.

„Lass mich nachdenken …“, grübelte Ryan, „nein, wollen wir nicht. Mum, verdirb uns nicht die Überraschung.“

Leon beugte sich zu seinem Freund hinüber. „Ich geh schnell die Zimmer für Sonntag buchen“, flüsterte er ihm zu.

„Okay.“

Ryan und Eileen kauften in dem kleinen Shop Kaffee und Sandwiches zum mitnehmen und gingen zum Auto.

„Na los, kann weitergehen.“

Ryan und Leon waren so ausgelassen, dass sie die Lieder im Radio laut mitsangen, während Eileen nur amüsiert lächelte.

„Oh warte …“, stieß sie plötzlich hervor.

„Was ist?“, fragte Ryan scheinheilig. Sie waren nur noch eine Stunde von Miami entfernt und gerade an einem Wegweiser vorbei gefahren.

„Halt sofort an!“, rief Eileen.

Leon warf einen Blick in den Rückspiegel.

„Mum, beruhige dich“, grinste Ryan.

„Hör auf so dämlich zu lachen, Ryan McCoy! Leon, halt sofort an!“

„Eileen, wir sind auf dem Highway, ich kann hier nicht anhalten!“, sagte Leon und warf seinem Freund einen irritierten

Blick zu.

„Mum, ich habe gestern mit Tante Claire telefoniert. Sie weiß, dass wir heute ankommen. Sie freut sich wahnsinnig auf dich."

Eileen saß mit starrem Blick da und weinte leise.

Ryan drehte sich zu ihr um und ergriff ihre zitternde Hand. „Du weißt, dass der Kontakt abgebrochen war, weil Dad es so wollte. Sie ist deine Schwester. Und ich will meinen Cousin wiedersehen. Tante Claire hat genauso geweint, wie du jetzt. Freu dich, okay?"

Eileen nickte stumm.

Leon, der immer wieder in den Rückspiegel sah, lächelte leicht und konzentrierte sich wieder auf die Straße. Eine knappe Dreiviertelstunde später erreichten sie die Ortsgrenze von Miami.

Ryan wurde richtig aufgeregt, da er noch nie den Ozean gesehen hatte. „Ich kann ihn schon riechen!"

„Du spinnst, Snoopy!", grinste Leon.

Ryan gab ihm einen Kuss auf die Wange.

„Biege da vorn links ab, Leon!", sagte Eileen plötzlich.

„Ähm… mein Navi sagt aber was anders!", warf Leon ein.

„Vertrau mir."

Leon zuckte mit den Schultern und bog kurz darauf auf eine Straße, von wo aus sie das Meer im Sonnenlicht funkeln sehen konnten.

„Gott, ist das schön!", sagte Ryan immer wieder und griff nach Leons Hand. „Danke!"

„Keine Ursache, mach ich doch gern."

Vierzig Minuten später bog Leon in eine Einfahrt ein, die zu einem blassblauen dreistöckigen Haus führte. Vor der Garage stand ein schwarzer Geländewagen, dahinter ein gebraucht aussehender Kleinwagen. Blumenbeete säumten den Weg und an der Garagentür hing ein Basketballkorb.

Noch bevor einer ausgestiegen war, ging die Haustür auf.

„Meine Güte, Claire!“, stammelte Eileen und öffnete schnell die Autotür.

Ehe Ryan und Leon sich versahen, lagen die beiden Schwestern sich weinend in den Armen.

„Leni, wie geht es dir? Lass dich ansehen!“ Claire schob ihre Schwester ein Stück von sich weg. „Du hast noch immer eine traumhafte Figur! Das ist so ungerecht!“, lächelte sie weinend.

„Dabei tue ich nichts dafür. Wie geht es dir?“

„Ich weiß es nicht. Ich bin im Moment zu aufgeregt, um einen klaren Gedanken zu fassen. Seit Ryan gestern Nachmittag angerufen hat, bin ich nur noch durchs Haus getigert. Dave musste mich fast an der Couch festbinden.“ Claires Blick fiel auf Ryan, der am Auto lehnte und lächelte.

„Meine Güte, bist du groß geworden!“, stieß sie hervor. „Wie lange haben wir uns jetzt nicht gesehen?“

„Ungefähr sechs Jahre. Hallo, Tante Claire!“ Er umarmte sie und wischte sich verstohlen eine Träne aus dem Augenwinkel.

„Ist es schon so lange her? Mein Gott, wie die Zeit vergeht.“ Sie sah zu Leon, der die Wiedersehensszene amüsiert beobachtete.

„Tante Claire, das ist mein Freund Leon.“

„Hallo, freut mich“, sagte er und sie schüttelten sich die Hände.

„Mich auch. Nun kommt aber rein. Mittagessen ist fertig. Die Taschen können wir nachher holen!“ Claire schob ihre Schwester resolut vor sich her ins Haus, die Jungen folgten.

„Ist Dylan zu Hause?“

„Ja, er schläft noch. Versuche es, ob du ihn wach bekommst. Treppe ganz nach oben, die linke Tür.“

Ryan lief los, Leon blieb stehen.

„Nun komm schon!“

Leon folgte seinem Freund die Stufen hinauf, dann öffneten sie leise die Zimmertür.

Im Rausch der Brandung

Dylan lag tief schlafend im Bett und schnarchte ein wenig.

Grübelnd sah Ryan sich um und drehte schließlich die Anlage auf.

„Boah, Mum!", stieß Dylan mit rauer Stimme hervor. „Mach die Musik aus. Ich bin doch gerade erst ins Bett gegangen!"

„Mann, das ist mir so egal!", lachte Ryan.

Dylan öffnete die Augen und saß kerzengerade im Bett. „Scheiße, wer bist du denn?"

Leon lachte los, zog somit die Aufmerksamkeit Dylans auf sich und wandte sich amüsiert ab.

„Mann, Thompson, werd wach und sieh genauer hin!", gab Ryan zurück.

Dylan rieb sich die Augen und musterte den Typ, der so frech grinsend vor seinem Bett stand. „Ryan?"

„Fabelhaft, er erkennt mich noch!"

Dylan sprang auf, stand in Shorts und Shirt auf seinem Bett und fiel seinem Cousin um den Hals. „Himmel, was machst du hier?", schrie er.

„Taub werden! Hey, brüll mich nicht an!", lachte Ryan und löste sich aus der Umarmung. „Siehst gut aus, vielleicht ein bisschen verpennt, aber gut!"

„Danke, du auch. Mann, du bist vielleicht gewachsen. Warst du nicht immer kleiner als ich?" Dylan sprang vom Bett und blieb neben Ryan stehen, der tatsächlich ein kleines Stück größer war.

Nun fiel sein Blick auf Leon. „Wer ist er denn?", fragte er seinen Cousin.

„Oh … das ist mein Freund Leon."

„Hi!" Leon hob die Hand und grinste.

„Hast du Tante Leni und Onkel Jon auch mitgebracht?"

„Meine Mum ist unten. Deinen Onkel Jon kannst du in der Pfeife rauchen, den gibt's nicht mehr!", antwortete Ryan, der sich mit Leon auf eine kleine Couch gesetzt hatte.

„Wie jetzt? Hat deine Mum den endlich rausgeschmissen?"

„Eigentlich war es mein Sohn!", sagte Eileen, die an der Tür aufgetaucht war.

„Tante Leni!" Dylan schoss auf sie zu und zog sie in eine stürmische Umarmung.

„Oh, sieh sie dir an, Leni. Was haben wir für zwei unglaublich attraktive Jungs!", seufzte Claire.

Ryan und Dylan wurden rot und grinsten.

„So, dann lasst mich mal überlegen. Ihr bleibt bis morgen, nicht wahr?"

Bevor Ryan antworten konnte, nickte Leon heftig. „Ich will heute in kein Auto mehr steigen."

„Wir bleiben", antwortete Ryan belustigt.

„Schön, dann schlaft ihr hier nebenan im Gästezimmer. Einer im Bett und der andere auf der Luftmatratze. Müsst ihr euch selbst aus …"

„Tante Claire, ich unterbreche dich gleich mal", warf Ryan ein. „Wir brauchen keine Luftmatratze."

„Das Bett ist aber nicht sehr breit."

„Macht nichts, wir kuscheln uns schon aneinander", sagte Leon.

Claire wirkte ziemlich verwirrt, doch als Ryan Leons Hand in seine nahm und ihm einen kleinen Kuss gab, begriff sie. Langsam drehte sie sich zu ihrer Schwester um. „Das ist ein Witz, oder?"

„Nein, leider nicht!“, seufzte Eileen.

„Was soll denn das heißen?“, fragte Ryan gleich. „Leider?“

„Naja, ich muss schließlich auf Enkelkinder verzichten! Dylan, nun liegt es an dir, die Linie weiter zu führen!“

„Ähm … nee!“

Ryan runzelte die Stirn.

„Von meinem Sohn ist nichts zu erwarten, es sei denn sein Freund und er adoptieren ein Kind!“

Eileens Blick huschte zwischen ihrer Schwester und ihrem Neffen hin und her. „Er ist schwul?“

Ryan fing an zu lachen, und Leon grinste Dylan frech an. „Da wird dein Cousin gleich noch interessanter, Schatz!“

Ryan warf ihm einen kurzen Blick zu und musterte dann Dylan von oben bis unten. „Kann ich nicht beurteilen.“

„Da liegen sie brach, unsere guten Gene! Es ist ein Jammer! Haben wir etwas falsch gemacht, Claire?“

„Mum, du hast nichts falsch gemacht“, grinste Ryan.

„Nun gut. Dylan, zieh dich an, das Mittagessen ist gleich fertig.“

Die Mütter verließen das Zimmer, und Dylan ließ sich auf sein Bett sinken. Sein Blick glitt kurz über Leons Körper, dann lächelte er. „Seit wann bist du schwul?“, fragte er Ryan.

„Keine Ahnung. Ich glaube, ich war’s schon immer. Und du?“

„Auch. Ich bin davon überzeugt, dass man entweder schwul oder hetero geboren wird.“

„Oder bi!“

Ryan und Dylan sahen Leon an.

„Komm, Ryan, du kannst mir nicht erzählen, dass die Nacht mit Michelle nicht gut war!“

„Michelle … der Name sagt mir was!“

„Ja, meine beste Freundin. Du hast ihr immer mächtig hinterher gegafft, wenn du in Mountain Creek warst.“

„Oh … so eine kleine Blonde!“

„Genau.“

Dylan nickte und lachte dann. „Ich glaube, die war damals total scharf auf dich!“

„Ist sie heute noch“, gab Ryan amüsiert zurück. „Okay, wir lassen dich mal allein, damit du fertig wirst - ich hab Hunger!“

„Klar. Mann, ist das ein Überfall, am frühen Morgen. Ach, sagt mal, habt ihr Lust, heute Abend ein wenig auf die Piste zu gehen?“

Ryan und Leon sahen sich kurz an und nickten dann eifrig.

„Fein, ich ruf Jamie an.“

„Wer ist Jamie?“, fragte Ryan anzüglich.

„Mein Freund. Er heißt eigentlich James, aber so nennt ihn keiner. Er wird euch gefallen“, zwinkerte Dylan, und Leon schloss die Tür.

Aus dem Auto holten sie die Taschen, dann trafen sich alle im Esszimmer.

Ryan hatte endlich die Gelegenheit, Onkel Dave zu begrüßen, der ihn fröhlich in den Arm nahm und auf die Schulter klopfte.

„Auch wenn es nicht unbedingt die beste Methode war, so bin ich dennoch sehr stolz auf dich. Jon war ein Arschloch!“

„Dave!“ Claire sah ihn vorwurfsvoll an.

„Was ist? War er es etwa nicht?“

„Doch, aber achte bitte auf deinen Ton wegen der Kinder!“

Ryan, Leon und Dylan warfen sich erstaunte Blicke zu. „Kinder?“, fragten sie, wie aus einem Munde.

„Hey, Mum, Arschloch ist total out! Sag doch kein Mensch mehr”, meinte Dylan.

„Stimmt. Bei uns wird noch der klassische Idiot bevorzugt. Und bei euch?“, fragte Leon.

„Wichser! Das ist ein nettes Wort!"

Während die drei Jungen losprusteten, hoben die Erwachsenen nur die Augenbrauen.

„Und da machst du dir Sorgen wegen eines Arschlochs!", sagte Eileen trocken.

Ryan grinste sie amüsiert an.

„Mum, ist es okay, wenn wir nach dem Essen gleich verschwinden?", fragte Dylan.

„Ja, ich denke schon. Wo wollt ihr denn hin?"

Ryan schaute neugierig hin und her.

„Ich dachte mir, dass wir vielleicht zum Wasser runter gehen."

„Oh jaah!" Aufgeregt hopste Ryan auf seinem Stuhl hin und her.

Wenige Minuten später schnappte sich Dylan das Telefon und wählte eine Nummer. „Hey, Baby!"

Ryan und Leon, die auf der Couch saßen, grinsten sich an.

„Ja, ich bin auch nicht hellwach … komm einfach zum Strand. Ich muss dir jemanden vorstellen! Bis gleich!"

Dass Dylan auch noch einen Kuss ins Telefon hauchte, war für seinen Cousin zu viel.

„Gott, Junge, was hab ich dich vermisst!", lachte er.

„Freut mich. Na los, wir nehmen den Hund mit."

Leon sah sich um - einen Hund hatte er noch nicht gesehen. „Welchen Hund?"

„Cessy!" Dylan pfiff kurz und ein großer Schäferhund kam die Treppe hinunter. „Hey, Süße!" Dylan wuschelte ihr das Fell durch. „Dieser Hund."

„Schön!" Leon trat einen Schritt zurück. Es war nicht so, dass er Angst vor Hunden hatte, aber fremde Hunde, große Hunde und vor allem fremde, große Hunde machten ihn nicht glücklich. Schon bei Buster war er zurückhaltend gewesen, bis er sich an ihn gewöhnt hatte.

Ryan war da weniger scheu. Er hielt der Hündin die Hand entgegen, ließ sie schnuppern und streichelte durch das dichte Fell, bevor er sich hinhockte. „Ich rieche nach Buster, nicht wahr? Jaah, das ist ein großes, starkes Männchen!"

Dylan und Leon lachten leise auf.

„Willst du meinen Hund verkuppeln? Wer ist Buster?"

„Unser Golden Retriever. Der ist cool!"

„Ahja, dann lasst uns mal gehen." Dylan legte die Hündin an die Leine und verließ das Haus. Draußen zündeten sich Ryan und Leon Zigaretten an.

„Ihr wisst schon, dass Rauchen schädlich ist, oder?"

Leon hob die Augenbrauen. „Ach was? Echt?"

„Jaah!"

„Na, dann bin ich ja froh, dass ich das jetzt weiß!"

Ryan grinste, legte seinen Arm um Leons Taille und gemütlich schlenderten sie die Straße hinunter, bis sie links abbogen und am Strand standen.

„Oh fein, Jamie ist schon da!" Dylan löste die Leine der Hündin, die sofort losstürmte und einen Jungen ansprang, der sein kinnlanges Haar zu einem Pferdeschwanz zusammengebunden hatte.

Leon sah zwischen den beiden fremden Jungen hin und her. Während Dylan - ähnlich wie Ryan - muskulös und schlank war, wirkte dieser Jamie eher, als würde ihn der leiseste Windhauch mitnehmen. Er war erschreckend dünn. Unpassend zu seiner Figur trug er weite Shorts, die seine Beine wie Streichhölzer aussehen ließen.

„Das ist Jamie?", fragte Ryan.

Leon hörte deutlich heraus, dass er ebenso verwundert war, wie er selbst.

„Was? Nein!" Dylan wirkte mehr als geschockt. „Das ist

unser Strandhuhn Franksy! Gott bewahre, dass ich mit dem was anfangen würde." Er schüttelte sich und deutete auf einen Typ, der direkt am Wasser saß. „Keine Ahnung, warum Cessy immer zu Franksy rennt. Cessy, komm her!"

Ryan und Dylan musterten nun Jamie. Jaah, der sah schon viel netter aus. Groß, braungebrannt, mehr als muskulös, ein breites Kreuz und bis auf ein Minimum abrasierte dunkle Haare.

„Wow, ist er Rausschmeißer, oder so?"

Dylan lachte. „Nein, er arbeitet neben der Schule in einem Fitnesscenter. Da haben wir uns auch … na ja … unter der Dusche näher kennengelernt. In der Schule haben wir uns nie für einander interessiert."

Sie waren bei Jamie angekommen, der hoch schaute und grinste. „Hey, Baby!"

„Na, hast du ausgeschlafen?", fragte Dylan frech und küsste ihn kurz.

„Nicht wirklich, ich war doch erst um halb sieben im Bett." Jamie musterte die beiden Fremden. „Und was hast du da Süßes mitgebracht?", fragte er neugierig.

Ryan und Leon warfen sich einen kurzen Blick zu.

„Kannst du dich noch an meinen Cousin erinnern?", fragte Dylan nun. „Ich hab dir mal Fotos gezeigt."

„Oh, du meinst dieses dünne Hemd auf dem Pferd?"

Ryan hob die rechte Augenbraue und schaute an sich hinunter. „Dünnes Hemd?", murmelte er.

„Jaah, genau. Das ist er hier!" Dylan stellte sich neben Ryan und grinste amüsiert.

„Oh … wow. Kein dünnes Hemd mehr!", stellte Jamie schmunzelnd fest. „Und wenn ich die Situation so betrachte, dann ist es nicht schlimm, wenn ich sage, dass dein Cousin ziemlich sexy aussieht, wo er doch anscheinend vom selben Ufer ist."

Ryan schwieg und musterte Jamie nur neugierig, während Leon seinen Freund näher an sich zog.

„Na lass mal sehen. Der andere ist auch nicht schlecht. Laufen noch mehr von eurer Sorte in diesem Kuhkaff rum?"

Ryan biss sich auf die Unterlippe und lachte dann los. „Nein, wir sind die Einzigen, die so dermaßen sexy sind. Ryan!" Er gab Jamie die Hand.

„Leon", stellte der sich vor. „Du bist ziemlich direkt. Bist du immer so drauf, oder ist das Restalkohol?"

Dylan lachte und zog seinen Freund hoch. „Beides, würde ich sagen."

Kurz musterten die vier Jungen sich, dann sprach Ryan aus, was alle dachten. „Wir sehen alle ziemlich gut aus, oder?"

„Jaah, wir sind sexy!", prustete Dylan los.

„Ihr könntet Brüder sein, ist euch das klar? Ihr zwei seht euch verdammt ähnlich." Leon sah zwischen den beiden hin und her.

„Na, dann hoffe ich doch mal, dass du nicht aus Versehen den falschen abknutscht", raunte Ryan ihm zu und schloss seine Arme von hinten um ihn.

„Oh, ich denke, soweit kann ich euch noch unterscheiden!" Lachend drehte er sich um und küsste seinen Freund, der kurz vergessen hatte, dass sie nicht allein auf dieser Welt waren.

„Das ist sehr sexy!", meinte Dylan nur.

Ryan warf ihm einen amüsierten Blick zu.

„Ich könnte mir vorstellen, dass es für eure Familien nicht leicht ist, zwei schwule Söhne in der Familie zu haben, nicht wahr? Keiner, der die hocherotischen Gene weitergibt", sagte Jamie, der nun seinen Freund in den Sand gezogen und die Arme um ihn geschlossen hatte.

„Ja, Mum hat schon rumgejammert." Ryan setzte sich ihnen gegenüber, während Leon hinter ihm Platz nahm und Cessy beobachtete, die in der Brandung umher tollte. „Naja, dann muss Linda herhalten!“, sagte er.

„Linda! Oh mein Gott, wie geht’s ihr?“, fragte Dylan gleich. „Wie alt ist sie jetzt?“

„Fast sechzehn und sie ist ausgesprochen niedlich“, erzählte Ryan. „Ich meine, sie hat mich nicht gerade in meiner lebhaftesten Phase wieder gesehen, aber es war schön, als sie uns besucht hat.“

„Niedlich, ja?“, grinste Dylan.

„Jaah, sehr niedlich. Am Nachmittag war Michelle auf dem Hof, und die beiden so nebeneinander zu sehen … sorry, Baby, aber das war selbst für mich ein Festessen!“, warf Leon ein.

„Ein Festessen?“ Jamie sah etwas verwirrt aus.

„Ja, wie bei einem langen Buffet. Weißt nicht, wo du mit dem knabbern anfangen sollst.“ Leon zwinkerte ihm zu, und es war mehr als deutlich, dass der Dunkelblonde Jamie gefiel.

Der grinste ihn provozierend an und biss sich kurz auf die Unterlippe.

„Hey, Dylan, halt mal deinen Freund im Zaum, sonst muss ich meinen im Zimmer einsperren!“

Leon warf Ryan einen verwirrten Blick zu.

„Keine Sorge, Ryan. Ich würde ihn dir nicht wegnehmen. Aber wenn ich mir Leon so betrachte, dann bekomme ich eben richtig Hunger. Dylan, hast du heute noch ein paar Minuten für mich?“

Leon prustete los und ließ sich nach hinten in den Sand fallen. „Das ist ja geil. Bin ich also so was wie die Köder zum Anfüttern beim Angeln, bis du dann die Leine auswirfst und dir Dylan an Land ziehst?“

Jamie dachte kurz nach. „Guter Vergleich!“

Kurz wandte Ryan den Kopf nach hinten und wie er Leon dort im hellen, warmen Sand liegen sah, musste er sofort an den

Abend in Saither Hill denken, als sie sich am Strand so leidenschaftlich geküsst hatten.

„Jungs, lasst uns hoch gehen, ich muss wirklich ein bisschen schlafen, wenn wir heute Abend noch los wollen“, sagte Dylan und stand auf.

„Wo wollen wir denn heute Abend hin, oder muss ich hier bleiben?“, wollte Jamie wissen.

„Nein! Ich dachte wir gehen ins *Twist*!“

Jamie lachte auf und nickte. „Jaah, das wird geil für die beiden Provinzblüten!“

„Provinzblüten?“ Leon warf ihm einen fragenden Blick zu. „Hey, ich bin keine Provinzblüte, ich komme schließlich aus einer Weltmetropole!“

„Leon-Darling, Mountain Creek ist keine Weltmetropole!“, sagte Dylan mit einem liebevollen lächeln.

„Das weiß ich! Ich komme ja nicht mal aus Amerika! Schatz, würdest du die beiden bitte aufklären?“

Ryan lachte nur noch und stand schließlich auf. „Also. Wenn ihr euch ganz doll umarmt und küsst, dann kann es passieren, dass eure Hosen …“

„Ryan!“

„Warte, dass will ich jetzt genauer wissen. Was passiert dann mit unseren Hosen?“, fragte Jamie frech.

„Naja, sie könnten … okay, sorry Schatz. Nein, Leon kommt nicht von hier. Er ist Engländer. Ein waschechter Londoner!“

„Ich bin *keine* Provinzblüte!“

„Okay, also nur eine Provinzblüte“, grinste Jamie.

„Okay, ich würde auch gern etwas schlafen, Jungs!“, meinte Ryan plötzlich.

„Jaja, als würdest du jetzt schlafen.“ Dylan sahen die beiden amüsiert an.

„Kann ich mit zu dir kommen?“, fragte Jamie seinen Freund.

„Klar!“

Zu viert machten sie sich auf den Weg zum Haus.

„Mum, wir legen uns alle noch etwas hin. Wir wollen heute Abend ins *Moonlight,* und ich brauch noch ein wenig Schlaf.“

„Okay, aber Ryan …“ Claire hielt ihn auf. „Es wäre schön, wenn du noch ein paar Minuten für uns abzweigen kannst, bevor du morgen wieder fährst.“

„Auf jeden Fall.“ Ryan lächelte und gab seiner Tante einen Kuss auf die Wange.

Im Gästezimmer war schon alles vorbereitet und Leon sah sehnsüchtig auf das Bett, als sein Freund hinter ihn trat und langsam den Gürtel seiner Jeans öffnete. „Schatz, du kannst hier nicht vögeln!“

„Wer hat was von vögeln gesagt? Man kann auch andere Dinge machen …“ Ryan drehte ihn zu sich um, schob seine Hände in die hellblauen Jeans auf Leons Hintern und drängte ihn sanft zum Bett.

„Was hast du vor?“, fragte der leise.

„Ich will dich küssen …“ Ryan gab ihm einen sanften Kuss, „und streicheln …“ Seine Hände bewegten sich ein wenig, „und stöhnen hören.“ Er verwickelte Leon in einen heftigen Kuss, sank mit ihm aufs Bett und beugte sich über ihn. „Gott, du glaubst gar nicht, wie sehr ich dich liebe …“

Leons dunkelblaue Augen huschten zwischen den roten Lippen und den braunen Augen seines Freundes hin und her, dann küsste er ihn stürmisch.

Ryan keuchte leise auf, ruckelte sich auf ihm zurecht und erwiderte den Kuss gierig. „Jaah… so gefällt mir das.“ Er setzte sich auf, zog sich das Shirt über den Kopf und warf es hinter sich auf den Boden.

„Jaah … ich weiß, was du meinst." Leons Hände schoben sich über Ryans Brust, streichelten über die festen Muskeln und fingen an, die Brustwarzen zu necken, bevor er sich aufsetzte und hungrige Küsse auf Ryans Haut regnen ließ.

Aufseufzend legte der den Kopf in den Nacken, streichelte alles, was ihm unter die Finger kam, zerrte Leon das Shirt über den Kopf und ließ es seinem eigenen folgen.

Ungestüm streichelten sie sich und wälzten sich auf der Matratze, bis Leon sich tiefer küsste, kurz die harten Brustwarzen in seinen Mund saugte und seine Hand um Ryans pochende Erektion legte. Mit gierigem Blick sah er auf. „Na, was soll ich machen?"

„Nimm ihn in den Mund", raunte Ryan mit heiserer Stimme.

„Wen?"

„Meinen … Hölle …" Ein heftiger Schauer erfasste ihn und ließ ihn aufstöhnen, „meinen Schwanz …" keuchte er.

Leon grinste dreckig, leckte eine feuchte Spur Ryans Oberkörper hinunter, dann konnte ihn nichts mehr halten. Gierig lutschte und leckte er Ryans Penis, ließ ihn immer wieder seine Zähne spüren und saugte leicht an der prallen Eichel.

Für Ryan war das der direkte Weg in den Himmel. In ihren Himmel, für den nur sie beide einen Schlüssel hatten. Er wand sich unter ihm, stöhnte immer wieder auf und stieß mit dem Becken in die feuchte Hitze hinein, bis er Leons Namen stöhnte, als sei er die pure Erlösung, während er sich heiß in dessen Mund ergoss.

Hungrig schluckte Leon, was sein Freund ihm gab und keuchte. Er stand nur Sekunden vor einem gigantischen Orgasmus, und Ryan spürte das. Er drückte Leon hoch, so dass dieser vor ihm kniete und verschlang ihr regelrecht, schluckte nur Sekunden später, was Leon ihm aufstöhnend gab.

Ryan schlief tief und fest in den Armen seines Freundes. Nur hier und nirgendwo anders wollte er sein, nie wollte er, dass diese zärtlich-liebevollen Berührungen aufhörten. Sie hatten sich gestreichelt und geküsst und sich zum stöhnen gebracht. In seinen Ohren gab es kaum etwas Schöneres, als die Töne, die er seinem Freund entlockte, wenn er sich lustvoll unter ihm wand. Leon bekam immer leuchtendrote Wangen nach einem Orgasmus; eine Tatsache, die Ryan über alles liebte. Und auch jetzt, gut zwei Stunden später, fühlten sie sich unter Ryans Hand noch immer heiß an.

„Dylan, wir wäre es, wenn du die beiden Jungs da oben weckst? Abendessen ist gleich fertig." Claire hatte sie schlafen lassen, doch nun war es fast sieben und sie mussten ja irgendwann wieder aufstehen.

Dylan schnappte sich Jamie und beide liefen leise die Treppe hinauf.

Ryan lag auf seinem Freund, streichelte sanft sein Gesicht und küsste ihn, bis sie in eine heftige Knutscherei versanken.

So leise wie möglich, drückte Dylan die Klinke hinunter und öffnet die Tür einen Spalt.

Jamie hinter ihm grinste nur dreckig, denn was sich ihnen da für ein Bild bot – Mann, das war absolut heiß.

Die beiden Jungen waren so in ihre Küsse vertieft, dass sie scheinbar nicht bemerkten, dass sie beobachtet wurden. Leise stöhnte Leon in den Kuss hinein, denn Ryans Bewegungen auf ihm wurden immer heftiger.

Trotz der Bettdecke konnten Dylan und Jamie genau erkennen, dass Leon seine Beine um seinen Freund geschlungen hatte, plötzlich den Kopf in den Nacken legte und befreiend aufstöhnte.

Ryan vergrub sein Gesicht an Leons Hals, wurde langsamer

und blieb schließlich still liegen.

Leise schloss Dylan die Tür und lief die Treppe hinunter. „Gib ihnen noch ein paar Minuten, Mum!“

Ryan zitterte ein wenig und küsste sanft Leons Hals.

„Hattest du nicht gesagt, dass wir nicht vögeln?“, fragte Leon grinsend.

„Ja, das war vorhin. Oh Mann, das war unglaublich!“

Schließlich stand Ryan auf, ging in das angrenzende Badezimmer und duschte schnell. Während er sich anzog, verschwand Leon im Bad und ausgeschlafen und munter liefen sie eine halbe Stunde später die Treppe hinunter.

„Oh, da seid ihr ja!“ Claire lächelte und schickte sie ins Esszimmer, wo der Rest bereits saß.

„Na, Ryan, gut geschlafen?“, fragte Jamie kess.

„Klar, und du?“

Während des Essens sprachen die Eltern über die Schule der Jungs.

Dylan und Leon gaben hin und wieder einen Kommentar dazu ab, doch Ryan und Jamie warfen sich über den Tisch nur bedeutungsvolle Blicke zu.

Als sie schließlich fertig waren, stand Ryan auf, griff sich Leons Teller und auch seinen eigenen und brachte ihn in die Küche. Als er sich umdrehte, stand Jamie vor ihm. „Hat dir gefallen, was du vorhin gesehen hast?“, fragte er frech grinsend.

„Oh jaah … aber sag mal, wenn du es mitbekommen hast, warum hast du weitergemacht?“ Jamie war nun doch etwas irritiert.

„Ich steckte doch schon drin! Ich hör doch nicht auf, nur weil es in meiner Familie zwei Spanner gibt.“

Die Jungen sahen sich an und prusteten los.

„Oh, über was amüsiert ihr euch denn so?“, fragte Claire, die in die Küche gekommen war.

Ryan musterte sie einen Moment, hielt sich lachend die Hände vors Gesicht und atmete tief durch. „Ähm … nicht so wichtig."

Pünktlich um halb zwölf machten sich die vier Jungs auf den Weg ins *Moonlight.*

„Oh … mein … Gott!", stammelte Leon, als sie angekommen waren. Er und Ryan brauchten ungefähr drei Sekunden, um herauszufinden, was das *Moonlight* für ein Laden war.

„Das ist ein Schwulenclub!", platzte Ryan heraus.

„Jap. Hier könnt ihr's sogar auf der Theke treiben und fallt dabei nicht mal auf!" Jamie ging vor und zahlte für alle vier den Eintritt.

„James, Darling!", rief eine furchtbar hohe Stimme plötzlich.

Jamie drehte grinsend den Kopf zu seinen Freunden, als auch schon zwei Arme in knallpinkem Stoff um seinen Hals flogen und ihn theatralisch an sich zogen.

„Wie geht es dir, mein Schatz?"

„Bestens, Lucy. Wie immer. Hey, lass mich am Leben!", er löste sich lachend aus der Umarmung, als Lucys Blick auch schon auf die zwei Unbekannten fiel.

„Oh Darling, was hast du denn da leckeres mitgebracht?", schnurrte sie und trat dicht vor Ryan, der keinen Millimeter zurückwich.

„Hi …", sagte er mit der verführerischsten Stimme, die er zu bieten hatte.

Lucy schnurrte weiter, warf einen Blick zu Leon und lächelte.

„Dylan, wo gabelst du nur immer diese Sahneschnitten auf?"

„Sahneschnitten?", flüsterte Leon und vergrub sein Gesicht an Ryans Hals, sonst hätte er losgebrüllt vor lachen.

„Das ist mein unlängst verschollener Cousin Ryan und sein Freund Leon. Du brauchst sie nicht anmachen. Die beiden sind so dermaßen vernarrt in einander, dass man denen sogar beim Vögeln zusehen kann, ohne dass sie es merken", grinste Dylan.

„Du irrst dich, ich hab's mitbekommen!", widersprach Ryan.

„Wie … was mitbekommen?" Leon verstand gar nichts, doch die anderen drei machten sich nicht die Mühe, ihn aufzuklären.

Jamie schob sie in den Club hinein, wo sie eine volle Tanzfläche sahen, mehrere lange Theken und eine Ecke mit Tischen, Stühlen und … Ryan starrte das Pärchen an, das sich ziemlich heftig amüsierte.

„Ryan, ist das ein Kerl hinterm Tresen?", fragte Leon.

Unschlüssig zuckte Ryan die Schultern. Er war sich genauso unsicher, bis der Typ im Kleid und mit hellblonder Perücke den Mund aufmachte und eine irre tiefe, weiche Stimme seinen Mund verließ. Ryan bekam sofort eine Gänsehaut. „Wow!"

„Was?"

„Die Stimme … unglaublich. Der darf mir auch was vorstöhnen!"

Leon musterte ihn amüsiert. „Ah ja, gut zu wissen."

Lachend zog Ryan seinen Freund an sich und setzte sich auf einen Barhocker. „Eifersüchtig, Baby?"

„Nein, wenn er dir was vorstöhnen soll, dann nur, wenn ich mitmachen darf!"

Ryan drehte sich spontan um und hob die Hand.

„Hey, lass das! Ryan, hör auf, bitte!" Lachend zog Leon am Ärmel seines Freundes, der lediglich zwei Biere bestellte und sich einen Moment wunderte, dass er überhaupt welches bekam.

„Ich dachte, du möchtest vielleicht etwas trinken."

Leon betrachtete ihn kopfschüttelnd und zog ihn dann an sich. Seine Lippen zu spüren, hier, wo es niemanden interessierte, wo sie sich nicht verstecken oder zurückhalten mussten, beflügelte Leon so sehr, dass er seine Finger in die dunklen Haare wühlte und den Kuss stürmisch vertiefte. Plötzlich unterbrach er ihn. „Schatz, wo hast du deine Hände?"

„Auf deinem Rücken, wieso?", fragte Ryan verwirrt.

„Wieso liegen dann noch welche auf meinem Hintern?"

Ryan stutzte und schaute an seinem Freund vorbei. „Hey, Pfoten weg!", rief er.

Leon lachte los, zog Ryan in eine Umarmung und küsste ihn übermütig. Es war schön, zu wissen, dass auch in Ryan eine gesunde Portion Eifersucht steckte.

„Hey, ich teile ja eine Menge, aber der Hintern gehört mir!"

Leon wandte den Kopf, um zu sehen, wer ihn da antatschte.

„Komm schon, der ist wirklich knackig. Nur fünf Minuten!" Der Typ sah zwar nicht schlecht aus, aber so ganz nach Leons Geschmack war er dann doch nicht.

„Vergiss es! Hier laufen ungefähr zweihundert Hintern durch die Gegend! Such dir einen eigenen. Der gehört mir!"

Der Typ wollte seine Hände ein letztes Mal auf Leons Hintern legen, doch Ryan warf ihm einen seiner drohenden Blicke zu, also kapitulierte er und verzog sich.

Leon blickte Ryan nur in die Augen, war überwältigt von seinem kleinen Ausbruch und küsste ihn erneut - so heftig und leidenschaftlich, dass Ryan ein leises Stöhnen nicht unterdrücken konnte.

Sie verbrachten die Nacht mit Knutschen, Lachen und Trinken.

Dylan und Jamie tauchten irgendwann neben ihnen auf; ziemlich außer Atem und mit roten Wangen.

„Baby, lass uns etwas machen, was wir noch nie getan haben!", sagte Leon plötzlich.

„Ich werde es bestimmt nicht auf dem Tresen mit dir treiben!"

„Nicht? Schade – nein, etwas anderes. Lass uns tanzen!"

„Ta… was willst du?“, schrie Ryan erschrocken.

„Tanzen. Hör mal, es ist langsame Musik und … naja, ich würde gern mit dir tanzen.“

„Ich kann nicht tanzen! Das weißt du!“

„Mit Michelle tanzt du auch, also zier dich nicht. Los …“ Leon nahm seine Hand und zog ihn vom Barhocker auf die Tanzfläche. Zärtlich schob er seine Hände in Ryans Nacken, der die seinen auf Leons Rücken legte und ihn sanft an sich zog. Dann bewegten sie sich langsam zur Musik.

Bisher hatte Ryan die ganze Tanzerei nie etwas gegeben, doch er stellte fest, dass es etwas anderes war, wenn er mit dem Menschen tanzte, den er über alles liebte. Immer wieder küsste er Leon, streichelte mit seinen Händen über *seinen* Rücken, hinunter bis zu dem geliebten Hintern, den er zärtlich massierte.

„Oh Mann…“, seufzte Leon plötzlich, „das ist Wahnsinn!“

Ryan spürte deutlich, wie erregt sein Freund war und zog ihn mit einem Ruck fest an sich.

Leon keuchte auf und verwickelte Ryan in einen heftigen Kuss.

„Was meinst du, wie lange es noch dauert, bis sie den Club verlassen?“, fragte Dylan.

„Hm … ich gebe ihnen noch höchstens zehn Minuten.“

Dylan und Jamie beobachteten das Paar, welches sich auf der Tanzfläche kaum noch bewegte.

Sie knutschten herum, streichelten sich und konnten ihre Erregung kaum noch verbergen.

„Ich muss hier raus!“, sagte Leon plötzlich und zog Ryan mit sich.

„Warte!“ Der riss sich los und lief zu seinem Cousin zurück. „Wir sind … also, wir … du verstehst schon!“

„Jap!“ Dylan biss sich auf die Unterlippe und prustete dann los. „Hier, falls wir uns nicht mehr sehen. Dann steht ihr nicht vor verschlossener Tür." Er gab Ryan einen Schlüssel. „Übrigens, es waren nur acht Minuten", sagte er zu Jamie, doch das hörte Ryan schon gar nicht mehr.

Er lief zu Leon zurück. „So, wir können."

Gemeinsam drängten sie sich durch die Massen, als sie am Eingang aufgehalten wurden.

„Ihr wollt doch nicht schon gehen?", flötete Lucy. „Kommt schon. Ihr zwei Süßen und ich – wir können uns doch amüsieren!"

Ryan warf Leon einen Blick zu und schüttelte den Kopf. „Sorry, Süße, aber ist nicht drin. Wir haben schon etwas anders vor!" Frech gab er dieser Lucy einen Kuss auf die Wange und zog seinen Freund mit sich.

Kichernd liefen sie den Strand hinunter, bis Ryan stehen blieb und Leon an sich zog.

„Ich hatte schon Angst, dass du sie mitnehmen willst – ihn … sie … das verwirrt mich, ganz ehrlich", grinste Leon.

„Mich auch. So … du wolltest unbedingt raus. Was hast du denn jetzt vor?"

Leon glitt mit seinen Fingerspitzen über Ryans Lippen, spürte dessen Zungenspitze und konnte sich nicht mehr beherrschen. Dass bei dem folgenden Kuss im ersten Moment noch seine Finger im Weg waren, störte ihn nicht, denn die wühlten sich schnell in die dunklen Haare. Immer weiter liefen sie durch die Straße zum Strand, bis keine Menschenseele mehr zu sehen war. Kraftlos und völlig erregt sanken sie in den kühlen Sand und ließen ihrer Gier freien Lauf …

„Oh Scheiße, ich habe überall Sand in der Hose!", fluchte Leon amüsiert.

„Lass mal, ich auch. Sogar da, wo der nun wirklich nicht hingehört. Wie spät ist es?"

„Kurz nach vier. Wenn ich morgen … nachher fahren soll, muss ich wirklich noch schlafen!“

Hand in Hand machten sie sich auf den Weg zu einem Taxi, das sie zurück zum Haus brachte, wo sie sich leise hineinschlichen und die Zimmertür hinter sich schlossen. Plötzlich war Leon so unendlich müde, dass er sich zwingen musste, noch duschen zu gehen, doch der viele Sand war wirklich unangenehm.

Schließlich fielen sie ins Bett, wo sie fest aneinander gekuschelt einschliefen.

Als Ryan die Augen öffnete, schaute er sofort auf den Wecker. Kurz vor zehn. Leise stand er auf, schlüpfte in seine Klamotten und verließ das Zimmer. Leon brauchte seinen Schlaf, also wollte er ihn auch nicht wecken.

„Ryan! Na, hast du ausgeschlafen?“, fragte seine Mutter lächelnd.

„Mehr oder weniger. Gebt mir nur einen Kaffee, dann geh ich eine rauchen und anschließend gehöre ich ganz euch.“ Dankbar nahm er die Tasse von Tante Claire entgegen und ging in den Garten, wo sein Onkel Dave saß.

„Na, Hallo! Wer hat denn da aus dem Bett gefunden?“, begrüßte der ihn.

„Das heißt, ich bin der Erste?“

„Ja, mit Sicherheit. Dylan und Jamie schlafen noch. Die müsst ihr nachher wecken, wenn ihr los wollt. Vor drei stehen die beiden nicht auf. Was ist mit Leon?“

„Ich wollte ihn noch etwas schlafen lassen. Schließlich hat er wieder einen weiten Weg vor sich.“

„Ja … Ryan, wie geht es dir?“

Sein Neffe runzelte die Stirn. „Gut.“

„Ich meine, was die Angelegenheit mit deinem Vater angeht.“

Ryan setzte sich an den Gartentisch und schaute auf, als

seine Mutter und seine Tante sich zu ihnen setzten.

„Naja, ich versuche, einige Sachen zu verdrängen … Gefühle und so. Im Allgemeinen geht's mir aber gut. Ich darf nicht so viel drüber nachdenken, dann ist alles okay."

„Ryan, welche Gefühle versuchst du zu verdrängen?", wollte seine Mutter wissen.

„Naja, dieses Gefühl, als … als …" Ryan atmete tief durch. Er hatte dieses Gefühl nie vergessen. „Es war seltsam, als das Messer in seinen Bauch glitten. Ich meine, es war so leicht. Und dann das Blut … ich …" Seine Hände zitterten und Tränen brannten in seinen Augen. „Die Gefühle, die ich hatte, als Sheriff Lucas sagte, dass ich verhaftet sei. In diesem Moment ist meine Welt eingestürzt. Ich musste an dich denken, Mum, an Michelle und an Leon. Vor allem an ihn. Ich … ich hatte Angst, dass die einzigen drei Menschen, die ich habe, sich von mir abwenden. Es hat so weh getan, euch im Haus der Blakes stehen zu sehen. Ich meine, Mum, du sahst wirklich geschockt aus, als du in der Zelle aufgetaucht bist. Ich hatte Angst, dir gegenüber zu treten. Meinen Freunden gegenüber zu treten. Leon zu sehen, hat irrsinnig weh getan. Ich hatte ihm nur wenige Stunden vorher gesagt, dass er mich vergessen soll, und er hat sich so ins Feuer geworfen für mich … Ich kann es nicht erklären, was in mir vorging, aber die Gefühle waren absolut nicht von dieser Welt."

Stumm hatten die drei Erwachsenen seinen Worten gelauscht. Jeder für sich wusste, dass Ryan in seinem jungen Leben einfach zu viel durchgemacht hatte, als dass er völlig unbeschwert weiterleben könnte.

„Ryan, hast du mal daran gedacht, eine Therapie zu machen?", fragte seine Tante.

Erschrocken sah er auf. „Was? Ich bin doch nicht bekloppt, oder so!"

Sie konnten sich ein amüsiertes Lachen nicht verkneifen.

„Natürlich bist du nicht bekloppt. Was deine Tante damit sagen will, ist, dass du einfach zu viel durchgemacht hast. Ryan, du bist ein wirklich lieber Kerl. Du hast die richtige Einstellung zu Familie, Freunde und Zukunft, aber du bist auch sehr verschlossen und neigst zu Aggressionen. Du hast nie gelernt, deinen Frust, deine Ängste und Gefühle zu verarbeiten", erklärte Eileen.

„Mum, dass ich verschlossen bin, hat seine Gründe. Ich mache das nicht, um andere Leute zu ärgern."

„Und welchen Grund hat es?"

„Nun, ich denke einfach, dass es niemanden etwas angeht, was ich tue. Wenn ich nichts erzähle, kann mir auch keiner in mein Leben reden. Und ich habe dich, Michelle und Leon, oder nicht?"

„Ryan, wir haben nie mit dir darüber gesprochen, weil du einfach schon genug Probleme hast, aber als du damals aus dem Krankenhaus gekommen bist, war dein Leon absolut fertig mit der Welt. Er fühlte sich hilflos und hat selbst gesagt, dass er nicht weiß, wie er dir helfen soll. Und in einem Punkt hatte er recht: Ihr seid alle drei zu jung für diese Art von Problemen. Du solltest dir damals keine Gedanken drum machen und das sollst du heute auch nicht, aber Leon ist nicht der Richtige, um deine Probleme aufzuarbeiten."

Frustriert stellte Ryan die Tasse auf den Tisch. „Ich habe keine Probleme, okay? Es ist alles in Ordnung!" Schnell stand er auf und ging ins Haus.

Eileen blieb besorgt zurück. Dass ihr Sohn dringend Hilfe bräuchte, wussten alle. Doch wie sollte man ihm helfen, wenn er es selbst nicht einsah?

Ryan saß auf den Stufen vor dem Haus und schnippte die Asche von seiner Zigarette.

„Schatz?"

„Hey, Mum." Er rieb sich das Gesicht und schaute die

Straßen hinunter.

„Ryan, du weißt, dass wir so etwas nicht sagen, um dich zu ärgern, nicht wahr?“

„Ja, das ist mir klar. Aber bitte sieh es ein. Mir geht es gut!“, antwortete er verärgert.

„Nein, dir geht es nicht gut. Aber deswegen bin ich jetzt nicht hier!“ Eileen setzte sich neben ihren Sohn. In den Händen hielt sie ein Stück abgerissenes Papier.

„Sondern?“

„Nun, wie du ja schon mitbekommen hast, wurde dir freundlicherweise die Leitung des Hofes vermacht. Ich möchte kurz mit dir darüber reden.“

Ryan nickte und wandte sich zu seiner Mutter um.

„Ich denke, es ist an der Zeit, dass wir einige Veränderungen vornehmen sollten. In erster Linie weitere Mitarbeiter einstellen, so dass die Jungs nicht mehr zwölf Stunden arbeiten müssen. Und wir sollten so etwas wie einen Schichtdienst einrichten. Ich weiß, dass dir in all den Jahren immer wieder verschiedene Ideen durch den Kopf geschossen sind, und ich möchte dir hiermit einen Einblick auf das Firmenkonto geben, damit du weißt, welche Ideen sich vielleicht verwirklichen lassen und welche nicht.“

Erschrocken starrte er seine Mutter an. „Mum … das … das geht mich doch eigentlich gar nichts an.“

„Bisher war es vielleicht so, doch nun denke ich, dass es wichtig für dich ist.“ Sie gab ihm den zusammengefalteten Zettel.

Unsicher nahm er ihn in die Hand.

„Das ist eine ungefähre Summe. Genauer kann ich es dir erst sagen, wenn ich zu Hause in die Bücher geschaut habe.“

Ryan zögerte noch immer, doch der liebevolle Blick seiner Mutter bestärkte seine Neugier. Er faltete den Zettel auseinander und keuchte laut auf.

„Himmel …“, quiekte er. „Mum! Bist du dir sicher, dass da nicht vielleicht ein oder zwei Nullen zu viel dran sind?“

„Ich bin mir sicher, dass die Summe stimmt“, lächelte sie.

500.000 $

Ryan war wie vom Donner gerührt. Er hätte einiges erwartet, aber das überstieg wirklich alles. „Meine Güte, Mum!“, flüsterte er. „Das ist unglaublich. Ach sag mal, kann ich meinen Führerschein machen?“

Eileen grinste ihn an und beiden lachten kurz auf.

„Ähm ... ich weiß nicht, was ich sagen soll. Außer … naja, man konnte Dad eine Menge nachsagen, aber er hat die Farm gut in Schwung gehalten. Der Preis dafür ist ein wenig fraglich, aber immerhin“, überlegte Ryan. „Ich meine, seid ihr euch alle sicher, dass ihr es in meine Hände legen wollt? Ich bin doch erst 17.“

„Schatz, ich bin mir sicher, dass du alles wunderbar geregelt bekommst. Wir haben vollstes Vertrauen in dich. Zumal die Jungs ja auch noch da sind und ich sowieso.“ Eileen gab ihrem Sohn einen Kuss auf die Wange und stand auf.

Ryan blieb allein auf der Treppe sitzen, starrte immer wieder auf den Zettel und schüttelte den Kopf. Plötzlich schoben sich warme Hände in seinen Nacken.

„Hey …“, flüsterte Leon und hockte sich auf die Stufe hinter seinem Freund. Seine Arme schlang er um dessen Hals und küsste sanft seinen Nacken. „Gut geschlafen?“

„Ja, hab ich. Und du?“

Leon, der noch immer damit beschäftigt war, Ryans Nacken zu küssen, legte seinen Kopf auf dessen Schulter und seufzte. „Ich schlafe nie schlecht, wenn du neben mir liegst. Ist alles okay? Du wirkst bedrückt.“

„Nein, alles okay. Ich denke nur nach.“

„Worüber?“

Ryan zögerte. „Ähm, lass uns pünktlich losfahren. Kurz vor

dem Motel ist ein kleiner Ort, da habe ich ein Steakhouse gesehen. Lass uns beide heute Abend essen gehen und in Ruhe reden und nicht hier auf der Treppe."

Leon runzelte die Stirn und hockte sich schließlich vor seinen Freund. „Muss ich mir Sorgen um dich machen? Oder vielleicht um uns?"

Verwirrt blickte Ryan ihn an. „Warum um uns?"

„Weiß nicht. Vielleicht, weil dir Jamie oder Lucy besser gefallen, oder der Typ hinterm Tresen."

Amüsiert lachte Ryan auf. „Du Spinner! Hey, es gibt niemand besseren auf der Welt als dich! Ich lass dich nicht mehr laufen!"

„Du hast doch gar nicht alle gesehen. Woher willst du wissen, dass es niemanden gibt, der besser ist?", fragte Leon mit ernster Miene.

„Wenn es jemanden gibt, würde ich ihn nicht mal sehen. Ich schau doch nur dich an …" Ryan küsste ihn sanft, dann zog er Leon in seine Arme. „Bei allen anderen bin ich blind."

Sie aßen zusammen Mittag und obwohl es alle für eine Fata Morgana gehalten hatten, standen Dylan und Jamie zum Essen auf der Matte.

„Meine Güte, seid ihr aus dem Bett gefallen?", fragte Dave.

„Oh nein, nur irgendeiner der beiden Süßen hat uns mit lautem Klopfen an der Tür geweckt!" Dylan warf seinem Cousin einen provozierenden Blick zu.

„Ich weiß nicht, was du von mir willst. Ich war's nicht!"

„Ich auch nicht!", sagte Leon gleich.

„Naja, so können wir uns wenigstens verabschieden."

Und das taten sie auch.

Leon stand am Auto und wartete, als Dylan und Jamie auf ihn zukamen.

„War schön, dich kennen zu lernen", lächelte Dylan und

umarmte Leon kurzerhand.

Der war zwar ziemlich überrascht, fand es aber auch schön. „Kommt uns mal besuchen. Wir haben zwar keinen Strand und auch keine Schwulenbar, aber es ist trotzdem schön bei uns."

„Ich weiß, ich war schon in Mountain Creek. Aber recht hast du. Wir kommen auf jeden Fall mal bei euch vorbei."

„Meine Handynummer hast du noch?", fragte Jamie.

„Jap, eingespeichert!"

Bei Eileen flossen die ersten Tränen. „Ich bleibe nicht lange, versprochen!"

„Oh Mum, du sollst dich hier erholen. Denke zur Abwechslung einfach mal nur an dich. Ich komm auch allein klar, und Leon ist ja auch noch da!"

Es dauerte einen Moment, bis jeder sich verabschieden konnte, doch relativ pünktlich fuhren Ryan und Leon los.

Sie genossen die Fahrt mit heruntergekurbelten Fenstern und lauter Countrymusic.

Sie hatten den Eindruck, in die Abenddämmerung hinein zu fahren. Anhand des Motelprospektes wußten sie, dass sich ganz in der Nähe des Motels ein Restaurant befand, so dass sie um kurz vor acht hielten, eincheckten und sich sofort auf den Weg in das Argentinische Steakhouse machten.

„Guten Abend, Sir. Was wollen Sie trinken?", fragte die junge Kellnerin.

„Ich weiß nicht. Sie können mit einer Flasche Wein nicht zufällig eine Ausnahme machen, oder?", grinste Leon.

Die Kellnerin lächelte nur abwartend.

„Cola!", sagte Ryan und biss sich auf die Unterlippe. Und als die Kellnerin verschwunden war, raunte er seinem Freund zu: „Onkel Dave hat mir noch vier Flaschen Bier mitgegeben."

„Oh, sehr schön!"

Sie bestellten Steak und Backkartoffeln, dann musterte Leon

seinen Freund. „Also, worüber denkst du nach?“

Ryan zögerte, pulte mit der Gabel in der Kartoffel und sah auf. „Glaubst … also glaubst du auch, dass ich eine … eine Therapie brauche?“

Leon sah ihn weiterhin nur an, schwieg aber.

„Mum sagt, dass ich eine brauche.“

Leon legte sein Besteck beiseite und schob den Teller von sich. „Schatz, du weißt, dass ich immer für dich da bin. Egal, was passiert. Aber ich denke, dass ich an meine Grenzen gekommen bin. Ich kann dir nur zuhören, aber ich kann dir nicht helfen.“

Auch Ryan schob seinen Teller ein Stück beiseite. „Warum glaubt ihr alle, ich bräuchte eine Therapie?“ Er war weitaus genervter deswegen, als er im Moment zeigte.

„Nun, ich persönlich würde sagen, weil du Albträume hast.“

Ryan runzelte die Stirn. „Ich habe doch keine Albträume!“

„Nicht? Und warum wirfst du dich dann jede dritte Nacht durchs Bett? Warum redest du von deinem Vater, als wolltest du ihn gleich umbringen? Snoopy, dein Unterbewusstsein ist am Ende. Du selbst wirst es vielleicht gar nicht so mitkriegen, doch es ist so. Ich spüre es. Du hast in den letzten Jahren einfach zu viel durchgemacht, verstehst du? Das hält man auf Dauer nicht aus. Ich liebe dich und schon allein aus dem Grund will ich nicht, dass du irgendwann zusammenbrichst und ich daneben stehen muss, weil ich nichts tun kann. Es kann dir nicht schaden. Wenn ein geschulter Therapeut sagt, bei dir ist alles okay, dann müssen wir uns auch keine Sorgen mehr machen. Aber so ist es ja nicht. Nichts ist okay.“

Leon rutschte näher zu ihm heran und legte seine Stirn gegen Ryans. „Schau, Baby … ich will dir nur helfen. Das Wichtigste für mich, ist, dass du glücklich bist.“

„Aber ich bin doch glücklich …“, widersprach Ryan verzweifelt.

„Äußerlich ja. Das streitet niemand ab, aber tief in dir sieht es anders aus. Das spüre ich."

Ryan liefen leise die Tränen über die Wangen. Hatte ihn sein Vater wirklich so weit gebracht, dass er jetzt eine Therapie brauchte? Scheiße …

Leon spürte, wie verzweifelt sein Freund plötzlich war. „Lass uns gehen, Schatz!", flüsterte er ihm ins Ohr.

Schnell hatten sie bezahlt und betraten wenige Minuten später ihr Zimmer im Motel. Sie zogen sich aus, schlüpften unter die dünnen Decken und kuschelten sich fest aneinander.

„Du hast Angst, nicht wahr?", fragte Leon leise.

„Nein … ja … keine Ahnung!"

„Snoopy, du musst vor mir nicht den Starken spielen."

Dieser Satz löste bei Ryan einen regelrechten Weinkrampf aus. Minutenlang lag er in Leons Armen und zitterte haltlos, während ihm die Tränen in Strömen übers Gesicht flossen.

Home sweet home

Die Rückfahrt verlief ruhig. Ryan döste die meiste Zeit vor sich hin, streichelte Leons Nacken und versuchte, diese mehr als schwere Nacht aus seinem Gedächtnis zu verbannen. Er hatte lange geweint. Ihm war bewusst, dass Leon ihm nicht helfen konnte, sofern er denn Hilfe bräuchte, was ja nicht der Fall war. Die letzte Zeit war eben besonders hart gewesen, klar, dass er mit seinen Kräften ziemlich am Ende war. Das war aber noch lange kein Grund, dass er sich einem Seelenklempner anvertrauen musste. Soweit kam es noch, dass er einem fremden Menschen seine Gedanken auf den Tisch knallte.

Leon sah stur auf die Straße, schwor sich, nie wieder so lange zu fahren und wusste, dass er heute, wenn seine Mutter ihr Auto wieder hatte, auf sein Fahrrad umsteigen würde. Zudem beschäftigte ihn auch der Zusammenbruch seines Freundes. Verdammt, warum war der nur so dermaßen stur? Der gestrige Heulkrampf sollte ihm doch schon Antwort genug sein, aber nein. Er brauchte keine Hilfe. Es hätte ihn auch gewundert, wenn Ryan McCoy fröhlich zugestimmt hätte. Nun, die Zeit wird es zeigen. Mehr, als ihm zuhören und für ihn da sein, konnte er nicht.

Ryan warf einen Blick nach links und lächelte, als er sah, wie verträumt sein Freund wirkte. „Du achtest noch auf die Straße, Baby?"

„Sicher. Sonst würden wir schon im Straßengraben liegen. Wie geht es dir?", fragte Leon.

Den Blick wieder aus dem Seitenfenster gerichtet, zuckte Ryan die Schultern. „Ganz gut. Nur ein wenig Kopfschmerzen. Hab wohl mit dem Heulen etwas übertrieben."

Ein kleines Lächeln umspielte Leons Mundwinkel. „Nein, hast du nicht. Musste mal sein."

„Ja, vermutlich. Aber nicht so. Ich habe ziemlich die Kontrolle verloren."

Leon entdeckte das Schild einer Raststätte. „Was hältst du von einem Kaffee?"

„Klar, warum nicht." Ryan gähnte und streckte sich.

Wenige Minuten später parkte Leon neben einem Brummifahrer und stellte sich kurz vor, wie es wäre, sein Leben auf der Autobahn zu verbringen. Ein Cowboy des Highways zu sein. Freiheit. War es Freiheit, den ganzen Tag mit dem Arsch hinter dem Lenkrad zu sitzen? Gott bewahre – nein!

„Kommst du?" Ryan hielt ihm die Hand entgegen und lächelte.

„Ähm … ja. Entschuldige.“

Sie holten sich Kaffee zum Mitnehmen und setzten sich neben ihrem Auto auf die Wiese.

„Versuch nicht darüber nachzudenken, was gestern passiert ist. Du bist einfach noch nicht bereit, okay?“

„Bereit wofür? Einem Seelenklempner zu erzählen, wie beschissen meine Jugend war? Das weiß ich allein. Dafür brauch ich den nicht. Leon, lassen wir das Thema einfach, ja? Ich brauch den Scheiß nicht. Lass uns weiterfahren. Ich will nach Hause.“

Leon sah ihn an und schüttelte den Kopf. „Wie kann ein Mensch nur so dickköpfig sein? Das muss doch wehtun!“

Ryan reagierte nicht darauf, sondern stieg ein und schnallte sich an.

Die restlichen zwei Stunden Autofahrt schwiegen sie. Leon drehte das Radio etwas lauter, und Ryan schaute stumm aus dem Fenster.

Als sie auf dem McCoy-Hof ankamen, erreichte Ryans Stimmung den absoluten Tiefpunkt. „Was will der denn hier?“, fragte er leise und mit unverkennbarem Zorn in der Stimme.

Der weiße Laster von Joseph Steiger parkte vor den Ställen und wild mit den Händen gestikulierend redete er auf die drei Arbeiter ein, die etwas unschlüssig da standen und augenscheinlich nicht wussten, was sie machen sollten.

Julius wusste, dass Ryan eine große Abneigung gegen Steiger hegte, und er war sich nicht ganz sicher, ob der die Verträge, die mit Jon McCoy geschlossen worden waren, weiterführen würde.

„Ryan, gut, dass du da bist!“, rief Toby.

„Steiger, sehen Sie zu, dass Sie Land gewinnen!“ Ryan lief auf ihn zu und blieb mit geballten Fäusten vor ihm stehen.

„Ryan, wie geht es dir?“, fragte Steiger scheinheilig.

„Das geht Sie einen feuchten Dreck an. Verschwinden Sie!“

„Ryan, ich habe …“

„Für Sie immer noch Mr. McCoy!“

Steiger sah ihn verwirrt an, nickte aber. „Gut, *Mr. McCoy*! Ich habe Verträge mit diesem Hof. Die können Sie nicht ignorieren.“

„Und ob ich das kann. Sie hatten Verträge mit meinem Vater. Der hat mit der Firma allerdings nichts mehr zu tun. Damit sind die Verträge hinfällig. Das können Sie gern schriftlich haben!“

„Ryan, Sie… Mr. McCoy, sein Sie doch nicht dumm. Von wem wollen Sie denn die Tiere abholen lassen?“

Ryan spürte, wie der Zorn in ihm hoch kroch, und er war kurz davor, Steiger niederzuschlagen, als sich Leon dazwischen schob.

„Ryan, beruhige dich. Vergiss den Typ!“

„Sie sind ein dreckiges Arschloch, Steiger! Glauben Sie wirklich, Sie sind der einzige, mit dem ich Geschäfte machen kann? Verschwinden Sie!“, schrie Ryan.

„Verlassen Sie jetzt den Hof, ansonsten rufen wir die Polizei!“, mischte sich Julius ein.

Steiger betrachtete Ryan abfällig, der versuchte, Leon von sich zu schieben und stieg in seinen Truck. „Wir sehen uns wieder, McCoy!“

Leon beobachtete, wie Steiger vom Hof fuhr. „Beruhige dich jetzt bitte!“, sagte er leise zu seinem Freund.

„Ich bin ruhig!“, fauchte Ryan und riss sich von Leon los. Bebend vor Zorn sprang er über den Zaun und lief über die Weide auf June zu, die ihm langsam entgegen kam.

„Oh Mann. Wir wussten nicht, was wir machen sollten“, seufzte Lance.

„Ist nicht eure Schuld. Er ist schon den ganzen Tag so schlecht drauf.“ Leon sah Ryan hinterher und ging dann zum Auto zurück, um die Tasche seines Freundes heraus zu holen. Dann betrat er die Koppel und lief auf ihn zu. „Schatz?“

„Was ist?“

„Hey, nun komm mal runter! Ich habe dir nichts getan! Und da heißt es, du seiest nicht aggressiv.“

„Ich bin nicht aggressiv. Was willst du?“ Ryan klang wütender, als er war und auf Leon war er es gar nicht. Nur fiel es ihm im Moment unheimlich schwer, vernünftig zu reden.

„Ich fahre jetzt nach Hause und bringe Mum ihr Auto.“

„Okay.“

Ryan wandte sich zu June um, und als er sonst nichts weiter sagte, drehte sich Leon um und ließ ihn allein.

„Warte!“

Er blieb stehen und musterte Ryan abwartend.

„Kommst du wieder?“

„Weiß ich noch nicht. Ich muss sehen, ob Mum mich weg lässt.“

Schweigend standen sie sich gegenüber, sahen den anderen nicht an und warteten darauf, dass einer den Mund aufmachen würde.

„Gut, also … ich melde mich …“, sagte Leon leise und wollte weitergehen, doch Ryan hielt ihn zurück.

„Tut mir leid. Der Kerl regt mich einfach nur unwahrscheinlich auf.“

„Ist okay, aber du solltest unterscheiden lernen. Bis später, Snoopy!“ Leon küsste ihn kurz und ging dann zu seinem Auto, wo er sich auf den Fahrersitz fallen ließ und sich einen Moment nicht bewegte. „Du blöder Kerl!“ Er stieg noch einmal aus, rannte auf seinen Freund zu, der nun bei den Jungs am Anbinder stand und küsste ihn heftig. „Ich liebe dich …“, flüsterte er ihm ins Ohr und ging dann zum Auto zurück.

Ryan stand etwas irritiert da, sah Leon hinterher und grinste. „Er ist einfach süß!“

Leon parkte wenige Minuten später vor dem Haus seiner Eltern und stieg aus. „Hey, Mum!“

Maggie hockte im Beet und zupfte Unkraut. „Hallo, Schatz. Wie ist Miami?“

„Definitiv einen Familienurlaub wert. Es ist toll am Strand und so.“

Maggie musterte ihren Sohn kurz. „Leon, ist alles okay?“

„Ja, ich bin nur ziemlich fertig. Die Autofahrt war anstrengend.“

„Das glaube ich, wenn man es nicht gewohnt ist. Aber ich denke nicht, dass es die Autofahrt ist, die sich so beschäftigt!“

Leon zögerte, trat unruhig mit den Füßen auf dem gefegten Kiesweg herum und schwieg.

„Kaffee?“, fragte Maggie.

„Ja, gern.“ Beide betraten das Haus, wo sich Maggie erst einmal die Hände wusch und Leon Kaffee und Milch in zwei Tassen goss.

„So, Schatz, was ist los?“

Leon setzte sich auf die Terrasse. „Es geht um Ryan. Versteh mich nicht falsch. Das Wochenende war toll. Wir hatten richtig viel Spaß und so. Am Sonntag hat er mit seiner Mutter und seinen Verwandten im Garten gesessen, und sie haben ihn gefragt, wie es ihm geht. Er sagte, dass alles okay sei. Du glaubst es genauso wenig wie der Rest und Eileen hat ihn wohl auf eine Therapie angesprochen. Ryan ist ziemlich sauer deswegen gewesen. Er sagt, er bräuchte keine Therapie. Ich meine, mir war schon klar, dass er nicht gleich zustimmt, aber er denkt nicht einmal darüber nach.“ Frustriert schnaufte er.

„Leon, ich denke, uns ist beiden bewusst, dass Ryan sehr wohl darüber nachdenkt. Wahrscheinlich mehr, als ihm gut tut. Gib ihm Zeit. Sieh mal, als er das erste Mal bei uns war, haben wir alle festgestellt, wie verschlossen er ist. So schnell ändert sich ein Mensch nicht. Glaube nicht, ich hätte nicht mitbekommen, dass er sich damals davonschleichen wollte, und ich habe auch gehört, was du zu ihm gesagt hast. Ryan hat sehr viel Glück, dich zu haben, und das sage ich nicht, weil ich deine Mutter bin." Sie lächelte ihren Sohn an, der amüsiert den Kopf schüttelte. „Ryan ist ein wenig komplizierter, als der Rest der Welt. Sei einfach für ihn da, und irgendwann kommt der Zeitpunkt, wo er es einsehen wird."

Leon seufzte. „Dein Wort in Gottes Gehörgang!"

Maggie lachte leise. „Und? Bleibst du jetzt hier oder fährst du gleich wieder?"

Unschlüssig zuckte Leon mit den Schultern.

„Ähm … versteh mich nicht falsch, Schatz. Du kannst fahren, wenn du willst. Mir ging's nur darum zu wissen, wo man dich findet!"

Leon zögerte kurz. „Heute Morgen sagte er seiner Mutter, er sei nicht aggressiv und vor etwa einer halben Stunde dachte ich, er würde Joe Steiger gleich an Ort und Stelle umbringen. Ich hatte echt Angst, dass er dem oder sogar mir eine verpasst. Vielleicht sollte ich erstmal hier bleiben, damit er sich beruhigen kann."

Maggie lachte und stand auf. „Leon, ich bezweifle, dass er sich beruhigt, wenn du hier sitzt. Fahr zu ihm. Er braucht dich doch! Und wenn ich es mir recht überlege, kannst du gleich da einziehen, dann bekomme ich endlich mein eigenes Zimmer zum Malen und Basteln."

Mit ungläubigem Blick starrte Leon seine Mutter an und schüttelte den Kopf. „Ähm, warte …" Er stand ebenfalls auf und musterte seine Mutter kritisch. „Du meinst also, ich soll bei Ryan einziehen?!"

„Nun, eine Überlegung ist es wert. Du bist doch eh nie zu Hause!"

„Du verwirrst mich, Mum. Ganz ehrlich!“ Er stieg die Treppe hinauf und betrat sein Zimmer. Seine Mutter hatte es irgendwann aufgegeben, in seinem Zimmer Ordnung schaffen zu wollen, und so stieg er über eine Tasche und ein paar Klamotten und setzte sich an seinen Schreibtisch. Gedankenverloren betrachtete er das Foto von Ryan und sich selbst, welches von Maggie am Weihnachtsmorgen aufgenommen worden war.

„Du bist so ein Dickkopf, Ryan McCoy! Aber ohne dich geht's einfach nicht!“, murmelte er, strich mit dem Zeigerfinger über das Bild und stand dann auf. Schnell stopfte er einige Dinge in seinen Schulrucksack und lief die Treppe hinunter.

Maggie stand in der Küche und schnitt Gemüse für das Abendessen.

„Mum? Ich fahre jetzt los.“

„Dachte ich mir doch. Ohne deinen Snoopy kannst du doch gar nicht!“

„Nee, der Kerl ist meine Droge. Das kannst du mir glauben. Mum, hast du das wegen dem Ausziehen ernst gemeint?“

„Keine Ahnung“, lächelte sie. „Dein Vater kam damit gestern Abend an, als ich meine Staffelei ins Wohnzimmer gestellt habe. Dein Zimmer ist toll, schon wegen dem Licht. Und außerdem bist du doch ohnehin meist bei Ryan. Fühl dich jetzt nicht unerwünscht, aber dein Zimmer ist wirklich toll.“

Leon musterte seine Mutter und biss sich auf die Lippe, nur um nicht loszulachen. „Okay, ich fahr dann mal.“ Er holte sein Rad aus der Garage und legte es auf die Ladefläche des Autos. Wenn sie morgen wieder zur Schule mussten, könnten sie wenigstens mit dem Rad fahren, wo Ryan sich ja ständig über seine Kondition beschwerte.

Ryan hatte beobachtet, wie Leon vom Hof gefahren war und dann das Haus betreten. Er hatte das erste Mal in seinem Leben wirklich sturmfreie Bude und wusste gar nicht, was er mit sich anfangen sollte. Er ging noch einmal zu den Jungs zurück.

„Ähm, morgen Nachmittag, so gegen fünf können wir ja mal eine Teamsitzung machen, also … naja, ihr wisst, was ich meine. Ich bring auch Kuchen mit!“, grinste er.

„Musst du nicht. Sorge du für den Kaffee, und ich bring einen Apfelkuchen mit, nachdem ihr euch die Finger ablecken werdet!“, versprach Julius.

„Auch gut. Ich geh mal duschen. Den ganzen Tag im Auto ist nicht so der Hit.“

Ryan ging in sein Zimmer und blieb neben seinem Bett stehen, wo er einen Blick auf Leons Foto warf. Es war jenes Bild, welches er ihm im Krankenhaus geschenkt hatte. Ryan hatte es nicht unters Kopfkissen gelegt, sondern eingerahmt und auf den Nachttisch gestellt. Schließlich räumte er seinen Rucksack aus und rief bei seiner Mutter an, um zu sagen, dass sie gut zu Hause angekommen waren. Snoopy setzte er auf sein Kissen, dann überlegte er.

Ein Blick aus dem Fenster sagte ihm, dass die Jungs wieder bei der Arbeit waren, also ging er ein Stockwerk tiefer und ließ Wasser in die Wanne. Gott, wann genau hatte er das letzte Mal gebadet? Das musste schon Jahre her sein. Er holte seinen MP3-Player und wartete, bis das Wasser fertig war. Mit einer Zigarette in der Hand lag er schließlich im heißen Wasser, dröhnte sich mit hartem Hip Hop zu und dachte wirklich über Leons Worte nach.

Er war nicht aggressiv. Okay, vielleicht manchmal etwas impulsiv, aber nicht aggressiv. Dass ihn jemand aggressiv nannte, regte ihn auf. „Klasse, ich rege mich darüber auf, nur weil man mich als aggressiv bezeichnet!“, murmelte er und schloss die Augen, nachdem er die Zigarette ausgedrückt hatte.

Die Zeit floss dahin, und er driftete komplett weg, als er plötzlich ein paar warme, weiche Lippen auf seinen spürte.

Abrupt schoss er mit dem Oberkörper nach oben und riss die Augen auf.

„Hey, ganz ruhig!", lachte Leon und nahm ihm die Kopfhörer ab.

„Verdammt, Blake! Du kannst mich doch nicht so erschrecken!", rief Ryan und atmete tief durch. „Wegen dir bekomm ich noch mal einen Herzinfarkt!"

„Wenn's mitten beim Sex ist, ist das wenigstens ein schöner Tod!", gab Leon trocken zurück.

„Blödmann!"

Beide sahen sich einen Moment an, versanken in den Augen des anderen, dann beugte sich Leon erneut vor und küsste Ryan sanft.

„Hast du dein Handy oder deine Zigaretten in der Hosentasche?", murmelte Ryan in den Kuss hinein.

„Nein, wieso?"

Ryan antwortete nicht, legte seine Hand in Leons Nacken und zog ihn in die Badewanne.

„Oh, hey! Meine Schuhe!", rief Leon lachend.

„Kannst meine anziehen!"

„Da pass ich gar nicht rein, die sind mir eine Nummer zu groß!"

„Leon, halt die Klappe." Ryan zog ihn wieder an sich und glitt mit seinen Lippen über Leons, bevor er in einen Kuss eintauchte, der ihm jegliche Luft zum Atmen nahm.

Leon zögerte nicht und begann, sich selbst auszuziehen, bis Ryan es übernahm und sie, gefangen in ihrer Leidenschaft, die nassen Klamotten einfach auf den Boden warfen, sich ungestüm streichelten und leise stöhnten.

Leon beugte sich über ihn. „Du bist unglaublich …", flüsterte er.

Mit einem kleinen Lächeln im Gesicht strich Ryan ihm eine

nasse Haarsträhne aus der Stirn. „Nimm mich …“

Leon kam ihm immer näher, küsste ihn sanft und spürte, wie sich Ryans Beine um seinen Körper schlossen …

Ausgepowert und ziemlich müde lagen sie eine Stunde später in dicken Bademänteln auf dem Sofa im Wohnzimmer und kuschelten sich fest aneinander.

Leon hatte seine Augen geschlossen, streichelte verträumt Ryans Hals und fühlte sich im Moment einfach nur rund um wohl.

Ryan rutschte ein Stück nach unten und hob mit dem Zeigefinger Leons Kopf. „Tut mir leid, wegen vorhin. Ich wollte dich nicht anschreien“, sagte er leise.

Ein Lächeln trat auf Leons Gesicht, während seine Hand in Ryans Nacken glitt.

„Doch, das wolltest du. Du bist eben ein Rebell, das wusste ich schon, als ich mich in dich verliebt habe.“

Ryan blickte in die leuchtend blauen Augen und küsste seinen Freund sanft. „Trotzdem tut es mir leid.“

„Ich weiß …“

Leon war so unendlich müde, dass er in Ryans Armen einschlief, während der sich eine Talkshow ansah.

Am Abend, als sie angezogen über den Hof liefen, wurde ihnen bewusst, dass sie ganz allein waren.

„Das ist ein komisches Gefühl“, sagte Leon.

„Ja, ich weiß. Ob mein Vater noch Bier hier gelassen hat?“ Ryan kletterte auf den Heuboden und schaute in die Kiste, die noch halb voll war. Er nahm sie mit nach unten, da er nicht so sehr auf warmes Bier stand und es erst einmal in den Kühlschrank legte.

Gemeinsam fütterten sie die Pferde mit hartem Brot und Karotten und setzten sich dann an den Anbinder.

„Obwohl es komisch ist, ist es auch sehr schön, mit dir allein zu sein“, sagte Ryan leise und schloss seine Arme fester um Leon.

Der fing plötzlich an zu lachen, und es wurde auch nicht besser, als er den verwirrten Blick seines Freundes bemerkte.

„Tut mir leid! Ich … ich … oh Mann … ähm, also ich musste gerade an etwas denken, was meine Mutter vorhin gesagt hat.“

„Und was hat sie gesagt?“

„Naja … sie meinte, dass ich – ich bin ja ziemlich oft hier – auch gleich hier einziehen könnte.“

Ryan löste sich von ihm und drehte ihn zu sich um. „Was?“

„Hey, keine Panik. Das ist …“

„Genial!“, schrie Ryan. „Sorry … also, ich finde es wirklich genial. Bleib bei mir!“

Leon lächelte verlegen. „Und deine Mum übergehen wir einfach?“

„Nein, die frage ich morgen, aber ich kann mir nicht vorstellen, dass sie damit ein Problem hat. Immerhin liebt sie dich. Die Mütter müssen nur wegen Unterhalt miteinander reden. Oh Mann … das wird klasse. In dem Zimmer neben meinem kommt ein Wohnzimmer hin und unsere Computer und mein Zimmer wird Schlafzimmer. Das …“

„Ryan!“, unterbrach Leon ihn.

„Was ist?“

Leon lächelte und küsste ihn zärtlich. „Nichts. Ich liebe dich …“

„Ich dich auch. Gott, du kannst dir nicht vorstellen, wie sehr!“

Sie fingen an, sich zu küssen, zärtlich, sanft, dann leidenschaftlicher.

Ryan zog seinen Freund auf den Schoß, schloss fest die Arme um ihn und verließ diese Welt, um mit Leon gänzlich allein zu sein. Nichts mehr sehen und nichts mehr hören. Doch so einfach war es nicht.

„Das glaub ich nicht! Mein Sohn ist eine Schwuchtel!“

Ryan sah auf und starrte Leon an. „Bitte sag mir, dass nicht mein Vater hinter uns steht!“

Leon schaute über Ryans Schulter und sein Blick verhärtete sich, während er Ryan an sich zog und seine Arme ihn fest umschlossen. „Verschwinden Sie! Ich hab’s ihnen gesagt!“

Jon blieb stur. „Ich will meine Frau sprechen! Wo ist sie?“

Ryan wollte sich aufrichten, doch Leon hielt ihn zurück. „Lass mich …“, flüsterte er ihm ins Ohr. „Eileen ist nicht da und wenn ich mich recht erinnere, dürfen Sie laut Auflage der Polizei den Hof nicht mehr betreten!“

„Du sagst mir nicht, was ich zu lassen habe, Bürschchen!“

„Hauen Sie ab, bevor wir die Polizei holen. Fragen Sie ihren Freund Steiger. Der hätte das Vergnügen fast gehabt. Wollen Sie es ausprobieren?“

„Was ist los, Ryan? Kannst du mir nicht mehr in die Augen sehen?“, fragte Jon gehässig.

„Verschwinde …“, gab Ryan leise zurück und klammerte sich fester an seinen Freund, vergrub sein Gesicht in dessen Hals.

„Wo ist meine Frau?“

„Nicht hier und nun verschwinden Sie.“

Jon stand regungslos da, starrte seinen Sohn an und schnaubte verächtlich. „Das ist abartig! Du kannst nicht mein Sohn sein. Du bist ein Perverser!“, stieß er hasserfüllt hervor.

Ryan sprang plötzlich auf, wollte auf seinen Vater zustürmen, wollte ihm wehtun, so wie er ihm immer wehgetan hatte, doch Leon hielt ihn zurück.

„Ryan, du bist auf Bewährung. Lass dich nicht von diesem Arschloch provozieren. Das will der doch nur. Er hat gewonnen, wenn du ihn jetzt angreifst. Geh rein. Bitte!“

Unschlüssig blickte Ryan in die blauen Augen seines Gegenübers und wandte sich dann ab, nur um so schnell wie möglich das Weite zu suchen, nur um nicht eine Sekunde länger mit dem Menschen zusammen zu sein, den er aus tiefstem Herzen hasste.

„So, Sie hören mir jetzt gut zu, McCoy! Verschwinden Sie, kommen Sie nie wieder her oder ich vollende Ryans Werk. Wenn Sie nicht in drei Sekunden in ihrem Auto sitzen und von diesem Hof fahren, rufe ich die Polizei!" In Leons Augen funkelte es zornig.

Jon rührte sich nicht, also zog Leon sein Handy aus der Hosentasche und begann zu wählen, doch Jon wollte wohl keinen Ärger mit den Bullen, denn er drehte sich um und ging zu seinem Wagen zurück.

Nachdem er vom Hof gefahren war, steckte Leon das Handy weg und schloss das Tor ab. „Hey, Buster, wenn dieser Kerl noch mal auftaucht, darfst du ihn beißen und auffressen!" Er kraulte den Retriever hinter den Ohren und betrat das Haus. „Ryan?" Es kam keine Antwort. „Snoopy, wo bist du?"

„Hier!"

Leon folgte der Stimme bis in Eileens Schlafzimmer und sah, wie Ryan mit Tränen in den Augen die Klamotten von Jon McCoy in eine Tüte warf.

„Lust auf ein Lagerfeuer?", fragte er und wischte sich übers Gesicht.

„Ähm … darfst du das?"

„Ist mir scheißegal. Nenn es Vergangenheitsbewältigung."

„Nun, ich würde es eher Sachbeschädigung nennen. Aber Lagerfeuer klingt trotzdem gut."

„Sag ich ja. Rufst du Michelle an? Die soll alle aus der Clique mitbringen!"

Leon grinste und zog sein Handy erneut aus der Hosentasche.

Als Ryan am nächsten Morgen die Treppe hinunter kam, wuselte Leon schon durch die Küche. Er gähnte und lehnte sich an den Türrahmen. „Schatz, was machst du hier?“

„Brote für die Schule, oder willst du hungern?“ Leon lächelte fröhlich, drückte seinen Freund einen Kaffee in die Hand und küsste ihn. „Trink aus, wir müssen gleich los!“

„Warum stresst du so?“, fragte Ryan mit einem Blick auf seine Uhr. „Wir brauchen doch nur fünf Minuten!“

„Nein, mindestens fünfzehn. Wir fahren mit dem Rad!“

Nun stutzte Ryan doch. „Ähm … willst du dich vorn auf meine Stange raufsetzen?“, grinste er, stellte seine Tasse auf den Tisch und schlang seine Arme um Leon.

„Nein! Gott bewahre. Ich habe gestern mein Fahrrad mitgebracht. Du beschwerst dich doch immer, dass deine Kondition leidet, weil du ständig mit dem Auto hin und her gefahren wirst.“

Ryan glitt mit seiner Zungenspitze über Leons Nacken und nickte. „Ja, da hast du recht.“ Er verstärkte seine Küsse, bis Leon sich schließlich umdrehte und die Arme um seinen Hals schlang, ihn fest an sich zog und die Küsse leidenschaftlich erwiderte.

Ohne zu zögern, schob Ryan seine Hände auf Leons Hintern, drückte ihn immer mehr an den Schrank, bis der Dunkelblonde schließlich draufsaß, seine Beine um seinen Freund schlang und leise in den Kuss hinein seufzte.

„Snoopy, wir müssen los …“, nuschelte er.

„Oh Baby, keine fünf Minuten mehr für eine schnelle Nummer?“, grinste der.

„Nein, aber heute Abend kannst du mich quer durchs Haus vögeln, wenn du willst!“

Mit erhobenen Augenbrauen lächelte Ryan ihn an und trat ein Stück zurück. „Ich nehm dich beim Wort!“

„Kannst du. Hier, Truthahnsandwich, einen Joghurt und Wasser!“ Leon reichte ihm eine kleine Papiertüte, in die Ryan einen Blick warf.

„Mann, Junge, du musst hier einziehen!"

„Vielen Dank. Was hältst du davon, wenn wir heute Abend gemeinsam kochen?"

Ryan sah ihn zweifelnd an. „Und wer soll das dann essen?"

„Na wir! Keine Panik, ich bin nicht ganz talentfrei in der Küche!"

Kurz schüttelte Ryan den Kopf, zog Leon für einen heftigen Kuss an sich und wühlte seine Hände in die dunkelblonden Haare. „Ich liebe dich! Ich liebe dich! Ich liebe dich!" Immer wieder drückte er ihm grinsend einen Kuss auf.

Lachend löste sich Leon von ihm. „Ich dich auch. Aber du solltest mit deinem Lob vorsichtiger sein. Vielleicht versau ich es heute Abend ja auch!"

„Ist mir schnuppe!"

Wenige Minuten später – Leon hatte schon Angst, dass seine Turnschuhe nicht trocken sein würden – setzten sie sich auf die Räder.

„Ich hab dich noch nie auf dem Fahrrad gesehen", stellte Ryan fest. „Sieht sexy aus."

„Gibt es irgendeine Situation, in der ich nicht sexy bin?", fragte Leon frech und fuhr los.

Ryan überlegte, setzte sich ebenfalls in Bewegung und radelte gemütlich hinter Leon hinterher. „Jaah, ich weiß was!", schrie er.

Leon bremste etwas ab. „Ach? Und?"

„Damals im Kuhstall. Du hast gesagt, ich sei ein Idiot! Da warst du nicht sexy!"

„Nicht? Oh, Snoopy, du enttäuscht mich! Sandy sagte immer, ich sei besonders sexy, wenn ich wütend bin!"

„Sandy?", grübelte Ryan. „Oh, ich weiß. Deine Freundin aus London. Sie hatte recht. Nur damals warst du nicht wütend, als du mich als Idiot betitelt hast. Du warst genervt."

„Und dann bin ich nicht sexy?", grinste Leon und funkelte Ryan amüsiert an.

„Nein, dann bist du eher ziemlich anstrengend." Ryan bog in den Wald ein, fuhr durch einen kleinen, steinigen Bach und schlängelte sich zwischen den Bäumen durch, bis sie an der Hauptstraße wieder herauskamen.

„Mir tut der Hintern weh!", jammerte Leon lachend, als sie endlich bei den Fahrradständern auf dem Schulhof ankamen, wo Michelle, Lauren und Rick gerade ihre Räder anschlossen.

„Na, Jungs? Wieder fit?", lächelte Michelle und gab beiden einen kleinen Kuss.

„Klar. Du tust ja gerade so, als würden wir nichts aushalten", antwortete Ryan.

Sie hatten am Abend mit zehn Freunden ein kleines Lagerfeuer veranstaltet, Bier getrunken und laute Musik gehört. Dakota und Rick waren zwischenzeitlich auf dem Heuboden verschwunden, Ryan und Leon selbst hatten sich für eine Viertelstunde in die Ställe zurückgezogen und alle waren nicht vor eins am Morgen im Bett gewesen.

„Eben. Wir sind doch ganze Kerle." Leon lachte leise auf und legte seinen Arm um Michelle. „Komm, Schatz, wir haben Musik!"

„Jaah, lass uns trällern gehen!"

Ryan blieb mit Lauren und Rick zurück und schüttelte grinsend den Kopf, als Leon noch einmal zurückkam, ihm einen kleinen, aber heftigen Kuss gab und ihn vergnügt zuzwinkerte. „Ich liebe dich …", flüsterte er.

Ryan setzte sich im Klassenraum für Englisch auf seinen Platz und räumte in Gedanken das neue Wohnzimmer ein. Es würde toll werden. Seine Mutter machte ihm keine Sorgen. Sie liebte Leon wirklich und eigentlich betrachtete sie ihn mehr als ihren Schwiegersohn. Nur wäre es finanziell möglich? Sein Blick glitt aus dem Fenster und erstaunt stellte er fest, dass er einen wunderbaren Einblick in den Musiksaal hatte, der im gegenüberliegenden Gebäude lag.

Neugierig lehnte er sich ans Fenster und lächelte, als er Leon erkannte, der mit einer Gitarre in den Hand augenscheinlich sang. Ryan hatte ihn nie bewusst singen gehört. Nur im Auto, wo die Texte aber eher dahin genuschelt waren. Konnte er singen? Ryan musste ihn heute Abend fragen. Er zuckte zusammen, als ein Stück Kreide vor ihm auf dem Tisch landete.

„Guten Morgen, Mr. McCoy!", lächelte Mrs. Finn, seine Englischlehrerin.

„Hi!", grinste Ryan. „Hatten wir das nicht schon?"

Die anderen Schüler kicherten und auch Mrs. Finn konnte sich ein Lächeln nicht verkneifen.

„Mr. McCoy, ich habe Sie etwas gefragt. Was ist denn jetzt bitte wichtiger als mein Unterricht?"

Ryan wurde etwas rot, als er einen weiteren Blick zu Leon warf, der am offenen Fenster saß und mit Michelle lachte. „Nun, ich würde nicht sagen, dass es im Moment wichtiger ist, aber mein Freund sitzt da drüben, das lenkt ab. Sorry. Was hatten Sie mich gefragt?"

„Verstehe. Nun, das ist natürlich ein Argument. Vielleicht sollte ich Sie umsetzen!"

„Ähm … nein, das wäre keine gute Idee. Ich bin artig!" Ryan funkelte sie frech an, setzte sich gerade hin und beantwortete die Frage seiner Lehrerin, die sie gnädigerweise noch einmal wiederholte. Doch er konnte nicht anders. Seine Aufmerksamkeit verließ den Raum erneut, als er bemerkte, dass Leon ihn beobachtete.

Da saßen sie in zwei verschiedenen Räumen, lächelten sich verliebt an und sehnten die Pause herbei, bis Leon andeutete, dass er eine Zigarette rauchen gehen würde. Ryan nickte ihm zu und hob die Hand.

„Ja?“

„Ich müsste mal für kleine Jungs!“

Mrs. Finn lächelte. „Mit oder ohne Mr.Blake?“

„Oh, ich denke, dass schaff ich noch allein!“ Ryan stand auf und verließ amüsiert den Klassenraum. Er machte sich auf den kürzesten Weg nach draußen, als er plötzlich durch eine Tür gezogen wurde. Leon lief vor ihm die Treppe zum Keller hinunter und drückte Ryan an die erstbeste Wand. Sofort wühlte er seine Hände in die dunklen Haare, begann seinen Freund ungezügelt zu küssen und presste sich immer dichter an ihn.

„Wow, Baby, immer schön mit der Ruhe.“ Ryan löste sich aus dem Kuss und holte Luft. „Alles klar mit dir?“

„Aber jaah …“, schnurrte Leon und ließ seine Zunge über Ryans Hals gleiten.

„Oh Mann … ähm … das dauert länger, als ein Klobesuch und die Finn ist nicht blöde“, keuchte Ryan, der sich allerdings nur sehr halbherzig wehrte.

„Ist mir egal! Ich will dich! Jetzt!“

Leon ließ ihm keine Möglichkeit, ein Gegenargument hervor zu bringen, öffnete Ryans Jeans und ließ seine Hand hinein gleiten.

Unruhig trampelte der mit den Füßen, spürte seine Erregung deutlich und als Leon sich vor ihn hockte, verabschiedeten sich seine Sorgen, dass er eigentlich Unterricht hatte, komplett. Leon fühlte sich so unbeschreiblich gut an, er konnte sich nicht halten, stöhnte auf und vergrub seine Finger in dem dunkelblonden Haar. Schwer atmend zog er Leon wieder nach oben, küsste ihn und drückte nun ihn an die Wand. „Du kannst froh sein, dass ich so ein guter Schüler bin!“, grinste er, als er Leons Jeans öffnete und ihn umdrehte.

Der keuchte leise auf, drängte sich seinem Freund weiter entgegen und wandte den Kopf nach hinten. „Ich kann nicht glauben, dass wir im Schulkeller vögeln!“

Ryan antwortete nicht, glitt mit seinen Händen unter Leons Hemd und zog ihn fest an sich…

Dreckig grinsend zogen sie sich an und küssten sich kurz.

„Du bist ein Ferkel, Blake! Im Schulkeller!“

„Hey, du bist bis zum Äußersten gegangen. Mir hätte auch die Oralvariante gereicht“, gab Leon zurück und besah sich den Spermafleck an der Wand. „Ich hoffe, dass Mr.Konabara nicht erkennt, was das ist!“

Der Hausmeister war nicht unbedingt für sein freundliches Wesen bekannt, also überlegten sie, dass es wohl das Beste sei, aus dem Keller zu verschwinden.

Ryan lief grinsend zum Klassenraum zurück und warf sich dort auf seinen Platz. „Hab wohl was Falsches gegessen“, beantwortete er Mrs. Finns fragenden Blick.

„Verstehe.“

Er stützte den Kopf auf die Hand, hörte gelangweilt seiner Lehrerin zu und war einer der ersten, die den Raum verlassen hatten, als es klingelte. Mit schnellen Schritten ging er auf seinen Spint zu, wo Leon schon mit Michelle und Rick stand. „Hey!“

Leon lächelte ihn an, schwieg aber.

„Na, wie war Musik?“, fragte Ryan.

„Ganz gut, nur unser Gitarrist hat anscheinend Verstopfungen oder so“, lachte Rick.

Leon rieb sich den Bauch und nickte langsam. „Ja, keine Ahnung, was das ist.“

„Kenn ich, hatte ich auch gerade“, gab Ryan ernst zurück, lachte dann aber, nahm Leons Hand und gemeinsam verließen sie das Schulgebäude.

Der Tag ging nur recht schleppend vorbei. Immer wieder

sahen beide auf die Uhr. Sie waren ziemlich aufgeregt, was Maggie wohl sagen würde. Hatte sie es wirklich ernst gemeint?

Um halb zwei hatten sie endlich Schluss.

Leon stand ungeduldig bei ihren Rädern und hielt nach Ryan Ausschau, der noch einmal aufs Klo gegangen war. „Mann, wo bliebt der denn?“, knurrte er.

Als Ryan mit Rick gemütlich auf ihn zu spaziert kam, warf Leon genervt die Hände in die Luft. „Boah, Junge! Mach flott!“

„Ganz ruhig. Es gibt Dinge auf der Welt, die müssen von allein kommen!“, antwortete Ryan lächelnd.

„Mag sein, aber nicht jetzt! Los, steig auf dein Rad!“

Sie verabschiedeten sich von Rick und fuhren die Straße hinunter, bis sie wenige Minuten später vor dem cremefarbenen Haus der Blakes hielten und die Fahrräder an die Hauswand lehnten.

Leon schloss die Tür auf. „Mum?“, rief er. „MUM!“

„Meine Güte, was ist denn los? Oh, Ryan, wie geht’s dir, Schatz?“ Maggie gab ihm einen Kuss auf die Wange und musterte ihren Sohn.

„Mum, wir müssen mit Dad und dir reden! Jetzt, wenn es möglich ist. Ist er schon da?“

„Nein, er macht in der Praxis die Abrechnung. Was ist denn los, Jungs?“

„Na was wohl!“, knurrte Leon und fuhr sich mit der Hand durch die Haare. „Mum, lass uns hinfahren, ja?“

„Oh Schatz, du bist deswegen völlig durcheinander, was?“, lachte Maggie.

Ryan legte einen Arm um Leon. „Mir geht’s nicht anders. Also, können wir zu Taylor fahren?“

„Ja, sicher. Andy?“

Der Junge kam die Treppe hinunter gelaufen.

„Ich muss kurz zu Dad. Steph kommt gleich nach Hause. Sie

soll ihre Hausaufgaben machen, okay? Ich beeile mich."

„Okay." Andy nickte und rannte die Treppe wieder hinauf.

Maggie fuhr mit ihrem Rad den Jungs hinterher. Noch bevor sie angekommen war, klingelte Leon schon Sturm an der verschlossenen Tür.

„Jaah … ich komme ja schon!", rief Taylor und drehte den Schlüssel im Schloss.

„Hi, Schatz. Können wir reinkommen?", lächelte Maggie.

„Ist etwas passiert?"

„Ja, wir wollen reden, Dad!"

Gemeinsam setzten sie sich an den Taylors Schreibtisch. Maggie und er dahinter und Leon und Ryan davor.

Nervös hielten sich die Jungs an den Händen.

„Also, ich denke mal, es geht um meine Aussage von gestern", begann Maggie.

Ryan und Leon nickten nur.

„Gut, also dein Vater und ich haben gestern über alles geredet, und im Allgemeinen sind wir damit einverstanden. Vorher, bevor wir irgendetwas planen, musst du natürlich mit Eileen sprechen", sagte Maggie.

Ryan zögerte nicht, sondern zog sein Handy aus der Hosentasche und wählte die Nummer seiner Mutter. „Mist, sie hat ihr Handy aus."

„Warte, ich hab die Festnetznummer." Leon zog ebenfalls sein Handy heraus und gab sie ihm.

„Warum hast du die Festnetznummer?"

„Dylan hat sie mir gegeben", grinste Leon, während Ryan wählte.

„Ah ja … hi, hier ist Ryan … hi, Dylan!" Ryan grinste sofort, und Leon hauchte einen Kuss ins Telefon. „Wie geht's? Ist das Jamie im Hintergrund? ... Jaah, Kuss zurück!"

„Von mir auch!", rief Leon und zwinkerte seinen Eltern zu.

„Dylan ist sein Cousin und Jamie sein Freund."

„Sein Freund? So wie ihr? Mann, die gute Linie stirbt aus. Arme Eileen!", lachte Taylor.

„Dylan, ist meine Mum in der Nähe?" Ryan wartete einen Moment. „Hey, Mum … nein, es geht mir gut. Alles bestens. Du, Mum, ich muss dich mal etwas fragen und da ich nicht weiß, wie ich fragen soll, nehme ich die Mit-der-Tür-ins-Haus-fallen-Variante. Darf Leon bei uns einziehen?"

Nun herrschte Stille. Alle starrten Ryan an, der keine Miene verzog.

„Ja, warte … Maggie, sie will mit dir reden!" Ryan gab sein Handy weiter und warf Leon einen verzweifelten Blick zu.

„Hallo, Eileen … ja, das habe ich mir schon gedacht … meinst du? ... Ach was? ... Ja, ich werde es ihm ausrichten … Okay … Danke, Eileen. Und, wie ist es in Miami?"

„Oh Mum!", rief Leon unruhig.

„Die Jungs gehen mir gleich an die Gurgel, wenn sie nicht sofort eine Antwort bekommen. Ich melde mich wieder. Schreib uns eine Karte." Maggie lachte kurz und verabschiedete sich dann. „Leon, setz dich bitte."

Die Jungen griffen wieder nach der Hand des anderen und warteten.

„Gut, Ryan, du sollst heute Abend deine Mutter anrufen."

„Okay …"

„Also, es ist von beiden Seiten genehmigt …" Maggie brauchte gar nicht weiter sprechen, denn ihre Worte gingen im Jubelgeschrei der Jungs unter, die aufsprangen und sich glücklich umarmten und küssten.

„Hallo! Ich würde gern noch etwas sagen!", rief Maggie lauter.

„Tut mir leid, Mum!"

„Mir auch, Schwiegermama!"

Maggie blickte irritiert zu Ryan, der sie nur anstrahlte. „Leon, wir beide fahren nächste Woche zur Bank und richten endlich dein Konto ein. Darauf werden dein Vater und ich jeden Monat Geld überweisen. Du wirst davon alles allein bezahlen. Essen, Klamotten, Sprit, Zigaretten und sonstiges. Alles, außer die Versicherungen für das Auto und dein Motorrad. Die übernehmen wir weiterhin. Von diesem Geld wirst du auch deine Miete bei Eileen abdrücken. Wie viel es sein wird, spricht sie mit dir noch ab."

Leon ließ sich die Worte kurz durch den Kopf gehen und nickte dann. „Und von welcher Summe reden wir hier?"

„600 Dollar!"

„Wow!", stieß er hervor. „Bin ich echt so teuer? Könnt ihr euch … also, ich meine, das ist viel Geld!"

„Nur geringfügig mehr, als du uns zu Hause kosten würdest."

„Ich weiß nicht, was ich sagen soll. Danke!" Er stand auf und schloss seine Eltern in die Arme, die sich ebenfalls erhoben hatten.

Ryan stand einfach nur da, lächelte selig und seufzte leise. „Ihr seid alle zusammen der helle Wahnsinn!", sagte er und umarmte Maggie.

Maggie schob ihn ein Stück von sich. „Hast du gerade ‚Schwiegermama' gesagt'?"

„Jaah … naja, schließlich bist du ja so was Ähnliches."

Taylor zog nur die Augenbrauen hoch, schwieg aber.

„Keine Sorge, Dad, du bist ein Schwiegerpapa!", grinste Leon, und es wurde deutlich, wie aufgedreht er war.

Ryan warf einen Blick auf die Uhr. „Schatz, wir müssen los. Ich hab noch mein Gespräch mit den Jungs und du solltest dabei sein!"

„Echt?"

„Naja, du schläfst mit dem Chef. Das bezieht dich irgendwie in das Hofgeschehen mit ein!“

Maggie und Taylor verkniffen sich ihr aufkommendes Lachen.

„Na dann geht jetzt. Ach sagt mal; wann soll denn der Umzug steigen?“

Kurz überlegten die Jungs.

„Keine Ahnung. Ich muss jetzt wirklich erstmal mit meiner Mutter reden. Dann sagen wir euch Bescheid.“

„Okay.“

Ryan und Leon machten sich auf den Weg nach draußen.

„Wollen wir erstmal einkaufen gehen? Ich meine, schließlich wollten wir heute Abend kochen!“, erinnerte Leon ihn.

„Jaah. Das schaffen wir wohl noch.“

Sie fuhren zu dem einzigen Supermarkt, den Mountain Creek hatte, und schlossen ihre Räder an. Leon schnappte sich einen Einkaufswagen und gemeinsam schlenderten sie durch die Gänge.

„Worauf hast du Lust?“, fragte Ryan.

Leon hob kurz die Augenbrauen und grinste dreckig. „Auf dich!“

„Hm … knusprig angebraten?“

„Ist nicht nötig, ich nehm dich roh!“

Ryan lachte kurz auf und lief, ohne auf den Gegenverkehr zu achten, weiter.

„Hey, pass doch … oh, hi Jungs!“

„Mic!“ Ryan umarmte sie strahlend und hob sie ein Stück hoch.

„Ähm … wir haben uns doch heute schon gesehen, oder?“

„Jap, aber ich bin gerade so was von unglaublich glücklich, da dachte ich, ich lass dich daran teilhaben. Ist doch nett von mir, oder Leon?“

„Auf jeden Fall."

„Und was macht dich so glücklich, außer Sex in der Schule?"

Eine ältere Dame, die gerade vorbeiging, wandte den Kopf, schaute die drei Jugendlichen irritiert an und lächelte ein wenig.

„Sorry …", kicherte Michelle.

„Dir sagen wir es, aber kein Wort zu jemanden, okay?"

„Klar!"

Ryan, Leon und Michelle steckten die Köpfe zusammen.

„Mein Schatz zieht um!"

Michelle schaute zu Leon und runzelte die Stirn. „Wie? Das versteh ich nicht."

„Ich zieh zu Ryan. Mit offizieller Erlaubnis von Mama und Papa!"

„Oh … wow! Ich weiß gar nicht, was ich sagen soll! Das ist toll!" Michelle umarmte erst Ryan, dann Leon.

„Wird Zeit, dass den mal einer richtig erzieht!", raunte die ihm zu.

„Ich bin weder verzogen, noch taub!", sagte Ryan.

Michelle grinste und strich ihm spielerisch über die Wange. „Nein, mein Schatz, du nicht!"

Die Jungs entschieden sich für Steaks mit Brokkoli und Kroketten. Leon war zwar der Meinung, dass diese Kombination überhaupt nicht zusammenpasste, aber im Grunde war's ihnen egal. Ihren Einkauf stopften sie in die Rucksäcke und in schnellem Tempo fuhren sie nach Hause.

„Ich koch Kaffee." Leon stellte sein Fahrrad ab, nahm Ryan seinen Rucksack aus der Hand und verschwand im Haus.

„Jungs? Dreck von den Hosen klopfen, Hände schrubben und ab ins Esszimmer."

„Ja, Boss!", rief Lance.

Wenige Minuten später saß Ryan am Esstisch, hatte einen Block und einen Kugelschreiber vor sich liegen, als Julius den

Kuchen hineinbrachte.

„Liebe Grüße von Cindy."

Ryan lief bei dem Anblick des Apfelkuchens regelrecht das Wasser im Mund zusammen. „Wahnsinn …", murmelte er und sah auf. „Nun setzt euch schon. Hier beißt keiner!"

Die Jungs nahmen Platz, während Leon fünf große Tassen, Kaffee, Milch, Zucker, Teller und Besteck hereinbrachte. Dann saßen endlich alle.

„So, nun kann's ja losgehen. Ich denke, als erstes solltet ihr wissen, dass dieser Hof heute Zuwachs bekommen hat. Nein, ich bin nicht schwanger, falls das einer gedacht hat!"

Die anderen lachten leise, und Ryan sprach weiter.

„Leon zieht demnächst hier ein. Also immer eine Hilfe mehr im Haus."

„Oh Schatz, ich liebe dich!", sagte Leon sarkastisch.

„Ja, ich dich auch. Ist doch toll, oder?"

„Ja, ganz toll!" Leon nahm seinen Teller und grinste ein wenig.

„Cool. Freut mich. Leon passt gut hier her", meinte Toby, und seine Kollegen stimmten zu.

„Okay, also … ich habe kurz mit meiner Mutter gesprochen, und sie hat mir einen groben Einblick in die Firmenkonten gegeben. Bevor ich mir nun gleich eure Vorschläge anhöre – und ich weiß, ihr habt welche – erstmal meine. Mum und ich haben beschlossen, dass wir den Zwölf-Stunden-Dienst abschaffen. Wir waren immer der Meinung, dass ihr zu viel arbeitet. Bei gleichem Gehalt schrauben wir die ganze Sache auf acht Stunden hinunter. Plus offizielle dreißig Minuten Pause. Des Weiteren werden wir drei neue Mitarbeiter einstellen. Vorerst. Das bedeutet, ihr arbeitet im Schichtdienst. Es gibt Wochenend – und Feiertagszuschläge. Die ganze Änderung kann natürlich erst anlaufen, wenn das neue Personal da ist. Solange bleibt alles beim Alten. Dazu würden wir gern jemanden einstellen, der außerhalb des Schichtdienstes arbeitet. Und zwar so was wie ein Hausmeister. Er wird dann ganz normal seine acht Stunden abreißen. Ich weiß, dass hier viel repariert und aufgeräumt werden muss. So, nun lasst mal hören; was stellt ihr für Anforderungen an die neuen Kollegen?" Ryan hob den Kugelschreiber, bereit alles zu Papier zu bringen.

„Flexibilität, ganz klar. Ansonsten sollte schon ein wenig Erfahrung im Umgang mit Tieren dabei sein", sagte Lance.

„Ja, aber man muss auch Anfängern eine Chance geben. Wir haben alle mal irgendwann angefangen", meinte Julius und trank einen Schluck Kaffee.

Ryan schwieg und schrieb munter mit.

„Anfänger gut und schön, aber er sollte wenigstens schon mal ein Schaf aus der Nähe gesehen haben! Wir sind nicht so viele, um hier die Leute erstmal an die Tiere heran zu führen", widersprach Lance.

„Toby?"

„Ist mir eigentlich egal. Hauptsache, sie bringen Spaß an der Arbeit mit. Langweiler und Trantüten können wir hier nicht gebrauchen. Dafür sind wir hier alle zu locker."

„Okay, also suchen wir Mitarbeiter im Schichtdienst, die flexibel sind. Männlich und Weiblich, Alter egal mit Führerschein oder Reiterfahrung", fasste Leon zusammen.

Ryan schrieb es auf.

„Dazu ein Allround-Handwerker. Alter ebenfalls egal, aber vielleicht mit handwerklicher Ausbildung und Erfahrung. Da fände ich es schon wichtig!", überlegte Lance.

„Klingt gut. Kann jemand Anzeigen schreiben?", fragte Ryan.

„Ja, ich mach sie dir zu morgen fertig!" Toby nahm von Ryan das Blatt Papier entgegen. „Ich setz dann die Nummer vom Firmentelefon drunter, okay?"

„Ja, wäre Klasse. Wenn sich jemand meldet, was ich hoffen will, dann die Termine auf den späten Nachmittag legen. So, nun lasst mal eure Ideen hören." Ryan nahm ein neues Blatt und blickte seine Angestellten an.

„Nun, wie du ja weißt, haben wir den Schweinestall jetzt schon an die hundert Mal repariert", begann Julius. „Das Holz ist einfach morsch. Dein Vater hat mal irgendwann den Stall hinter der Pferdekoppel bauen lassen, hat's aber nie auf die Reihe bekommen, da Tiere einzusiedeln. Ich glaube, er wollte damals Ziegen züchten, oder?"

„Jaah. Ist aber nichts draus geworden", grinste Lance.

„Stimmt. Na, jedenfalls hat der einen großen Auslauf und für die Schweine ist er perfekt. Ich würde sie gern umsiedeln und die alte Hütte abreißen."

Ryan schwieg, schrieb mit und schaute dann auf.

„Die Tränke bei den Kühen muss unbedingt generalüberholt werden. Die ständigen Ausfälle sind ätzend!"

„Der Stromzaun, der um die Schafweide führt, ist schon wieder defekt. Da muss ein neuer hin!"

„Ich finde, wir müssten nicht immer dieses überteuerte Heu kaufen. Hier ist so viel Weideland, welches man abmähen kann. Trocknen lassen und schon haben wir Heu!"

„Wir brauchen dringend einen neuen Schlachter, Ryan!" Lance schob ihm einen Ausschnitt einer Zeitung zu. „Hab ich heute Morgen gefunden. Ruf doch mal an, ob die nicht Interesse an einem Vertrag hätten."

Ryan las es sich kurz durch. Es war ein kleiner Familiebetrieb. Das klang besser als Steiger. Aber *alles* klang besser als Steiger. „Ich kümmere mich drum."

„Darf ich auch einen Vorschlag machen?", mischte sich Leon ein.

„Sicher!"

„Neben der Scheune ist ein kleiner Raum. Mir tun die Jungs immer leid, wenn sie bei Regen ständig in den Autos sitzen. Ich denke, sie brauchen einen richtigen Aufenthaltsraum!“

Ryan musterte ihn neugierig und lächelte dann. „Ja, find ich gut. Gott, ich glaub, ich war da schon seit Jahren nicht mehr drin!“

„Keiner von uns. Da war immer abgeschlossen. Ich denke, die Tür werden wir aufbrechen müssen. Wer weiß, was dein Alter da gelagert hat!“

„Wahrscheinlich seine kleine zwanzigjährige Geliebte!“, knurrte Ryan.

Kurz sahen die Jungs sich an und lachten leise.

„Wie dem auch sei. Noch weitere Vorschläge?“

Alle überlegten.

„Nicht? Okay, dann wieder an die Arbeit!“

Alles zum Wohl der Farm

Ryan stand auf und ging in die Küche zur Wand, wo die ganzen Schlüssel hingen. Nach und nach verließen die Jungs das Haus, nur Leon blieb hinter ihm stehen.

„Schatz, was suchst du?“

„Ich schaue, ob hier ein Schlüssel hängt, den ich nicht zuordnen kann. Aber leider nicht. Hm …“

„Hast du ein Brecheisen, oder so?“

Ryan warf seinem Freund einen überraschten Blick zu. „In der Werkstatt.“

Schnurstracks marschierte Leon über den Hof, suchte und fand in der Werkstatt ein altes Brecheisen und stellte sich vor die

Holztür. „Na mal sehen, ob ich das noch kann …“, murmelte er.

Ryan beobachtete, wie Leon das Brecheisen ansetzte und nach einem mehrfachen Rucken sprang die Tür auf und ein muffiger Geruch schlug den Jungs entgegen.

„Boah!“ Leon trat einige große Schritte zurück. „Was zum Teufel verwest da drin?“

Mit einem Basecap auf dem Kopf und einer Taschenlampe in der Hand betrat Ryan den Raum. „Schatz, geh mal um die Scheune herum. Irgendwas steht vor dem Fenster.“

Leon machte sich auf dem Weg und räumte alte Holzpaletten aus dem Weg.

Matt schien das Licht durch die dreckigen Fenster und beleuchtete die Überreste von toten Mäusen und Ratten.

„Gott, ist das pervers!“, stöhnte Ryan auf.

„Ich setz da keinen Fuß rein, bis du die Ekelviecher weggeräumt hast!“

„Hol mir mal bitte aus dem Schuppen eine Schaufel und einen Eimer!“, bat Ryan. Während er wartete, beleuchtete er weiter den Raum. Spinnnetze und Tierkot, tote Nager und Mist lagen überall herum. Dazu standen ein alter, vergammelter Schrank, ein ebenso alter Tisch und einige Stühle darin. Bis sie hier einen Aufenthaltsraum haben würden, müsste sich Ryan bestimmt vorher drei Mal übergeben.

Leon reichte ihm die Schaufel und hatte statt des Eimers eine Schubkarre geholt. „Was machst du mit dem Zeug?“

„Weiß ich noch nicht. Ich muss Julius fragen. Erstmal hol ich es hier raus.“ Mit deutlichem Ekel im Gesicht, schaufelte er die Kadaver in die Schubkarre und Leon zog es vor, weit weg zu gehen. Immer wieder leuchtete Ryan den Raum aus und nickte irgendwann zufrieden, als keine toten Tiere mehr zu sehen waren. Mit der Schaufel stieß er gegen den Fensterrahmen, der gleich aufsprang und das Sonnenlicht hineinließ. Eigentlich war der

Raum toll. Hier musste nur richtig sauber gemacht werden.

Mit viel Überredungskunst hatte Ryan es geschafft, Leon davon zu überzeugen, mit ihm die alten Möbel heraus zu tragen und sie neben der Scheune auf einen Stapel zu werfen.

Hustend machte der seinem Ärger Luft. „Dein Erzeuger ist ein absolutes Dreckschwein, und das meine ich nicht im charakterlichen Sinne!“

Ryan musterte ihn mit einem dezent amüsierten Grinsen. „Alles klar, Baby?“

„Nein. Wie kann man es so weit kommen lassen? Das ist … pervers, abartig und …“ Leon schüttelte sich. „Sei mir nicht böse, aber ich geh duschen. Ich hab das Gefühl, an mir krabbeln hunderte Viecher herum!“

Sein Freund drehte sich weg und biss sich auf die Unterlippe, nur um nicht laut loszulachen.

„Das ist nicht witzig!“ Leon zog sich schon auf dem Weg ins Haus das Shirt aus und warf es auf die Wiese. Er liebte Ryan über alles. Er liebte diesen Hof, die Tiere und die Tatsache, dass er hier leben würde, freute ihn am meisten. Aber mit den Viechern, die mehr als vier Beine hatten würde er sich wohl nie arrangieren.

Im Bad zog er sich schnell die Klamotten aus und drehte das Wasser auf, während er leise vor sich hin schimpfte. „Ekel! Waah …“ Das Wasser sorgte zumindest dafür, dass er sich nicht mehr schüttelte, doch die Bilder von den vielen toten Tieren und den Spinnen wurde er nicht los. Gerade, als er sich nach dem Abtrocknen seine Shorts anzog, klopfte es leise an der Tür.

„Schatz, kann ich reinkommen?“

„Nur wenn du keine Krabbeltiere dabei hast!“

Ryan öffnete die Tür und lächelte. „Ich bin das einzige Krabbeltier!“

„Das ist okay, aber ich fass dich erst an, wenn du duschen warst.“

Erneut bemüht, nicht loszulachen, nickte er. „Dann mach mal Platz!“

Mit seinen restlichen Klamotten in der Hand trat Leon beiseite und warf seinem Freund einen entschuldigenden Blick zu. „Das ist einfach eklig …“, murmelte er.

„Ähm … warte Baby, lass mich erst duschen, damit ich dich in den Arm nehmen kann.“

Leon setzte sich, nur in Shorts bekleidet aufs Bett und wartete.

Mit einem liebevollen Lächeln trat Ryan wenige Minuten später aus dem Bad, schlang sich das Handtuch fester um die Hüften und setzte sich neben ihn. „Baby, du musst dir keinen Kopf machen. Sieh mal, ich bin hier aufgewachsen. Ich habe schon als Dreijähriger Spinnen gejagt. Naja, zumindest sagt Mum das immer. Ist doch klar, dass es für mich normal ist und für dich nicht.“

Von dieser Erklärung war Leon nicht wirklich überzeugt. „Weißt du, da will ich auf der einen Seite so ein cooler Kerl sein und mach mir bei solch einem kleinen Spinnenvieh fast in die Hose. Das ist doch bescheuert!“

„Leon, du bist ein cooler Kerl! Nicht nur das. Du bist auch unheimlich sexy und wahnsinnig süß. Ist doch egal, ob du damit klarkommst. Du lernst damit umzugehen!“

„Ich laufe innerlich sofort weg, wenn ich ne Spinne sehe. Ich bin absolut nicht der Richtige für ein Leben auf einer Farm.“ Verzweifelt ließ er sich nach hinten sinken.

„Bitte sag mir jetzt nicht, dass du deine Entscheidung, hier zu leben, überdenkst, weil du dich vor Krabbelviechern ekelst!“

„Nein! Hey, ich zieh hier ein und wenn ich ab sofort mit Insektenspray durch die Gegend laufe. Aber du wirst mich in Zukunft ständig retten müssen.“

Ryan lächelte liebevoll, beugte sich über ihn und glitt mit

seiner Zungenspitze über die weiche Haut an Leons Hals. „Ich rette dich vor allem …“, flüsterte er.

„Du machst dich über mich lustig, nicht wahr?“, fragte Leon leise und blickte ihm amüsiert in die Augen.

„Ein wenig …“ Ryan zog ihn an sich und küsste ihn zärtlich. „Aber doch auch wieder nicht. Ich meins ernst. Ich liebe dich, Leon. Ich würde dich vor allem beschützen und retten, wenn ich es kann. Wenn du mal zwei Wochen zurückdenkst, wollte ich dich sogar vor mich selbst beschützen.“

Leon lachte leise auf. „Ja, das war die beschissenste Idee, die du je hattest.“

„Mag sein, aber ich wollte dich beschützen.“

„Nein …“, hauchte Leon und ließ seine Lippen über Ryans gleiten. „Du hättest mich damit nicht beschützt. Ich wäre gestorben, ohne dich …“

Ryan und Leon saßen am Abend im Wohnzimmer, genossen ihre erste gemeinsam zubereitete Mahlzeit und schauten sich einen Western an.

Ryan hatte über eine Stunde mit seiner Mutter telefoniert, die ihm die neuen Wohnverhältnisse mitgeteilt hatte. Und so sollten Ryan und Leon in den ersten Stock ziehen, wo sie ein Arbeitszimmer und ein Wohnzimmer haben würden. Das Schlafzimmer blieb oben, wo sie weiterhin über ihr eigenes Badezimmer verfügten.

Eileen selbst würde nach unten ziehen. Da es auch dort ein Bad und zwei weitere Zimmer - zusätzlich zum Wohnzimmer - gab, hatten alle, was sie brauchten.

Die Jungs fingen nach dem Gespräch gleich an zu planen. Ryans Zimmer musste dringend renoviert werden, genauso wie das neue Arbeitszimmer. Das ehemalige Schlafzimmer seiner Eltern benötigte lediglich einen neuen Anstrich. Da beide keine

Ahnung vom Renovieren hatten, sprangen dafür Taylor und Julius ein. Am Samstag fand schließlich der Umzug statt.

„Leon, nimm endlich die Kiste aus dem Weg!“, sagte Maggie schon zum wiederholten Male.

„Welche Kiste denn? Oh, Mum, ich habe gerade ein Teil meines Bettes in der Hand! Stress mich nicht!“ Leon stellte die Kiefernplatte ab und stemmte die Hände in die Hüften. „Unglaublich. Ich bin doch gerade erst eingezogen!“

„Kannst ja hier bleiben, Baby“, schlug Ryan vor, der nun die Kiste mit Leons CDs aus dem Weg genommen hatte und sie zu den anderen in die Einfahrt stellte.

„Gott bewahre! Meine Mum bringt mich um. Sie hat doch ihr Zimmer schon komplett eingerichtet. Geh mal aus dem Weg!“

Beide Jungen traten zur Seite, als Rick und Charlie die Kommode hinaustrugen.

„Hey, Blake“, schnaufte Charlie, „wenn du noch mal umziehen solltest, dann rechne nicht mit mir! Warum zum Teufel hast du nur Kiefernmöbel? Die sind scheiße schwer!“

„Sorry, Jungs!“, grinste Leon. „Aber dafür gibt's Burger und Bier, wenn wir auf dem Hof angekommen sind.“

Das war ein akzeptabler Grund für die Jungs, weiter zu machen. Eine Stunde später war Leons Zimmer leer und seufzend sah er sich um.

„Was haben wir in der kurzen Zeit hier erlebt“, sagte er leise und schloss seine Arme fester um Ryans Taille.

„Stimmt. Die Weihnachtsnacht war eine der schönsten.“

Leon blickte ihm lächelnd in die Augen. „Oh ja … dich nach so langer Zeit wieder zu küssen … Gott, es war gigantisch!“

„Leon! Ryan!“, rief Maggie von unten. „Nun los, die Jungs haben Hunger!“

„Wir kommen gleich runter!“, gab Leon zurück und sah

Ryan wieder an. „Tja, nie wieder Sex im Hause Blake!"

„Stimmt, aber dafür viel Sex in den Zimmern Blake/McCoy. Klingt viel besser, findest du nicht?"

„Jaah …", lächelte Leon und küsste ihn.

„Leute, nun hört auf zu knutschen, das könnt ihr bei euch zu Hause machen. Die Jungs brüllen nach Burgern." Taylor stand in der Zimmertür und trieb die beiden nun nach unten.

„Okay, kann losgehen." Leon schwang sich auf den Fahrersitz und Ryan daneben. Rick, Charlie, Robin und Kiron setzten sich in Ricks Auto und folgten dem kleinen Transporter.

„Da seid ihr ja endlich. Wir dachten schon, ihr hättet euch verfahren", grinste Dakota, als die Jungs angekommen waren.

„Ähm … nee, den Weg finde ich noch."

„Die beiden Turteltauben haben wahrscheinlich noch eine Abschiedsnummer in Leons altem Zimmer geschoben", lachte Rick, als er an ihnen vorbeiging.

„Dazu kam es leider nicht. Mein Schwiegerdaddy hat uns unterbrochen", gab Ryan zurück und öffnete die Türen des Transporters.

„Vergiss es, Ryan, ich will erst was essen!" Robin schob ihn zum Haus, wo Toby im Garten am Grill stand und nun allen Burger und Steaks servierte.

Zwei Stunden später begannen sie, das Auto auszuräumen. Schon am Tag davor hatten sie das neue Schlafzimmer von Eileen eingerichtet, welches nun von Maggie dekoriert wurde. Ryan und Charlie bauten Leons Bett zusammen. Seines hatte seine Mutter bekommen, die sich geweigert hatte, weiterhin in dem Bett zu schlafen, in dem Jonathan gelegen hatte.

Das Gästezimmer befand sich nun ebenfalls im Erdgeschoss, wo die Mädchen erstmal sämtliche Kisten von Leon stapelten.

Als spät am Abend alle weg waren, sank Leon auf das neue

Sofa in seinem ersten eigenen Wohnzimmer und stöhnte gequält auf. „Ich bewege mich heute keinen Zentimeter mehr!"

„Oh ... dann liege ich ja ganz allein in unserem Bett."

Leon hob den Kopf, grinste Ryan an und stand langsam auf. „Naja, dahin schaff ich es vielleicht noch."

Als sie am Morgen aufstanden, konnten sie es nicht glauben, dass sie nun wirklich zusammen lebten.

„Weißt du, woran ich schon die ganze Zeit denken muss?", fragte Ryan, als sie langsam über die Koppeln ritten.

„Na?"

„Wie dermaßen saudämlich du dich angestellt hast. Ich meine, wenn ich nur mal an Thanksgiving zurückdenke, wo du mich einfach hast hängen lassen!"

„Ja, ich war schon ziemlich blöd. Aber dafür liebe ich dich jetzt umso mehr und das ist doch auch was, oder?"

„Jaah, das ist toll!"

Kurz küssten sie sich, dann stürzten sie sich in die Arbeit. Am Abend waren ihre Zimmer eingerichtet und die Jungs waren total fertig.

„Ich sag dir mal was. Sport fällt morgen aus!", grinste Leon, als sie fest aneinander gekuschelt im Bett lagen.

„Darauf kannst du Gift nehmen. Mir tut alles weh!"

Pünktlich am Montag erschien die Anzeige in diversen Zeitungen, zudem hatte sich Ryan mit einer Arbeitsvermittlung in Mainsfield in Verbindung gesetzt.

Julius und Lance hatten den neuen Schweinestall auf Vordermann gebracht, so dass sie am Mittwochvormittag die Tiere umsiedeln konnten.

Ryan saß mit seinen Freunden mittags auf der Wiese und zündete sich eine Zigarette an. „Leute, habt ihr Lust, heute ein wenig Aggressionsabbau zu betreiben?“

Verwunderte Blicke trafen ihn.

„Naja, ich will den alten Schweinestall abreißen und was gibt es Schöneres, als dagegen zu treten?“

Kurz lachten die Jungs auf.

„Ich bin dabei. Das wollte ich schon immer mal machen!“, sagte Justin.

Paul stimmte zu und auch der Rest folgte.

Pünktlich um drei Uhr fanden sie sich auf dem Hof ein.

„Ryan? Wir haben morgen die ersten beiden Vorstellungstermine“, begrüßte Julius ihn. „Ein Mann, der um halb vier seinen Termin hat und eine Frau. Sie kommt gegen Fünf.“

„Schön. Das sind doch mal gute Nachrichten.“ Er ging sich umziehen und trat, nur in Jeans bekleidet, wieder auf den Hof.

Auch die anderen Jungs hatten sich die Oberteile ausgezogen.

„Oh Mann, was für ein Anblick!“, seufzte Michelle und zog ihre Digitalkamera heraus. Genauso wie Lauren wollte sie heute eine Menge Fotos machen.

„Jungs, das Dach muss erstmal runter!“, rief Leon.

Ryan stellte eine Leiter an die Stallwand und schnappte sich den Zimmermannshammer. Nach und nach zog er die alten verrosteten Nägel heraus und richtete sich auf. „Leon, fahr mal den Traktor aus der Scheune rückwärts an den Stall heran.“

Sein Freund nickte und holte die Schlüssel. Alle anderen standen noch abseits und warteten, bis sie loslegen durften.

Ryan stellte sich nun auf das Dach des Traktors und schaute nach unten. „So, ich brauch zwei Freiwillige.“

Robin und Paul meldeten sich und kletterten zu Ryan hinauf.

„Gut, dann wollen wir mal sehen, ob wir das Dach hier abbekommen. Einfach runterfallen lassen!“

Unten standen Leon und Justin nebeneinander und musterten ihre beiden Freunde.

„Scheiße, ich fang gleich an zu sabbern!", keuchte Leon, und sein Blick glitt über Ryans Hintern hinauf über den sonnengebräunten Rücken. Kurz verharrte er an der Tätowierung. Leise seufzte er. Wie konnte ein einzelner Mensch nur so unglaublich sexy sein?

„Okay, auf Drei. Eins – zwei – drei!", zählte Ryan und mit vereinten Kräften hoben sie das morsche Dach hoch und ließen es neben dem Stall auf die Wiese krachen.

„Sehr gut." Robin nickte zufrieden und nacheinander stiegen sie vom Traktor hinunter.

Leon fuhr ihn beiseite, dann traten alle näher heran, während Michelle und Lauren immer wieder auf den Auslöser klickten.

Robin und Kiron machten sich einen Spaß daraus, mit ihren so genannten Schlafzimmerblicken zu posieren, doch Ryan und Leon übertrafen sie nicht, die sich kurz küssten. Bei diesem Bild schmolz Michelle förmlich dahin.

„So, Jungs! Dann legt mal los!" Ryan klatschte in die Hände und musterte den Stall. „Freiwillige vor!" Er selbst trat an den Rand, stellte sich mit verschränkten Armen neben Justin und wandte ihm den Kopf zu. „Wenn du mich schon mit Blicken ausziehst, mach's nicht so offensichtlich. Leon haut dir was vor den Kopf!"

Justin lachte. „Ich zieh dich nicht aus. Ich stelle nur gerade fest, dass du ziemlich sexy bist." Er zwinkerte Ryan zu und ging zu seinem Freund. „Na los, Schatz! Zeig mal, was du drauf hast!"

Paul machte den Anfang. Er stellte sich in Position und trat gegen die Holzwand.

Sie wackelte bedenklich, aber sonst passierte nicht viel. Doch es war wie ein Startschuss. In den nächsten dreißig Minuten wurde der Stall von den acht Jungen bearbeitet.

Der Krach dröhnte über den ganzen Hof, so dass auch

Julius, Toby und Lance dazu kamen und amüsiert das Spektakel beobachteten.

Ryan warf Leon immer wieder durchdringende Blicke zu. Es machte ihn tierisch an, zu sehen, wie Leon mit aller Kraft immer wieder gegen das Holz trat und wenn er gekonnt hätte, würde er auf der Stelle über ihn herfallen. Er würde ihn gegen den Zaun drücken und ihn küssen und …

„Baby, machst du noch mit?“, fragte Leon.

„Gott, du glaubst nicht, was ich jetzt gern mit dir machen möchte!“

„Ach ja? Was denn?“

Ryan drängte ihn zum Zaun, drückte ihn hart dagegen und begann ihn zu küssen. Er war so dermaßen heftig, dass Leon leise in den Kuss hinein stöhnte und seine Beine um ihn schloss.

„Ryan …“, murmelte er in den Kuss hinein. „Ryan, hör auf …“ Kichernd löste er sich von ihm. „Wann genau gehen die alle?“, fragte er leise.

„Keine Ahnung, ich hoffe bald“, raunte Ryan ihm zu, leckte über die schweißnasse Haut und biss ihm sanft in den Hals. „Verdammt, ich kann nicht aufhören!“

„Oh doch …“ Leon schob ihn von sich. „Hör auf jetzt, sonst bekomm ich ernsthaft Probleme.“

Ryan trat zurück und trank ein Schluck Wasser aus seiner Flasche, die auf dem Tisch stand.

„Hey, Baby, was gibst du mir für die Pornobilder von Ryan McCoy und Leon Blake?“, fragte Michelle leise.

Musternd sah Ryan sie an und schnappte ihr blitzschnell die Kamera aus den Fingern.

„Hey, wenn du sie löscht, bin ich sauer!“

„Bist du irre? Nein, ich will die nur sehen!“ Ryan starrte mit großen Augen auf die Bilder. „Oh Mann …“, stöhnte er leise auf. „Mic, die sind der Hammer! Schick sie mir heute Abend noch, ja?

Ich will die groß sehen!"

„Klar und nun gib her und mach weiter!"

Letztlich stapelten sie das Holz neben der Scheune auf und setzten sich mit ihren Bierflaschen auf die Wiese. Michelle und Lauren fotografierten weiter und nun posierten sie alle.

„Verdammt, ich bekomm gleich einen Orgasmus!", grinste Lauren, als die Jungs mit freiem Oberkörper frech in die Kameras grinsten.

„Ist dir so heiß, Süße?", schnurrte Robin.

„Jaah und Dakota wird uns umbringen, weil sie das hier nicht sieht."

„Mit Sicherheit!", lachte Michelle und warf Ryan einen feurigen Blick zu.

Langsam stand er auf und trat ein Stück mit ihr beiseite.

„Kann ich nachher, wenn alle weg sind, noch ein paar Fotos von euch allein machen?", fragte sie leise.

„Ja, ich denk schon."

Eine Stunde später verabschiedeten sich die Freunde und auch Julius, Lance und Toby machten Feierabend.

„Leon? Bleib mal hier." Ryan hielt seinen Freund zurück, der gerade ins Haus gehen wollte und erklärte ihm kurz Michelles Wunsch.

In der folgenden Stunde schoss Michelle so viele Bilder, dass sie damit ihr Zimmer hätte tapezieren können. Erotische Fotos, Einzelaufnahmen und ein paar Bilder per Selbstauslöser.

Als Ryan am Abend die Fotos durchschaute und Leon dabei zärtlich an seinem Hals knabberte, brauchte es nicht mal Sex für einen heftigen Orgasmus. Leon hatte ihn kaum berührt, und Ryan ging trotzdem total ab.

„Verdammt …", murmelte er.

„Das kannst du laut sagen. Was war das denn?", lachte Leon und hockte sich vor ihn.

„Ich weiß nicht. Ich war schon den ganzen Nachmittag so heiß auf dich und nun die Fotos dazu … sorry!“

„Entschuldige dich nicht. Ich find’s zu witzig!“

Nachdem Ryan duschen war, ließ er es sich aber nicht nehmen, Leon so lange zu verwöhnen, bis der unter ihm laut aufstöhnte …

Die ersten Vorstellungsgespräche waren der totale Reinfall.

Ryan konnte mit dem Mann nichts anfangen, und die Frau hatte wohl überlesen, dass es um Schichtarbeit ging.

„Was hat sie gedacht? Dass wir pünktlich um drei Uhr zum Feierabend alle Tiere erstarren lassen?“ fragte er verärgert.

„Wahrscheinlich.“ Toby sattelte Hermes ab und musterte ihn kurz. „Mach dir keine Sorgen. Da melden sich mit Sicherheit noch mehr.“

„Ja, ich weiß, aber ich finde es frustrierend, wenn die Leute nicht in der Lage sind, Anzeigen richtig zu lesen.“

„Hab Geduld, Ryan. Da kommen schon noch die Richtigen.”

Toby sah die ganze Angelegenheit genauso gelassen wie Julius, der für Ryan in etwa die gleichen Worte fand.

Doch Ryan war von Haus aus ein extrem ungeduldiger Mensch. Er schnaufte nur und machte sich an die Arbeit.

In den nächsten Tagen fügte Leon sich problemlos in den Arbeitsalltag auf der Farm ein. Selten fragte er, was zu tun war. Er packte da mit an, wo er seiner Meinung nach gebraucht wurde, fütterte selbstständig die Tiere und zeigte sein handwerkliches Können, was Ryan schwer beeindruckte.

Als Ryan eines Abends von der Westweide kam, sah er, wie eine schwarze BMW auf dem Hof parkte. Er legte den Kopf schief, als der Fahrer den Helm abnahm. ‚Mein lieber Schwan’, schoss es ihm unwillkürlich durch den Kopf.

Der Fahrer sah auf, als Leon auf ihn zukam und diesen mit einem kritischen Blick bedachte.

Ryan verstand schon, warum Leon so reagierte. Die schwarzen Haare, die grünen Augen, der Körper unter dem schweren Leder war schon beeindruckend.

„Hi, ich bin Jared Bakley. Ich dachte, ich stell mich mal vor."

„Leon … Leon Blake. Vorstellen?"

Jared zog einen Zeitungsfetzen aus der Innentasche der Jacke und grinste frech, als hinter Leons Rücken etwas seine Aufmerksamkeit weckte.

Ryan war von June gestiegen und kam langsam auf die beiden zu. Mit einem schmutzigen Tuch wischte er sich die Hände ab. „Ryan McCoy, ich bin hier der Chef."

„Jared Bakley." Die beiden schüttelten sich die Hände, während Leon die Arme vor der Brust verschränkte.

„Er will sich vorstellen", sagte er kühl.

„Wirklich? Das nenn ich mal Initiative." Ryan grinste und stopfte das Tuch in seine hintere Hosentasche. „Dann erzähl mal."

„Nun, ich bin dreiundzwanzig Jahre alt und habe bis vor kurzem in Arizona auf einer Schaf- und Rinderfarm gearbeitet. Aber ich wollte mal was anderes sehen und so bin ich hier gelandet und nun suche ich Arbeit. Ich kann sehr gut mit Tieren umgehen, kann reiten, melken und scheren."

Ryans Augenbrauen wanderten nach oben, verschwanden fast unter seinem Pony. „Nicht schlecht für dein Alter."

„Ich steh auf harte Arbeit." Jareds Blick klebte regelrecht an Ryan und immer wieder leckte er sich über die Lippen.

„Oh Mann …" Leon verdrehte die Augen und wandte sich ab. Diese Anbiederung fand er nur abartig. Er machte sich auf den Weg zum Anbinder, wo er sich June schnappte und auf die Koppel brachte.

„Klingt alles ziemlich gut. Hast du ein Arbeitszeugnis von deinem alten Arbeitgeber?“

Jared nickte und gab Ryan einen zusammengefalteten Zettel, den dieser flüchtig überflog.

„Dann folge mir mal. Ich zeig dir alles. Wann kannst du anfangen?“

Jareds helles Lachen drang bis in die Ställe, wo Leon wütend das Heu verteilte.

„Alles okay, Leon?“, fragte Toby.

„Aber ja … wir haben einen neuen Kollegen und der ist ja sooo toll“, knurrte er.

Verwirrt hob Toby die Augenbrauen und schaute aus dem Stall hinaus. „Der Ledertyp? Was ist mit ihm?“

„Der frisst Ryan regelrecht auf. Doch der rafft nichts.“

Lachend wandte Toby sich um. „Leon, bist du eifersüchtig?“

„Aber nein, wie kommst du darauf?“ Leon warf die Mistgabel auf den Boden und stampfte aus dem Stall, sah gerade noch, wie Ryan und Jared auf zwei Pferden davon ritten. „Ich kotze gleich.“

„Hey, ganz entspannt. Ryan sieht doch nur dich.“

„Jaah, und Jared sieht nur Ryan. Irgendwas ist an der Gleichung verkehrt, nicht wahr?“ Missmutig knurrte Leon leise.

„Nein, die Gleichung stimmt schon, weil dieser Jared keine Rolle in dieser Gleichung spielt. Ryan sieht nur dich, und du siehst nur Ryan. Eine perfekte Gleichung.“

Das sah Leon aber ganz anders. „Das ist eine perfekte Gleichung, wenn der Typ hier verschwindet.“

Toby schüttelte nur den Kopf und machte sich wieder an die Arbeit.

Doch als sie eine Stunde später beide aus dem Stall traten, konnte sich Leon ein erneutes Knurren nicht verkneifen.

Am Anbinder schüttelte Julius gerade Jared enthusiastisch

die Hand.

„Willkommen im Team. Toby, Leon, kommt mal ran." Er strahlte richtig, und Leon wurde schlecht.

Gemeinsam traten sie näher.

„Hi, ich bin Jared", sagte dieser zu Toby.

Von Leon mit einem stechenden Blick bedacht, lächelte er schief. „Toby Lucas. Ich bin hier der Pferdewirt", sagte er und schüttelte dem anderen die Hand.

„Freut mich."

„Leon kennst du ja schon. Er …" Ryan hielt inne und musterte das verbissene Gesicht seines Freundes. „Kann ich dich kurz sprechen?" Er sprang vom Zaun und zog Leon ein Stück von den anderen weg. „Okay, was ist los?"

Für einen langen Moment schwieg Leon, fixierte Ryan nur. Dann fragte er unverblümt: „Hast du ihn wirklich eingestellt?"

„Äh ... jaah?" Verwirrt runzelte Ryan die Stirn. „Warum auch nicht? Seine Referenzen sind tadellos."

„Ich scheiß auf seine Referenzen, Ryan. Siehst du es nicht?"

„Nein, was denn?"

„Er frisst dich auf!", fauchte Leon. Wie konnte Ryan nur so derart blind sein? Es war doch mehr als offensichtlich.

„Wie bitte?" Ryans Blick glitt zu dem Neuen. „Leon, mach dich nicht lächerlich. Er soll nur hier arbeiten."

Kurz biss Leon die Zähne zusammen. „Lächerlich, ja? Ich mach mich … lächerlich …" Langsam nickte er. „Fein. Dann ist es nur meine Einbildung, dass er dich regelrecht vollsabbert."

Kurz seufzte Ryan. „Baby, ich seh doch nur dich. Es ist mir egal, was der Typ vollsabbert. Er soll nur hier arbeiten."

„Klar … und wenn ich dich bitte, es dir nochmal zu überlegen?"

„Leon, bei aller Liebe, aber hier geht's nicht um uns. Hier geht's um die Firma. Um nichts anderes. Er hat gute Referenzen -

alles andere interessiert mich nicht.“

Das ließ Leon hart schlucken. Er trat zurück und schüttelte den Kopf. „Fick dich!“, knurrte er, wandte sich ab und ging zu seiner Honda, setzte den Helm auf und startete den Motor.

„Oh, Leon!“, stöhnte Ryan auf. „Das glaub ich jetzt nicht.“ Er drehte ab und betrachtete die Gruppe Arbeiter. „Jared, wir sehen uns morgen. Julius, ich muss mit dir reden.“

„Sicher. Im Büro?“

Ryan nickte und betrat wenig später das Haus, in dem das kleine Büro war, welches bisher meist von Eileen geführt worden war, wo sich all die Unterlagen der Farm befanden.

„Ich glaub’s einfach nicht. Da schneit uns dieses Wunderwerk auf zwei Beinen ins Haus, und Leon ist stink eifersüchtig!“

„Wunderwerk auf zwei Beinen. Also wenn du das auch so zu Leon gesagt hast, versteh ich ihn ja irgendwie.“ Julius setzte sich auf den Stuhl vor dem Schreibtisch.

„Nein, hab ich nicht, und das war auch einzig auf seine Fähigkeiten bezogen, nicht auf sein Aussehen.“

Der ältere Arbeiter steckte sich einen Zigarrenstummel zwischen die Lippen, ohne ihn jedoch anzuzünden. „Gefällt er dir denn?“, fragte er harmlos.

„Keine Ahnung. Ich hab nicht so sehr darauf geachtet. Ich meine, ich war einfach fasziniert von ihm … von seiner Art. Ich war mit ihm auf der Westweide. Er hat wirklich ein Händchen für die Tiere. Sollen wir echt darauf verzichten, nur weil Leon eifersüchtig ist?“

„Die Frage ist doch eine ganz andere, Ryan. Kannst du auf ihn verzichten, weil Leon Angst hat? Eifersucht ist ein normales Verhalten. Ich bin auch eifersüchtig. Und …“

„Hier geht’s aber um die Firma, Julius. Nicht um meine Beziehung zu Leon.“

„Falsch, es geht um beides. Ihr lebt hier. Das ist nicht nur euer Arbeitsplatz, das ist auch euer Heim. Ihr könnt nicht einfach kündigen und gehen. Stellst du ihn ein, hat Leon ihn Tag für Tag vor der Nase sitzen. Er muss mit ansehen, wie der Kerl dich anschmachtet. Es ist egal, wie sehr er euch oder dir vertraut, Ryan." Mit erhobenen Augenbrauen musterte Julius seinen jungen Boss. „Denk mal in Ruhe darüber nach."

Leon war eine Weile durch die Gegend gefahren, dann hatte es ihn praktisch nach Hause gezogen. Er hielt zwar den Schlüssel in den Händen, doch es erschien ihm falsch, einfach hinein zu platzen. Immerhin wohnte er nicht mehr in diesem Haus. Nach einigem Zögern klingelte er.

„Leon …" Maggie sah ihn verwirrt an. „Warum klingelst du?"

„Naja … ich wohne nicht mehr hier, richtig? Ich … kann ja nicht einfach so … reinplatzen."

„Du bist vielleicht ein Spinner. Natürlich kannst du das. Nun komm rein. Du siehst, mit Verlaub gesagt, bescheiden aus."

„Danke für die Blumen, Mum." Leon betrat das Haus und sah sich um, als sei er noch nie hier gewesen. „Wo sind die anderen?"

„Riley und Steph sind im Garten, Andy ist bei Juliette und Dad ist noch in der Praxis. Was ist los, hm?"

Leon überging die Frage. „Wer ist Juliette?"

„Ein Mädchen aus seiner Klasse. Ich glaube, er hat einen dezenten Narren an ihr gefressen", lächelte Maggie.

Leon hob die Augenbrauen. „Verstehe. Er ist verknallt."

„Er bestreitet es." Maggie stellte ihrem Sohn eine Tasse Kaffee auf den Tresen in der Küche. „Und nun sage mir bitte, was dich hertreibt."

Lange schaute Leon auf das dunkle Getränk, schien gedanklich meilenweit weg. „Ryan hat jemanden eingestellt", sagte er dann nur.

„Okaaaay … und der ist … nicht gut für die Farm?"

„Doch. Vermutlich ist er perfekt. Aber er ist jung, sexy … und hinter Ryan her."

„Oh … ich verstehe. Du bist eifersüchtig."

Leise knurrte Leon auf. „Ihr sagt das alle so, als wäre das etwas Verwerfliches. Ja, ich bin eifersüchtig. Der Typ sieht gut aus, er ist perfekt für die Farm. Was … kann ich bieten, hm? Ich meine … ich laufe vor jedem scheiß Krabbelvieh davon. Ich passe nicht wirklich dahin. Dieser … Jared ist perfekt."

Maggie schwieg einen Moment. „Du bist dumm!"

„Wie bitte?" Leon starrte sie mit großen Augen an.

„Du bist dumm", wiederholte Maggie. „Glaubst du wirklich, dass Ryan seine Gefühle an den Fähigkeiten der Farm festmacht? Dass er sich für diesen Jared entscheidet, gegen dich - weil der keine Angst vor Krabbeltieren hat?"

„Nein … ich …" Leon runzelte die Stirn.

„Er sabbert ihm nach? Verdammt, das ist doch egal. Zeig ihm, wo Ryan hingehört. Markiere dein Revier. Leon, du bist ein gut aussehender, talentierter und geschickter Farmarbeiter. Nur weil dir die Schafe nicht blökend hinterher rennen, heißt es nicht, dass du für die Farm nicht weniger wichtig bist. Julius ist begeistert von dir. Wenn du jetzt kneifst, gibt's du deinen Platz dort freiwillig auf."

Leon war hin und her gerissen. Einerseits wusste er, dass seine Mutter recht hatte, andererseits konnte er nicht damit umgehen, dass Ryan Jared tatsächlich eingestellt hatte, obwohl er Einwände gehabt hatte. „Kann ich ... heute Nacht hier bleiben?"

„Natürlich kannst du das, aber … Leon, eines sollte dir klar sein. Du kannst in Zukunft nicht immer zu uns flüchten, wenn du Streit mit Ryan hast, okay? Du wohnst jetzt bei ihm. Klärt das."

Leon nickte niedergeschlagen und verkrümelte sich ins

Gästezimmer. Es war ein seltsames Gefühl, im eigenen Elternhaus im Gästebett zu schlafen und als er wenig später unter der Decke lag, knurrte er frustriert auf.

Ryan hatte seine Arbeit beendet und stand am Anbinder, mit Blick auf das Hoftor. Er wartete, wartete darauf, dass Leon nach Hause kommen würde, doch nach einer geschlagenen Stunde beschlich ihn das ungute Gefühl, dass er umsonst wartete. Und alles, weil er einen neuen Mitarbeiter eingestellt hatte? Das gab's doch nicht. Er zog sein Handy aus der Hosentasche und wählte Leons Nummer. Doch bitter enttäuscht musste er feststellen, dass dieser sein Handy ausgestellt hatte. War er bei seinen Eltern? Bei Michelle? Irgendwo unterwegs?

„Ryan … wie geht es dir?“, fragte Maggie gleich, nachdem er im Haus der Blakes angerufen hatte.

„Geht so. Ist mein Freund bei euch?“

„Ja, er ist oben im Gästezimmer. Ryan …“, setzte Maggie an, doch Ryan unterbrach sie.

„Nein, schon gut. Er wird dir erzählt haben, was passiert ist. Ich wollte nur sicher gehen, dass er nicht durch die Gegend irrt. Gute Nacht.“ Er legte einfach auf und biss die Zähne zusammen. Was sollte das alles? Wütend verzog er sich ins Bett, konnte kaum glauben, dass er allein unter der Decke lag. Julius' Worte geisterten ihm immer wieder durch den Kopf. War er jetzt der Egoist oder Leon? War er es, der einlenken musste oder Leon?

Lange lag er wach, dann wählte er die Nummer seines Cousins. Mit irgendwem musste er reden, der zusätzlich in seinem Alter war.

„Bei der Arbeit …“, murmelte Dylan ins Telefon.

„Hey, ich bin's.“

Dylan, der über seinen Politikhausaufgaben saß, war dankbar über jede Ablenkung. „Ryan, wie geht's dir?“

„Beschissen. Dylan, ich brauch mal einen Rat." In den nächsten Minuten erzählte er, was passiert war, und Dylan hörte schweigend zu.

„Du bist vielleicht ein Idiot."

„Was?" Ryan setzte sich auf.

„Na hör mal, versetz dich mal in Leons Lage. Er allein mit einem Cowboy, der ihn ansabbert … irgendwo bei den Kühen und du hast keinen Schimmer, was die beiden machen. Würdest du das witzig finden?"

So rum hatte Ryan noch nicht gedacht. „Nein …", sagte er langsam.

„Das ist deine Antwort, Kumpel. Stell den Kerl nicht ein. Das würde Leon fertig machen. Und wenn du ihn einstellst, arbeite nicht mit ihm zusammen. Hör mal, ich kann Leon verstehen. Im Fitnessstudio gibt's auch genug Typen, die Jamie hinterher hecheln, und ich hab keinen Plan, was er die ganze Zeit macht. Ich vertraue ihm, aber rasend macht's mich trotzdem. Es gibt nun mal auch Kerle, die nicht unbedingt zurückhaltend sind, verstehst du? Und wenn Jared dich offensiv anbaggert … an Leons Stelle würde ich dem vermutlich eine reinziehen."

Ryan war irgendwann aufgestanden und tigerte nun durch sein Zimmer. „Ja, das ist ja alles richtig. Aber hier geht's doch nicht nur um Leon und mich. Hier geht's doch auch um das Wohl der Firma."

„Idiot!", wiederholte Dylan.

„Sag nicht ständig ‚Idiot' zu mir, verflucht!"

„Doch, das muss ich. Hey, die Vereinigten Staaten haben über dreihundert Millionen Einwohner. Glaubst du, dass Jared der einzige ist, der Qualitäten in der Tierhaltung hat? Es wird ein anderer kommen, und der ist genauso gut. Sogar besser, weil er nicht dem Boss hinterher sabbert. Also … Idiot!"

„Arsch", konterte Ryan genervt, doch Dylan lachte nur.

„Von mir aus. Ryan, im Ernst jetzt; wenn dir Leon wichtig ist, respektierst du seinen Wunsch und suchst weiter.“

Ryan verabschiedete sich und setzte sich auf sein Bett. „Oh Mann, das kann doch alles nicht wahr sein. Leon!“, fauchte er und sank in die Kissen zurück.

Am Morgen, als er sein Fahrrad anschloss, schaute er sich auf dem Parkplatz der Schule um. Leons Honda stand bereits da, doch wo war er? Völlig zerrissen zwischen seinen Gefühlen, machte er sich auf die Suche und traf seinen Freund in der Cafeteria an, doch was dann passierte, damit hatten weder er, noch Leon gerechnet.

Sie schauten sich in die Augen, stürmten aufeinander zu und küssten sich verzweifelt.

Während die anderen Schüler die beiden nur kopfschüttelnd musterten, vergaßen sie völlig Zeit und Raum.

„Es tut mir so leid …“

„Nein mir …“

„Ich stell ihn nicht ein …“

„Behalte ihn …“

„Du willst es nicht, also …“

„Ich vertrau dir …“

Beide sprachen gleichzeitig in die Küsse, bis Ryan sich löste. „Okay, langsam.“

Leon fuhr sich mit beiden Händen durch die Haare. „Es tut mir leid. Ich habe überreagiert. Ich vertraue dir, Ryan. Wenn du ihn einstellen willst, dann tu das.“

„Ja, aber du willst es ja nicht. Leon, bitte glaub mir, ich habe keinerlei Interesse an ihm. Ich hab ihn mir offen gestanden nicht mal richtig angeguckt. Wie ich schon mal sagte, ich seh nur dich. Nur dich allein.“

Leon schlang seine Arme um Ryans Hals. „Ich weiß … es

tut mir leid. Aber … wenn du ihn behältst, dann gibt's noch ne Ansage von mir. Ist das okay?"

„Es tut mir leid. Ich … scheiße, ich hätte dich gestern nach Hause holen müssen. Die Nacht war eine einzige Katastrophe." Er versteckte sein Gesicht an Leons Hals und sog tief dessen Geruch ein. „Lass uns nachher nach Hause fahren und dann sehen wir weiter, okay?"

Leon nickte nur und setzte kleine Küsse auf den Hals seines Freundes.

„Jungs, das ist … rührend, wirklich, aber der Unterricht fängt gleich an", grinste Dakota.

Am Nachmittag fuhr Ryan nach Hause. Da Leon mit dem Motorrad um einiges schneller war, kam er weit nach ihm an.

Leon trat in Arbeitsklamotten aus dem Haus. „Lance? Ist Jared heute hier aufgetaucht?"

„Ja, er ist im Schweinestall. Der Junge ist Gold wert, überlegt's euch nochmal."

Ryan musterte seinen Freund, der sah ihn an.

„Du bleibst hier, das kläre ich allein!" Leon sprang über den Zaun, schnappte sich Hermes und ritt zum Schweinestall.

„Jared?"

Der Neue sah auf und lächelte. „Leon. Hi … wie war's in der Schule?", fragte er freundlich.

„War okay. Ich sag dir jetzt was, und du wirst mir verdammt nochmal, sehr gut zuhören."

Verwundert schaute Jared auf und runzelte die Stirn. „Okaaay…"

„Du magst deine Qualitäten haben, die Jungs sind ganz begeistert von dir, aber es gibt einen Punkt auf diesem Hof, mit dem du nichts zu schaffen hast. Und das ist der Boss. Starr ihn nicht an, sabbere ihm nicht nach und baggere ihn nicht an. Ryan gehört zu mir. Wenn du also hier arbeiten möchtest, denkst du komplett hetero, was deinen Chef angeht. Ist das angekommen?"

Jared wischte sich an einem Tuch die Hände ab und lächelte. „Ist angekommen." Er legte den Kopf schief. „Leon, ich sag dir jetzt auch mal was und ich hoffe, du glaubst mir. Ich bin hetero, und ich bin verlobt."

Nun war Leon doch verwirrt. „Was?"

„Ja, ehrlich." Jared hob seine Hand, an deren Finger ein goldener Ring funkelte.

„Aber gestern … du hast … du hast ihn total angegraben."

Jared lachte auf. „Jaah, weil ich viel von ihm gehört hatte. Er ist der jüngste Farmer in West Virginia … vermutlich in den gesamten USA. Ich wollte den Job unbedingt. Und es gefällt mir hier. Bitte glaube mir, dass ich an deinem Ryan keinerlei Interesse habe."

Plötzlich wurde Leon tiefrot. „Das ist ein Witz, oder? Ich … scheiße, ist das peinlich." Er vergrub sein Gesicht am Hals des Pferdes.

„Ach was. Ist doch süß, wie du dich für ihn ins Zeug legst. Aber vertrau mir. Er ist nicht mein Typ. Er ist … nun sagen wir mal, falsch proportioniert."

„Jaah … quatsch, nein! Der ist genau richtig. Hey, es tut mir leid. Ich … fuck!", fluchte er. „Fein … gut, dass wir das geklärt haben. Weitermachen und … willkommen auf dem McCoy-Hof!"

„Vielen Dank, Leon." Jared lachte leise. Er hatte ja schon viel erlebt, aber das war ihm noch nicht untergekommen. „Hey, dachtest du echt, ich bin schwul? Muss mir das jetzt Sorgen machen?"

Überlegend sah Leon ihn von oben bis unten an. „Hm … ja, du kommst ziemlich schwul rüber. Aber deine Verlobte scheint ja drauf zu stehen." Er zwinkerte ihm zu und machte dann kehrt. Hölle, war das peinlich. Als er am Anbinder ankam, stand Ryan bei Lance und Toby.

„Lebt er noch?“, fragte Ryan mit erhobenen Augenbrauen.

Leon sprang vom Pferd und über den Zaun und knurrte ihm vorbeigehen, ohne jemanden anzusehen: „Er ist hetero, verlobt und kein bisschen interessiert. Und wenn jetzt ein dummer Spruch kommt, kündige ich!“ Schnell verschwand er im Haus.

Die drei Jungs sahen sich an.

„Hetero?“

„Verlobt?“

„Er hat kein Interesse? Na, dann ist ja alles perfekt.“ Ryan biss sich auf die Unterlippe, nur, um nicht loszubrüllen, folgte seinem Freund dann aber.

Der stand in der Küche, mit einem Glas Wasser in der Hand. „Kein Wort. Ich schwör’s dir, Ryan McCoy. Kein einziges Wort!“, sagte er leise und hörbar ernst.

Ryan schüttelte mit aufeinander gepressten Lippen den Kopf, trat zu seinem Freund und lachte plötzlich los. „Sorry, aber das ist einfach geil. Leon, du bist der Wahnsinn!“

„Nein! Nein, bin ich nicht. Das ist ultrapeinlich, Ryan, und kein bisschen lustig!“

„Doch, ein bisschen schon.“ Ryan sah ihn aus seinen dunkelbraunen Augen an. „Baby, ich liebe dich.“

„Maaaaaann!“, stöhnte Leon auf, als er sah, wie sehr Ryan sich zusammenreißen musste. „Hör auf zu lachen. Ryan!“

Der prustete erneut los, schlang die Arme um Leon und schüttelte sich regelrecht, während sein Freund nur still da stand und wartet, doch als Ryan nicht den Eindruck erweckte, sich zu beruhigen, nahm er dessen Gesicht in die Hände, küsste ihn tief und biss ihm unsanft in die Lippe. „Schnauze jetzt“, knurrte er leise.

Ryan grinste nur und nickte hastig, leckte über dessen Lippen und vertiefte den Kuss langsam.

Minutenlang standen sie da und küssten sich hungrig, bis es

an der Tür klopfte.

„Ryan, Telefon." Julius hielt den Apparat hoch. „Die Metzgerei."

„Oh … sehr gut. Ich bin im Büro."

Am Abend trat Leon aus der Dusche, als Ryan ins Schlafzimmer kam.

„Hey … was hat die Metzgerei gesagt?"

„Der Chef kommt morgen vorbei und sieht sich alles an. Einen Vertrag können wir eh erst machen, wenn Mum zurück ist. Ich darf noch nicht unterschreiben."

Leon nickte langsam, legte sich aufs Bett und musterte seinen Freund, der sich auszog. „Beeil dich …", flüsterte er.

Ryan warf ihm einen tiefen Blick zu, verschwand im Bad und kam nur wenig später abgetrocknet und mit feuchtem Haar zurück, krabbelte langsam über seinen Freund. „Lass mich nachts nie wieder allein, hörst du? Es war furchtbar."

Leon nickte langsam. „Es tut mir leid, Snoopy. Sehr sogar."

„Ich weiß … bitte entschuldige dich nicht mehr. Berühr mich lieber …", flüsterte er und küsste Leon kurz entschlossen.

Der ließ seine Finger über Ryans Rücken gleiten, streichelte über die festen Muskeln und schnurrte leise. „Du fühlst dich so gut an, wenn du gearbeitet hast … deine Muskeln sind noch total angespannt."

Tief küssten sie sich, streichelten über jeden Fleck Haut, zeichneten mit den Zungenspitzen feuchte Muster und bissen immer wieder leicht zu.

„Leon …", hauchte Ryan und reckte ihm sein Becken entgegen, als dieser sanfte Küsse auf den harten Schaft setze, über die Hoden leckte und dann zögerte. Das hatten sie noch nie getan.

„Ryan, dreh dich um und knie dich hin."

„Was?" Verwirrt sah Ryan auf, tat dann aber, was sein

Freund wollte. Kurz wartete er noch, dann atmete er auf und als er Leons Zungenspitze an seinen Pobacken spürte, biss sich bei den leichten Küssen auf die Unterlippe.

„Jamie hat mir letztens etwas erzählt …“, murmelte Leon.

„Und … was?“

„Dass er … total auf Rimming steht.“

„Rimming? Was ist das?“ Ryan drehte sich leicht um und musterte Leon neugierig.

„Lass dich überraschen.“ Leon biss sanft in Ryans Hintern, spreizte mit den Fingern die Backen und biss sich auf die Unterlippe.

„Leon, was hast du … Goooott!“ Erschrocken drehte er den Kopf etwas, starrte Leon an. Hatte der gerade… da rüber geleckt?

„Noch mal?“

Unschlüssig wackelte Ryan mit dem Kopf, nickte dann aber hektisch.

Immer wieder leckte Leon über das zusammengezogene, kleine Loch und trieb Ryan so komplett in den Wahnsinn.

Dessen Finger verkrallten sich im Kissen und sein Keuchen wich einem lauten Aufstöhnen. „Himmel … was … Leon!“, platzte er laut heraus.

Der küsste sich über Ryans Wirbelsäule höher und drängte seine Erektion an Ryans Hintern. „War das so gut?“, raunte er.

„Ja … Himmel, jaa … schieb ihn rein, na los …“

Langsam drang Leon in ihn ein. Verteilte sanfte Bisse in Ryans Nacken und überbrückte die letzte Distanz mit einem tiefen Stoß.

„Fuck!“, stöhnte Ryan laut aus, als Leon sein Lustzentrum regelrecht gerammt hatte.

„Was soll ich tun? Hm? Sag's mir …“ Leon liebte es, wenn Ryan total entfesselt war.

„Nimm mich … Leon … bitte … fick mich!“

Kurz hob Leon die Augenbrauen. Dann trieb er sich tief in ihn, hielt Ryans Becken fest in seinem Griff und legte aufstöhnend den Kopf in den Nacken, während Ryan unter ihm regelrecht dahin schmolz.

Immer lauter stöhnte er und legte seine Hand um seinen eigenen Penis, den er heftig massierte.

„Ich … ich kann nicht … mehr, ich komme … Leon … Gooootl!“

Als Ryan sich laut aufstöhnend über seine Hand ergoss, ihn noch weiter einengte, folgte Leon ihm laut und ungezügelt.

„Hölle … was zum Teufel, war das?“, presste Ryan heraus, als er wenige Minuten später zitternd auf der Bettkante saß.

„Sex?“, fragte Leon grinsend und schlang von hinten die Arme um ihn.

„Jaaah, aber … das war … Himmel und Hölle …“

Kampf der Vergangenheit

Ryan öffnete zögerlich die mit Milchglas besetzte Tür und schluckte hart. Was, zum Geier, tat er hier eigentlich? Sein Blick glitt durch den kleinen, hell beleuchteten Flur, über ein Wartezimmer, welches mit gemütlichen Ledersofas und Sesseln bestückt war. Es wirkte wie ein heimisches Wohnzimmer mit all den Grünpflanzen.

„Kann ich Ihnen helfen?“

Ryan wandte sich an einen kleinen Tresen. „Ähm … ich … ich weiß nicht. Ich bin Ryan McCoy. Ich habe einen Termin.“

Die junge Frau blätterte in einem Kalender. „Ja, selbstverständlich. Dr. Ramos ist gleich für Sie da. Setzen Sie sich noch einen Moment. Kann ich Ihnen etwas anbieten? Kaffee? Wasser?“

„Oh … nein, danke. Ich … setz mich.“ Ryan wandte sich ab, fragte sich zum wiederholten Male, was er hier eigentlich machte und ließ sich auf ein Sofa sinken.

Er hatte lange mit sich gekämpft. Nach ihrem Ausflug nach Miami war das Thema mit niemandem mehr zur Sprache gekommen und doch hatte es ihm keine Ruhe gelassen. Fünf Wochen waren vergangen, seine Mutter war gut erholt zurück, Leon und er waren glücklich und auf der Farm lief alles gut. Zeit, einen Schritt weiter zu gehen. Zumindest redete er sich das ein. Er war immer noch der festen Überzeugung, keinen Therapeuten zu brauchen.

Vielleicht war das einer der Gründe, warum er nicht in Mountain Creek saß, sondern im zehn Kilometer entfernten Louise River, einer Kleinstadt, die etwas größer als Mountain Creek war, wo er allerdings niemanden kannte; wo ihn niemand kannte.

Taylor hatte ihm die Adresse rausgesucht. Er war auch der einzige, der wusste, dass Ryan überhaupt hier war. Leon hatte er gesagt, dass er zu einem Futterhändler fahren wollte.

Und nun saß er hier, gefühlte Meilen weit weg von zu Hause, von seiner Welt, zweifelhaft bereit, sich seiner Vergangenheit zu stellen.

„Mr. McCoy?“

Ryan sah auf, in das freundliche Gesicht der jungen Frau.

„Dr. Ramos erwartet Sie.“

Langsam stand er auf, zog beim Gehen seine Lederjacke aus, legte sie sich locker über den Arm und betrat den Behandlungsraum.

„Mr. McCoy, freut mich, Sie kennen zu lernen. Ich bin Frederick Ramos.“ Der Mann mit dem schütteren, weißen Haar, der runden Brille und der untersetzten Figur trat auf ihn zu, streckte ihm die Hand entgegen.

„Ryan … das langt vollkommen." Ryan schüttelte die dargebotene Hand, schaute sich um. „Warum wird man Therapeut? Psychoklempner?", fragte er leise.

„Um den Menschen zu helfen … das ist wohl die Standardantwort, die alle erwarten. Aber ich konnte schon immer gut zuhören. Für mich gab es nie eine andere Wahl. Setzen Sie sich." Er deutete auf ein weinrotes Sofa und nahm selbst in einem gleichfarbigen Ohrensessel Platz.

Ryan setzte sich, legte seine Jacke neben sich, musterte den Mann vor sich, als erwartete er prompte Heilung mittels Handauflegen.

„Warum sind Sie hier?"

Unschlüssig die Schultern zuckend, murmelte Ryan: „Ich weiß nicht. Hielten alle für eine gute Idee."

„Wen genau meinen Sie?"

„Meine Mum … mein Freund, dessen Eltern vermutlich auch. Meine Tante, mein Onkel … alle eben."

Dr. Ramos beobachtete ihn schweigend.

„Sie denken, ich hätte meine Gefühle nicht im Griff, meine … Aggression, was kompletter Unsinn ist. Sagen Sie mir, warum ich hier bin?" Herausfordernd musterte Ryan ihn.

Dr. Ramos lachte leise. „Das werden wir herausfinden. Erzählen Sie mir etwas von sich."

Kurz holte Ryan tief Luft, hob zweifelnd die Augenbrauen. Okay, nun war er an einem Punkt, wo er eigentlich schon wieder gehen wollte. Nach nur zehn Minuten. „Ich bin siebzehn Jahre alt, lebe auf einer Tierfarm, habe eine Mutter, die ich sehr liebe, einen Freund, den ich noch mehr liebe … ich bin schwul. Ich habe eine wirklich gute Freundin … nette … nennen wir sie mal Schwiegereltern, ich bin ein guter Schüler, habe Freunde, einen

Hund … alles gut."

„Sie haben ihren Vater nicht erwähnt", stellte Dr. Ramos fest.

„Ja, weil der nichts zur Sache tut. Der existiert für mich nicht mehr."

„Ist er gestorben?"

„Nein … wobei ... ja, irgendwo schon. Für mich zumindest." Ryan schloss die Augen, haderte mit sich. „Müssen wir über ihn reden?"

„Müssen wir nicht. Erzählen sie von ihrem Freund."

Auf Ryans Lippen schlich sich ein Lächeln. „Er ist süß und lieb. Er ist mein Leben …"

„Wie lange sind sie schon zusammen?"

Ryan überlegte kurz. „Offiziell seit knapp zwei Monaten. Aber … lieben tu ich ihn schon … seit letztem Herbst. Es war … eine wilde Zeit, irgendwie." Ryan schwieg, wartete vermutlich auf weitere Fragen von Dr. Ramos, doch der sah ihn nur abwartend an. „Er hat lange gebraucht, um zu seinen Gefühlen zu stehen. Um zu akzeptieren, dass ich der Richtige für ihn bin. Man verliebt sich nicht einfach in den besten Freund. Allerdings denke ich, dass ich immer mehr für ihn war, als der beste Freund. Leon hat es sich nur eingeredet. Er hatte einfach Angst."

Ryan beugte sich vor, stützte seine Arme auf den Oberschenkeln ab. „Zwischen uns hat es von der ersten Sekunde an geknistert. Ich habe in seine blauen Augen gesehen und wusste, dass ich … nie wieder etwas anderes sehen wollte. Er hat alles verändert", murmelte er.

„Inwiefern hat er alles verändert, Ryan?"

„Ich weiß nicht … ich habe immer in der Überzeugung gelebt, dass ich mehr als meine Mum und Michelle nicht brauchen würde. Ich hatte ein geregeltes Leben und plötzlich taucht er auf und bringt alles durcheinander. Ich habe …" Ryan sah auf, lächelte, „von einer Sekunde zur anderen plötzlich angefangen zu leben. Das war ein regelrechter Schock. Die ersten Monate waren ein reines Gefühlsauf- und ab. Zu sehen, wie er dagegen gekämpft hat, tat richtig weh.“

„Und Sie? Wann wurde Ihnen klar, dass Sie homosexuell sind?“

Ryan überlegte. „Als ich mir eingestand, dass ich in ihn verliebt bin. Andererseits denke ich, dass ich es schon immer war. Im Nachhinein betrachtet waren die ganzen Dates mit den Mädchen nur eine Farce … den Schein zu waren. Ich bin jung, also muss ich auch Dates haben. Sie haben mir nie viel gegeben.“ Leise lachte er. „Ich habe sie geküsst, mit ihnen geschlafen und doch war ich nie wirklich bei der Sache. Ich meine, hätte mir das nicht schon eher zu denken geben sollen? Ich hab sie gevögelt und doch war ich nie wirklich zufrieden. Es hat mir absolut nichts gegeben.“ Kopfschüttelnd lehnte er sich wieder an, ließ den Blick schweifen. „Als Leon mich das erste Mal geküsst hat … Himmel, es ist etwas in mir explodiert. Es war … gigantisch.“

„Was hat Ihre Mutter dazu gesagt?“

Ryan sah den Arzt an. „Sie hat immer hinter mir gestanden. Sie hat es gewusst. Sie hat uns das erste Mal zusammen gesehen und gespürt, dass da mehr ist, noch lange, bevor ich es überhaupt wahrgenommen habe. Im Nachhinein betrauert sie nur die guten Gene, die brach liegen. Aber sie liebt ihn. Sehr sogar. Sie will, dass ich glücklich bin, und das bin ich auch. Leon macht mich glücklich.“

Dr. Ramos lächelte, machte sich auf einem kleinen Block Notizen, sah Ryan schweigend an.

Selten kam sich Ryan so nackt vor. Was erwartete der Mann von ihm? Er starrte ihn an und Ryan wand sich unter dem Blick. Immer wieder rieb er seine Handflächen an der Jeans. „Meine Freunde haben uns auch nie im Weg gestanden. Vermutlich wussten sie es schon, bevor wir es wussten. Maggie und Taylor, Leons Eltern, hatten es auch schon vorher gewusst." Er runzelte die Stirn. „Man ist manchmal ganz schön blind."

„Nicht blind, Ryan. Man sieht die Dinge oft nur anders. Man betrachtet sie nicht objektiv, weil die eigenen Gefühle einen daran hindern."

„Ja … vermutlich haben Sie recht."

„Ryan, Sie sagten, dass Ihr Umfeld der Meinung sei, Sie hätten Ihre Aggressionen nicht im Griff. Können Sie mir erzählen, in welchen Situationen das so ist?"

Ryan kratzte sich im Nacken, schwieg erstmal. Was sollte er groß sagen? „Andy, das ist Leons kleiner Bruder, hatte letztes Jahr große Schwierigkeiten mit mir. Er war der Meinung, dass ich ihm Leon wegnehmen würde. Er hat sich daran hochgezogen, was in der Schule über mich gesprochen wurde. Ich sei ein Streber, ein Einzelgänger … gewalttätig und aggressiv. Ich bin impulsiv, das weiß ich. Es gibt einige Jungs in meiner Schule, mit denen komme ich nicht so ganz klar. Ich bin eben der Freak. Und nun auch noch schwul. Das ist ein guter Aufhänger für sie. Andy hat mir vorgeworfen, ich sei ein brutaler Schläger, weil ich mich in der Schule ein paar Mal geprügelt habe."

„In welchen Situationen haben Sie sich geprügelt?"

„Puh ... ich weiß nicht mehr. Es ist … schon eine Weile her. Michelle, meine beste Freundin, hat es manchmal nicht leicht. Ihre Mutter ist … sagen wir mal anders als andere Mütter. Nicht spießig oder so. Sie lebt im Grunde das Leben ihrer Tochter. Verstehen Sie mich nicht falsch, Susan ist eine wunderbare Mutter. Sie tut alles für ihre Töchter, aber sie ist eben nicht nur Mutter. Das war sie nie. Sie geht viel aus, hat Verabredungen und", jetzt lachte er leise, „vermutlich mehr Sex, als die gesamte Oberstufe zusammen. Michelle hört oft, dass ihre Mutter eine … Nutte sei. Das belastet sie. Sie steht hinter ihrer Mum, aber es in der Schule zu hören, ist nicht schön. Ich denke, ich habe sie einfach in Schutz genommen. Ein Wort ergab das andere und … naja, irgendwann waren es nicht mehr nur Worte, die hin und her geflogen sind.“

„Sie haben sich geprügelt.“ Eine sachliche Feststellung, kein Vorwurf.

„Ich habe mein Mädchen verteidigt.“ Ryan zuckte mit den Schultern. „Man beleidigt mein Mädchen nicht ungestraft.“

Dr. Ramos betrachtete ihn einen Moment. „Bereuen Sie es im Nachhinein?“

„Was? Dass ich den Typen eine verpasst habe? Nein. Warum sollte ich?“

„Nun, vielleicht weil Sie einen anderen Menschen verletzt haben. Oder weil Sie wissen, dass man Konflikte nicht zwangsläufig mit Schläge lösen kann.“

„Das ist mir egal, Sir. Und glauben Sie, ich wurde auch verletzt. Ich habe nicht nur ausgeteilt. Das hat nichts mit Aggressionen zu tun. Ich verteidige meine beste Freundin. Die Typen verdienen es nicht anders.“

„Ryan, was denken Sie auf einer Skala von eins bis zehn, wobei eins sehr niedrig und zehn sehr hoch ist … wo liegt Ihre Hemmschwelle zuzuschlagen?“

Verwirrt runzelte Ryan die Stirn. „Was ist das für eine Frage? Ich weiß nicht … Es kommt auf die Situation an. Wenn es um Michelle geht … vermutlich bei sieben oder acht. Keine Ahnung.“

„Das ist hoch.“

„Das ist vertretbar. Ich meine, ich beschütze sie nur.“

„Man kann einen Menschen auch beschützen, indem man weghört, weiter geht, die Dinge nicht zu sehr an sich heran lässt.“

„Glauben Sie mir, würden Sie die Typen kennen, würden Sie auch nicht einfach vorbeigehen.“

„Doch, ich denke, das würde ich. Und Ryan, ich kenne solche Typen. Will Michelle das? Dass Sie sich für sie prügeln?"

„Weiß nicht. Hab nie gefragt."

„Wie reagiert sie denn?"

„Naja, sie strahlt mich nicht an. Sie sagt dazu nichts mehr. Früher ja … da hat sie gesagt, ich sollte das nicht tun. Aber mich regt das dann einfach auf. Ich kann da nicht ruhig bleiben."

„Warum nicht?"

„Warum nicht? Was meinen Sie?", fragte Ryan ungehalten. „Die Kerle beleidigen meine beste Freundin und ich soll stumm daneben stehen und zuhören?"

„Zum Beispiel. Gewalt erzeugt Gegengewalt. Kennen Sie den Spruch?"

Wieder zuckte Ryan die Schultern. „Klar, aber mein Mädchen beleidigt man nicht."

Dr. Ramos lehnte sich zurück, musterte Ryan. „In welchen Situationen reagieren Sie noch aggressiv?"

Den Blick erwidernd, schwieg Ryan. Er wollte nicht über seinen Vater reden. Er sah ihn nur herausfordernd an.

„Wenn man auf Ihren Vater zu sprechen kommt?"

„Darauf reagiere ich nicht. Nicht mehr."

„Hm … und warum nicht?"

„Weil der Mensch für mich nicht mehr existiert, okay? Das sagte ich doch schon."

„Ryan, er scheint ein Teil Ihres Lebens zu sein. Das können Sie nicht einfach ausblenden. Aber gut. Erzählen Sie mir von ihrer Kindheit. Wie sind Sie aufgewachsen?"

„Hm … ich bin auf der Farm groß geworden. Mein Großvater hat sie damals noch geführt. Meine Großmutter habe ich nicht mehr wirklich kennen gelernt. Sie starb ein Jahr nach meiner Geburt. Großvater war toll. Er hat mich Kind sein lassen. Ich bin über den Hof gerannt, habe mit den Gänsen Fangen gespielt, mit

Bausteinen eine ganze Welt aufgebaut, in der meine Spinnen lebten. Zumindest erzählt meine Mutter das immer. Ich kann mich nicht mehr daran erinnern."

„Was ist Ihre erste Kindheitserinnerung?"

Nun musste Ryan nachdenken. „Ich war … fünf. Ich kann mich an einen Spielplatz erinnern, auf den meine Mutter mit mir immer gegangen ist. Da habe ich Michelle kennen gelernt. Wir haben uns gehasst. Alle haben mich gehasst. Heute sagen sie, dass ich ein kleiner, eingebildeter Wicht war." Er grinste leicht. „Ich habe mich wie der King vom Spielplatz aufgeführt, bis zu Michelles Geburtstag. Da habe ich gesehen, wie weh es tut, allein zu sein. Alle waren eingeladen, nur ich nicht. Susan hat mich eingeladen, über Michelles Kopf hinweg. Es war … einer der schönsten Tage meines Lebens. Ich habe es so genossen."

„Sie sagten, dass Ihr Großvater Sie Kind hat sein lassen."

Ryan nickte langsam. „Ja, er hat nie von mir verlangt, dass ich arbeiten muss. Er hat mich spielen lassen. Er hat mich … irgendwie die Welt entdecken lassen. Die Farm war meine Welt. Ist sie immer noch. Ich bin Tag und Nacht, bei jedem Wetter, in die entlegensten Winkel gekrochen. Nie war ich vor Einbruch der Nacht zurück. Ich habe am Bach gesessen und geangelt, habe mit den Tierkindern gespielt. Ich hatte nie andere Kinder bei uns zu Hause, weil alle zu weit weg gewohnt haben. Ich hab sie nur gesehen, wenn Mum mit mir auf den Spielplatz gefahren ist. Dann kam ich in die Schule und es war … seltsam, plötzlich die ganze Zeit andere Kinder um mich herum zu haben. Sie …" Er sah auf und lachte leise. „Damals habe ich immer gesagt, dass sie gemein zu mir waren. Wir hatten nicht viel Geld zu der Zeit und meine Klamotten waren … gewöhnungsbedürftig. Ich war das Schweinekind. Der Junge aus dem Stall." Er schüttelte den Kopf. „Ich denke, damals habe ich angefangen, mich zurückzuziehen. Ich habe mein Leben gelebt, so wie ich es für richtig hielt und das waren die Tiere. Ist bis heute so geblieben."

„Sie haben eine starke Bindung zu den Tieren auf dem Hof?"

„Ja, hatte ich schon immer. Vor allem zu den Pferden. Ich war acht, als ich mein erstes, eigenes Pferd bekommen habe." Ryan schloss die Augen und schluckte hart. Noch heute, nach knapp zwei Monaten, hatte er schwer an Ashleys Verlust zu knabbern. „Meine Ashley …", flüsterte er.

Dr. Ramos schwieg erneut, sah ihn nur an, während Ryan mit geschlossenen Augen weiter sprach.

„Sie kam aus dem Stall gestolpert. Sie war … gerade ein paar Tage alt. Großvater sagte zu mir, dass sie mir gehören würde. Dass ich mich gut um sie kümmern müsse. Ashley kam zu mir, stieß mich an und … von der ersten Sekunde an war ein … Band zwischen uns. Ich habe sie geliebt … mehr, als alles andere auf der Welt. Wir sind mehr oder weniger zusammen aufgewachsen. Großvater hat sie trainiert und ich habe sie gezähmt. So wie sie mich oft gezähmt hat. Wenn ich … meine Wut gespürt habe, bin ich zu Ashley gegangen. Sie hat mich wieder runtergebracht. Sie war … mein ein und alles. Als sie drei war, ist sie trächtig geworden. June gehörte mir. Das war … klar, Ashley ist ihre Mutter, also würde June ebenfalls mir gehören. Ich habe sie trainiert und heute ist sie eines der wenigen Dinge in meinem Leben, welches mir immens viel bedeutet."

„Sie haben von Ashley in der Vergangenheit gesprochen, von June allerdings nicht."

Ryan biss die Zähne zusammen und schwieg, doch dem bohrenden Blick konnte er nicht ausweichen. „Ashley ist vor zwei Monaten gestorben", sagte er leise.

„Hatte sie einen Unfall?"

„Nein … die wurde … ermordet", knurrte Ryan und hob den Blick. In seinen dunkelbraunen Augen blitzte es gefährlich.

Langsam nickte Dr. Ramos. „Wer hat sie getötet, Ryan?“, fragte er sanft.

Unruhig rutschte Ryan auf dem Sofa herum, änderte immer wieder seine Sitzposition. „Mein Vater“, presste er dann heraus.

Schweigend saßen die Männer einen Moment da.

„Ryan, ich würde Sie gern wieder sehen.“

Ryan sah auf, musterte den Mann. „Sie glauben auch, dass ich eine Therapie brauche, nicht wahr?“

„Nun, ich bin überzeugt, dass es vieles gibt, was Sie beschäftigt. Bitte kommen Sie wieder.“

Ryan stand auf und nahm seine Jacke. „Ich denke darüber nach. Vielen Dank.“ Er streckte dem Arzt die Hand entgegen, der sie gleich ergriff. Dann verschwand Ryan so schnell er konnte. Auf dem ganzen Weg nach Hause starrte er stur geradeaus, bewegte seine Füße auf den Pedalen mechanisch.

Wollte er das wirklich? Er war heute immer wieder ausgewichen, doch wollte er wirklich mit diesem Mann über Jonathan McCoy sprechen?

Als er eine Dreiviertelstunde später auf dem Hof ankam, stand Leon lachend mit Toby am Anbinder.

Ein heißer Schmerz durchfuhr ihn, als er sah, wie fröhlich sein Freund war, wo er doch gerade nur tiefschwarze Wolken im Kopf hatte. In diesem Moment war er sich sicher, dass er gar nicht dazu im Stande war, herzhaft zu lachen. Dass jedes Lachen in den letzten Monaten nur aufgesetzt war. Himmel, hatten wirklich alle recht? Konnte ihn sein Vater noch immer so hinunterziehen, obwohl er doch gar nicht mehr Teil seines Lebens war?

„Ryan?“

Erschrocken sah er auf, stellte fest, dass Leon genau vor ihm stand.

„Snoopy, was ist los? Du bist kreidebleich.“ Sanft streichelte

Leons warme Hand über seine kalte Wange. „Ist etwas passiert?"

Ryan schloss schweigend sein Fahrrad an. „Er wird immer ein Teil von mir sein, nicht wahr? Ich werde ihn niemals ganz verjagen können. In meinem Kopf … wird er immer da sein", murmelte er und setzte sich auf die Bank, die an der Hauswand lehnte.

„Ryan, wovon sprichst du? Wo bist du gewesen?" Leon war sofort klar, dass Ryan definitiv nicht beim Futterhändler gewesen sein konnte.

„Mein Vater … er wird immer ein Teil meines Lebens sein. Ich kann ihn nicht abschütteln. Wenn ich meine Augen schließe, sehe ich Ashley vor mir und … dann ist er da. Wie er sagt, dass ich nicht sein Sohn bin, dass ich … ein Bastard bin."

Verwirrt setzte Leon sich neben ihn, zog ihn sanft in seine Arme. „Ryan, bitte sag mir, wo du gewesen bist."

Nach einem kurzen Schweigen, sagte Ryan leise: „Ich war in Louise River … bei … bei einem Therapeuten."

Obwohl Leon so glücklich war, dass Ryan diesen Schritt gemacht hatte, unterdrückte er den Drang, ihn strahlend zu küssen. „Und wie war es?"

Beinahe unbeteiligt zuckte Ryan die Schultern. „Ich bin nicht sicher. Wir … haben nicht über meinen Vater gesprochen. Wir haben über … Großvater gesprochen, über Michelle, meine Kindheit … über dich."

„Über mich?", fragte Leon erstaunt. „Hoffentlich nur gutes." Er zwinkerte ihm zärtlich zu, und über Ryans Lippen huschte ein kleines Lächeln.

„Ja … und darüber, was du für ein Dummkopf gewesen bist."

„Jaja, halt es mir weiter vor", grinste Leon und küsste Ryan sanft. „Nein, im Ernst … wie war es für dich?"

Langsam holte Ryan Luft, überlegte angestrengt. „Seltsam.

Dr. Ramos hat nicht viel gesagt. Ich glaube, ich habe noch nie so viel am Stück über mich gesprochen. Ich versteh nicht, warum ich das getan habe. Ich wollte es nicht mal wirklich. Ich hätte seine drei kleinen Fragen auch mit einem kurzen Satz beantworten können, aber … ich hab geredet und geredet … es war gruselig."

„Dann war es gut. So muss es sein. Dass man redet, ohne groß darüber nachzudenken." Leon streichelte durch das dunkle Haar. „Ich bin so stolz auf dich."

„Warum?"

„Du hast eine Entscheidung getroffen, obwohl du wusstest, wie schwer es sein würde. Das ist ein gewaltiger Schritt, Snoopy."

„Abwarten. Ich weiß noch nicht, ob ich wieder hingehe."

„Ryan …"

„Nein, ich weiß es wirklich nicht. Leon, der will über meinen Vater reden und … ich weiß nicht, ob ich das kann."

„Du kannst es. Vertrau auf dich selbst. Du bist stark. Du kannst über ihn reden. Bitte, glaub mir."

Ryan sah ihn zärtlich-verzweifelt an. „Ich wünschte, ich hätte deine Zuversicht." Leise seufzend versteckte er sein Gesicht an Leons Hals.

„Ich versuche, dir etwas davon abzugeben. Komm mal her." Leon nahm dessen Gesicht in die Hände und küsste ihn mit all seinen Gefühlen, küsste ihn so tief und leidenschaftlich, dass Ryan in seinem Griff regelrecht zusammensackte.

„Erzählen Sie mir von der Arbeit auf der Farm."

Ryan musterte Dr. Ramos. „Es ist die zweigrößte Tierfarm in West Virginia. Wir haben Schafe, Rinder, Gänse, Truthähne, Pferde, Schweine und Hühner. Mehrere wilde Katzen und Buster. Das ist mein Golden Retriever. Es ist viel Arbeit, aber es macht auch irgendwo Spaß. Mein Team ist großartig. Julius ist … über fünfzig. Er ist so etwas wie der gute Geist. Er kann zupacken, fragt nie, was zu tun ist, er macht es einfach. Lance ist Mitte dreißig, verheiratet und ziemlich ruhig. Er ist spezialisiert auf Schafzucht, aber er macht auch alles andere. Toby ist Anfang zwanzig und gelernter Pferdewirt. Er kümmert sich auch nur um die Pferde. Da hat er genug zu tun. Wie besitzen einundzwanzig Zuchtpferde. Er ist ein wunderbarer Rodeoreiter und … ich weiß nicht, eine absolute Frohnatur. Er strahlt eine Laune aus, dass man eigentlich gar nicht schlecht drauf sein kann. Jared ist genauso alt wie Toby. Er ist unglaublich talentiert, was die Arbeit mit den Tieren angeht. Er geht richtig dabei auf. Seit einer Woche haben wir einen Handwerker, Paddy. Er ist Ire und unglaublich. Er hat gleich das Zepter in die Hand genommen und angefangen, alles auf Vordermann zu bringen. Ich habe mehr Freizeit dadurch. Die Truppe lässt mir Zeit für mich, das kenne ich gar nicht. Leon und ich arbeiten mit, klar, aber meist lassen sie uns nicht. Sie sind der Meinung, dass wir unsere Jugend genießen müssten.“ Kurz lachte Ryan. „Dass ich es genieße, zu reiten, haben sie immer noch nicht begriffen. Ich muss nicht ständig auf Partys gehen oder im Club feiern. Ich finde es viel schöner, abends am Anbinder zu sitzen und den Tag ausklingen zu lassen. Vielleicht wurde ich zu lange in Schach gehalten, als dass ich jetzt so einfach da rauskäme.“

Dr. Ramos lächelte. „Sie sind ein Gewohnheitstier geworden, nicht wahr?“

Ryan ließ sich die Worte durch den Kopf gehen. „Ja, irgendwie schon. Ich mache seit meinem dreizehnten Lebensjahr nichts anderes. Klar, es ist schön, zu wissen, dass man abends auch mal weggehen kann, aber es ist für mich zu einer Selbstverständlichkeit geworden, zu arbeiten. Julius schmeißt mich oft aus den Ställen und sagt, dass ich mich amüsieren gehen soll. Ich weiß meist gar nicht, wie das geht.“

„Sich zu amüsieren?"

„Ja. Wenn Sie stets nach der Schule gearbeitet haben, dann erscheint es falsch, plötzlich irgendwo rumzuhängen. Man denkt automatisch darüber nach, was noch alles zu tun ist. Und sei es nur einen Stall ausmisten." Langsam schüttelte er den Kopf. „Leon redet auch oft auf mich ein. Er sagt, dass ich leben soll. Dass ich jetzt die Chance habe, endlich zu leben. Aber manchmal frage ich mich, ob die Arbeit auf der Farm nicht meine Art zu leben ist. Ich habe kein Problem damit, zuzupacken, mich schmutzig zu machen. Es mag in den Ohren anderer Jugendlicher verrückt klingen, aber wenn ich mir abends den Dreck aus dem Gesicht waschen kann, dann bin ich glücklich. Warum bin ich vorher davor geflohen?" Er stellte die Frage mehr sich selbst, als dem Arzt.

„Das weiß ich nicht … was denken Sie?"

Ryan schaute auf seine Finger. „Es ist kein Zwang mehr. Ich kann die Heugabel hinwerfen, wenn ich keine Lust mehr habe und niemand nimmt es mir übel. Der Zwang ist weg. Ich mache es wirklich gern." Er sah auf. „Es steht niemand hinter mir, der mir droht."

„Sie sind Ihr eigener Boss, Ryan."

„Jaah, und das ist ein irres Gefühl. Ich kann mich den Schafen widmen, weil ich es will und nicht, weil es angeordnet wird. Ich muss keine Arbeit machen, die mir total zuwider ist."

„Und welche Arbeit ist das?"

„Ich hasse es, die Tiere für den Schlachter auszuwählen. Ich will das nicht. Ich will nicht Gott spielen und entscheiden, dass dieses Tier sterben muss und jenes nicht. Ich … habe es gehasst. Aber er hat mich dazu gezwungen. Weil er wusste, wie ich mich dabei gefühlt habe. Dass ich hätte heulen können, wenn mich dieses Schaf angeschaut hat, als wolle es sagen: ‚Bitte, meine Zeit ist noch nicht herangekommen.' Und ich stehe da und antworte:

‚Oh doch, weil er es so will.' Das ist … Gott spielen. Ich will das nicht. Wir arbeiten auch mit einem Schlachter zusammen, aber der sucht die Tiere selbst aus. Ich habe damit nichts mehr zu tun. Das macht er mit Julius aus und meist verdrücke ich mich auch, wenn der Metzger da ist.“

„Und er hat es von Ihnen verlangt, weil er wusste, dass er Sie damit quälen konnte?“, fragte Dr. Ramos und lenkte Ryan bewusst in diese eine bestimmte Richtung.

„Ja … er hat es getan, weil er wusste, dass er mich damit ärgern kann. Weil er wusste, dass ich es gehasst habe. Er hätte es selbst machen können, aber nein … er hat mich losgeschickt.“

„Was hat er getan, wenn Sie sich geweigert haben?“

Ryan sah nicht auf, als er die nächsten Worte flüsterte: „Er hat zugeschlagen.“

Schweigen, welches in Ryans Ohren dröhnte. Er hatte seinen Blick stur auf seine Hände gerichtet, die Finger ineinander verhakt. „Er hat mich geschlagen. Er wusste, wie er mich runterdrücken konnte. Er hat mit mir gespielt, mit meinen Gefühlen …“

Plötzlich sprang Ryan auf, verließ beinahe fluchtartig den Raum, die Praxis und holte draußen tief Luft. Die Hände hatte er auf die Knie gestützt und mit geschlossenen Augen kämpfte er gegen eine Wutattacke an, die ihn so plötzlich kochendheiß überfallen hatte. Immer wieder atmete er tief ein und aus. Dann setzte er sich auf sein Fahrrad, raste den ganzen Weg zurück durch Mountain Creek durch, bis zu den Bahngleisen. Er war lange nicht hier gewesen. Nicht seit Thanksgiving. Er hatte es Leon versprochen, und doch konnte er nicht anders. In seinem Kopf herrschte solch ein brüllendes Chaos, dass er keine andere Möglichkeit sah, als langsam die Bahngleise entlang zu gehen, in der Hand eine Zigarette, den Blick fest nach vorn gerichtet.

Als hätte er ein inneres Gespür dafür, wann die Züge kamen,

erklang bald darauf das dröhnende Signal, die Warnung, dass der Zug verflucht schnell auf ihn zugerast kam. Und doch lief er immer weiter. Sein Atem ging flach, er schluckte trocken, während die Zigarette in seiner Hand verglühte.

Vor seinem inneren Auge spielten sich Bilder ab, ganze Filme in hochauflösendem HD mit passendem Dolby Surround.

Er hörte seinen Vater, der ihm sagte, er sei nichts weiter als eine Belastung, nicht sein Sohn, ein Bastard.

Beinahe hätte Ryan den Absprung verpasst, doch er trat rechtzeitig beiseite, bevor der Zug ihn und sein Leben mitnehmen konnte. Laut schrie er auf. Er war sicher, dass er niemals so gebrüllt hatte. Er sank auf die Knie, brüllte den ganzen Hass auf seinen Erzeuger heraus, während Tränen über Tränen über seine Wangen liefen.

„DU BASTARD! WIE KONNTEST DU MIR DAS ANTUN? WIE KONNTEST DU DEINEM EIGENEN SOHN SO ETWAS ANTUN?“

Eine knappe Stunde später saß er am See, schaute auf das Wasser und rührte sich sonst nicht weiter.

„Snoopy?“ Leon, der einen Anruf von Rick und Dakota bekommen hatte, die Ryan am See hatten sitzen sehen, kam langsam den Hang hinunter, blieb vor ihm stehen und ging in die Hocke. „Hey, sieh mich mal an.“

Ryan wandte ihm den Blick zu. „Ich hab es getan“, flüsterte er.

„Was hast du getan?“

„Ich war auf den Bahngleisen. Ich habe es wieder getan.“

Langsam nickte Leon, setzte sich neben ihn. „Schon gut … komm her.“ Er schlang seine Arme um ihn, zog Ryan in die vertraute, warme Umarmung. „Wie geht es dir?“

„Beschissen. Ich … meine Stimme ist weg …“

„Ja, du bist heiser. Was ist passiert?“

„Ich habe geschrien. Ich habe … so laut geschrien. Ich weiß nicht, wie lange.“ Ryan schaute weiter auf die glatte Wasseroberfläche. „Mein Kopf fühlte sich ganz leicht an. Als wäre er komplett leer. Als wäre nichts mehr drin … nur Luft.“

Schweigend küsste Leon dessen Schläfe. Er wollte erstmal nur für ihn da sein. „Schhht … ich bin bei dir“, wisperte er.

„Alles weg …“

„Ryan, erzählen Sie von der Zeit, nachdem Ihr Großvater gestorben war.“

Ryan seufzte leise, trank einen Schluck Wasser. „Dad hatte, glaube ich, nur darauf gewartet, endlich alles in die Hand zu nehmen. Mum hat immer gesagt, dass er bis dahin wirklich liebenswert war. Ich weiß es nicht. Ich denke nicht, dass er jemals liebenswert zu mir war. Er hat das getan, was ein Vater tut, aber nie ist er darüber hinausgegangen. Er hat mir nie gezeigt, dass er mich liebt. Die Tage nach Großvaters Tod hat er sein wahres Gesicht gezeigt. Ich war dreizehn und kam von der Schule. Er hat mir meinen neuen Arbeitsplan aufgezeigt. Vor der Schule musste ich die Hühner füttern und das Gehege säubern. Das bedeutete, dass ich immer um fünf Uhr aufgestanden bin. Jeden Tag. Nach einem halben Jahr hatte Mum durchgesetzt, dass ich sonntags nicht arbeiten muss. Sie sagte, ich sei im Wachstum, ich bräuchte einen Tag in der Woche zum Erholen. An diesen Tagen hat er alles allein gemacht. Trotzdem musste ich sechs Tage in der Woche morgens um fünf aufstehen. Ich habe mich angezogen, habe meine Arbeit erledigt und habe auf dem Weg zur Schule schnell etwas gegessen.“ Kurz lächelte Ryan. „Im Grunde kann ich froh sein, dass mir schulisch alles in den Schoß fällt. Nicht auszudenken, wenn ich auch noch hätte lernen müssen.“ Er seufzte leise, spielte mit seinem Schnürsenkel. „Nach der Schule hieß es dann Stallarbeit, Weidepflege, Zaunreperaturen, alles, was auf einer Farm eben so anfällt. Ich weiß noch, zum ersten Osterfest nach Großvaters Tod bin ich zur Westweide geritten. Überall lag Schokolade versteckt. Im Stall, auf der Weide. Mum und Julius haben sie versteckt. Es war mein erster Feiertag, den ich arbeiten musste und sie wollten ihn mir etwas versüßen. Ich habe kaum gearbeitet. Ich habe lieber die gesamte Westweide abgesucht und dann heimlich im Stall alles aufgegessen, aus Angst, mein Vater würde es mir wegnehmen. Aus Angst, Mum könnte Ärger bekommen, sollte er es herausfinden. So hat sie es bis heute gehandhabt. Immer hat sie etwas versteckt, so dass Dad es nicht finden konnte, aber ich wusste, dass es da war. Ich bin vermutlich zu alt dafür, aber … das ist eine süße Geste von ihr, die vieles erleichtert hat."

Er trank einen weiteren Schluck.

„Dad hat mich kontrolliert. Die letzten Monate ging es immer darum, dass ich unnütz in der Schule herumsitzen würde. Ich könnte mit meiner Zeit etwas Besseres anfangen. Dass ich meinen Abschluss machen wollte, hat er nicht akzeptiert. Als ich … vierzehn war, hat er mich eine Zeitlang von der Schule abgeholt, damit ich so schnell wie möglich an die Arbeit käme. Ich hatte es so satt, zu wissen, dass er da sein würde, wenn ich aus dem Schulgebäude kam. Also habe ich mich rausgeschlichen, bin mit dem Fahrrad nach Hause gefahren und habe bereits gearbeitet, wenn er zurückkam. Er hat getobt, dass er umsonst gefahren sein und ich habe geantwortet, dass er das ja nicht tun müsse. Ich wüsste, wo ich wohne und ich wüsste auch, dass ich nach Hause kommen sollte. Nach zwei Wochen hat er es aufgegeben und ich hatte wieder etwas mehr Ruhe auf dem Nachhauseweg. Verdammt, ich konnte mich ihm nicht entziehen, so gern ich es gewollt hätte, aber er ließ mir keine Chance. Zu meinem sechzehnten Geburtstag ist es das erste Mal wirklich eskaliert. Ich wollte abends weg, wollte mit Michelle feiern, doch er hat mich nicht gelassen. Er hat in meinem Zimmer gewütet, hat Fotos zerrissen, hat CDs zerstört. Er war der Meinung, dass ich keine Freunde bräuchte, dass meine Arbeit mich genug ausfüllen müsste und wenn dem nicht so wäre, könnte er es ändern."

Einen Moment schwieg Ryan, sein Blick huschte hin und her, während er sich erinnerte. „Ich konnte nicht mehr zusehen, wie er mich systematisch fertig machte. Ich habe … mich das erste Mal gewehrt. Ich habe ihn weggestoßen, habe zugeschlagen." Mit gerunzelter Stirn saß er da. „Zu spüren, was ich für eine Kraft hatte, zu spüren, dass ich mich verteidigen konnte, hat mich regelrecht beflügelt. Ich starrte auf meine Hände, sah in sein Gesicht, sah das Blut und wusste, dass sich jetzt alles ändern würde." Trocken lachte Ryan auf. „Es hat sich nichts geändert. Er hat mich noch mehr unterdrückt, als ohnehin schon, nur um zu demonstrieren, dass er der Stärkere war. Aber ich wollte das nicht mehr hinnehmen. Ich wollte leben. Michelle hatte mich angestachelt, mich immer mal wieder vom Hof zu schleichen, um wenigstens mal für zwei Stunden rauszukommen. An Tagen, an denen er auf Tierauktionen in Mainsfield war und auswärts geschlafen hat, bin ich bei Michelle geblieben. Wir haben Filme geschaut, waren in dem einzigen Club bei uns. Susan hat mir gezeigt, wie man lebt. Es war toll. Ich bin regelmäßig zusammengebrochen, wenn er wieder da war. Wenn die ganze Tyrannei wieder von vorn losging. Letzten Herbst hat er versucht, June zu verkaufen. Ich bin … ausgerastet. Ich habe mein Messer gezogen und ihn bedroht, ihn angebrüllt. Es ist Leon zu verdanken, dass er noch lebt, dass ich mich zurückgehalten habe."

Dr. Ramos beobachtete, ließ Ryan reden. Himmel, in diesem Jungen schlummerte so tiefer Hass, keine Chance, dass er da jemals allein hinausfinden würde.

„Er hat es oft bis auf die Spitze getrieben. Immer wieder musste er mir demonstrieren, dass er am längeren Hebel saß. Und ich habe alles hingenommen, aus Angst, dass er Mum wehtun würde. Aus Angst, dass er ihr etwas antun könnte. Für einen kurzen Moment habe ich Großvater verabscheut, dass er uns mit diesem Mann allein gelassen hat. Ich habe an seinem Grab gestanden und immer wieder gefragt, warum er mich mit ihm allein gelassen hat. Was ich getan hatte, dass er mich mit ihm allein gelassen hat. Ich konnte es nicht begreifen. Es hat lange gedauert, bis ich begriff, dass es der Lauf der Natur war. Und irgendwann habe ich mich an den Gedanken geklammert, dass sich die Natur auch Dad irgendwann holen würde." Missmutig schüttelte Ryan den Kopf. „Schwachsinn. Das war alles Schwachsinn. Ich werde ihn niemals los sein, nicht wahr? Er wird immer in mir sein, mein Leben vergiften."

„Nein. Ryan, denken Sie das nicht. Sie haben angefangen, genau da entgegenzuwirken. Sie haben den Kampf endgültig gegen ihn aufgenommen und irgendwann werden Sie über ihn hinweg sein."

„Vielleicht … irgendwann, wenn ich vor seinem Grab stehe", murmelte Ryan.

„Nein, soweit muss es nicht kommen. Vertrauen Sie auf Ihre Stärke."

„Welche Stärke? Nach unserem letzten Gespräch bin ich zusammengebrochen. Was für eine Stärke ist in mir? Ich bin jetzt das fünfte Mal bei Ihnen und ich habe das Gefühl, kein Stück weiter zu sein. Ich war bereits wieder zweimal auf den Bahngleisen. Obwohl ich Leon versprochen hatte, es nicht mehr zu tun. Aber anders bekomme ich meinen Kopf nicht frei. Es ist … eine verfluchte Sucht. Ich sehe es in Leons Augen, wie sehr er darunter leidet, aber … ich kann nicht anders. Das ist der einzige Weg daraus."

Dr. Ramos schüttelte nur den Kopf. „Das glauben Sie. Weil Sie denken, dass es kein anderes Ventil gibt. Aber Sie werden eins finden. Und glauben Sie mir, Sie machen Ihre Sache hier hervorragend. Sie sprechen mit mir über so vieles. Haben Sie Geduld, Ryan. Und vertrauen Sie auf Ihre Stärke."

Ryan fuhr wenig später nach Hause, dachte über die Worte des Arztes nach. Er brauchte ein anderes Ventil. Etwas, was den Kopf frei machte, ohne lebensgefährlich zu sein.

Ein freches Grinsen huschte über seine Lippen, als ihn ein Deja Vu einholte.

Auf dem Hof angekommen, schaute er sich um. „Toby, weißt du, wo Leon ist?"

„Er ist am Bach, die Tränke frei legen."

„Allein?"

„Ich denke schon."

Ryan bedankte sich, holte aus dem Schuppen ein Seil, kramte in seinem Rucksack und schwang sich dann aufs Pferd. Schon von weitem sah er Leon, der mit freiem Oberkörper frustriert die Grasbüschel aus der verstopften Tränke zerrte. Es war eine Scheißarbeit. Ryan wusste das.

Noch im Galopp, noch bevor Leon ihn überhaupt bemerkt hatte, war Ryan vom Pferd gesprungen, hatte seinen Freund mit dem Gesicht voran an den Baum gedrückt und seine Hände über den Kopf festgebunden.

„Ryan!", keuchte Leon auf, sah ihn erschrocken und verwirrt an.

Doch der antwortete nicht. Er biss ihm fest in den Nacken, streichelte über dessen Oberkörper und spürte, wie das Adrenalin durch seinen Körper schoss und die Gedanken ausschaltete. Genau, das war die Lösung: Leon.

Aufkeuchend bog der sich den fordernden Händen entgegen. „Was … was ist den los mit dir?", fragte er und schluckte trocken, doch auch darauf bekam er keine Antwort. Während Ryan ihn tief küsste, öffnete er dessen Hose, zog sie ihm samt

Shorts hinunter, half ihm, sie schnell auszuziehen. Mit fliegendem Atem stand er hinter ihm, betrachtete die gebräunte Haut, die sanft geschwungene Wirbelsäule, die Muskeln, die gegen das Seil ankämpften, aus dem sich Leon befreien wollte. Sein Blick glitt über dessen Hintern und hungrig leckte er sich über die Lippen.

„Ryan? Wo ... wo bist du?“ Leon konnte den Kopf nicht so weit drehen, dass er Ryan sehen konnte, der in einigem Abstand hinter ihm stand, nun aber zwei Schritte auf ihn zu machte, seine Finger mit Leon verschränkte und ihm fest in den Hals biss. „Ich bin da, Baby … ich bin bei dir …“

Laut atmete Leon auf, legt den Kopf zur Seite. „Ist alles … okay?“

„Aber ja. Ich habe ein Ventil gefunden. Du bist mein Ventil, Leon. Ich liebe dich …“ Und wieder biss er fest zu, saugte an dessen Hals.

„Gooooootl, Ryan!“, stöhnte Leon auf.

Ryans Hände geisterten fest über dessen Körper, trieben ihn systematisch in den Wahnsinn. Immer wenn er kurz davor war, zu kommen, ließ er von ihm ab.

„Was machst du mit mir?“, quietschte Leon keuchend.

„Hm … das darfst du dir aussuchen. Entweder ich verwöhne dich oder ich baue Frust ab.“ Er schnappte sich Leons Wasserflasche, die im Gras stand, öffnete sie und goss den gesamten Inhalt über Leons bebenden Körper. Und noch bevor Leon das überhaupt realisierte hatte, streichelten Ryans Hände über dessen Seite, während seine Zungenspitze die Wassertropfen von dessen Rücken leckte; immer tiefer.

„Spreiz die Beine, Baby“, knurrte Ryan leise, vergrub sein Gesicht kurzerhand zwischen Leons Pobacken.

„RYAN!“, schrie Leon auf und ergoss sich heftig stöhnend an dem Baum, an den Ryan ihn festgebunden hatte. „Bist du … des Wahnsinns? Willst du … mich umbringen?“

Ryan schmollte kurz. „Nein, ich wollte dich schmecken, aber du warst zu schnell. Schäm dich." Er gab ihm einen Klaps auf den Hintern und biss wieder fest in dessen Hals. Zufrieden betrachtete er die Bissmale und den Knutschfleck. „Jetzt gehörst du mir. Ich hab dich markiert."

Heftig atmend versuchte Leon genug Luft in die Lungen zu bekommen. „Was? Ich … Ryan, binde mich los … bitte …"

„Ich denk ja nicht dran. Ich bin noch nicht fertig mit dir …" Er ging wieder in die Hocke, spreizte Leons Backen und begann erneut über dessen Eingang zu lecken, genoss dessen Wimmern und Betteln. Wenn das sein Ventil war, dann nahm er es nur zu gern an.

Immer gieriger wurden seine Bemühungen, und für einen Moment fragte er sich, warum er das jetzt erst tat. Das war absolut gigantisch, zumindest wenn man nicht über die Handlung als solches nachdachte. Aber Leons Stöhnen entschädigte für alles. Aus dem Stöhnen wurde ein Wimmern, aus dem Wimmern ein Flehen, bis Leon ihn lautstark anbettelte, ihn endlich zu erlösen.

Langsam leckte sich Ryan hinauf, biss ihm erneut fest in den Hals und öffnete seine Hose. „In den Himmel, oder in die Hölle, Baby?", schnurrte er und.

„Ist mir scheißegal, Ryan!", platzte Leon raus. „Nur fick mich endlich!"

Leise lachendverteilte Ryan etwas Speichel auf seinem Penis vergrub sein Gesicht in dessen Haar und drang tief in ihn ein.

„Oh ja … jajaja … weiter, Snoopy!"

Fest schlang Ryan seine Arme um ihn, trieb sich mit harten Stößen immer wieder in ihn, sah fasziniert zu, wie Leon verzweifelt vor Lust über die raue Rinde kratzte. „Tiefer, Ryan … bitte … tiefer … schneller …"

Mit jedem Stoß bettelte Leon lauter, schrie immer wieder

auf, wenn Ryan den Winkel etwas veränderte.

„Ich kann nicht mehr … Ryan … bitte …“

Fest schloss sich Ryans Hand um dessen Erektion, rieb sie fest, während seine Stöße fast unmenschlich schnell wurden. Er war in einem verfluchten Rausch gefangen. Es war der gleiche Rausch wie auf den Bahngleisen, nur dass er hier definitiv den Absprung weder schaffte, noch schaffen wollte. Er wollte fallen, wollte springen. In die Tiefe, in die Schwärze, in den einzigen Moment hinein, in der er sich verletzlich schwach fühlte. Und er würde seinen Freund mitnehmen.

Vögel stoben erschrocken aus den Bäumen auf, als kurz hintereinander zwei Schreie über die Wiesen dröhnten, wie sie noch niemand da gehört hatte.

Jared und Julius hoben synchron die Köpfe.

„Was, zum Teufel, war das?“

„Entweder sie bringen sich um, oder sie vögeln. Mann, muss schön sein, so jung zu sein.“ Er grinste und machte weiter, während Jared nur amüsiert auflachte.

„Mach mich los … bitte … ich kann nicht mehr stehen.“

Ryan löste das Seil und sank mit Leon zusammen ins Gras, wo sie sich fest umarmten und Leon in rascher Folge Tränen über die Wangen liefen.

„Es tut mir leid. Ich … scheiße, ich hab die Kontrolle verloren“, flüsterte Ryan in das dunkelblonde Haar.

„Jaah … und das war … so verflucht geil. Hölle … eindeutig … Hölle …“ schluchzte Leon lachend. „Lass mich einfach da. Ich zieh da ein.“

Erleichtert seufzte Ryan und küsste Leon sanft. „Deine Arme sind ganz verschrammt. Wir sollten zurück und sie versorgen. Nicht, dass sie sich infizieren.“

Träge nickte Leon. Am liebsten würde er jetzt einfach nur schlafen.

„Oh Baby, hab ich dich so geschafft?"

Nickend kuschelte sich Leon an ihn. „Schlafen …"

„Wie geht es Ihnen, Ryan?"

Es war die siebte Sitzung und Ryan fühlte sich von Mal zu Mal wohler. „Ganz gut. Ich fühle mich ausgeglichener. Ich versuche, an die Dinge anders ranzugehen. Und ich habe ein neues Ventil gefunden." Er grinste frech, als er das sagte.

„Will ich wissen, was es ist?", entgegnete der Arzt amüsiert.

„Leon. Ich versteh es selbst nicht. Ich meine, wir haben nicht erst seit einer Woche Sex, aber … ich habe gemerkt, dass er mir mehr geben kann, als jeder andere … als jede andere Situation. Er ist da und ich vergesse alles. Er kann mich vergessen lassen. Er kann dafür Sorgen, dass in meinem Kopf nicht solches Chaos herrscht. Es ist … verrückt, weil er eigentlich gar nichts tut. Er ist derjenige, der genießt, aber … ihn stöhnen zu hören, zu sehen, dass er allein wegen mir …" Ryan sah auf und wurde rot. Sprach er hier gerade über Sex mit seinem Therapeuten?

„Ich verstehe schon. Wie geht es Ihnen, wenn Sie an Ihren Vater denken?"

Ryan schwieg einen Moment. „Ich bin nicht sicher. Ich habe angefangen, mit meiner Mum darüber zu sprechen. Wir führen sozusagen unsere eigene Therapie durch. Oft sitzen wir stundenlang da und reden über die Vergangenheit, regen uns auf, weinen … und lachen, wenn etwas ans Licht kommt, was wir beide vergessen hatten. Ich glaube, es geht vorwärts."

Am Abend, als Leon wieder völlig geschafft in Ryans Armen lag, kicherte er. „Jessy hat mich heute gefragt, ob du nichts zu essen bekommst."

„Warum?" Ryan streichelte über Leons Rücken.

„Naja, weil ich völlig zerbissen bin am Hals."

Mit tiefroten Wangen besah sich Ryan die Bissmale. „Oh

Mann, ich sollte mich etwas zügeln. Hat deine Mum es schon gesehen?"

„Ja, gestern. Sie hat nur gegrinst, während Steph mich gefragt hat, warum June mich gebissen hat."

Ryan lachte auf. „June?"

„Ja, sie sagte, dass es unmöglich Buster gewesen sein kann, der hat spitze Eckzähne." Leon sah ihm in die Augen. „Ich liebe dich, Ryan. Und jetzt kann ich es sagen. Ich bin so unglaublich stolz auf dich. Dass du das so durchgezogen hast, das ist … unglaublich toll."

Verlegen lächelte Ryan. „Danke. Ich … ich muss gestehen, dass es hart ist. Dr. Ramos ist verflucht gut. Aber es wird besser. Ich spüre es. Ich kann … freier reden, lockerer."

Als Ryan einige Tage später von seiner Therapiestunde gemütlich nach Hause fuhr, kam er an einer benachbarten Farm vorbei und bremste abrupt ab.

„Den will ich haben …", murmelte er leise, bog in die Hofeinfahrt ab. „Mr. Maquister?", rief er den Besitzer schon von weitem.

„Ryan, wie geht es Ihnen?"

„Ziemlich gut. Mr. Maquister, ich hab da was auf ihrer Weide gesehen." Er grinste frech und lehnte sein Rad gegen einen Zaun, trat näher an die Koppel heran.

„Oh, Sie meinen unser jüngstes Mitglied."

„Wie alt ist es?"

„Er … er ist jetzt ein halbes Jahr alt. Kommt aus gutem Elternhaus."

Ryan seufzte leise auf. Das junge Pferd war hellbraun, doch was ihn am meisten faszinierte, war die Fellfärbung auf seiner Stirn; es sah aus, wie ein Herz.

„Den wollen Sie nicht zufällig loswerden?", fragte Ryan leise und lächelte, als das Tier auf ihn zukam.

„Ich habe noch nicht darüber nachgedacht. Besteht denn Interesse?“

„Sehen Sie mir in die Augen, dann erübrigt sich die Frage“, lachte Ryan und streichelte über das warme Fell. „Ja … dich will ich …“ Er biss sich auf die Unterlippe und warf dem Besitzer einen fragenden Blick zu.

„Oh Ryan, ist das Ihr Bettelblick?“, amüsierte sich Mr. Maquister.

„Jaa, und im Normalfall wirkt der auch ziemlich gut.“

Lachend kratzte sich der Mann an Kinn. „Machen Sie mir einen Preis.“

Strahlend zückte Ryan sein Handy und rief seine Mutter an. „Mum, kannst du bitte ganz schnell zum Maquister-Hof kommen? Bitte, bitte, bitte …“

„Ist etwas …“

„Muuuuuuum…“ Ryan bettelte selten. Doch in diesem Fall musste es einfach sein.

„Na gut, ich komme vorbei.“

„Oh, und sag Leon nichts, okay?“ Er legte auf und kletterte über den Zaun, besah sich das Tier von allen Seiten. „Ich will dich mitnehmen.“

Eileen fuhr nur wenig später auf den Hof und schnell erkannte sie den Grund für das Betteln ihres Sohnes. „Ryan, möchtest du uns nicht vorstellen?“, fragte sie lächelnd.

„Mum, das ist … Snoopy? Snoopy ist cool. Und ich würde ihn gern für Leon mitnehmen. Er braucht ein eigenes Pferd. Mr. Maquister sagt, dass wir ihm einen Preis machen sollen. Schau ihn dir an. Er ist perfekt für Leon.“

„Er ist noch sehr jung und Leon hat nicht die nötige Erfahrung, ihn zu trainieren.“

„Nein, aber ich hab sie. Muuuuuuuum … bitte, bitte … du

wolltest doch ohnehin ein neues Pferd kaufen.“

„Ja, ein ausgewachsenes Pferd.“

„Naja, so können wir ihn trainieren und … Muuuuuum!“ Ryan sah sie mit einem astreinen Bettelblick an und blinzelte aufgeregt.

Eileen seufzte leise, streichelte das Tier. „Ich geh mich mal … unterhalten.“

Leise jubelte Ryan auf, kuschelte sich an das junge Tier, welches allerdings wegzuckte.

„Ganz ruhig, Snoopy. Bei uns hast du es sehr gut.“

Eine halbe Stunde später kam seine Mutter mit Mr. Maquister zurück und lächelte ihn an. „Gut, wir nehmen ihn gleich mit. Ich rufe Julius an, dass er mit dem Anhänger kommt.“

Nun nahm Ryan doch Abstand, um das Tier nicht zu verschrecken und jubelte auf. Leon würde vielleicht Augen machen. Er knutschte seine Mutter ab und strahlte.

Julius tauchte mit dem Anhänger auf, dann wurde es kompliziert. Snoopy war nämlich verdammt unkoorperativ. Er weigerte sich vehement in den Anhänger zu gehen.

„Mum, ich geh mit rein. Er hat zu viel Angst.“ Er nahm die Zügel in die Hand und ging langsam die Rampe hoch. „So ist gut … komm, mein Kleiner“, lockte er ihn und nach einiger Überredungskunst folgte ihm das junge Pferd.

„Fahr vorsichtig, Julius“, mahnte Eileen. Sie mochte es gar nicht, wenn Ryan im Anhänger mitfuhr.

„Selbstverständlich.“ Julius setzte sich hinters Steuer und fuhr vom Hof, gefolgt von Eileen.

Während der kurzen Fahrt streichelte Ryan das Tier beruhigend, dann hielt der Wagen auch schon.

„Toby? Komm mal ran, wir brauchen dich“, rief Julius ihn heran.

Leon, der ebenfalls bei Toby stand, trat näher. „Was hast

du da?“

„Warts ab, Kleiner“, grinste der Ältere und öffnete die Tür des Anhängers.

„Ohhh …“ Fasziniert starrte Leon das Pferd an, sah zu seinem Freund, der ihn anstrahlte.

Dann nahmen Toby und Ryan die Zügel in die Hand, bugsierten das verängstigte Tier vorsichtig hinaus.

Glücklich schloss Ryan seine Arme um Leon. „Schatz, darf ich dir Snoopy vorstellen? Er gehört dir“, flüsterte er ihm ins Ohr.

Nun war Leon erst recht sprachlos. Er starrte mit offenem Mund zwischen Ryan und dem Pferd hin und her. „Das … das … Ryan … das ist … ein Witz, oder?“

„Nein.“

„Aber … du kannst … Eileen?“

„Ja, mein Schatz?“ Sie amüsierte sich richtig über Leons fassungslose Starre. „Hier sind die Papiere. Und als Besitzer steht Leon Blake drin. Ich denke, mein Sohn sagt die Wahrheit.“

Sie hielt ihm einen kleinen Ausweis unter die Nase, wo ganz klar sein Name drin stand.

„Das kann ich doch nicht annehmen.“ Langsam löste er sich von Ryan, der ihn glücklich beobachtete. „Eileen … Ryan, das kann ich nicht annehmen.“ Tränen traten ihm in die Augen, als er langsam über die Nüstern des Tieres streichelte.

Gespannt beobachteten alle, wie Snoopy seinen Kopf der warmen Hand entgegenstreckte, sich bereitwillig von Leon streicheln ließ.

„Liebe auf den ersten Blick“, sagte Ryan leise.

„So, wie bei dir und Ashley damals“, gab Eileen leise zurück.

Tränen über Tränen purzelten über Leons Wangen, die er verlegen wegwischte. „Oh Mann … ich weiß nicht, was ich sagen soll.“

„Sag, dass du dich hingebungsvoll um ihn kümmern wirst. Dass du ihm all deine Liebe und Zuneigung zukommen lässt“, erwiderte Ryan und schlang die Arme von hinten um ihn.

Hektisch nickte Leon und lehnte sich zurück. „Vielen Dank. Ich … ich danke euch.“ Er küsste Ryan zärtlich, dann trat er zu Eileen und umarmte sie fest. „Danke.“

Der letzte Rest Wut

Das Leben auf der Farm ging weiter. Ryan genoss seine Unabhängigkeit mehr denn je. Noch vor wenigen Monaten stand er mitten in seinem eigenen Horror, was andere so salopp sein Leben nannten, und nun sprühte er regelrecht vor Glück. Einmal die Woche fuhr er nach Louise River, machte seine Therapie weiter. Jetzt kam ihm sein Stolz zugute. Er wollte es durchziehen, wollte nicht kneifen und letztlich als der Verlierer da stehen.

Es war hart. Mehr als einmal war er zusammengebrochen, hatte nicht mal die Chance, sein Ventil zu nutzen. Immer mehr kam an die Oberfläche, Dinge, die er verdrängt hatte, Situationen, die er einfach vergessen hatte.

Doch Leon war da. Immer wieder fragte er sich, wie sein Freund das aushielt; ihn immer wieder auffangen konnte. Er war sein Fels in der Brandung, sein Rettungsring. Völlig selbstlos war er einfach da, als würde er aus dem Nichts auftauchen.

Wie oft Ryan nicht mehr gewusst hatte, wie er überhaupt nach Hause gekommen war, konnte er nicht zählen, aber Leon stand bereit - bereit, ihn aufzufangen.

Manchmal lag Ryan nachts wach, beobachtete seinen Freund im Schlaf und dankte allen Mächten dieser Welt, dass er überhaupt in sein Leben getreten war.

Leon selbst hatte einen regelrechten Narren an Snoopy gefressen. Ryan amüsierte diese Liebe total; musste er ihn doch morgens regelrecht vom Anbinder wegziehen, damit sie nicht zu spät zur Schule kamen. Und Snoopy war auch der erste Anlaufpunkt, wenn sie zurückkamen.

„Es ist unglaublich, welche Liebe man für ein Tier hegen kann. Ich hab es immer bei dir gesehen… bei Ashley und June, aber ich hätte nie gedacht, dass es mich mal genauso erwischen könnte“, sagte er leise, als sie Abends am Zaun standen.

June und Snoopy genossen die allabendlichen Streicheleinheiten. Vorher gingen die Jungs nicht ins Bett.

„Ist ein tolles Gefühl, was? Ich freu mich schon drauf, wenn er endlich zugeritten werden kann. Er ist ein richtiger Wildfang. Wir werden noch unsere helle Freude mit ihm haben.“

Gleich nach ihrem Ausflug nach Miami hatte Ryan mit seinem Führerschein begonnen.

Noch immer hatte Ryan Montags eine Freistunde und so kam er aufgeregt auf dem Schulhof an, als Leon mit Michelle und Lauren aus dem Haus in die Sonne trat.

„Ich darf fahren!“, schrie Ryan schon von weitem.

„Hast du den Lernführerschein bestanden?“, fragte Leon gerade noch, da riss Ryan ihn auch schon von den Füßen.

„Jaaaah!“, jubelte er laut. Wild küsste er Leons Gesicht ab, während die anderen nur amüsiert lachten.

„Snoopy … lass mich runter. Oder hör auf dich zu drehen, sonst wird mir schlecht“, kicherte Leon und atmete tief durch, als er wieder auf eigenen Beinen stand.

„Ist klar, dass ich nachher fahre, oder?“, grinste Ryan. Er hatte Leon schon am Morgen genötigt, mit dem Auto zur Schule zu fahren, schließlich müsste er ja üben. Stolz hielt er den

Ausweis hoch, wurde von den Mädchen umarmt und strahlte wie ein Honigkuchenpferd. „Das ist ein total geiles Gefühl. Ich bin echt aufgeregt. Und es nervt, dass wir noch so lange Schule haben."

„Ganz ruhig, Snoopy", murmelte Leon und besah sich kurz den Ausweis. „Ich bin stolz auf dich. Aber eigentlich haben ich auch nichts anderes erwartet, du Streber", lachte er leise.

„Ja, zu irgendwas muss das ja gut sein." Ryan war unruhig. Die gesamten Schulstunden hindurch zappelte er herum. So sehr, dass Mrs. Beader ihn schon aus dem Matheunterricht werfen wollte. Doch er versprach, sich zusammen zu reißen.

Kaum hatte es zur letzten Stunde geläutet, sprang er auf und zerrte Leon aus dem Biokurs.

„Hey, nicht so hektisch, Snoopy. Ich komm auch so mit", lachte Leon.

„Ja, aber du bist heute so langsam. Mach schon." Ryan trampelte mit den Füßen und streckte die Hand aus.

„Was willst du?"

„Schlüssel? Ohne Schlüssel kann ich nicht fahren."

Leon schüttelte den Kopf. So unruhig kannte er Ryan gar nicht. Er drückte ihm die Schlüssel in die Hand und Ryan sauste los.

„Der Süße hat Hummeln im Arsch, was?", grinste Michelle.

„Hummeln? Alle Hummeln der USA, vermute ich mal." Leon verabschiedete sich und trat auf die Beifahrerseite. „Okay, bevor du irgendwo mit meinem Auto hinfährst, beruhigst du dich bitte, sonst laufe ich freiwillig."

„Ich bin ganz ruhig. Nun steig schon ein, ohne dich darf ich nicht fahren", grinste Ryan fröhlich.

„Ja und das beruhigt mich ungemein."

„Du bist ne Spaßbremse, Blake." Ryan trommelte ungeduldig auf dem Lenkrad herum.

„Warum? Weil ich mir Sorgen um unsere Gesundheit mache?“ Endlich stieg er ein und schnallte sich an. „Oh, du solltest wissen, dass ich ein ganz lausiger Beifahrer bin. Ich entschuldige mich also schon mal im Voraus.“

„Ja, ich weiß.“ Ryan steckte den Schüssel ins Zündschloss, beugte sich zu Leon rüber und küsste ihn sanft, dann stellte er die Spiegel für sich ein und atmete tief durch. „Komisch, in einem Auto ohne Fahrlehrer zu sitzen.“

„Hast du Angst?“, fragte Leon leise.

„Nein, keine Angst. Ich bin nur … nervös, denke ich.“ Dann startete er den Motor und fuhr langsam aus der Parklücke heraus. Knurrend warf er seinem Freund einen stechenden Blick zu. „Warum muss ich jetzt rückwärts raus? Hättest du nicht rückwärts einparken können?“

„Hätte ich, aber dann wäre ich der Einzige gewesen, der verkehrt herum eingeparkt hätte und das sieht dämlich aus. Wir parken nun mal alle vorwärts ein. Zumal du es so wenigstens lernst.“

Murrend trat Ryan auf die Bremse, als Ben Murphy laut hupte.

„Sackarsch!“, fluchte der laut.

„Jaja, nimm deine Schrottkiste beiseite, Murphy. Bist ja hier nicht allein.“

Leon lachte leise, als Ryan ihm auch noch seinen Mittelfinger zeigte, dann fuhr er auf die Straße und gab Gas.

„Hey, du Raser, geh mal vom Gas runter, sonst bekommen meine lieben Eltern noch einen Strafzettel.“

„Oh … entschuldige.“ Ryan fuhr etwas langsamer und lächelte selig. „Das ist toll. Nicht zu vergleichen mit einem Pferd, aber es ist toll.“

Lächelnd beobachtete Leon seinen Freund und runzelte die Stirn. „Du weißt, dass du gerade zu Hause vorbeigefahren bist?“

„Jap … aber ich will noch fahren. Ich will noch nicht anhalten."

„Mag sein, aber wo willst du hin?"

„Weiß nicht. Immer geradeaus. Lust auf ein Eis?"

Leon zuckte die Schultern. „Klar, immer …" Er sah zwei weiteren Ortsschildern nach. „Wo essen wir denn Eis? In Richmond?", fragte er belustigt.

„Gute Idee. Gibt's da Eis?"

Nun musste Leon doch lachen. „Snoopy, wir fahren jetzt nicht vier Stunden nach Richmond wegen eines Eises. Im nächsten Ort schauen wir, wo wir was bekommen, okay?"

Ryan schmollte. „Na gut." Er schaute sich um und entdecke eine kleine Eisdiele direkt an einem See. „Na, dann nehmen wir eben die. Aber ich fahr zurück!"

„Ich habe nicht angenommen, dass ich in diesem Jahr nochmal ans Steuer darf", gab Leon neckend zurück und setzte sich auf einen Stuhl.

Ryan überlegte. „Hmmmm … nö. Ich bin jetzt der Fahrer bei uns beiden."

„Ja, das hab ich mir gedacht."

Kurz schwiegen sie und schauten in die Karte, bestellten Eis, dann lehnte sich Leon zurück und musterte seinen Freund.

„Es ist schön, zu sehen, wie ausgeglichen du bist."

Ryan erwiderte den Blick. „Es ist hart, aber es scheint sich zu lohnen, nicht wahr?" Er schaute zu den Menschen, die über den Vorplatz des kleinen Einkaufszentrums liefen. „Manchmal denke ich, dass es nicht mehr geht. Wenn ich da sitze und rede. Es kommt mir vor, als sei es nicht ich. Als würde irgendjemand meine Geschichte erzählen."

Leon sah ihn nur schweigend an.

„Tu das nicht, das macht Dr. Ramos auch immer."

„Was?“

„Mich beobachten, mich so auffordern, weiter zu reden.“ Ryan ließ den Blick wieder schweifen.

„Ja, mag sein, aber es tut dir gut, einfach zu reden.“

Unschlüssig zuckte Ryan die Schultern. „Kann sein. Im Nachhinein vielleicht, aber in dem Moment bestimmt nicht. Es tut weh, verstehst du? Er holt Dinge vor, bei denen ich oft denke, dass es seine Gründe hatte, sie so tief zu verschließen. Muss nicht alles wieder hochkommen.“

„Doch, das muss es. Nur so kannst du es wirklich verarbeiten.“

„Da scheiß ich manchmal drauf, ganz ehrlich.“

Leon schüttelte den Kopf. „Ja, das glaube ich dir, aber irgendwann wirst du merken, dass es wichtig und richtig war.“

Schweigend saßen sie da. Ryan beobachtete die Menschen, und Leon beobachtete Ryan.

„Starr mich nicht an.“

„Tu ich nicht, ich beobachte dich“, gab Leon ruhig zurück.

„Was es nicht besser macht.“ Er wandte seinem Freund den Blick zu.

„Ich seh dich gern an. Du siehst gut aus“, grinste Leon, doch nach Scherzen war Ryan gerade nicht zumute.

„Ich hasse das.“

„Was meinst du?“

„Darüber zu reden. Ich stelle es vermutlich einfacher hin, als es wirklich ist. Aber ich hasse es.“

Langsam nickte Leon. „Kann ich mir vorstellen. Also, dass du es nicht magst. Aber du machst große Fortschritte. Deine Mum und ich sind irre stolz auf dich.“

„Das ist es ja. Ihr seid so stolz auf mich, und ich weiß nicht, warum. Versteh mich nicht falsch, ich weiß, warum ich das tue, aber das ist nichts, worauf man stolz sein muss. Ich bin nicht so stark, wie ihr es immer hinstellt. Ich war so oft an einem Punkt, wo ich das Gefühl hatte, nicht mehr aufstehen zu können. Wieso ist man dann stolz?"

„Aus genau dem Grund. Du stehst immer wieder auf, auch wenn du am Boden bist. Ryan, du kannst mehr als stolz auf dich sein. Vor ein paar Wochen warst du noch der festen Überzeugung, diese Therapie nicht mal zu brauchen. Und du ziehst es durch. Lass uns stolz sein. Das ist ein gutes Gefühl."

Mit einem leichten Lächeln schüttelte Ryan den Kopf. „Ihr habt beide einen Knall."

„Wissen wir." Leon lachte leise und rutschte neben Ryan.

„Weißt du, was mich auch beschäftigt?"

Fragend sah er Ryan an.

„Dass ich immer wieder das Gefühl habe, dich zu benutzen."

Mit erhobenen Augenbrauen starrte Leon seinen Freund an. „Was? Wie kommst du darauf?"

„Mein Ventil. Ich … ich weiß auch nicht … ich komme wieder, völlig fertig und stürze mich auf dich, ob du willst oder nicht. Ob du Zeit hast oder nicht und du bist da. Völlig selbstlos und … lässt alles mit dir machen."

„Ryan, du klingst, als würde ich es über mich ergehen lassen. So ist es nicht, ganz und gar nicht. Ich genieße es vollkommen und es ist … Wahnsinn. Nenn mich verrückt, aber den besten Sex haben wir, wenn du von deiner Therapie kommst. Ich steh drauf, wenn du völlig entfesselt bist. Würde ich es nicht wollen, wüsstest du es."

„Dann gewöhn dich nicht dran. Irgendwann ist die Therapie auch vorbei."

Nun musste Leon doch lachen. „Unser Sex war davor auch nicht langweilig, Snoopy. Und ich bin mir sicher, dass er es auch danach nicht sein wird." Er sah ihm tief in die Augen. „Ich bin sicher, dass ich das Tier in dir immer wieder entfesseln kann …“

Sie verbrachten den Nachmittag mit Eis essen, reden und küssen.

„Lass uns zurück. Ich will zu Snoopy“, sagte Leon, stand auf und bezahlte.

„Snoopy … so langsam werde ich eifersüchtig“, grinste Ryan auf dem Weg zum Auto.

„Ach was … aber irgendwie vermisse ich ihn. Ich würde ihn gern mit zur Schule nehmen.“ Leon stieg ein und schnallte sich an.

„Das wäre es. Mit den Pferden zur Schule. Und grasen lassen wir sie auf dem Sportplatz. Da ist genug Gras.“ Ryan schnallte sich ebenfalls an und startete den Motor. Die ganze Fahrt über alberten sie herum.

„Mann, was will der von mir?“ Ryan sah in den Rückspiegel, doch wegen der untergehenden Sonne erkannte er nicht, wer da hinter ihm so dicht auffuhr.

„Hat der nen Knall? Snoopy, fahr langsamer.“ Leon hatte sich umgedreht, doch auch er konnte nicht erkennen, wer sie da bedrängte.

Unruhig fuhr Ryan weiter, sah immer wieder in die Spiegel. Doch als der andere Wagen ihre Stoßstange berührte, fluchte er. „Was soll der Scheiß?“ Er wurde nervös.

„Ganz ruhig, lass dich nicht aus der Fassung bringen. Fahr einfach weiter und konzentriere dich auf die Straße“, versuchte Leon ihn zu beruhigen.

„Wie denn? Der drängt mich ab. Scheiße!“, platzte er heraus, als der andere Wagen sie rammte. „Leon, mach was!“

Der kaute auf seiner Unterlippe herum. Er erkannte, dass Ryan kurz davor war, die Fassung zu verlieren. Für einen Anfänger war das eine gefährliche Situation. „Ryan, da ist eine Tankstelle, fahr da rauf!“

Eine andere Wahl hatte Ryan auch gar nicht, denn er atmete immer schneller und trat plötzlich das Gaspedal durch, sauste die Einfahrt hoch und blieb bremsend stehen.

„Der folgt uns. Mann, den nehm ich mir jetzt vor", fluchte Leon und sprang aus dem Auto, doch auf halbem Wege blieb er stehen. „Ryan, bleib im Wagen!", knurrte er.

„Warum? Ich will nicht mehr fahren, ich laufe. Das ist … nein …" Ryan stolperte zurück, als sein Vater sturzbetrunken aus dem Auto stieg, und zeitgleich Joe Steiger auf der anderen Seite folgte.

Leon blieb nicht so friedlich. Er rastete aus.

„HABEN SIE NOCH ALLE LATTEN AM ZAUN? WAS HATTEN SIE VOR, VERFICKT? WOLLTEN SIE UNS UMBRINGEN?", brüllte er und stürzte auf Jon zu, verpasste ihm einen harten Schlag ins Gesicht.

„Ey … was soll das … lass mich los, du Arschloch", lallte der, als Leon ihn am Kragen packte und schüttelte.

Ryan starrte seinen Vater an. „Das … das glaube ich nicht. Was soll der Scheiß?"

„Schwuchteln … ihr seid dreckige Schwuchteln …", knurrte Jon McCoy.

„RUFEN SIE DIE POLIZEI!", brüllte Leon dem Tankwart zu und stieß Jon von sich, so dass er auf dem Asphalt landete.

Einzig zwei Truckern war es zu verdanken, dass Leon in seiner Rage nicht auf Jon eintrat.

Ryan war viel zu geschockt, um überhaupt etwas zu tun.

Zornig beschimpfte Leon den Vater seines Freundes und versuchte sich aus der Umklammerung des kräftigen Mannes hinter sich zu befreien, während der zweite Joe Steiger festhielt, der es vorziehen wollte, sich zu verdrücken.

Die Situation spitzte sich immer mehr zu, die Männer brüllten alle durcheinander, bis die laute Sirene der Polizei alle innehalten ließ.

„Was geht hier vor?“, fragte der Officer, während der zweite zu dem völlig verstörten Ryan ging.

„Sir, geht es Ihnen gut?“

Ryan schüttelte nur den Kopf, nicht fähig zu antworten, oder den Blick von seinem Freund loszureißen, der kurz davor stand, Handschellen angelegt zu bekommen.

„HEY! ES IST GUT JETZT!“, brüllte der zweite Polizist und starrte Leon an, der den Blick heftig keuchend erwiderte. „Was geht hier vor?“

„Dieses besoffene Arschloch ist der Vater von meinem Freund.“ Er deutete mit dem Kopf auf Ryan. „Er hat uns fast von der Straße gedrängt. Ryan fährt erst seit heute. Er hatte richtig Panik. Er … du gottverdammtes, dreckiges Arschloch!“

„Es reicht jetzt. Jackson, kümmere dich mal um den hier, ich rufe Verstärkung. Und Sie, Sir, sind festgenommen.“ Der Officer, drehte Jon auf den Rücken und legte ihm Handschellen an, genauso, wie er es bei Steiger tat.

„Lassen Sie mich … ich will zu Ryan. Bitte lassen Sie mich los“, flehte Leon nun leiser. Er riss sich los, taumelte zu seinem Freund und zog ihn fest in seine Arme.

„Er wollte … mich töten … er wollte mich … umbringen“, stammelte der nur fassungslos.

Beruhigend streichelte Leon Ryans Rücken, als ein zweiter Polizeiwagen auf den Platz der Tankstelle fuhr und der Officer zu ihnen zurückkam.

„Sir, ist alles in Ordnung? Brauchen Sie einen Arzt?“, fragte er Ryan.

Den Kopf schüttelnd vergrub er sein Gesicht an Leons Hals. „Ich will nach Hause. Ich will ihn nicht mehr sehen. Bitte … Leon, ich will weg, bevor ich etwas tue, was nicht gut wäre …“

„Können wir fahren?“, fragte Leon den Officer.

„Geben Sie mir kurz Ihren Ausweis, damit wir uns mit Ihnen in Verbindung setzen können."

Während Leon diesen aus dem Handschuhfach holte, sagte er leise zu Ryan: „Setz dich schon mal ins Auto, ich bring dich gleich nach Hause."

Nachdem der Polizist Leons Personalien aufgenommen hatte, stieg dieser wieder ins Auto und folgte Ryans Blick.

Zu sehen, wie Jon McCoy und Joe Steiger sich wehrend in den Polizeiwagen gesetzt wurden, brachte eine gewisse Art der Genugtuung mit sich. Die blau-roten Lichter der Sirenen spiegelten sich auf ihren Gesichtern wider, und Leon wandte Ryan seinen Blick zu.

„Snoopy, wie geht es dir?"

„Ich weiß nicht. Es fühlt sich gerade so surreal an. Als würde ich schlafen und einen Albtraum durchleben …"

Langsam nickte Leon und startete den Motor. „Ich bring dich nach Hause."

Und das tat er auch. So schnell, wie er es verantworten konnte, fuhr er zum McCoy-Hof und parkte den Wagen.

„Was ist denn hier los?", murmelte er und stieg aus.

„Heeeeey!" Dylan kam mit ausgebreiteten Armen auf ihn zu.

„Was … was macht ihr denn hier?"

„Was für eine nette Begrüßung. Nur nicht so viel Enthusiasmus, Baby", grinste Dylan und umarmte Leon, der das Ganze perplex über sich ergehen ließ.

„Was ist los? Wo ist … Ryan, hey …"

Jamie, der ebenfalls dazu gekommen war, schaute durch das Fenster der Beifahrerseite. „Ryan, was ist los? Willst du nicht aussteigen?"

Der schüttelte im ersten Moment nur den Kopf.

„Leon, was ist passiert?"

„Hört mal, geht zum Anbinder zurück. Wir kommen gleich

nach, okay?“

Die beiden Jungs musterten Leon und sahen zu Ryan, der sich kein Stück rührte.

„Bitte … wo ist Eileen?“

„Auf der Terrasse. Soll ich sie holen?“, fragte Dylan.

„Ja, das wäre lieb.“ Langsam ging Leon um das Auto herum und öffnete die Beifahrertür. „Snoopy? Komm, steig aus.“

„Leon? Was ist passiert? Ryan!“ Eileen kam dazu gestürzt und besah sich ihren Sohn. „Ryan, Liebling, was hast du?“

„Eileen, lass uns kurz ein Stück beiseite gehen.“ Leon zog sie mit. „Ryan steht unter Schock. Jon und Steiger haben uns fast von der Straße gedrängt. Ryan saß am Steuer. Die beiden waren total betrunken und haben immer wieder unsere Stoßstange gerammt. Er hat Panik bekommen. Die Polizei hat sie verhaftet.“

Fassungslos schlug sich Eileen die Hände vor den Mund, hastete zum Auto zurück und streichelte die Wange ihres Sohnes. „Ryan, steig bitte aus.“ Sanft zog sie an seiner Hand, was ihn veranlasste, den Wagen zu verlassen. Still ließ er Eileens Umarmung über sich ergehen.

„Wieso? Warum tut er das?“, schluchzte sie auf.

„Mum, ich geh kurz hoch …“, murmelte Ryan, machte sich von ihr los und hob abwehrend die Hand, als Leon ihm folgen wollte. „Nicht … lass mich …“, dann verschwand er im Haus.

Hilflos fuhr sich Leon durch die Haare. „Das darf alles nicht wahr sein. Warum darf er nicht zur Ruhe kommen?“

„Ich kann ihn doch nicht allein lassen. Ich muss mich um ihn kümmern.“ Eileen sah hoch zum Schlafzimmerfenster ihres Sohnes.

„Ich weiß, aber lass ihm einen Moment. Ich geh gleich zu ihm, versprochen.“

Doch vorher betrat er die Terrasse, begrüßte Claire und Dave, die sich angespannt mit Dylan unterhielten und immer wieder fragten, was mit Ryan los sei.

„Hey …“ Leon begrüßte erst einmal Jamie, der ihn besorgt musterte.

„Leon, was ist passiert?“

Noch einmal berichtete Leon von den Vorfällen.

„Was für ein dreckiges Arschloch“, fauchte Dylan und löste sich von Jamie, lief ungefragt zum Haus und stieg die Stufen hoch. „Hey …“ An der Tür blieb er stehen und schaute zu seinem Cousin, der auf dem Bett saß und Snoopy in seinen Händen hielt. „Ryan, komm, sieh mich mal an.“

Ryan hob langsam den Blick. „Ich hätte sterben können, und es wäre ihm völlig gleichgültig gewesen. Das gibt dem Wort ‚Hass' eine ganz neue Bedeutung, findest du nicht auch? Ich meine … ich bin doch immer noch sein Sohn und … es wäre ihm egal gewesen.“

„Spielt es denn eine Rolle, was dieser Typ denkt? Du lebst, und er ist verhaftet worden. So schnell kommt er nicht mehr in deine Nähe. Ich ..“

„ABER ER WIRD ES WIEDER TUN! ER WIRD KEINE RUHE GEBEN, BIS ER ES GESCHAFFT HAT! ER WILL MICH DOCH TOT SEHEN!“, brüllte Ryan plötzlich. Fest biss er die Zähne zusammen. „WOFÜR MACH ICH DEN GANZEN THERAPIESCHEISS, WENN ER MIT EINER EINZIGEN HANDLUNG ALLES KAPUTT MACHT? WENN ER EINFACH DAHER KOMMT UND WOCHENLANGE ARBEIT ZUNICHTE MACHT? ICH HASSE IHN! DARAN WIRD AUCH EINE THERAPIE NICHTS ÄNDERN! ICH HASSE IHN! ICH HASSE IHN!“

Dylan ließ ihn toben. Er wusste, dass es absolut nichts bringen würde, ihn jetzt zu unterbrechen.

Heftig atmend starrte Ryan ihn an. „Leon!“

„Soll ich ihn holen?“

Schnell besann sich Ryan, schüttelte den Kopf und stürmte aus dem Zimmer, die Treppe hinunter und rannte über den Hof, sprang über den Zaun, direkt auf Junes Rücken, die erschrocken wieherte, dann trieb Ryan sie an. Er musste weg, weg hier, weg von allem. Er würde nicht vor versammelter Mannschaft zusammenbrechen. Diesmal nicht. Und diesmal konnte ihm auch Leon nicht helfen. Er würde ihm nur wehtun, das war ihm mehr als klar.

„RYAN!“ Leon sah ihm nach und wollte hinterher, doch Eileen hielt ihn zurück.

„Lass ihn bitte. Er wird zurückkommen.“

„Er wird sich verletzen, Eileen. Er schafft den Absprung in diesem Zustand nicht!“

„Doch. Vertraue auf ihn. Vertraue auf seine Stärke!“ Beschwörend sah sie ihm in die Augen, kämpfte selbst mit ihrer Verzweiflung und zwang sich zur Ruhe.

Bebend vor Angst tigerte Leon am Anbinder herum, rauchte eine Zigarette nach der anderen und ignorierte sogar Snoopy, der vor ihm stand.

Ryan ritt wie der Teufel über die Weide, dann sprang er ab und knickte weg. Wütend und zornig blieb er im Dreck liegen, und fluchte laut, als es plötzlich über ihm blitzte. „JAAH? WAS WILLST DU? KOMM SCHON! IST DAS ALLES, WAS DU KANNST? NA LOS! NA LOOOOOS!“, kreischte er fast und starrte in den Himmel, als ein regelrechter Platzregen auf ihn niederprasselte. Schnell weichte der Boden auf, doch Ryan blieb im Schlamm sitzen, grub seine Finger in die aufgeweichte Erde und brüllte mit dem Donner um die Wette.

„Wo steckt er nur?“, fragte Dylan leise. Sie standen unter dem Dach, fixierten die Koppel und beobachteten Leon, der patschnass im Regen stand und sich weigerte, sich unter zu stellen. Dann konnte ihn nichts mehr halten. Er wusste einfach, dass Ryan ihn brauchte. Er war nicht umsonst sein Ventil, und er war es gern. Er schnappte sich Hermes, bevor ihn jemand aufhalten konnte und ritt über die Weide. Der Regen prasselte ihm hart ins Gesicht, und doch sah er ihn schon von Weitem auf dem aufgeweichten Boden knien.

„Ryan!" Er sprang vom Pferd, schlidderte zu ihm, riss ihn fast um und nur Sekunden später küssten sie sich so wild und heftig, wie noch nie. Mitten im größten Unwetter rissen sie sich die Klamotten vom Leib, küssten und bissen sich immer stürmischer. Laut aufstöhnend wälzten sie sich im Schlamm, rieben sich aneinander und ihr Stöhnen vermischte sich mit dem Donner, als sie hart kamen.

„Lauf nicht vor mir weg. Hörst du! Niemals!", knurrte Leon ungehalten.

„Ich musste. Ich konnte dich nicht benutzen."

„Du benutzt mich nicht, McCoy. Begreife das endlich. Ich bin doch da!"

„Ja und? Und du glaubst, ich ficke dich, wenn ich so dermaßen zornig bin? Ich hätte dir wehgetan, verflucht", fauchte Ryan zurück.

Herausfordernd starrte Leon ihn an. „Vielleicht steh ich ja drauf."

„Das kannst du nicht ernst meinen." Kraftlos sank Ryan auf die matschige Wiese und ließ sich vom Regen duschen.

„Wer weiß", antwortete Leon lapidar. Er saß neben ihm und hielt das Gesicht in den Regen. „Hat was … das war geil eben."

„Wir sind doch nicht normal." Ryan schüttelte den Kopf und sah zu Leon. „Wie schaffst du das?"

Fragend sah der Ryan an.

„Da zu sein? Immer wieder hinzuhalten für meine Wut."

„Ich halte nicht hin und wenn du das nochmal sagst, versohle ich dir den nackten Arsch. Los, steh auf. Deine Mum macht sich Sorgen." Er erhob sich mühselig und stieg lediglich in seine Shorts, der Rest war ihm einfach zu dreckig.

Auch Ryan zog sich nicht sehr viel mehr an. „Sag mal, warum sind Dylan und Jamie hier?"

„Ich weiß es nicht. Ich habe noch nicht gefragt. Aber deine Tante und dein Onkel sind auch da." Leon lief neben seinem Freund, nahm dessen Hand in seine und führte Hermes sanft an der Mähne zurück.

„Da kommen sie", rief Dylan und deutete auf die Koppel.

„Und halbnackt. Wo haben sie ihre Klamotten gelassen?" Jamie runzelte die Stirn und trat etwas näher.

„Ryan, geht es dir gut?" Eileen besah sich ihren Sohn, der über und über mit Schlamm beschmiert war, genauso wie Leon.

„Ja, es geht mir gut, Mum. Ich … ich muss mich waschen, denke ich. Hey, Tante Claire … Onkel Dave …" Er nickte ihnen zu, doch das war nichts im Vergleich zu Leon, der plötzlich mehr als verlegen war.

„Waschen? Ich denke, ihr müsst eingeweicht werden. Geht bitte ins Haus, ich mache euch etwas Warmes zu essen", beschloss Eileen und bekam gleich Unterstützung von ihrer Schwester.

„Dylan, Jamie? Setzt euch einfach in unser Wohnzimmer, wir sind gleich bei euch", schlug Ryan vor und betrat das Haus. So langsam fing er an zu frieren. Also lief er schnell mit Leon die Treppe hoch.

Leon benutzte allerdings Eileens Dusche, denn warten wollte er nicht, dafür zitterte er zu sehr.

Wenig später tauchten beide in warmen Klamotten in ihrem Wohnzimmer auf, wo für sie warme Suppe bereit stand.

„Und? Wie ist so eine Schlammpackung?", grinste

Jamie frech.

„Ziemlich gut, macht weiche Haut“, gab Leon amüsiert zurück.

Während Ryan sich auf einem Sessel etwas zusammenrollte, musterte Dylan seinen Cousin.

„Alles okay?“

Als Antwort bekam er nur ein Schulterzucken.

Leon sah seinen Freund verzweifelt an. Er würde am liebsten sagen ‚Vergiss den Kerl’, doch ihm war klar, dass das nicht so einfach war.

„Was macht ihr hier? Warum habt ihr nichts gesagt?“, fragte er stattdessen Dylan und Jamie.

„Oh Baby, glaubst du echt, wie lassen uns die Überraschung entgegen? Wobei …“ Dylan zögerte, „die Überraschung ist in die Hose gegangen.“

Nun sah Ryan doch auf. Bis dahin hatte er stumm auf dem Sessel gesessen und auf seine Finger gestarrt. „Es tut mir leid. Dylan, bitte glaube mir, dass ich mich wahnsinnig freue, euch zu sehen, auch wenn’s gerade nicht den Eindruck macht.“

Sein Cousin winkte ab. „Hey, es ist okay, wirklich. Ich meine, du standest unter Schock. Da erwarte ich keine Jubelsprünge. Reicht, wenn du mich irgendwann kurz mal in den Arm nimmst.“ Er zwinkerte Ryan zu, der das ‚irgendwann’ gleich in die Tat umsetzte und den Anderen fest in seine Arme zog. Für einen Moment überlegte er, ob es seltsam aussehen würde, sich in dessen Arme zu kuscheln, immerhin gehörte er ja zur Familie, doch das tat seine Mutter auch und bei ihr kuschelte er sich sehr gern an, wenn auch nicht mehr so oft wie früher. Er sah Dylan kurz an, krabbelte dann aufs Sofa neben ihn und legte seinen Kopf auf dessen Schoß.

„Wenn’s albern ist, dass ich mich an dich kuschel, hast du Pech“, murmelte er.

Die Jungs lachten leise.

„Ist es nicht. Solange du dich dabei wohl fühlst, passt es schon.“ Er streichelte durch das dunkelbraune Haar und während Ryan glatt einschlief, redeten die anderen drei über Gott und die Welt.

Am nächsten Morgen öffnete Ryan die Augen und sah sich verwirrt um. „Wie bin ich ins Bett gekommen?“, fragte er verschlafen.

„Wir mussten dich zu dritt rüberhieven. Baby, hast du zugenommen?“, kicherte Leon neben ihm.

„Idiot!“ Ryan knurrte leise und setzte sich auf.

„Ryan, falls du jetzt mit dem Gedanken spielst, nie wieder Auto zu fahren, würde mich das ziemlich traurig machen.“

Ryan wandte sich zu ihm um und senkte dann den Blick auf die Bettdecke. „Hm … ich weiß nicht. Der Gedanke kam schon. Aber … ich schätze, ich bin zu stolz, um es wirklich durchzuziehen. Ich … will mir nichts mehr von ihm wegnehmen lassen.“

Erleichtert atmete Leon auf, küsste Ryan auf die Schulter und stand auf.

Nachdem sie sich geduscht und angezogen hatten, liefen sie die Treppe hinunter. Auch wenn sie Besuch hatten - sie mussten dennoch zur Schule.

„Guten Morgen, ihr zwei.“

Ryan schüttelte – so wie jeden Morgen – den Kopf. „Mum, wir können unser Frühstück allein machen. Wie lange bist du schon wieder wach, hm?“

Eileen lachte amüsiert. „Mein Kind, wenn man zwanzig Jahre morgens um halb fünf aufsteht, macht man das auch die nächsten zwanzig Jahre. Und es stört mich nicht. Ich stehe gern morgens auf. Irgendwie ist es im Haus herrlich friedlich, wenn noch alles schläft; sogar die Tiere.“

„Wir sind ja auch so laut", grinste Leon und küsste seine ‚Schwiegermama', wie er sie liebevoll nannte, auf die Wange.

„Hm … Ryan nicht, du schon. Dich höre ich regelmäßig", erwiderte sie trocken.

Bei Leons roten Ohren lachte Ryan laut auf. „Touché, Mum."

Leon streckte ihm die Zunge raus, genoss im Eiltempo Eileens Frühstück und schnappte sich dann seinen Rucksack und die Autoschlüssel. „Sag den Jungs, sie sollen unsere Räder nehmen und zur Schule kommen. Sie können uns abholen."

Und das taten Dylan und Jamie auch, doch was sie vorfanden, war alles andere als schön.

Vor der Schule auf dem Rasen stand eine Schülerschar im Kreis und feuerte lautstark zwei Kämpfer an.

„Mann, was geht denn hier ab?", murmelte Dylan, schloss das Rad an und ging mit Jamie näher. Erschrocken keuchte er auf, als er Ryan sah, ineinander verkeilt mit einem anderen Jungen, wild um sich schlagend, während ein dritter munter mitmischte und Ryan immer wieder harte Tritte verpasste.

Jamie fackelte nicht lange. Das Muskelpaket stieß die Schüler auseinander, riss Ben Murphy an dessen Hemd beiseite, so dass der stolperte und zerrte Ryan hoch.

Ryan war so dermaßen in Rage, dass er nichts mitbekam und Jamie einen heftigen Schlag verpasste.

„HEY! KOMM RUNTER, SONST KLATSCH ICH DIR EINE, UND DANN STEHST DU NICHT MEHR AUF!", brüllte Jamie ihn an und schleifte Ryan aus der Menge hinaus.

„WAS SOLL DER SCHEIß? MIT DENEN WERDE ICH AUCH ALLEIN FERTIG!"

„Ja, das seh ich. Schau dich mal an. Fuck, was soll das?"

Ryan knurrte laut auf: „Halt dich aus meinen Angelegenheiten raus, Jamie! Ich schwörs dir, ich mein das ernst!“ Er tippte ihm unsanft mit dem Finger auf die Brust.

„Ryan? Hey, was ist denn los?“, versuchte Dylan es auf die ruhige Tour.

Ryan warf ihm einen zornigen Blick zu, rannten zu den Fahrrädern, wo er bei seinem die Kombination einstellte, es öffnete und ohne Schloss mit dem Rad davon raste.

„Alter, das hab ich gerade geträumt, oder?“, fragte Jamie perplex. Er legte seinen Handrücken auf seinen Kiefer. „Der hat mir nicht wirklich eine verpasst.“

„Doch, ich fürchte schon. Lass mal sehen.“ Dylan zog dessen Hand hinunter und verzog leicht das Gesicht. „Treffer, würde ich sagen.“

„Heeeey!“ Leon kam strahlend auf sie zu. „Schön, dass ihr da ... Jamie, mit wem hast du dich denn angelegt?“, feixte er.

„Mit deinem Süßen!“

Leon schliefen die Gesichtzüge ein. „Was? Wie-wieso? Wo ist Ryan?“ Er sah sich suchend um.

„Er hat sich sein Rad geschnappt und ist abgezischt, wie eine Rakete. Leon, er hat sich mit zwei Typen geprügelt. Jamie hat ihn rausgezogen und sich dafür eine eingefangen. Wo fährt er jetzt hin?“

Das Gesicht in den Händen vergraben, zuckte Leon die Schultern, dann atmete er tief durch. „Vielleicht zum Bahndamm … um runterzukommen.“

„Will ich wissen, was er am Bahndamm macht?“, fragte Jamie verwirrt.

„Warten bis ein Zug kommt, auf ihn zugehen und drei Sekunden vorher beiseite gehen“, erklärte Leon. Er lief zu seinem Fahrrad, schloss es ab, sammelte auch Ryans Schloss auf und legte das Rad auf die Ladefläche seines Autos.

„Was Wo ist da der Sinn, außer, dass es bescheuert ist?“

„Hm …“ Leon lehnte sich gegen das Auto und verschränkte die Arme vor der Brust. „Vor ein paar Monaten hat meine Mum mir gesagt, dass ich schwul bin. Ich wollte es nicht wahr haben. Ich bin abgehauen, hab mit einer Kellnerin rumgeknutscht und bin dann zum Bahndamm gefahren. Mein Kopf war so elendig voll, dass ich keinen klaren Gedanken mehr fassen konnte. Also bin ich das Gleisbett entlang gelaufen. Immer weiter …“, erzählte er ruhig, ohne die beiden anzusehen, „ich hab den Zug gehört und trotzdem bin ich immer weiter gelaufen. Du hörst auf, nachzudenken, du siehst stur geradeaus, setzt einen Fuß vor den anderen, siehst diesen riesigen Zug herankommen und weißt, dass er dich zerquetscht, wie eine Fliege, wenn du nicht aufpasst. Irgendwie ist dein Körper zum zerreißen gespannt. Ein … seltsames Gefühl … aber auch befreiend. In dem Moment, wo du beiseite trittst, den Fahrtwind spürst, spürst, wie er an dir zerrt, dich fast umreißt, hast du es geschafft. Dein Kopf ist komplett leer, und das Adrenalin pumpt sich wie purer Alkohol durch deinen Körper.“ Er verstummte kurz, dann sagte er leise: „Ryan hat das früher regelmäßig gemacht, um seine Wut loszuwerden. Seit er die Therapie macht, hat's wieder angefangen, bis er mich zu seinem Ventil gemacht hat. Ich… ich weiß nicht, wie ich ihn davon abbringen soll …“

Schweigend hatten die beiden Jungs zugehört.

„Das ist doch Irrsinn. Leon, das ist viel zu gefährlich.“ Dylan wurde weiß. „Lass uns bitte hinfahren. Nachsehen.“

Und das taten sie auch, doch Ryan fanden sie nicht.

Der war geradewegs nach Louise River gefahren und hatte die Praxis von Dr. Ramons gestürmt.

„Hallo“, keuchte er, „hat er Zeit?“

Die Sprechstundenhilfe sah Ryan erschrocken an. „Himmel, Mr. McCoy, Sie bluten ja!“

„Ja … ja, ich weiß … hat er Zeit?“

Die junge Frau sah in den Terminkalender. „Warten Sie hier.“ Sie verschwand, klopfte an die Sprechstundentür und sprach leise mit den Therapeuten.

„Schicken Sie ihn herein“, hörte Ryan die tiefe, beruhigende Stimme und trat sofort hinter die Frau.

Kaum war die Tür hinter ihm zu, seufzte Dr. Ramon. „Ryan, setzen Sie sich bitte.“ Er deutete auf das Sofa und ging zu einem großen Schrank, holte dort einen offenen Kasten heraus, der allerlei Verbandsmaterial enthielt.

„Erzählen Sie mir, was passiert ist“, bat er, während er sich Pflaster, Desinfektionsspray, Mullverbände und Handschuhe bereit legte.

„Ich … ich konnte es nicht aufhalten. Ich war so wütend. Ich konnte es nicht verhindern. Mein … Vater … er wollte mich töten. Er wollte mich endgültig beseitigen“, stammelte Ryan hektisch los.

„Ryan, schließen Sie die Augen.“ Er setzte sich vor ihn und nahm dessen Hände. „Atmen Sie langsam ein und aus.“

Die Stimme des Mannes, dem Ryan mittlerweile so sehr vertraute, umwaberte ihn regelrecht, hüllte ihn ein, wie eine weiche, leichte Decke. „Einatmen und ausatmen … einatmen … und ausatmen …“ Die Stimme wurde immer leise, bis Ryan sich beruhigt hatte und nun langsam und gleichmäßig atmete.

„Lassen Sie die Augen geschlossen. Erzählen Sie mir, was passiert ist.“

„Ich war mit Leon unterwegs … gestern. Ich darf endlich Auto fahren. Wir waren auf dem Rückweg, als sich ein Auto an unsere Stoßstange geklemmt hatte. Er drängte mich fast von der Straße, hat uns immer wieder gerammt. Ich … hab Panik bekommen …“ Zischend verzog Ryan das Gesicht, als das Desinfektionsmittel auf die Platzwunde an seiner Augenbraue kam.

„Leon hat gesagt, ich soll an der Tankstelle halten und … er ist ausgerastet, als mein Vater aus dem Auto stieg. Er war betrunken und Steiger auch. Sie haben sich angebrüllt. Ich … ich war wie betäubt. Ich konnte es nicht glauben, dass mein Vater das Risiko auf sich genommen hatte, mich an den nächstbesten Baum zu befördern.“ Einen Moment schwieg er und atmete tief durch, als Dr. Ramos sich nun um Ryans Lippe kümmerte.

„Es muss nicht genäht werden“, sagte er leise, und Ryan nickte dankend. „Wie kann ein Vater so etwas tun? Ich meine … ich bin doch sein Kind. Dass er … mich verabscheut, wusste ich ja, aber … dass er versuchen würde, mich umzubringen …“

Ryan senkte den Kopf. „Ich war danach so wütend. Heute Morgen ging es mir besser, ich bin auch wieder Auto gefahren, aber tief in mir hatte sich nichts verändert. Die Wut war immer noch da. Als Murphy und Shelser mich dumm angemacht hatten, hab ich … rot gesehen. Es waren … belanglose, dumme Sprüche, aber … ich konnte es nicht aufhalten … mich nicht aufhalten. Ich hab zugeschlagen. Es war mir so egal.“ Nun hob er den Blick und deutete auf seine Hände, die deutliche Spuren der Prügelei trugen. „Ich versteh das nicht. Warum geht die Wut nicht weg?“

Dr. Ramos goss Ryan einen Kaffee ein und setzte sich ihm wieder gegenüber. „Das geht nicht von heute auf morgen, Ryan. Und das wissen Sie auch. So viele Jahre haben Sie Ihre Wut unterdrückt. Sie kam nur gelegentlich hoch. Als Sie das erste Mal bei mir waren, haben Sie keinerlei Reue gezeigt. Es war Ihnen egal, ob Sie Ihrem Gegner wehgetan haben. Das hat sich geändert. Es geht bergauf. Haben Sie Vertrauen in Ihre Stärke und Kraft.“

Ryan mochte die Stimme des Mannes. Er hielt die Augen noch immer geschlossen, wie sooft, wenn Dr. Ramos ihm etwas erklärte. Sie wickelte ihn richtiggehend ein.

„Leon wird enttäuscht sein und … Himmel ... Jamie.“ Ryan

seufzte, schlug die Augen auf und nippte an seinem Kaffee. „Jamie ist der Freund meines Cousins. Er ist … ein Kleiderschrank. Sie sind gerade zu Besuch da und … Jamie hat mich aus der Prügelei rausgezerrt. Ich hab's gar nicht richtig mitbekommen, aber ich hab ihm auch eine verpasst. Ich habe ihn angebrüllt. Ich …“ Ryan zuckte zusammen, als sein Handy klingelte. „Das ist Leon“, murmelte er nach einem Blick auf das Display.

„Gehen Sie ran. Er wird sich Sorgen machen.“

Für einen Moment glaubte Ryan in Tränen auszubrechen, als er Leons Stimme hörte.

„Snoopy, wo bist du?“

„Ich … Scheiße, Baby … ich bin bei Dr. Ramos. Ich … Leon, es tut mir leid.“

„Hey, mach dir keinen Kopf. Ryan, wir holen dich ab, okay?“

„Okay …“, flüsterte Ryan und legte auf. Er schaute in das gütig lächelnde Gesicht. „Er kommt her. Sie … wollen Sie ihn kennen lernen?“ Ihm wurde gerade bewusst, dass sein Therapeut Leon noch nie gesehen hatte.

„Ja, sehr gern.“ Dr. Ramos lächelte, stand auf und ging zu seinem Schreibtisch. „Theresa, sagen Sie bitte meinen letzten Termin ab und bringen Sie frischen Kaffee herein.“ Er ließ den Knopf der Sprechanlage los und deutete Ryan an, sich auf das Sofa zu setzen. „Ist doch weitaus bequemer. Ryan, darf ich mich mit Leon unterhalten?“

Ryan zögerte. Was sollte das für ein Gespräch sein? „Allein?“

„Nein, auf keinen Fall. Mit Ihnen zusammen.“

„Okay …“, sagte Ryan und lehnte sich zurück, schloss die Augen.

Wenig später klopfte es, und Theresa steckte den Kopf ins Zimmer. „Mr. Blake ist da. Er hat noch zwei weitere junge

Männer dabei."

„Diese beiden möchten bitte draußen warten. Es wird nicht allzu lange dauern. Mr. Blake kann eintreten."

Theresa zog sich zurück und kurz darauf kam Leon ins Zimmer gestürmt.

„Ryan!" Er war kaum auf seinen Freund zugegangen, als der auch schon vor ihm stand und sein Gesicht an dessen Hals vergrub.

„Es tut mir leid …"

„Ach was. Ich bin so froh, dass du hier bist und nicht am Bahndamm."

Ryan hob den Kopf und sah nachdenklich an ihm vorbei. „Daran hatte ich nicht mal gedacht … seltsam."

„Das ist gut … verdammt gut." Leon war erleichtert. „Oh … verzeihen Sie. Leon Blake." Er streckte dem Mann, der das Paar lächelnd musterte, die Hand entgegen. „Sie haben keine Vorstellung, wie dankbar ich Ihnen bin."

„Frederick Ramos."

Die beiden schüttelten sich lächelnd die Hände, dann deutete Dr. Ramos auf das Sofa. „Setzen Sie sich …"

Leon nahm neben Ryan Platz und streichelte ununterbrochen dessen Hände.

„Leon, darf ich Ihnen einige Fragen stellen? Die Erlaubnis habe ich von Ryan bereits bekommen."

„Ähm … ja, sicher …"

„Gut. Leon, wie war Ryan, als Sie Ihn kennen gelernt haben?"

Leon warf seinem Freund einen liebevollen Blick zu. „Ein sturer Esel. Mit dem Kopf durch die Wand. Aber … das war nur das, was er zeigen wollte. Er ist unglaublich sensibel und einfühlsam. Er sieht Dinge, die andere nicht erkennen. Er hat seine Stärken und Schwächen. Damals ist er noch schnell ausgerastet, wenn es nicht nach seinem Kopf ging."

Ryan senkte den Blick und umfasste Leons Finger stärker.

„Das ist heute nicht mehr so. Er hat sich besser im Griff. Er denkt nach, kalkuliert … er ist noch immer impulsiv, aber er kann es besser steuern. Wenn er heute aus sich rausgeht, hab ich meist auch was davon", grinste Leon leicht und spürte, wie ihm die Hitze in den Kopf schoss.

„Leon!" Ryan sah ihn perplex an.

„Was denn? Ist doch so." Er zwinkerte Ryan zu, wandte sich dann wieder an Dr. Ramos.

„Glauben Sie, dass seine Wut auf seinen Vater gemildert ist?"

Leon überlegte. „Ich bin nicht sicher. Ryan vergräbt viel in sich. Er hat nicht mehr so oft Albträume, er schläft ruhiger. Hat er Ihnen … Ryan, hast du ihm von gestern erzählt?" Ryan nickte. „Er war geschockt und wütend. Das sind Dinge, die ihn zurückwerfen. Zumindest sagt er das … glaubt es … ich bin nicht sicher, ob sie ihn wirklich zurückwerfen, oder ob es sich in dem Moment für ihn nur so anfühlt."

„Wäre das gestern nicht passiert, was denken Sie, wäre es heute trotzdem zu der Prügelei gekommen?"

„Oh … da kann ich nur spekulieren. Ich hab keine Ahnung, was passiert ist. Ich kam erst danach dazu, als Ryan schon weg war. Aber … was es auch war, es muss deftig gewesen sein. Normalerweise hört er weg."

„Ryan, was war es? Was haben die beiden zu Ihnen gesagt?"

Ryan sah traurig zu seinem Freund. „Es war nichts Deftiges. Nur dumme Sprüche. Schwuchtel und so … und … naja, dass ich ein Freak bin … das Übliche halt."

„Ryan …", setzte Leon an, doch der hob die Hand.

„Leon, das waren dumme Sprüche, wie wir sie von ihnen kennen. Ich … ich weiß nicht, warum ich so ausgerastet bin.

Vielleicht … weil sie nicht nur mich gemeint haben." Er war mit jedem Wort leiser geworden.

„Haben sie Leon auch so betitelt?"

Ryan nickte.

„Oh, Snoopy!" Leon nahm dessen Gesicht in die Hände. „Was diese Typen erzählen, ist Schrott. Da darfst du gar nicht drauf hören."

„Das weiß ich doch. Baby, glaub mir, das ist mir klar. Ich … wie gesagt, ich weiß nicht, warum ich so wütend war.

„Nun, ich denke, Ihnen beiden ist klar, dass es etwas mit dem Vorfall des gestrigen Abends zu tun hatte, nicht wahr?"

Die Jungs seufzten unisono, dann nickten sie.

„Leon, bringen Sie Ryan jetzt nach Hause. Er sollte sich etwas hinlegen und den Kopf schonen. Ist dieser Jamie auch verletzt?"

„Oh, nein. Der bekommt gleich eine Eispackung und dann geht's." Leon stand auf und zog Ryan auf die Füße. „Na los, Snoopy, ab nach Hause."

Willig ließ sich Ryan aus dem Zimmer ziehen und knickte bei Jamies Anblick beinahe ein. „Fuck …", murmelte er.

„Ja, das trifft's ganz gut. Aber, Ryan, ich muss dir sagen … du schlägst zu wie ein Mädchen." Jamie sah ihn todernst an, doch als Ryan die Stirn runzelte, zwinkerte er.

„Blöder Sack …", knurrte Ryan. „Dr. Ramos, das ist mein Cousin Dylan Thompson und sein Freund Jamie …" Ryan sah ihn verlegen an. „Er hat bestimmt auch einen Nachnamen."

„Boah, McCoy … du hast mich verprügelt und kennst nicht mal meinen Nachnamen?" Jamie schüttelte den Kopf. „James Seaward."

Dr. Ramos lachte und schüttelte beiden jungen Männern die Hände. „Freut mich, Sie kennen zu lernen. Nun, Ryan braucht Eis für die Lippe und James … Sie sehen auch aus, als könnte Ihr

Kinn etwas davon vertragen."

„Uh ja, ich nehm Nougateis." Jamie kicherte, grinste den Arzt dann aber frech an.

Wenig später standen sie auf der Straße.

„Jamie, ich kann dir gar nicht sagen, wie leid es mir tut." Ryan schaute schuldbewusst in die grünblauen Augen.

Der legte den Kopf schief. „Ryan, mach dir keine Gedanken. Du bist zwar seit Ewigkeiten der Erste, der ungestraft zuschlagen durfte, aber ich werd's verkraften. Ich hab schön härter eingesteckt. Aber eins muss man dir lassen, du hast dich anständig zur Wehr gesetzt."

„Heeeey! Jetzt lobe ihn nicht auch noch!", protestierte Leon und schubste Jamie leicht.

Lachend versteckte sich Jamie hinter seinem Freund. „Baby, mach was. Ich will nach Hause. Die sind hier alle böse zu mir."

„Zu … wie ist die nette Dame aus dem Club?" Leon überlegte.

„Lucy, Darling", hauchte Dylan übertrieben geziert. „Die Süße hat schon nach euch gefragt. Wenn ihr das nächste Mal bei uns seid, dürft ihr euch nicht so schnell vom Acker machen. Sonst ist sie ernsthaft beleidigt."

Ryan lächelte und schlang seine Arme um Leon. „Versprochen. Gib ihr nen Kuss von uns."

Dylan machte einen Knutschmund und kniff die Augen zusammen.

„Was soll das werden?"

„Ich kann ihr nichts geben, was ich nicht habe, also …" Er nahm wieder die gleiche Position ein.

„Dylan, ganz ehrlich, das kuscheln gestern Abend war schon ziemlich strange. Einen Kuss gibt's nicht!" Ryan trat einen Schritt zurück.

„Okay, das übernehme ich.“ Jamie legte einen Finger unter Ryans Kinn und küsste ihn sanft auf den Mund.

„Äh …“ So ganz wusste Leon nicht, was er davon halten sollte.

„Ich krieg nen Krampf!“, nuschelte Dylan, der sich nicht bewegt hatte.

Schnell drückte Leon ihm einen Kuss auf, zog dann aber Ryan von Jamie weg, knurrte leise ‚Meins!‘ und funkelte den anderen an.

Das Bild der Gesellschaft

„Ryan, du hast Post bekommen.“ Eileen war noch nie so aufgeregt gewesen. Sie sprang ihm förmlich entgegen, als ihr Sohn mit Leon aus der Schule kam.

„Danke … Mum, was ist los?“

Leon warf einen Blick auf den Umschlag, und obwohl er beim Anblick des Absenders lächelte, nahm er den bitteren Beigeschmack deutlich war.

„Du hast Post aus Harvard bekommen, Schatz. Das ist … wahnsinnig aufregend. Himmel, mein Junge geht nach Harvard.“ Sie wuselte im Kühlschrank herum und nahm eine Flasche Sekt heraus. „Darauf müssen wir anstoßen.“

Ryan hatte dem Umschlag noch keinen Blick gewürdigt. Er sah nur zu seinem Freund, der ihn stumm anlächelte.

„Leon?“

„Hey, das ist … unglaublich. Das ist eine Wahnsinns-Chance. Die darfst du dir nicht durch die Lappen gehen lassen.“

„Und was wird aus dir, hm?“

Eileen hielt mit dem Korken in der Hand inne. „Jungs, bei allem Verständnis, aber hier geht es um eure Zukunft. Nicht um eure Liebe. Das ist eines des besten Colleges der Welt, und sie wollen Ryan haben. Kind, das wirst du doch nicht ablehnen, oder?“

Unsicher sah Ryan hin und her. Sicher hatte seine Mutter recht. Definitiv sogar, aber Harvard? Ohne Leon? So weit weg? „Ich kann nicht nach Boston gehen und Leon hier lassen. Ausgeschlossen.“

„Ryan!“ Eileen starrte ihn an. „Warte, du willst Harvard sausen lassen, wegen … Leon?“

Mit erhobener Augenbraue warf der Eileen einen fragenden Blick zu. „Entschuldige bitte, aber …“

„Nein, Leon. Das ist allein eine Sache zwischen Ryan und mir. Es tut mir leid, aber …“

Ryan hob die Hand und beide schwiegen, warfen sich nur böse Blicke zu. „Letztendlich ist es meine alleinige Entscheidung. Mum, ich weiß, dass du immer nur das Beste für mich wolltest und immer noch willst. Und das Beste ist hier. Die Farm, du und Leon. Mehr brauche ich für mein Leben nicht.“

„Willst du denn gar nicht studieren?“, fragte Eileen verwirrt.

„Doch, natürlich. Aber hier … in Mainsfield. Mum, ich habe das Thema College lange vor mir hergeschoben. Einfach, weil ich wahnsinnige Angst habe, dass Leon nach … was weiß ich… Texas gehen könnte, oder Alabama oder … weiß der Geier wohin. Ich hatte Angst, dass er eines Tages ankommt und mir sagt, dass er ab dem nächsten Semester weg ist“, gab Ryan leise zu. „Ich kann nicht nach Harvard, denn so sehr ich den Kerl auch liebe … da nehmen sie ihn nicht.“ Er zwinkerte Leon liebevoll zu.

„Nein, aber Kalifornien und Michigan … die würden mich nehmen.“ Leon ließ das Ganze so im Raum stehen.

Schweigen.

Die drei sahen sich nur an.

„Oh Mann …“ Ryan ließ sich auf einen Stuhl fallen und schaute auf den Brief, dann glitt sein Blick zu Leon. „Was sagen deine Eltern?“

Missmutig schüttelte Leon den Kopf. „Mum sagt, dass ich meine Liebe nicht über meine Zukunft stellen darf. Dass ich da studieren soll, wo es mich auch weiter bringt. Und Dad ist der Meinung, ich gebe einen wunderbaren Arzt ab und findet Michigan deswegen ganz toll.“

Schweigen.

Ryan drehte den Brief auf dem Tischtuch im Kreis. „Und was denkst du?“

„Dass ich keinen guten Arzt abgeben würde. Eher … einen Krankenpfleger, aber Arzt …“

„Leon, bitte …“

„Ryan, ich kann nicht in Kalifornien sitzen und all das hier zurück lassen … Snoopy…“, er grinste frech, „meine beiden Snoopys zurück lassen. Das geht nicht.“

„Jungs, also ich bitte euch!“ Fassungslos schaute Eileen immer hin und her. „Was ist, wenn es bei euch beiden mal auseinandergeht? Dann habt ihr keine vernünftige Ausbildung.“

„Zum einen geht’s nicht auseinander und zum zweiten hat Mainsfield sehr gute Programme in der Agrar-Wirtschaft. Und das ist es, was ich lernen will. Mum, ich gehöre nun mal auf einen Hof. Und ich will’s besser machen als Dad. Ich kann hier mehr rausholen, mit der richtigen Technik. Und wozu soll ich auf ein tausend Meilen weit entferntes College, wenn ich ein Gutes vor der Nase habe, hm?“

„Aber Harvard …“

„Mum, scheiß auf Harvard. Ich passe da ohnehin nicht hin. Ich, der Freak aus einer Kleinstadt? Mal ehrlich, das geht nicht gut. Zumal … ich hab hier auch meine Therapie und Dr. Ramos gebe ich nicht auf."

Eileen ließ sich auf einen Stuhl sinken und seufzte.

„Tut mir leid, falls ich dich jetzt enttäuscht habe, aber … ich kann und will hier nicht weg. Hier gehöre ich hin. Dass ich jemals auf ein College gehen kann, ist schon erstaunlich, aber deswegen zieht es mich noch lange nicht in die Ferne."

Leon musterte seinen Freund. „Nimmst du mich mit nach Mainsfield?"

„Na klar, du kommst als Maskottchen an meinen Rucksack." Ryan grinste frech. „Ich habe mich bereits in Mainsfield eingeschrieben. Leon, lass mich da bitte nicht allein."

Mit einem Schritt war Leon bei ihm, nahm dessen Gesicht in die Hände und küsste ihn sanft. „Werde ich nicht. Ich trag mich da ebenfalls ein."

„Lieber Gott, steh mir bei. Ihr zwei seid unmöglich!", fluchte Eileen, schnappte sich das Telefon und verschwand im Büro, zweifelsohne, um Maggie anzurufen und ihr mitzuteilen, dass beide Söhne ihre Talente gnadenlos verschenkten.

„Ich hab sie enttäuscht", murmelte Ryan.

Leon setzte sich kurzerhand auf dessen Schoß und schlang die Arme um Ryans Hals. „Mag sein, aber das hält nicht lange an, und das weißt du auch. Eileen wollte immer das Beste für dich, und Harvard ist vermutlich das Beste, wenn man die unterschiedlichen Prioritäten mal außer acht lässt."

„Ja, schon möglich, aber am Ende zählt doch nur, was ich will. Was ich machen möchte. Nicht was für sie das Wichtigste ist, richtig?"

„Absolut korrekt."

„Gut, dann muss ich Harvard leider eine Absage erteilen."

Das Thema wurde zwar nicht mehr angesprochen, doch Ryan spürte deutlich, dass seine Mutter extrem unzufrieden mit seiner Entscheidung war. Wie konnte ihr Sohn sich diese Chance entgehen lassen?

Ryan war irgendwann nur noch genervt. Eileen sagte nichts mehr, doch seine Lehrer konnten und wollten anscheinend seine Entscheidung so nicht hinnehmen.

Mrs. Beader redete mit Engelszungen auf ihn ein, bis ihm beinahe der Kragen platzte.

„Ich will da nicht hin. Ich scheiße auf Harvard!“, knurrte er tief.

„Ryan, los, komm mit!“ Rick lachte leise und zog Ryan aus dem Raum, denn Mrs. Beader war kreidebleich geworden. „Jetzt hast du ihr Weltbild zerstört.“

„Ist mir doch egal. Sag mal, rede ich so undeutlich? Ich will da nicht hin. Warum versteht das keiner?“

„Naja, du bist ein Streber“, gab Rick lapidar zurück. „Dir würde Harvard vermutlich genauso in den Schoß fallen, wie das hier. Sie sehen ein unglaubliches Talent davonschwimmen und Lehrer können das nicht, das ist gegen ihre Natur.“

Leise lachte Ryan und musterte dann Rick. „Was ist mit dir?“

„Ich geh nach Florida. Ich hab zwar noch keinen Plan, was ich studieren will, aber Dakota ist da, also was soll ich woanders?“

„Ist doch meine Rede. Halt die Kleine fest, ihr passt gut zusammen.“

„Was ist mit Michelle?“ Rick war bei den Fahrrädern stehen geblieben und musterte Ryan neugierig.

Der seufzte leise. „Sie geht nach Atlanta. Das ist … unglaublich. Einmal quer durch die Staaten.“ Er schaute zu Boden und stieß mit dem Fuß immer wieder gegen das Metall des Fahrradständers.

„Ryan, ihr zwei habt eine so tiefe und enge Freundschaft, das kann euch nichts anhaben. Vertrau drauf.“

Vertrauen … ja, Ryan vertraute auch darauf. Traurig machte

ihn das dennoch.

In der letzten Stunde bekamen sie die Unterlagen für ihr Semesterpraktikum, welches in zwei Wochen starten sollte.

„Das Praktikum dauert zwei Wochen. Überlegen Sie sich, wo Sie es absolvieren wollen. Vielleicht hat ja der eine oder andere die Möglichkeit, in seinen zukünftigen Beruf hinein zu schnuppern."

Auf dem Heimweg grinste Leon. „Sag mal, kann ich gleich mal einen Termin beim Chef bekommen?"

Verwirrt blinzelte Ryan. „Bitte?"

„Naja, ich möchte mein Praktikum auf dem Hof machen. Das ist doch lustig. Füllst du dann meine Beurteilung aus?"

Kaum hatte Ryan geparkt, drehte er sich zu Leon um. „Das wäre keine gute Idee. Zum einen bin ich vermutlich der letzte, der objektiv schreiben kann und zum anderen, ich würde da ganz andere Dinge bewerten … deine Reitkunst zum Beispiel." Er biss seinem Freund frech in den Hals.

„Oh ja, reiten kann ich gut, was?" Leon dachte an den vorletzten Abend zurück, wo er auf Ryan einen Ritt der Extraklasse hingelegt hatte – einmal Hölle und zurück. „Hm … naja, dann eben Eileen oder Julius. Aber im Ernst, ich würde es gern hier machen."

„Na, ich denke, das lässt sich einrichten. Ich teile dich einfach jemandem zu." Sie stiegen aus, und Ryan schlenderte zum Anbinder, wo Snoopy gerade an einer Möhre aus Jareds Hand fraß. „Eine Woche Julius und eine Woche Toby … oder so."

„Ja, find ich gut. Hey, mein Süßer." Leon setzte sich auf das Geländer.

Für Leon ließ Snoopy alles stehen und liegen - sogar die Möhre. Er kam sofort zu ihm und legte seinen Kopf auf Leons Beine. „Wie geht es dir, hm?"

Ryan betrachtete diese Tierliebe mit wahnsinnig viel Stolz.

Leon war der perfekte Besitzer für das Pferd.

„Was ist mit mir?“ Toby hatte seinen Namen gehört und schaute abwechselnd zwischen dem Boss und dessen Freund hin und her.

„Leon macht sein Schulpraktikum hier. Eine Woche bei Julius und eine Woche bei dir. Das heißt, er weicht euch nicht von der Pelle, und ihr seid für ihn zuständig. Ich denke, Mum wird dann seine Beurteilung schreiben, mit euch zusammen.“

„Alles klar. Hey, das wird lustig, Leon.“ Toby strahlte regelrecht.

„Okay, ich hab nen Platz. Und was ist mit dir?“

Ryan grinste fröhlich, schnappte sich sein Handy und wählte eine Nummer, sah Leon herausfordernd an. „Hey, ich bin’s. Ist deine Mum zu Hause? … Oh fein, gib sie mir mal … Hey, du sag mal, wir groß ist meine Chance, mein Schulpraktikum bei dir zu machen? … Klar bin ich fleißig und charmant … Und pünktlich und alles, was du willst … Ja? Super, ich danke dir.“ Ryan legte auf und kicherte.

„Mit wem, zum Teufel, hast du telefoniert?“

„Mit Susan. Ich mach mein Praktikum an der Milchshakequelle.“

Leon lachte auf. „Im Diner? Du hinter dem Tresen? Das muss ich mir dann ansehen, das wird zum Brüllen."

„Jaah und weil ich, wie schon gesagt, an der Quelle arbeite, werde ich abends viel wieder abtrainieren müssen.“ Er biss sich auf die Unterlippe und funkelte Leon an.

„Uhhh … das werden aufregende zwei Wochen.“

Und die kamen schneller als gedacht.

Am Montagmorgen stand Leon fertig angezogen in der Tür zum Aufenthaltsraum. „Mr. Drasher, ich melde mich zum Dienst“, salutierte er belustigt.

Julius hob die Augenbrauen. „Er macht alles, was wir wollen? Warte, Praktikanten sind gut für den ganzen Mist, oder?“, neckte Julius ihn. „Dann will ich noch einen Kaffee.“

Leon sah auf die Tasse, die Julius ihm hinstreckte. „Ich bin aber nicht dein Diener, klar!“, gab Leon zurück, nahm die Tasse und füllte sie mit Kaffee aus der Thermoskanne, die für Julius nicht erreichbar gewesen war. „Noch ein Brötchen dazu? Oder etwas anderes?“

Die beiden funkelten sich einen Moment lang an, dann lachten sie los.

„Nein, setz dich, Leon. Wir planen gerade den Tag.“

Dazu kamen sie nicht, denn Ryan trat aus dem Haus. Bekleidet mit einer weißen Stoffhose und einem weinroten Shirt.

Schweigend starrten die Arbeiter ihn an.

„Kein einziges Wort, klar! Sonst schiebt ihr Extrastunden. Vor allem du, Blake!“

Fest bissen sie sich auf die Lippen, wandten sogar den Blick ab, doch sie hatten keine Chance. Ryan sah in diesem Aufzug einfach lächerlich aus.

„Ihr seid Idioten“, schmollte Ryan, schnappte sich sein Fahrrad und verschwand.

Laut lachend schauten sie ihm hinterher.

„Er sah ja wirklich süß aus.“

Jared kam als letzter in den Raum. „Bitte, was macht Ryan in den Klamotten auf dem Fahrrad? So will er doch wohl nicht arbeiten gehen?“

„Doch, ich befürchte schon. Jungs, Mittagspause machen wir heute im Diner, oder? Ich finde, ein paar Burger haben noch niemandem geschadet. Ich lade euch ein“, grinste Julius.

Ryan kam wenig später im Diner an und knurrte. „Susan, die Klamotten sind abartig!“

Sie schaute ihn von oben bis unten an und lachte leise. „Äh … ja. Weinrot ist wirklich nicht deine Farbe, Schätzchen. Aber da musst du jetzt durch. Sind ja nur zwei Wochen. Los, komm hinter den Tresen, dann erkläre ich dir alles."

Als sich zum Mittagessen die Tür öffnete, erstarrte Ryan, dann knurrte er. „Oh Mann, ich hasse euch. Ich schwöre es, ich hasse euch."

Leon, Julius, Lance, Toby und Jared setzten sich an den Tresen und musterten Ryan.

„Okay, wir sind ja Profis und stehen drüber, korrekt? Also, was darf's sein?"

Gott sei Dank war es im Diner gerade leer. Die Mittagsgäste waren noch nicht da, und so störte es auch niemanden, dass die fünf Kerle geschlossen losbrüllten vor Lachen.

Ryan, der die Hände auf den Tresen gestützt hatte, blies die Wangen auf und ließ geräuschvoll die Luft entweichen. „Habt ihr es dann?"

„Sorry, aber das ist einfach zu geil", lachte Julius und legte sogar den Kopf auf die Arme.

„Hey, Mister. Ich hätte erstmal gern einen Kuss. Los, trab an, der Gast ist König!", rief Leon übermütig.

„Ich beiß dir gleich wohin, Blake", gab Ryan ungerührt zurück.

„Oh, auch eine nette Idee." Mit einem provozierenden Funkeln in den Augen erwiderte Leon dessen Blick.

„Jungs, nun macht schon. Hey, ich arbeite hier. Lustig könnt ihr euch machen, wenn ich zu Hause bin!" Ryan murrte leise, dann wandte er sich ab. „Fein, dann sitzt da rum. Hauptsache, ihr seid wieder pünktlich auf dem Hof. So lang ist eure Mittagspause nun auch wieder nicht."

„Uh, Ryan, lässt du jetzt den Boss raushängen?"

„Vorsichtig, Jared. Du bist noch in der Probezeit. Also, was ist jetzt?“

Julius hatte Erbarmen. „Fünfmal das Spezial und ich nehm ein Wasser dazu.“

„Cola“

„Cola.“

„Limo.“

„Wasser.“

Ryan schrieb alles mit, brüllte dann über seine Schulter die Bestellung in die Küche und stellte die Getränke nacheinander auf den Tresen, bevor er sich darüber beugte und Leon einen sanften Kuss gab. „War der Abdecker schon mit dem Scheck da?“, fragte er dann Julius.

„Jap … das heißt, der Abdecker war da. Ob mit Scheck, weiß ich nicht. Aber er hat mit Eileen gesprochen.“

„Okay, dann frag ich Mum nachher.“ Ryan wischte den Tresen ab und begab sich zu zwei weiteren Gästen, die gerade das Lokal betreten hatten.

„Er ist süß mit der Schürze“, grinste Toby.

Leon beugte sich etwas zurück. „Die Shirtfarbe geht gar nicht, aber in der Hose hat er einen verboten, knackigen Hintern.“

Nun beugten sich alle zurück.

„Stimmt. Ich werde meiner Süßen auch so eine Hose besorgen. Kann sein, dass ich dann nicht mehr so regelmäßig komme, aber es lohnt sich.“

„Warum willst du ihr so eine Hose besorgen, Jared, wenn du dann nicht mehr so regelmäßig kommst? Das versteh ich nicht.“ Toby verzog nachdenklich das Gesicht, während Leon loslachte.

„Idiot.“ Jared schubste ihn leicht.

Ryan kam zurück, stellte mit Schwung die Teller vor die Jungs und klaute sich bei Leon gleich ein paar Pommes.

„Hey!“ Leon starrte ihn gespielt entrüstet an. „Na, das ist ja ein Service. Hier wird dem Gast das Essen vom Teller gefressen."

Ryan zwinkerte nur frech und machte weiter.

Als er am Abend nach Hause kam, warf er sich geschafft und in voller Arbeitsmontur auf sein Sofa.

„Was ist los, Snoopy? So fertig?", lachte sein Freund.

„Jaah, es ist seltsam, hier laufe ich auch viel, aber das war anstrengend heute. Wobei, vielleicht lag's auch an den vielen Gästen am Nachmittag. Mann, ich dachte, das nimmt gar kein Ende mehr. Ab heute hat Susan meinen vollsten Respekt. Das ist wirklich anstrengend. Da brüllen zehn Trucker durcheinander, was sie haben wollen und während ich da stehe und versuche noch das vom Ersten aufzuschreiben, macht sie die Teller fertig und ist da, bevor ich beim Letzten angekommen bin. Unglaublich."

Leise lachend setzte Leon sich neben ihn. „Sie macht das aber auch schon ein paar Jahre, Schatz. Und … bitte geh duschen. Du stinkst nach kaltem Fett."

Nach einem zärtlichen Kniff in Leons Nacken stand Ryan allerdings auf und verschwand.

Einige Tage später war Ryan gerade dabei, den Tresen abzuwischen, als sich die Tür öffnete. Aus dem ersten Impuls heraus wollte er knurren, doch dann runzelte er die Stirn.

Ben Murphy sah verdammt angeschlagen und vor allem zusammengeschlagen aus. Seine Lippe war geschwollen und blutete, während sich um sein rechtes Auge bereits ein nettes Veilchen bildete.

Bens Blick huschte unruhig durch den Raum, dann entdeckte er Ryan, der mit verschränkten Armen hinter dem Tresen stand und ihn fast ein wenig abfällig musterte.

„Hi …", kam es kleinlaut von Ben.

„Na? Mit wem hast du dich diesmal angelegt?" Ryan rührte

sich nicht.

„Kann ich eine Cola haben und … etwas Eis?“

Die beiden Jungs fixierten sich - der eine erschöpft, der andere ganz klar provozierend.

„Ryan?“ Sophie, die Chefin des Diners, war aufgetaucht. „Übernimmst du ihn, oder soll ich das lieber tun?“

Kurz zögerte Ryan noch, dann schüttelte er den Kopf. „Nein, ich mach das.“

Sophie nickte und verschwand wieder im Büro, wo sie Papierkram erledigte, während es noch so leer war.

Ryan stellte ein Glas Cola auf den Tresen, dann legte er einige Eiswürfel in ein Tuch und streckte die Ben hin. „Los, setz dich auf deinen Arsch. Du siehst aus, als würdest du gleich aus den tollen Turnschuhen kippen.“

Langsam ließ Ben sich nieder, verzog leicht das Gesicht und legte sich vorsichtig das Eis auf sein Auge, seufzte erleichtert. „Schmerz lass nach und komm nie wieder“, murmelte er vor sich hin und schloss die Augen.

Einen Moment lang noch musterte Ryan ihn, dann füllte er neuen Kaffee in die Maschine, ließ seinen Mitschüler aber nicht aus den Augen. „Also? Mit wem warst du diesmal nicht ganz einer Meinung?“

Ben schwieg. Er sah Ryan nur an, doch in seinem Blick lag keine Abfälligkeit, wie Ryan es sonst bei ihm gewohnt war. „Mein Vater hatte recht“, sagte er dann leise.

Fragend hob Ryan die Augenbrauen. „Und womit?“

„Naja, dass ich von dir spreche. Nicht so oft, wie er es dargestellt hat, aber ich tu es.“

„Aha.“ Ryan ließ das Ganze im Raum stehen, nicht sicher, ob er das Thema vertiefen wollte.

„Allerdings geht’s da weniger um die Mannschaft.“ Über Bens Lippen zog sich ein schiefes Lächeln. „Ich weiß auch nicht …“, murmelte er und nahm das Tuch runter, trank einen Schluck Cola und hielt sich das kühle Glas an die Lippe.

Schweigend arbeitete Ryan weiter und auch Ben sagte nichts mehr.

„Hey. Ich wollte … oh nein, ich geh wieder …“ Leon war hereingekommen, starrte nun aber Ben an. „Das ist ja Höchststrafe, Baby.“

Lächelnd lockte Ryan ihn mit dem Finger zu sich, beugte sich über den Tresen und küsste seinen Freund sanft auf den Mund. „Bleib ruhig, unser lieber Ben ist heute etwas angeschlagen und redefaul. Es ist fast etwas langweilig mit ihm.“

Ben hatte den beiden zugesehen, senkte nun aber wieder den Blick auf seine Cola.

„Ach ja?“ Leon setzte sich neben ihn und musterte das verletzte Gesicht. „Du musst dringend an deinen Reflexen arbeiten, Murphy. Die sind unter aller Sau. Wie hast du es eigentlich ins Team geschafft?“

Ben schwieg und schloss nur die Augen.

„Ich sag ja: er ist langweilig heute.“

Weder Ryan noch Leon waren Menschen, die einen anderen noch fertig machten, wenn der bereits am Boden lag, auch einen Benjamin Murphy nicht. Von daher warfen sie sich verwirrte Blicke zu, bevor Leon das Ganze mit seiner weit sensibleren Ader in die Hand nahm und sich Ryan um zwei weitere Gäste kümmerte.

„Okay, nun red schon. Was ist los? So lammfromm kennt man dich gar nicht.“

„Tja, Wunder gibt es immer wieder, nicht wahr?“, kam es gemurmelt zurück, ohne dass Ben den Kopf gehoben hätte.

„Ja, wobei ich das weniger als Wunder, sondern mehr als wohltuend empfinden würde.“ Leon sah ihn nur an, während Ben sein Auge kühlte und das Glas auf dem Tresen drehte.

„Schatz? Was willst du trinken?“, fragte Ryan.

„Kaffee. Oh, Snoopy, gibst du mir ein Stück Apfelkuchen? Der ist lecker.“ Er grinste frech, doch bei Bens Anblick schlief das augenblicklich ein.

Nachdem Ryan beides auf den Tresen gestellt hatte, musterte er den anderen. „Ben, worüber sprichst du zu Hause, wenn du von mir redest?“, wollte er nun doch genauer wissen.

Die Jungs mussten eine Weile auf eine Antwort warten, die überraschend leise und zurückhaltend ausfiel: „Über dein Selbstbewusstsein … deine Art, mit Problemen fertig zu werden …“ Ben sah stur in sein Glas. „Wie du, trotz deiner Schwierigkeiten zu Hause … so stark bist … also … seelisch stark …“

Ryans Augenbrauen waren mit jedem weiteren Wort höher gewandert und unter seinem Pony verschwunden. Er starrte Ben an, dann huschte sein Blick zu Leon, der verwirrt die Stirn runzelte.

„Ähm … hä? Ich versteh kein Wort. Du … warte, das muss ich sortieren. Du bewunderst Ryan für seine selbstbewusste Art?“

Unschlüssig zuckte Ben mit den Schultern, nickte dann aber.

„Warum benimmst du dich dann wie das Oberarschloch vom Dienst?“

Nun schaute Ben doch auf und fixierte Leon, der bei dessen Anblick eine Augenbraue hob. „Es wird erwartet. Es ist … einfach so.“

„Nichts ist einfach so. Ey, ganz ehrlich, bist du so, nur damit du deinen Kumpels gefällst? Damit sie sich mit dir abgeben?“

„Sein Vater war wirklich nett“, mischte sich Ryan ein, „gar nicht überheblich oder dergleichen. Er war stolz auf Ben, wenn auch nicht gerade auf den Ben, den wir kennen. Du bist zu Hause ganz anders, oder?“

Ben schwieg und rieb sich langsam das Gesicht.

„Nun los, rede mit uns. Die Chance bekommst du vermutlich nur dieses eine Mal.“

Leons Kaffee wurde kalt, denn er beachtete seine Tasse gar nicht. Er sah nur Ben schweigend an.

„Meine Mum und mein Dad sind einfache Menschen. Sie haben nichts, womit sie irgendwie aufwarten können. Weder ein großes Haus, noch ein tolles Auto noch … tolle Jobs. Dad ist Taxifahrer und macht einen Haufen Überstunden, um die Hypothek bezahlen zu können, und Mum arbeitet im Supermarkt. Ich weiß nicht genau, was sie von mir erwarten, aber … vermutlich sind sie so stolz auf mich, dass ich Kapitän der Mannschaft bin, weil sie denken, dass ich später mal mit Sport mein Geld verdienen werde. Dass ich nicht an eine Kleinstadt gebunden bin, so wie sie.“

Ryan und Leon schwiegen. Irgendwie schien das Ganze spannender zu werden als gedacht.

„Ich habe einen großen Bruder. Sebastian. Er studiert in Mainsfield. Sie sind so stolz auf ihn … auf uns beide, dass mir manchmal fast schlecht wird, weil ich Angst habe, sie zu enttäuschen. Versteht ihr?“

Ryan schwieg und sah zu seinem Freund, der langsam nickte. „Elterlicher Druck ist immer hart, egal ob bewusster Druck oder unbewusster Druck. Ben, ich denke, dass deine Eltern das nicht absichtlich tun. Sie wollen einfach das Beste für dich.“

„Ja … ja, ich weiß.“ Ben seufzte leise.

„Ben, mit wem hast du dich angelegt?“

Nach einem kurzen Schweigen murmelte er fast nicht hörbar: „Kilian und Kyle.“

„Bitte was? Warum?“ Ryans Blick schoss zu Leon, der genauso verwirrt war, doch Ben schwieg.

„Hör mal, du kannst uns vertrauen. Wir sind keine Schweine, falls du das noch nicht bemerkt hast“, sagte Leon. „Na los.“

Ben haderte mit sich - das war offensichtlich. Er kniff immer wieder die Augen zusammen, knibbelte an einer Serviette herum und biss sich auf die Unterlippe, doch Leon und Ryan schwiegen. Er würde reden … auf kurz oder lang.

„In Sebastians Wohnheim … in seinem Zimmer, da … lebt Daniel.“ Ben atmete tief durch. „Er ist … Sebastians bester Freund. Seit Jahren schon. Ich kenne ihn … schon ewig. Er … ist wirklich cool. Ziemlich intelligent.“ Ben sah auf zu Ryan. „Nicht so sehr wie du, aber das ist auch nicht schwer. Du stichst alle aus. Ähm … Sebastian, Daniel und ich waren im Kino … gestern. Es war lustig. Wir hatten viel Spaß.“

Leon wusste nicht, wohin die Geschichte führen sollte, versuchte allein und im Vorfeld irgendwie daraus schlau zu werden.

„Ähm … nach dem Kino standen wir draußen, und Sebastian musste telefonieren, weshalb er … ein Stück von uns weggegangen. Daniel und ich haben herumgealbert. Es war … schön. Anders, als mit meinem Freunden.“ Bei dem Wort ‚Freunde’ runzelte er kurz die Stirn. „Daniel hat von seinem Studium erzählt und mich gefragt, wo ich studieren werde. Mum und Dad können sich keine teuren Unis leisten, also habe ich mich, wie Sebastian, in Mainsfield eingetragen. Er hat sich richtig gefreut, meinte, dass wir uns ja dann öfter sehen würden und … ich fand das schön … ein … schöner Gedanke.“ Er schwieg wieder. So langsam dämmerte Leon, was am Ende herauskommen würde. Er warf Ryan einen bedeutungsvollen Blick zu. „Du magst ihn, hm?“

Ben sah ihn an und nickte langsam. „Ja, schon … ich kenne ihn schon lange“, wiederholte er. „Oh, Mann …“ Er fuhr sich mit einer Hand durch das brünette, kurze Haar. „Hört mal, Jungs, das … ich weiß nicht, wie ich das alles erklären soll.“

„Ben, wie sehr magst du ihn?“

„Ich weiß nicht. Ich freue mich, wenn ich ihn sehe.“ Verunsichert musterte er Leon, der wissend grinste.

„Wie ging's weiter?“

„Naja … Sebastian kam zurück und meinte, dass eine Freundin angerufen hatte. Ein Mädchen aus seinem Politkurs. Er mag sie ziemlich gern. Ich … weiß ihren Namen nicht, aber …“ Er brach ab, als er merkte, wie ausschweifend er wurde. „Sebastian hat sich verabschiedet, und ich bin mit Daniel zur Uni zurück, weil mein Auto da stand. Wir haben viel geredet … über alles Mögliche irgendwie. Auch noch, als wir an meinem Auto standen. Himmel, ich habe gar nicht auf die Uhrzeit geachtet. Die war mir einfach nicht wichtig. Er hat mich gefragt, ob wir uns wiedersehen … ohne Sebastian. Ich war verwirrt und sagte ihm, dass das ziemlichen Date-Charakter hätte. Daniel hat gelacht und gemeint, dass es ihn nicht stören würde … ganz im Gegenteil.“

„Ben, kann es sein, dass Daniel schwul ist?“, fragte Leon nach.

Ben sah auf, und ein kleines Lächeln umspielte seine Mundwinkel. „Ja, ist er. Ich habe ihn das Gleiche gefragt.“

„Und das ist … okay für dich?“, fragte nun Ryan verwirrt. War er doch in Bens Augen immer die dreckige Schwuchtel gewesen.

„Hm … die gleiche Frage habe ich mir auch sofort gestellt, aber … ich kam nicht soweit, um mir auch eine Antwort zu geben. Er hat über meine Wange gestreichelt. Das hat … mich total aus der Bahn geworfen.“

Leon lächelte. „Ja, kann ich verstehen. Das Gefühl kenne ich“, sagte er und warf Ryan einen verliebten Blick zu, als der genau das tat; ihm liebevoll über die leicht gerötete Wange zu streicheln.

Ben, der das genau beobachtete, wandte verlegen den Blick ab, als das Paar ihm wieder seine Aufmerksamkeit schenkte.

„Und? Gehst du mit ihm aus?“

„Ausgehen? Sagt man das wirklich so?“

„Okay, anders. Triffst du dich mit ihm?“

Unschlüssig zuckte Ben mit den Schultern. „Ich habe zugesagt, aber … ich weiß nicht genau. Kyle und Kilian waren in Mainsfield, weil Kilians Schwester auch da studiert. Sie haben uns gesehen ... und … heute habe ich für die kleine Berührung die Quittung kassiert. Was werden sie erst tun, wenn ich mich mit Daniel allein treffe?“

Ryan schenkte Leon Kaffee nach, den dieser letztlich kalt getrunken hatte. „Und genau das unterscheidet uns, Ben. Mir ist die Meinung anderer egal.“

„Nein, das ist kein Unterschied. Das wäre so, als hätte dir Michelle eine reingehauen, Ryan. Kilian und Kyle sind meine Freunde.“

Ryan schnaubte erst leise, dann fixierte er ihn. „Hm … kann sein, dass du recht hast.“

„Sagst du ihm jetzt ab? Wegen den beiden intoleranten Idioten?“ Leon stand voll hinter Daniel, auch wenn er ihn nicht kannte.

„Ich weiß es nicht. Ich meine, ich will nicht, aber …“

„Du hast Angst.“

Erst schüttelte Ben hektisch den Kopf, doch dann zuckte er die Schultern. „Angst ist nicht das richtige Wort. Angst, danach allein da zu stehen. Das ja.“

„Ich sag dir jetzt mal was, und du solltest mir verdammt genau zuhören“, setzte Ryan an. „Homosexualität ist keine Krankheit. Sie ist das Normalste der Welt, weil es nichts anderes ist, als hetero zu sein. Man verliebt sich in einen Menschen, man möchte mit ihm zusammen sein, man möchte ihn spüren, festhalten … und da ist es egal, ob der Mensch einen Schwanz hat oder nicht. Es ist egal, ob es ein Junge oder ein Mädchen ist, weil es am Ende aufs Gleiche hinaus läuft. Du bist mit dem Menschen zusammen, der dich glücklich macht. Intoleranz ist das Letzte. Menschen zu verurteilen, weil sie lieben ist das Letzte. Andere fertig zu machen und zu beleidigen, nur weil sie nicht in das Bild der Gesellschaft passen ist abartig!“ Ryan hatte sich so in Rage geredet, dass er tief durchatmen musste. „Das hätte ich den Idioten sagen müssen, oder Leon?“

„Ja, Snoopy, aber Ben hat’s auch nicht geschadet. Und das hast du eben sehr schön gesagt. Komm her.“ Er zog Ryans Nacken an sich und verpasste ihm einen zärtlichen, aber tiefen Kuss, und sie scherten sich nicht darum, dass Ben genau sehen konnte, wie Ryans Zunge langsam in Leons Mund glitt, dass er erkennen konnte, wie Leon genau das genoss und erwiderte.

Als sie sich voneinander gelöst hatten, sah Ryan wieder zu Ben. „Genau das ist es, worauf es ankommt und da ist es egal, ob ich meine Zunge in den Mund eines Jungen oder eines Mädchens stecke. Verstehst du?“

Bens Blick glitt hin und her, dann senkte er den Blick. „Aber was mache ich, wenn sie mich dafür dann hängen lassen? Wenn ich für genau dieses Gefühl danach allein da stehe?“

„Dann waren es keine Freunde.“ Leon sah ihn plötzlich sanft an. „Ben, ich kann mir vorstellen, dass es hart ist, aber dann waren sie einfach nicht deine Freunde. Und was noch wichtiger ist: dann haben sie selbst noch nie diese Gefühle gespürt. Lass dich davon nicht fertigmachen. Sieh mal, ich habe mir monatelang eingeredet, nicht schwul zu sein, dass es vorbei geht, dass ich wieder … normal werde. Aber das passiert nicht. Ganz im Gegenteil: es frisst dich auf, weil du etwas unterdrückst, was definitiv ein Teil von dir ist. Und da ist es egal, ob du schwul oder bi bist. Du unterdrückst ein Bedürfnis. Das geht nie gut.“

Völlig hin und her gerissen, nicht wissend, was er tun sollte, was richtig und was falsch war, sah Ben so aus, als würde er am liebsten in Tränen ausbrechen. Ryan erneuerte den Eisbeutel und gab ihm ein neues Glas Cola, bediente einige Gäste, während

Leon leise seufzte.

„Woher weiß man das? Dass es so ist … dass es keine Einbildung ist?“, fragte Ben leise.

Leon, der seinem Freund hinterher schaute, lächelte: „Du spürst es einfach. Alles andere fühlt sich nur noch falsch an. Vertrau mir. Wenn du es spürst, weißt du, was ich meine.“ Er wandte sich wieder seinem Mitschüler zu. „Triff dich mit ihm.“

Unsicher sah Ben ihn an.

„Ryan und ich könnten ja mitkommen. Ein Doppel-Date, sozusagen. Ich würde ihn gern kennen lernen, und du bist vielleicht beruhigter, wenn du nicht allein mit ihm unterwegs bist.“

Nachdenklich drehte Ben das Glas. „Hm … ja. Ja, das klingt gut.“ Er lachte plötzlich auf. „Doppel-Date mit dem Freak. Ja, das steigert meinen Beliebtheitsgrad ungemein.“ Er warf Ryan ein freches Grinsen zu.

„Ja, aber wer will schon beliebt sein?“ Ryan zuckte die Schultern.

Wenig später gab Leon Ben seine Handynummer, damit er ihm Bescheid sagen konnte, dann verschwand Ben.

„Glaubst du ihm? Nicht, dass wir jetzt in eine Falle laufen.“

Leon hob eine Augenbraue. „Baby, du guckst zu viele Krimis in letzter Zeit. Ich glaube ihm. Und selbst wenn's ‘ne Falle ist … hey, ein bisschen Bewegung hat noch keinem geschadet, nicht wahr?“ Er grinste fröhlich und knabberte an Ryans Unterlippe.

Einen Tag später bekam Leon eine SMS, in der stand, dass Ben sich am Samstag mit Daniel treffen wollte.

„Wir sind um acht im Kino verabredet“, rief Leon über das Rauschen der Dusche hinweg.

„Cool, was gucken wir … wobei, vergiss die Frage. Ich weiß nicht, was du guckst, aber ich gucke Ben und werde nebenbei ein bisschen knutschen.“

Leon lachte auf und schaute am Duschvorhang vorbei. „Du guckst Ben?“

„Ja, ich check erstmal den Typ ab und dann guck ich Ben. Sorry, ich will’s mir nicht entgehen lassen, dass Murphy ein Date mit ’nem Kerl hat. Das wird mein Weltbild ruinieren“, gab Ryan amüsiert zurück und spritzte Leon etwas nass.

Am Samstag standen Ryan und Leon vor dem Kino und schauten sich um. Sie hatten es nicht ausgesprochen, aber sie waren wachsam. War es vielleicht doch eine Falle?

„Schlecht gewählter Ort, falls sie uns verprügeln wollen“, murmelte Ryan. „Zu viele Leute.“

Leon sah sich um und nickte. „Da kommt Ben.“ Er deutete auf dessen Auto, welches er auf der anderen Straßenseite parkte. Dann war er bei ihnen.

„Hey …“ Bens Blick glitt nur kurz zu dem Paar, dann huschte er unruhig über die Menschenmenge.

„Nervös oder aufgeregt?“

„Beides … ich … Scheiße, blöde Frage, aber geht das so?“ Er deutete auf seine hellblaue Jeans, das dunkle Hemd und das Jackett. „Ich finde mich extrem aufgerüscht.“

Ryan trat einen Schritt zurück und betrachtete seinen Mitschüler von oben bis unten. „Hm … nein, ich find’s gut. Ist nicht zu viel, aber dennoch schick … warte, hab ich das gerade zu Murphy gesagt?“, fragte er verwirrt, grinste aber.

Kurz war Ben ebenfalls irritiert, dann wurde er plötzlich knallrot und biss sich auf die Unterlippe.

Ein junger Mann mit dunkelblondem Haar kam auf sie zugeschlendert, auf den Lippen ein freches Grinsen. „Hey, Ben, schön, dass du da bist.“

„Hallo, Daniel.“ Ben sah aus, als wüsste er nicht, ob er

Daniel die Hand geben oder umarmen oder ihn gar küssen sollte. Unsicher sah er ihn an, doch Daniel machte kurzen Prozess und hauchte ihm einen Kuss auf die Wange, dann musterte er Ryan und Leon. „Du bist Ryan McCoy, oder?“

„Ups, man kennt mich …“ Ryan grinste verwirrt.

„Ja, ich war ab und zu auf eurem Hof, Eier oder ein Huhn holen für meinen Vater. Da habe ich dich gesehen.“

„Verstehe. Naja, meinen Vater gibt’s nicht mehr. In Zukunft bitte mich ansprechen - ich bin jetzt der Boss. Oder Julius, das ist mein Stellvertreter, wenn ich in der Schule bin.“

„Uh … der Chef persönlich.“

„Ich stell mich auch mal vor, damit ich armes Persönchen hier nicht ganz untergehe. Leon Blake. Ich schlafe mit dem Boss.“

Daniel lachte laut auf. „Alles klar. Daniel Matthews.“ Die Jungs gaben sich die Hände, dann wandte Daniel sich Ben zu und flüsterte dem etwas ins Ohr, worauf dieser erneut tiefrot anlief. „Süß.“

Ryan lachte leise, Leon biss sich auf die Unterlippe und Ben krächzte: „Gehen wir rein?“

Leicht lachend nickte Daniel, ging vor und bezahlte die Karten für Ben und sich selbst. Ryan holte ebenfalls zwei Karten, dann standen sie bei den Getränken an.

Es war amüsant zu beobachten, wie Daniel auf Teufel komm raus flirtete und Ben immer wieder einem Signalmast Konkurrenz machte.

Ryan dirigierte Leon bewusst in die letzte Reihe, während Ben und Daniel drei Reihen vor ihnen Platz nahmen.

„Perfekt“, grinste Ryan und schnappte sich die Schale mit den Nachos. „Wo ist die Käsesoße?“

„Bei mir. Wenn ich sie dir gebe, ist sie gleich alle.“

Ryan streckte ihm die Zunge raus, gab ihm aber einen

süßen Kuss.

Gemeinsam aßen sie, beobachteten Ben und alberten herum, dann wurde es dunkel.

Es dauerte nicht lange, und Ryan merke, dass Leon den Film tatsächlich sehen wollte. Seufzend wandte er seine Aufmerksamkeit also auf Ben, der sich leicht zu Daniel lehnte und scheinbar aufmerksam nach vorn schaute.

Ryan langweilte sich. Der Film war öde, bei Ben und Daniel passierte nichts und Leon war hochkonzentriert. Ganz doll, dachte er und kuschelte sich in den Sitz, war bereit, zu schlafen, als Daniel sich etwas zur Seite neigte, Ben einen Kuss aufs Ohr hauchte und etwas hinein flüsterte.

„Jetzt wird's spannend."

„Warum? Der Typ hat doch keinen Schimmer, wer der Mörder ist", gab Leon flüsternd zurück.

„Scheiß auf den Film … guck mal …" Er deutete auf Daniel, der gerade seinen Arm um Ben legte und ihn sanft an sich zog. „Irgendwie sind sie ja niedlich, wenn es sich nicht um Murphy handeln würde." Das verwirrte Ryan seltsamerweise massiv.

Leon kicherte. „Stimmt, sind sie. Daniel sieht verdammt gut aus." Er zwinkerte Ryan zu.

„Hm … ja, ich steh auf Dunkelblond. Wobei mir deine Strubbelfrisur besser gefällt, als dieser Militärschnitt. Bei dir kann man so schön wühlen. Naja … vorausgesetzt, es läuft kein ultraspannender Kinofilm."

Leise lachte Leon. „Oh Snoopy … du darfst nachher wühlen, versprochen. Aber ich finde den echt spannend. Ich will jetzt wissen, wer der Mörder ist."

„Der Gärtner", entgegnete Ryan trocken.

„Da ist gar kein Gärtner bei."

Ryan grinste. „Gib mir mal dein Handy, du hast die cooleren

Spiele drauf."

Als nach zwei Stunden der Abspann kam, stand Ryan schon auf, bevor das Licht anging. Als er von vorn eine Stimme hörte, die lautstark sagte: „Ist der Film Gott sei dank schon vorbei?", lachte er laut los. „Und ich sagte noch, es war der Gärtner."

Vorn stand ein älteres Paar. Die Frau schaute ihren Mann entrüst an. „Der Film war sehr spannend."

„Nicht der Gärtner, junger Mann, der Blumenhändler."

„Wo ist der Unterschied? Unkraut ist Unkraut", rief Ryan lachend zurück.

Hin und her gingen die Köpfe der anwesenden Kinobesucher.

„Wären wir mal doch in den Liebesfilm gegangen, mein Engel, da hätte ich wenigstens schlafen können."

Ryan kam aus dem Lachen nicht mehr raus. „Da stimme ich Ihnen zu. Bei dem Geballere hat man kein Auge zubekommen, was?"

Leon trat einige Schritte zurück. „Und der gehört nicht zu mir", grinste er frech. „He, Fremder, kommst du noch mit zu mir?"

„Klar, wobei du wohl eher mit zu mir kommst."

Daniel und Ben grinsten beide amüsiert, dann traten sie gemeinsam aus dem Kino.

„Okay, und nun? Also, Jungs, den nächsten Film such ich aus. Mann, war der langweilig."

„Ryan, mein Schatz, du hast so gar keine Ahnung!" Leon küsste ihn sanft auf den Mund und schlang seine Arme um dessen Taille.

„Hm, also, wir können noch was trinken gehen", schlug Daniel vor. „Wobei … wir müssen alle noch fahren."

Unschlüssig standen die Vier da, dann war es Ben, der sich leise zu Wort meldete. „Ähm … Daniel, also … können wir …

noch einen Moment allein sein?" Entschuldigend sah er zu Ryan und Leon, die grinsend nickten.

„Schon verstanden." Ryan beugte sich zu Ben. „Komm morgen ins Diner. Ich hab Spätschicht." Er zwinkerte ihm zu, dann verabschiedeten sie sich.

Später im Bett waren sie der festen Meinung, da geht noch was.

Am nächsten Abend stürmte Leon ins Diner. „Ryan, kannst du Schluss machen?"

„Warum? Ist etwas passiert? Mit Mum?" Ryan kam hinter dem Tresen vor.

„Nein, da ist alles okay. Daniel hat mich gerade von Bens Handy aus angerufen. Ben liegt im Krankenhaus. Ich denke, wir sollten mal hinfahren."

Erschrocken starrte Ryan ihn an und warf Susan einen fragenden Blick zu, die bestätigend winkte, also fuhren sie los.

„Was ist denn passiert?"

„Daniel sagte, Ben wäre zusammengeschlagen worden. Ich weiß nichts Genaueres. Aber Daniel ist da, genauso wie Bens Familie."

Keuchend zog Ryan Luft ein. „Scheiße …"

Im Krankenhaus suchten sie einen Moment das Zimmer, dann klopfte Leon leise an.

„Ja?", rief eine weibliche Stimme leise.

Langsam öffnete Leon die Tür, trat mit Ryan ein, und unwillkürlich schlug er sich die Hand auf den Mund.

Ben lag im Bett, das Gesicht blau und angeschwollen, und auch an den Armen und Händen zeigten sich dunkle Flecken. „Lieber Himmel …"

Ryan blieb regelrecht die Sprache weg. Er schluckte immer wieder und schaute zu dem schlafenden Jungen. An dessen Seite saß, sichtbar verweint, Daniel und streichelte über Bens Hand. Auf der anderen Seite saß Bens Mutter.

„Mr. Murphy." Ryan schüttelte Bens Vater die Hand. „Erinnern Sie sich an mich?"

Kurz überlegte der Mann. „Oh … ja, ich hatte Sie aus dem Krankenhaus abgeholt. Wie geht es Ihnen?"

„Gut. Was … was ist mit ihm?" Er deutete auf Ben.

„Er hat überall Blutergüsse und geprellte Rippen", sagte Daniel leise und schloss die Augen. „Wir … Scheiße…" Er stand auf, küsste Ben kurz auf den Kopf und verließ das Zimmer.

„Wir … also ..." Leon deutete zur Tür und folgte Daniel mit Ryan zusammen. „Daniel? Hey … was ist los? Was ist passiert?"

„Wir waren im Park, in der Nähe vom Kino. Es war echt schön. Wir haben geredet und … naja, zum Schluss haben wir uns geküsst. Es war toll." Er wischte sich über die nassen Wangen. „Dann bin ich gefahren. Ich hätte warten sollen, bis er auch losgefahren ist. Ich hätte ihn nicht allein lassen dürfen. Wer immer das war, hat ihn eiskalt erwischt."

„Gestern Abend schon?"

„Ja … er hatte keinen Ausweis dabei. Der war im Auto. Als er gefunden wurde, war er nicht ansprechbar. Vor zwei Stunden erst ist er aufgewacht und seine Eltern wurden informiert. Die haben Sebastian und mich angerufen. Oh Gott …" Plötzlich lag Daniel weinend in Leons Armen. „Ich bin so wütend …"

Ryan ballte die Fäuste. Da sagte ihm Dr. Ramos immer, wie unsinnig Gewalt war, doch wie sollte man da ruhig bleiben?

Minutenlang tröstete Leon den jungen Mann, dann machte sich Daniel los. „Ich geh wieder zu ihm. Ich will da sein, wenn er aufwacht." Er warf den beiden einen kurzen Blick zu, dann betrat er wieder das Zimmer.

Ryan lehnte an der Wand. „Anderson und Shelser?"

Unschlüssig wackelte Leon mit dem Kopf. „Keine Ahnung.

Traust du den beiden das zu?“

„Ich weiß nicht. Ein Veilchen hatten sie ihm ja schon verpasst. Wenn sie ihn beim Küssen gesehen haben … keine Ahnung, wie groß die Hemmschwelle der beiden ist.“

Fassungslos rührten sie sich einen Moment lang nicht, als ein großer, brünetter Kerl mit Kaffeebechern auf sie zukam.

„Hey, Ryan und Leon, richtig? Danny hat von euch erzählt.“

„Ja, sind wir. Du bist Sebastian, oder?“

Dieser nickte und öffnete die Tür. „Mum, sie hatten leider keinen Kräutertee. Ich hab dir Pfefferminztee mitgebracht.“

„Danke, mein Lieber.“ Mrs. Murphy saß zusammengesunken im Sessel und musterte die beiden fremden Jungs, die sich umarmten und an der Wand standen. „Sind sie Freunde von meinem Benny?“

Zweifelnd schauten sie sich an.

„Naja, Mitschüler. Aber er war vor ein paar Tagen bei mir im Diner und hat sich da … naja, er hat von Daniel erzählt“, murmelte Ryan. Er konnte den Blick nicht von Ben abwenden, der sich auf die Seite gedreht hatte und scheinbar Daniels Nähe selbst im Schlaf suchte.

„Wer kann das nur getan haben?“, flüsterte Mrs. Murphy.

Weder Ryan noch Leon äußerten ihren Verdacht. Es war zu früh, um etwas zu sagen. Und sie würden, wenn überhaupt, nur mit Daniel und Sebastian darüber sprechen.

Sebastian hatte die beiden beobachtet.

Als Ryan sagte, er bräuchte eine Zigarette, folgten ihm die anderen drei Jungs.

„Okay, spuckt’s aus. Wer war das?“

Leon trat von einem Fuß auf den anderen. „Wir können euch sagen, wer ihm vor einigen Tagen ein Veilchen verpasst hat. Aber das war’s. Es ist nur ein Verdacht“, erklärte Ryan.

„Ist mir offen gestanden scheißegal, ob Verdacht oder Tatsache. Niemand verprügelt meinen kleinen Bruder.“ Sebastian war wild entschlossen, nicht eher aufzugeben, bis er Namen hatte.

Für einen kleinen Augenblick war Ryan versucht, ihm zu sagen, dass Ben nicht der süße, kleine Bruder war, doch er schluckte es hinunter. Warum auch immer wollte er daran glauben, dass Ben sich wegen Daniel wirklich verändert hatte.

„Sebastian, wir können dir Namen sagen, aber wir wissen nicht, ob sie es wirklich waren. Homohasser gibt's leider überall. Ist nicht so, dass wir noch nie einen dummen Spruch kassiert haben und Daniel mit Sicherheit auch nicht“, versuchte es Leon.

„Hör mal, Kleiner, ist mir alles ziemlich egal. Sag mir die Namen!“ Bens großer Bruder starrte die Jungs an.

„Lasst uns hinfahren, okay? Aber glaube mir, es bringt dir gar nichts, wenn du sie verprügelst. So wütend du auch bist, es macht die Gewalt nun mal nicht legal. Glaub mir, ich weiß, wovon ich rede“, sagte Ryan. „Also schau sie dir an, rede, oder brülle meinetwegen, aber mach dir an ihnen nicht die Finger schmutzig.“

Kurz überlegte Sebastian und warf seinem besten Freund einen knappen Blick zu. „Okay, lasst uns fahren.“

Sebastian schrieb seinen Eltern eine SMS, dann stiegen sie in dessen Auto. Ryan sagte ihm die Adresse von Kyle Shelser.

„Hey, fahr bitte langsamer. Ich möchte nachher zu Ben zurück, okay?“, bat Daniel.

Auch Leon hielt sich am Vordersitz fest, als Sebastian um die Kurve bretterte. Kurz darauf hielten sie mit quietschenden Reifen vor dem Haus der Shelsers.

Nach und nach stiegen sie aus. Sebastian voller Tatendrang, Daniel sichtbar traurig und wütend, Leon und Ryan eher wachsam.

„Warte …“, rief Ryan noch, doch Sebastian hatte für seinen

Geschmack viel zu lange gewartet. Er hämmerte gegen die mahagonifarbene Tür.

Nach einem kleinen Augenblick öffnete ein Mann mittleren Alters die Haustür. „Ja, bitte?“

„Hallo, ist Kyle zu Hause?“

„Aber sicher. Er ist mit Freunden im Garten. Kommen sie herein.“ Er trat beiseite und ließ die Jungs eintreten, die den lauten Stimmen folgten.

Kyle saß am Rand eines Swimmingpools, zusammen mit Kilian Anderson, Torrey Zuckermann und Corbin Abany.

„Shelser!“ Sebastian war so in Fahrt, dass er von Ryan und Leon festgehalten werden musste.

„McCoy und Blake … was wollt ihr denn hier?“ Kyle stand auf und fixierte die beiden grimmig.

„Wo warst du gestern Abend, hm?“

„Was geht dich das an?“, fragte Kyle zurück.

„Eine Menge“, knurrte Ryan. „Also … wo warst du? Du und deine saudämlichen Kumpels.“

Kyle antwortete nicht, dafür kam leise von Daniel: „Wer ist das?“

Leon sah zu ihm. „Corbin Albany.“

„Sieh dir seine Hände an.“

Auch wenn Corbin sie noch verstecken wollte, Leon hatte es gesehen.

„Ihr seid Dreckschweine. Allesamt. Fühlt ihr euch stark? Ben war euer Freund!“, sagte Ryan schockiert. Dass sie ihn verprügelten, machte für ihn noch irgendwo Sinn, aber Ben?

„Unser Freund? Er ist eine dreckige Schwuchtel!“

Bei Daniel löste der Satz ein Gewitter an Zorn aus. Er stürmte auf Kilian zu und verpasste ihm einen harten Schlag ins Gesicht.

„Daniel, nein! Hey, denk an meine Worte.“

„Was geht hier vor? Kyle, ich verlange eine Erklärung!“ Mr. Shelser stand mit in den Hüften gestemmten Händen auf der Terrasse.

„Sir, Benjamin Murphy … Ben liegt verprügelt im Krankenhaus, und ihr Sohn und seine drei Freunde sind dafür verantwortlich“, sagte Leon und zog sein Handy heraus.

„Was machst du?“

„Was wohl? Ich rufe die Polizei.“

„Was? Nein! Dad, er lügt. Ich war das nicht!“ Kyle stürmte auf Leon zu, doch der duckte sich unter dessen Schlag hinweg und seufzte.

„Mann, du machst es echt nicht besser.“

Die vier Freunde überlegten, wie sie aus dem Garten schnellstens verschwinden konnten, doch Mr. Shelser nahm sich Kyle nun gänzlich vor, brüllte ihn an, ob Leons Worte stimmen würden, ob er tatsächlich recht damit hatte, dass sein eigener Sohn so etwas Abscheuliches getan hatte.

Kyle zog es vor, zu schweigen.

„Warum?“, fragte Mr. Shelser.

Nachdem die Freunde eisern schwiegen, sagte Daniel leise: „Weil er nicht in euer Bild passt, nicht wahr? Weil er in euren Augen nicht cool ist … weil er NICHTS ANDERES ALS EINE DRECKIGE SCHWUCHTEL IST!“, brüllte er und musste von Ryan erneut festgehalten werden.

„Was? Wie bitte? Du hast Ben verprügelt, weil er … schwul ist?“ Mr. Shelser fehlten komplett die Worte, genauso wie Kyle, der allerdings bewusst schwieg. „Das kann ich einfach nicht glauben.“

Nur zwei Minuten später klingelte es an der Haustür, die Leon öffnen ging. Er kam mit zwei Polizisten zurück.

„Officer …“ Leon erklärte mit kurzen Worten, warum er sie gerufen hatte. „Ich bin sicher, dass die Familie Anzeige erstatten wird."

„Jungs, lasst uns gehen. Daniel will zurück und … ich denke, wir werden hier nicht mehr gebraucht", sagte Ryan und legte einen Arm um Daniel, der ihm sofort folgte.

Sebastian blieb vor Kyle stehen und sah ihm in die Augen. „Du bist das absolut Letzte … widerlich …", knurrte er und spuckte dem anderen vor die Füße, dann wandte er sich ab und verließ das Grundstück.

Zurück im Krankenhaus liefen sie schweigend den Flur entlang.

„Danke, dass ihr uns geholfen habt." Daniel blieb plötzlich stehen. „Dass ihr für ihn da wart. Wir wissen beide, dass Ben auch nicht immer der nette Kerl war. Aber … er ist kein schlechter Mensch. Er hat nur die falschen Freunde."

Ryan konnte nicht verhindern, dass er skeptisch die Augenbraue hob. „Hm … wenn du meinst. Sorry, ich hab ihn anders kennengelernt. Und ich kenn ihn schon ein paar Jahre. Immer wenn es darum ging, jemanden verbal zu attackieren, stand Ben in der ersten Reihe. Also hoffe ich, du bist nicht sauer, wenn ich einfach … vorsichtig bin."

Einen Moment ließ sich Daniel die Worte durch den Kopf gehen. „Ich kenne Ben seit seiner Geburt. Ich habe ihn aufwachsen sehen, Ryan. Glaube mir, er ist kein schlechter Mensch. Er versucht, mitzuhalten. Nenn es von mir aus Gruppenzwang, aber ich weiß, dass ich recht habe."

„Du liebst ihn, nicht wahr?" Leon lächelte leicht. „Ich sehe es an deinem Blick; wie du ihn ansiehst."

Daniel wurde ein wenig rot um die Nasenspitze. „Ja, das tu ich. Wisst ihr, ich hätte mir niemals träumen lassen, dass ich ihn mal für mich gewinnen könnte. Ich werde ihn wegen solchen Schwachköpfen nicht aufgeben." Er musterte das Paar. „Und irgendwie beschleicht mich das Gefühl, dass ihr genau wisst, wovon ich spreche." Er nickte kurz, murmelte nochmal ‚Danke' und betrat dann das Zimmer, gefolgt von Ryan und Leon.

„Mum und Dad sprechen mit dem Arzt", sagte Ben gerade zu seinem Bruder, als er Daniel erblickte.

Zugegeben, Ryan hätte es nie für möglich gehalten, Ben Murphy mal weinen zu sehen, doch es gefiel ihm irgendwie. Zeigte es doch, dass er seine Meinung über seinen Mitschüler gravierend überdenken musste.

„Danny …", flüsterte Ben.

„Hey … wie geht es dir?" Daniel setzte sich auf den Stuhl, beugte sich vor und küsste Ben sanft auf den Mund. „Hast du große Schmerzen?"

„Es geht. Ich darf mich nicht bewegen … oh Mann…" Ben hatte Ryan und Leon entdeckt und wurde flammendrot im Gesicht, welches er sofort an Daniels Hals vergrub. „Das ist mal so gar nicht peinlich."

Das Paar lachte leise und trat ans Bettende.

„Mach dir keine Gedanken, Ben. Wir können schweigen. Nicht wegsehen, weil's irgendwie niedlich ist, aber schweigen", lächelte Leon.

Die zwei wichtigsten Prioritäten

Nach dem Schulpraktikum gab es für die Abschlussklasse der Mountain Creek HighSchool nur noch zwei primäre Themen, wobei das eine bei vielen gern unter den Tisch fallen könnte, das andere jedoch nicht.

Das erste Thema war …

„Ey, wenn die Prüfungen vorbei sind, schmeiß ich ne Megaparty! Ich hab so dermaßen Schiss davor, das glaubt ihr gar nicht“, sagte Kiron an einem Mittwoch, als sie in der Mittagspause in der Cafeteria saßen. Die Stimmung war wie das Wetter: kühl, stürmisch und komplett verregnet, denn Dakota war vor lauter Panik in Tränen ausgebrochen.

„Schht, Mäuschen.“ Rick hielt seine Freundin im Arm. „Du schaffst das, du hast nur Angst.“

Ryan, der in seinem Geschichtsbuch blätterte, sah auf. „Hey, Kleines, wie wäre es, wenn wir uns ein wenig hinsetzen und lernen, hm?“

„Oh ja, mach uns den Lehrer, Baby!“, sagte Charlie extrem tuntig und lachte los. „Sorry …“ Er biss sich auf die Unterlippe, konnte aber ein Grinsen nicht unterdrücken.

„Oh ja“, äffte Ryan ihn nach, „und bei dir hol ich die Peitsche raus. Wenn’s nicht klappt, dann prügele ich dir den Stoff ein.“

Charlie starrte ihn an, dann war er nicht mehr zu halten. „Ryan … als … Lederdo … mina…“, stammelte er keuchend.

Leon, der angestrengt in seinen Mathehefter schaute, hob nur die Augenbraue. „Wenn du wüsstest …“, murmelte er, die Coladose auf dem Tisch drehend.

Nun war es still. Alle schauten zwischen Ryan und Leon hin und her.

Leon sah nicht auf, und Ryan streichelte zärtlich dessen Nacken, während er lässig umblätterte.

„Das ist ein Witz, oder?“, fragte Charlie nun doch verunsichert.

Auch Dakota sah mit feuchten Wangen zwischen den Jungs hin und her - genauso wie Rick und Kiron.

Leise seufzte Ryan. „Baby, was macht dein Arsch?“, fragte er beinahe gelangweilt.

„Brennt wie sau, aber ist geil“, gab Leon in der gleichen Tonlage zurück.

„Gut … magst du mir einen Kaffee holen?"

Leon erhob sich anstandslos. „Ja, mein Master", sagte er und zog davon.

„Gut erzogen, was Freunde?" Ryan sah ihm lächelnd hinterher, konzentrierte sich dann wieder auf sein Buch.

Das Schweigen brachte ihn fast zum losbrüllen, aber auch nur fast. Er blieb ganz cool und sah fragend auf. „Was ist?"

„Michelle? He, Mic, komm mal her", rief Rick die Blondine.

Ryan warf ihr einen bedeutsamen Blick zu, schwieg aber.

„Ryan und Leon … die machen keine SM-Spiele, oder?", fragte Rick mit skeptischer Miene.

Mic runzelte die Stirn und musterte Ryan. „Ich bin nicht sicher. Das eine Outfit letztens …"

„Welches Outfit?"

„Naja … die Lederhose und … was hatte Leon um … das sah aus wie ein Hundehalsband. Hast du das Buster geklaut?"

Ryan grinste frech. „Quatsch. Es gibt einen tollen Laden in Louise River. Mann, da könnt ich mich totkaufen, Leute."

„Wie dem auch sei. Leon stand's richtig gut. Nur die Striemen auf seinem Rücken, die taten mir schon vom zugucken weh."

„Er kann das ab", sagte Ryan lapidar.

Leon kam mit zwei Bechern Kaffee zurück, küsste Michelle auf die Wange und zuckte zurück, als Rick frech sein Shirt am Rücken hochhob.

„Alter … Schweder …", keuchte er.

Über Leons Rücken zog sich ein breiter Kratzer. Dass er am Tag zuvor vom Anbinder gerutscht war und die Wunde daher stammte, konnte Rick ja nicht wissen. Schockiert starrte er Ryan an. „Bist du wahnsinnig?"

Leon zog die Augenbrauen hoch, setzte sich und sah zu seinem Freund, der ebenfalls einen Blick unter das Shirt geworfen hatte.

„Warum? Sieht doch sexy aus …“

Leon hob die Augenbrauen. „Sexy? Das tut scheiße weh! Heute lieg ich oben …“

„… oder du reitest“, gab Ryan zurück und küsste Leon verspielt.

Leise lachend erwiderte Leon den Kuss. „Okay, aber nur wenn du die Peitsche stecken lässt.“

Nun konnte sich auch Ryan nicht mehr halten. Er lachte laut los und sah in die verdutzen Gesichter. „Glaubt ihr wirklich, ich könnte meinem Mann so wehtun?“

„Deinem Mann?“, fragte Lauren belustigt, die ebenfalls dazu gekommen war.

„Jaah, meinem Mann.“ Ryan zog Leon auf seinen Schoß, damit Michelle sich setzen konnte. „Wir haben nur Spaß gemacht. Wobei … ich schätze, das Lederhalsband kauf ich dir. Sieht bestimmt geil aus.“

Leon hob fragend die Augenbrauen, überlegte es sich aber anders. „Ich will’s nicht wissen, Snoopy.“

„Okay, zurück zum Thema. Die Prüfungen werden mein Untergang sein.“ Dakota seufzte leise.

„Nein, werden sie nicht. Hört mal, ich muss nicht groß lernen. Also macht den Mund auf, wenn ihr Hilfe braucht. Solange es nicht um Sprachen geht, bin ich für alles offen, okay?“, bot Ryan sich an.

„Dann werde ich das dankend annehmen, da ich von Algebra so gut wie keinen Schimmer habe.“

Sie sprachen noch einen Moment über ihre Prüfungssorgen, als Ben Murphy in die Cafeteria kam und sich beinahe hektisch umschaute.

Ryan wusste, dass er vor erneuten Übergriffen einen Heidenschiss hatte. Es war seltsam, ihn so zu sehen, und zu wissen, dass Ben sonst nie vor einer Prügelei zurückgeschreckt war.

Bens Blick huschte durch den Raum.

„Ich hab es irgendwie noch nicht so ganz verinnerlicht, dass er jetzt … einer von uns ist“, murmelte Dakota. „Ich meine … ist er doch, oder?“

„Ich denke schon.“ Leon winkte ihn heran.

Wie ein Duckmäuschen schlich Ben durch die Tischreihen und lächelte beinahe schon erleichtert, als er bei der Gruppe angekommen war. „Hey …“

„Hey … wie geht's dir? Was sagt der Arzt … also mein Vater?“, grinste Leon.

„Mir geht es gut … naja, die Rippen tun noch weh, aber sonst geht's … ich …“ Er sah die Freunde an. „Es geht mir gut…“

Langsam kratzte sich Leon im Nacken. „Baby, ich geh draußen mal eine rauchen, okay?“

Ryan nickte und ließ seinen Freund los, der Ben zunickte und langsam nach draußen ging, gefolgt von seinem Mitschüler. „Okay, wie geht's dir wirklich?“1

Ben seufzte leise und verzog das Gesicht, denn tief Luft holen tat schon sehr weh. „Ich … ich bin nicht sicher. Wenn Danny bei mir ist, geht es. Ich kann schlafen und alles. Aber… wenn ich allein bin, dann krieg ich entweder kein Auge zu oder … ich hab Albträume.“

„Das wird noch eine Weile anhalten, Ben“, gab Leon leise zurück. „Du siehst besser aus. Ich schätze, Daniel tut dir gut, hm?“

„Ja, … sehr sogar.“ Über Bens Lippen huschte ein kleines, verliebtes Lächeln. „Himmel, kaum zu glauben, dass ich das sage, oder?“

„Naja, wir hatten die Hoffnung bei dir aufgegeben, aber … wir wurden eines Besseren belehrt.“

Ben lachte leise. „Wunder gibt's immer wieder. Leon, danke. Dir und Ryan. Ohne euch … wäre es hart geworden und … ich hätte vermutlich den schlimmsten Fehler meines Lebens gemacht."

„Definitiv. Komm heute Abend zu uns. Ryan macht uns den Lehrer. Er fragt uns ab und stellt so fest, wo unsere Prüfungsschwächen sind."

Und das tat Ryan rigoros. Lernen hieß für ihn Klappe halten und zuhören.

Er hatte seine Freunde ins Esszimmer gesetzt und jeden Einzelnen gefragt, in welchen Fächern er geprüft wird und wo die Schwierigkeiten lagen. Danach gab er wahllos Seitenzahlen aus den Schulbüchern an, gab ihnen praktische Aufgaben und arbeitete danach vier Tage an individuellen Arbeitsblättern, die er am Montag in der Schule verteilte.

„Ryan, wir lieben dich, das weißt du, oder?"

„Nein, Kiron, sag's mir nochmal. Das klingt so toll", grinste Ryan.

„Eh … das sind zehn Seiten? Wann hast du das gemacht?", fragte Ben perplex.

„Am Wochenende. Das war keine Arbeit."

„Ryan, wurde bei dir schon mal der IQ gemessen?", wollte Rick wissen.

„Ja … irgendwann als wir in die Schule gekommen sind. Danach nicht mehr. Und offen gestanden interessiert's mich auch nicht."

Das zweite primäre Thema wurde eine Woche später im Schlafzimmer McCoy/Blake angesprochen.

Leon saß auf dem Bett, die Decke über seine Beine ausgebreitet und ans Kopfende gelehnt. Er bearbeitete gerade seine

Arbeitsblätter, als Ryan ins Zimmer kam, nur ein Handtuch um die Hüften und mit zwei Tassen heißem Kakao. „Hier."

„Oh, du bist ein Engel … aber … warst du so in der Küche?"

„Nein, Mum hat sie auf den kleinen Tisch im Flur gestellt. Leon, wir müssen etwas besprechen." Er zog sich Shorts und ein Shirt an und nahm seinem Freund gegenüber Platz.

„Okay … muss ich mir Sorgen machen? Du schaust so ernst."

„Hm … nein … es geht um den Abschlussball."

Fragend sah Leon ihn an. Er kannte sich mit der Tradition nicht so aus, aber für ihn stand fest, dass er mit Ryan dahin gehen würde. Seine Mutter war schon ganz aufgeregt, weil er ihr versprochen hatte, mit ihr gemeinsam den Anzug kaufen zu gehen.

„Hm … also … als Michelle und ich in die erste Klasse gekommen sind, habe ich ihr versprochen, sie zum Abschlussball zu begleiten. Und … dieses Versprechen habe ich ihr immer wieder gegeben. Leon, ich liebe dich, das weißt du. Aber …" Ryan brach ab und sah ihn verzweifelt an.

„Und du möchtest es gern einhalten." Leon sackte etwas in sich zusammen und nickte. „Okay …"

„Wir gehen zu dritt hin. Ich lade dich und Michelle ein."

Nun hob Leon eine Augenbraue. „Nein, das ist doof. Michelle hat es verdient, ein richtiges Date zu bekommen." Kurz rieb sich Leon müde die Augen. „Ich gebe zu, dass ich dachte, wir zwei würden … zusammen gehen, aber … ich versteh dich auch. Ich kann ja Lauren fragen."

Ryan biss sich auf die Unterlippe. „Kiron war schneller, und sie hat zugesagt. Baby, komm mit uns mit."

„Nein." Leon stand auf und schnappte sich sein Handy. „Ryan, versteh mich bitte. Michelle wünscht es sich und … ich käme mir, wie das fünfte Rad am Wagen vor. Ich will … mein eigenes Date haben. Ich will … keine Dreiersache. Aber Snoopy, versprich mir, dass du die traditionelle Nacht nach dem Abschlussball mit mir vollziehst, ja?"

Sanft streichelte Ryan dessen Wange. „Nur mit dir. Und wir werden auch tanzen. Das hat dir gefallen in Miami, oder?"

„Ja, sehr …", hauchte Leon und küsste seinen Freund kurz. „Okay … wer steht noch zur Auswahl?"

„Hm … Vanessa … nein, die hat eins … Julie. Sie hat Michelle erzählt, dass ihr Freund nicht kommen kann. Sie war drauf und dran, gar nicht zu gehen."

Leon hob die Augenbrauen. „Julie? Meine Julie?"

„Ich wusste gar nicht, dass es deine Julie ist, Liebling", schnurrte Ryan leise.

„Sie hat einen Freund?"

„Ja, aber frag mich bitte nicht nach Einzelheiten."

Leon zuckte die Schultern und rief Julie an. „Hey, ich bin's, Leon."

„Na … das ist ja irre. Jetzt wo ich vergeben bin, rufst du mich an", lachte sie.

„Tja, bin eben nicht der Schnellste. Überlegst du es dir noch mal?"

Kurz war es still. „Das ist ein Witz, oder?"

„Ja", lachte Leon. „Julie, Ryan hat erzählt, dass dein Freund nicht zum Ball kommen kann. Tja, und meiner geht fremd. Und da dachte ich … na ja … du möchtest vielleicht mit mir gehen. Ich bin zwar schwul und es wird weder geknutscht, noch gevögelt … aber ich kann tanzen, und es gibt Blümchen fürs Handgelenk."

Ryan lachte leise, und Julie war sprachlos. „Aber nur, wenn du mich nicht mit deiner blauen Schrottmühle abholst."

„Heeeey, das ist keine Schrottmühle. Mein Auto ist vielleicht nicht balltauglich, aber es ist keine Schrottmühle. Ryan notier das, das gibt schon mal einen Tanz weniger."

Julie lachte auf. „Hey, so war das nicht gemeint." Sie zögerte. „Meinst du es denn ernst? Also … dass du mich … für den Ball willst?"

Amüsiert zwinkerte Leon seinem Freund zu und sagte lächelnd: „Ja, ich bin mir sicher. Du bist süß, siehst im Ballkleid vermutlich atemberaubend aus, und du bist genauso allein wie ich. Also? Oh … eine Bedingung hätte ich auch. Ich darf auch mit meinem Freund tanzen …"

„Und mich ganz allein, traurig und einsam am Rand stehen lassen?", fragte sie gespielt geschockt. „Na gut, weil du es bist. Hey, klasse, ich hab ein Date mit sexy Leon. Nur, dass ich nichts davon habe." Sie lachte auf. „Meine Kinder werden später begeistert sein, wenn sie davon hören."

Lachend verabschiedete sich Leon und legte auf.

„Julie …"

„Jap."

„Die Julie …"

„Jap, und hey, sie sieht bestimmt sexy aus. Und ich darf mit dir tanzen. Sag mal, hast du Mic schon gefragt? Nicht dass sie davon ausgeht, du würdest mich fragen, und hat sich jemand anderes gesucht."

Ryan runzelte die Stirn. „Das würde sie nicht tun", sagte er leise, „oder?"

„Warum würde sie es nicht tun? Ryan, du bist vergeben. Ich weiß nicht, ob sie wirklich damit rechnet, dass du noch mit ihr zum Abschlussball gehen möchtest."

Nachdenklich sah Ryan auf seine Finger. „Aber wir haben immer davon gesprochen. Sie ist doch … mein Mädchen."

„Dann ruf dein Mädchen an und frag sie, bevor es ein anderer tut."

Hastig griff sich Ryan das Handy vor seinen Füßen und dabei war es ihm herzlich egal, dass es Leons war.

„Hey, Leon ...“

„Nein, ich bin’s. Michelle, du hast noch kein Date für den Ball, oder?“ Unruhig stand Ryan auf und lief langsam durchs Zimmer.

„Ryan … ich … also, ich wurde natürlich gefragt“, setzte Michelle an, wurde dann jedoch von Ryan unterbrochen.

„Hast du etwas angenommen?“

„Nein, noch nichts Definitives. Ryan, was ist denn los?“

„Michelle, bitte geh mit mir auf den Ball.“ Ryan hatte die wenigen Worte in einem rasenden Tempo runtergerattert, so dass Leon amüsiert die Stirn runzelte.

„Was? Warte, Ryan, ganz langsam, ja? Was ist denn mit Leon?“

„Der geht mit Julie.“

Leon war aufgestanden, hatte angefangen, herumliegende Klamotten einzusammeln und hielt gebückt mit einer Hose in der Hand inne. „Der? Blöder Hund …“, knurrte er leise.

„Was? Warum geht Leon mit Julie auf den Ball? Er ist doch dein Freund. Das versteh ich nicht.“ Michelle war das irgendwie zu hoch.

„Naja, weil wir doch immer gesagt haben, dass wir beide zusammen gehen. Seit der ersten Klasse reden wir davon. Michelle, ich würde gern mit dir zum Abschlussball gehen.“

„Ohh …“ Mehr brachte Michelle erstmal nicht raus. „Das ist wirklich süß von dir. Und für Leon ist es wirklich okay?“

„Jaah, er freut sich schon auf Julie-Maus.“ Ryan entspannte sich etwas und grinste Leon frech an, der ihm die Zunge rausstreckte. „Nein, im Ernst. Mic, ich möchte es gern, und Leon ist ja auch da. Wenn ich hin und wieder mit ihm tanzen darf und ihm die wunderbare Ballnacht im Nachhinein gehört, dann ist es okay für ihn."

Michelle schwieg einen Moment, dann sagte sie leise: „Ihr zwei könnt einen immer wieder überraschen."

„Wäre langweilig, wenn nicht, oder? Also … was sagst du? Möchtest du meine Partnerin für den Ball sein, Michelle?" Ryan warf seinem Freund einen zärtlichen Blick zu, dann strahlte er, als Michelle inbrünstig ‚Jaaah' sagte.

„Fein, die Details klären wir noch. Ich geh jetzt kuscheln und knutschen … oder so." Ryan verabschiedete sich, legte auf und stürzte sich regelrecht auf Leon.

Doch bevor die wunderbaren Details des Balls geklärt werden konnten, mussten die Freunde wieder lernen. Immer angetrieben von Ryan, der sie mit neuen Arbeitsblättern versorgte.

„Himmel, wann lernst du eigentlich?", fragte Ben verwirrt.

„Äh … gar nicht. Wobei, das ist so auch nicht ganz richtig. Ich lerne beim Erstellen der Bögen. Das ist cool, weil ich zu jeder Frage ja auch die Antwort im Kopf haben muss. Eigentlich praktisch."

„Woher weißt du das alles?" Lauren schaute auf ihren Bogen. „Wieso zum Teufel weißt du so viel über das Mittelalter? Du bist siebzehn Jahre und nicht siebenhundert."

Leise lachend antwortete Ryan: „Ich höre im Unterricht zu, Lauren, und feile nicht meine Nägel. Nein, es ist einfaches, konzentriertes Zuhören. Ein bisschen mitschreiben … mehr ist das nicht."

„Na dann … scheiße Ben, das hätte er uns auch schon vor Jahren sagen können. Dann hätten wir alle keine Probleme", meinte sie ironisch und seufzte. „Ich kann das nicht."

Ryan hockte sich vor das Mädchen. „Lauren, sieh mich an."

Sie hob den Kopf und strich sich eine brünette Strähne hinter die Ohren.

„Wenn du von vornherein so rangehst, dann wird das auch nichts. Denk nicht darüber nach, was du alles nicht kannst, sondern rufe dir ins Gedächtnis, was schon da ist und knüpfe daran an. Du darfst dich nicht selbst demotivieren. Ich finde, das machen die Lehrer schon genug. Kein Grund, dass du dich auch so fertig machst, okay?"

Langsam sank Laurens Stirn gegen die Ryans und sie sah ihm in die dunkelbraunen Augen, die sie warm anschauten. „Wenn wir dich nicht hätten", murmelte sie.

„Denk nicht darüber nach. Ich tu es gern. Und wenn das alles vorbei ist, gehst du mit Kiron auf den Ball und du wirst wunderschön sein und du wirst viel Spaß haben ...", sagte er leise, so dass nur sie es hören konnte.

Dankbar küsste sie ihn sanft auf den Mund, was er zu ihrem Erstaunen, sogar erwiderte.

„Muss ich mir Sorgen machen? Erst gehst du mit einem Mädchen zum Ball, nun knutschst du mit einem anderen Mädchen rum. Snoopy, wirst du wieder hetero?" Leon war unbemerkt mit Rick und Kiron dazu gekommen, wobei Letzterer für einen Moment so aussah, als wolle er Ryan auf die Wiese prügeln.

„Nein, das war ein kleines Motivationsgespräch. Wie letztens mit Dakota, oder auch mit Rick. Hab euch bald alle durch."

„Oh, das ist aber fies. Ich habe keinen Kuss bekommen", schmollte Rick.

Auflachend zog Ryan Lauren nochmal kurz in seine Arme, schob sie dann aber zu Kiron, der schon mit den Zähnen knirschte. „Willst du denn einen haben?", fragte Ryan provozierend.

„Klar, das wäre nett gewesen." Ricks sicherer Blick wurde schnell verwirrt, als Ryan langsam auf ihn zuging. „Äh ... nein, lieber nicht!"

Kurz vor Rick bog Ryan links ab, schnappte sich Leons

Gesicht und küsste ihn intensiv.

Sofort schmolz dieser in Ryans Griff dahin, seufzte selig auf und kuschelte sich anschließend in die Arme seines Freundes. „Sag mal, bekomme ich heute Abend auch ein Motivationsgespräch?“

„Mal schauen.“ Ryan grinste und knabberte an Leons Hals, als Ben plötzlich anfing, zu strahlen.

„Hey, da ist Daniel“, sagte Leon.

„Das ist Daniel? Sein Freund? Mann, der ist nicht mal hässlich“, murmelte Lauren anerkennend, als Ben plötzlich lospreschte und in dessen Arme fiel.

„Hey … ich bin schon früher da.“ Daniel küsste ihn langsam. „Hast du mich vermisst?“

„Vermisst? Mann, du hast ja keine Ahnung. Ich hab dich jetzt vier Tage lang nicht gesehen.“

„Dann kannst du dich freuen. Ich bin für ein verlängertes Wochenende da. Allerdings … meine Mum möchte heute Abend gern allein etwas mit mir unternehmen. Schaffst du ein paar Stunden ohne mich?“

Ben legte nachdenklich den Kopf schief. „Wie willst du das denn entschädigen?“

Was immer ihm Daniel auch ins Ohr flüsterte, es sorgte dafür, dass Ben flammendrot wurde und ihn anstarrte.

Beobachtet von Ryan und Leon, die etwas abseits standen, starrte Ben ihn an.

„Müssen wir nicht … aber könnten wir …“, sagte Daniel leise.

„Oh, ich … also …“

„Denk nicht drüber nach“, lächelte Daniel. „Hey, Jungs.“

Die drei gaben sich die Hände, als Leon den hilfesuchenden Blick seines Mitschülers bemerkte.

„Denk dran, du kannst immer zu uns kommen, okay?“,

wisperte er ihm ins Ohr, und Ben nickte. Und wie er das tun würde.

Am Abend, als Daniel mit seiner Mutter im Kino war, raste Ben mit seinem Auto über den Hof - staubte Jared an seiner Maschine komplett ein.

„Hey!“, rief der verärgert. „Was soll denn der Mist?“

„Tut mir leid. Ich muss dringend mit Ryan oder Leon sprechen.“

Jared seufzte, betrachtete die feine Staubschicht auf seinem schwarzen Motorrad und ging ins Haus, wo er die Treppe hoch lief und an die separate Eingangstür der Jungs klopfte, die Taylor eingebaut hatte.

Leon öffnete. „Jared, was gibt’s?“

„Da ist ein Typ unten, der dringend mit euch sprechen muss.“

„Danke.“ Leon lief mit ihm zurück und lächelte. „Lass mich raten … was immer er dir ins Ohr geflüstert hat, deswegen bist du hier, nicht wahr?“

Ben nickte beschämt. „Ja. Leon, ich ... ich kann das nicht.“

„Komm mit hoch. Da redet es sich besser.“

Gemeinsam stiegen sie die Treppe hoch und betraten das Wohnzimmer, wo Ryan an der PlayStation gerade ein wildes Autorennen fuhr.

„Baby, kleiner Notfall. Geh mal auf Pause.“

Ryan, der das sofort tat, legte den Controller beiseite und griff nach seiner Flasche Wasser. „Ben, hey … wie geht’s dir?“

„Keine Ahnung. Ich weiß gerade nicht, was ich denken soll.“

Gemeinsam setzten sie sich.

„Fangen wir damit an, dass du uns verrätst, was er dir ins Ohr geflüstert hat“, bat Leon sanft.

Da Ben schwieg, riet Ryan ins Blaue hinein. „Sex … er will

mit dir schlafen, oder?“

Unsicher nickte Ben.

„Habt ihr schon was anderes getan als knutschen?“

„Ähm … nein …“

„Mal zusammen auf dem Bett gelegen? Gestreichelt … irgendwas?“

Ben schüttelte den Kopf.

„Oha … dann wird’s interessant. Ben, du hattest aber schon mal Sex, oder? Mit den Mädels …“

„Ja, einmal und das war nicht so toll.“ Ben zupfte an seinem Shirt. „Ich glaube, ich war damals nicht so ganz bei der Sache. Jedenfalls war … Vanessa etwas angepisst, weil nichts … naja, passiert ist.“

Ryan sah ihn nachdenklich an, dann grinste er. „Vanessas Dad ist sexy. Bisschen George Clooney – Typ, Leon. Ist er dir davor über den Weg gelaufen?“, fragte er frech.

Ben dachte nach. „Wir haben alle zusammen gegessen. Er saß … mir gegenüber.“

„Immer wieder erstaunlich. Es ist mal wieder bewiesen. Man wird nicht einfach so schwul. Man wird damit geboren. Du warst es vermutlich schon immer. Und weil du gespürt hast, dass da etwas anderes in dir ist, hast du dich mit aller Macht gewehrt und bist ein kleines Arschloch geworden“, sinnierte Ryan.

Verunsichert sah Ben zwischen dem Paar hin und her.

„Er schaut zu viel Fernsehen. Denk nicht darüber nach.”

„Aber ich habe doch recht.“

„Ja, aber das ist jetzt unwichtig, Snoopy. Ben, du kannst beim Sex nichts falsch machen. Überlass ihm einfach die Führung. Alles andere sagt dir Kopf und Herz. Glaub mir, die wissen genau, was du willst.“

Kurz schwiegen sie, dann sah Ben auf und fragte leise: „Tut es weh?“

„Ja", gab Ryan schlicht zurück. „Ben, ich kann's jetzt schönreden und sagen, dass du auf rosa Wolken schweben wirst, aber … in der Realität tut's erstmal weh. Es zieht und kann brennen. Aber … wenn Daniel es richtig macht und einfühlsam ist, dann wird's der Himmel mit den rosa Wolken, glaub mir."

Langsam nickte der junge Mann und murmelte: „Ich bin entsetzlich aufgeregt. Er hat mir … so viele Dinge ins Ohr geflüstert vorhin … als wir unterwegs waren. Versaute Dinge. Ich … oh Mann, ich hab vermutlich ausgesehen wie ein Signalmast."

„Das ist normal. Ich werde auch rot, wenn Ryan so direkt wird. Und glaub mir, der kann sehr direkt werden."

Ben sah zu Ryan und grinste. „Ich hab von der Lederhose und der Peitsche gehört."

Ryan und Leon brachen kurz in Gelächter aus.

„Oh Mann, das war so lustig. Die haben uns das echt geglaubt. Ich schwör's. Und ich muss gestehen, mein Kopfkino hat wunderbar gearbeitet."

„Snoopy, keine Details bitte!", rief Leon lachend.

„Nein, keine Details. Die hat Rick mir in allen Einzelheiten geliefert, und ich hab echt Schmerzen bekommen", grinste Ben. Er lehnte sich zurück und rieb sich das Gesicht. „Es ist irre, wie sehr sich mein Leben verändert hat. Die Jungs sind aus dem Team geflogen, sie lassen mich in Ruhe, weil sie Angst vor den Strafen haben und es gibt … Daniel. Ich meine … warum ist mir das alles nicht früher passiert?"

Ryan schwieg lächelnd, und Leon sagte leise: „Weil es deine Bestimmung war. Weil du allein erkennen musstest, was für dich wichtig ist. Schicksal. Ich glaube fest daran."

„Warum?"

„Weil es auch Schicksal war, dass ich meinen Spint genau neben Ryans bekommen habe. Andernfalls wären wir uns vielleicht nie so nahe gekommen. Das Schicksal bestimmt über unser Leben. Immer. Es war auch Schicksal, dass Ryan so auf seinen Vater losgegangen war. Nur so konnte er sich endlich von ihm lösen. Es ist immer Schicksal, Ben. Man muss es nur erkennen und zulassen."

Nachdenklich nickte Ben, dann sah er auf die Uhr. „Daniel kommt gleich zu mir nach Hause. Er will bei mir schlafen." Er grinste plötzlich über das ganze Gesicht.

„Überstürz es nicht. Lasst es langsam angehen. Lernt euch kennen", sagte Leon lächelnd.

Und das tat Ben auch. Er verbrachte die Nacht angeschmiegt in Daniels Armen, nachdem sie sich lediglich geküsst und sanft gestreichelt hatten. Er war rettungslos bis über beide Ohren verliebt.

Zwei Wochen später, an einem Samstagvormittag, trafen sich Ryan, Ben, Rick und Kiron in Louise River, um sich endlich für den Abschlussball einzukleiden.

Und Ryan hatte verdammt viel Spaß. Die Tatsache, dass Rick partout in einem hellblauen Anzug gehen wollte, trieben ihm die Lachtränen in die Augen.

„Oh Mann, das sieht zum brüllen aus, Rick. Komm schon, das kann nicht dein Ernst sein. Und vor allem mit den Rüschen!"

„Warum? Hey, ich seh gut aus. Meine Mum wird stolz sein."

„Ja, nachdem sie fertig gelacht hat."

Ben stand vor einem Spiegel und band sich gekonnt eine Fliege um den Hals.

„Aber im Endeffekt musst du dich wohl fühlen, und Dakota muss sich mit dir auf den Ball trauen." Er zwinkerte Rick zu und zog sich das Jackett über, zupfte an dem Kummerbund.

„Hm …"

Ryan sah Ben von oben bis unten an und ging langsam um ihn herum. „Mann, du siehst klasse aus. Daniel wird sabbern."

„Solange er mich nicht vollsabbert. Das gibt immer so hässliche Flecken." Ben lachte leise und sah sich an. „Ja, ich denke, so kann ich gehen." Er musterte Ryan. „Und was ist mit dir? Gehst du in Lederhose?", fragte er grinsend.

„Klar, mit Peitsche am Gürtel." Ryan zog sein Hemd aus und griff zielsicher nach einem Anzug, den er schon die ganze Zeit im Auge gehabt hatte. Während die anderen sich weiter über Rick amüsierten, betrat er eine Umkleidekabine, zog sich um und trat hinaus. „Na, was sagt ihr?"

Langsam nickten die Freunde.

„Ryan, du bist nicht mehr wiederzuerkennen." Kiron musterte ihn.

Da standen die vier Jungs, alle in den Anzügen, die sie zum Abschlussball tragen würden.

„Mann, das wird eine bedeutsame Nacht, oder?", murmelte Ben.

Fragend warf Ryan ihm einen Blick zu und sofort wusste er, was Ben dachte. Er würde erst in dieser Nacht den letzten Schritt wagen. „Finde ich gut", sagte er leise zu ihm.

Erst sah Ben ihn verwirrt an, dann lächelte er. „Ja?"

„Auf jeden Fall. Es sollte immer etwas Besonderes beim ersten Mal sein. Und welches Ereignis bietet sich besser an, als die Nacht des Abschlussballs?"

Die Gespräche um die Prüfungen wurden weniger. In den Köpfen der Jugendlichen schwirrte beständig diese eine Nacht herum.

„GESCHAFFT!"

Leon brüllte laut auf, als er die letzte Prüfung hinter sich gebracht hatte und sprang Ben beinahe in den Arm. Ryan saß noch immer in seiner Matheprüfung und diese Tatsache, dass er sich nicht auf ihn stürzen konnte, machte Leon extrem hibbelig.

„Beruhige dich und atme mal tief durch. Am Samstag ist der Abschlussball, danach geht's in die Sommerferien. Also … tief durchatmen."

Leon holte tief Luft und hielt das Gesicht in die Sonne, dann sagte er trocken: „Klappt nicht!"

Lachend setzte sich Ben auf eine Bank. "Fällt eine ziemliche Last ab, was?"

„Das kannst du laut sagen. Ich meine, wir wissen alle, dass das Lernen jetzt kein Ende hat. Auf dem College geht's weiter, aber erstmal liegen acht Wochen Sommerferien vor uns und offen gestanden beflügelt mich das ungemein."

Es dauerte nicht lange, da tauchten Ryan, Michelle und Charlie auf, und das junge Paar fiel sich erleichtert in die Arme, auch wenn Ryan noch einmal betonte, dass er mit der Prüfung definitiv verarscht wurde.

„Das war doch Kinderkram. Wo war da die Herausforderung?"

„Für uns war das Herausforderung genug, Schatz. Ich dachte, mir wird schlecht, als ich die ganzen Aufgabenstellungen gesehen habe. Das war zum Teil irre schwer, und die eine Aufgabe ging gar nicht, weil wir das noch nie hatten. Das schwöre ich!", widersprach Michelle.

„Welche?"

„Aufgabe neun."

Ryan dachte kurz nach. „Oh Mic, das war Wurzelberechnung. Das hatten wir Hundertmal."

„Wurzelberechnung? Da stand doch nichts von einer Wurzel."

„Nein, darauf musstest du von allein kommen." Er legte seinen Arm um die Blondine. „Egal. Nun ist es vorbei, und wir konzentrieren uns jetzt voll auf den Abschlussball."

Und der Tag des Abschlussballs kam schneller als gedacht. Die Feierlichkeiten begannen bereits am Vormittag, wo die Seniors ihre Zeugnisse bekamen; kleine Schriftrollen mit weinroten Bändern darum.

„So geh ich nicht. Ey, das sieht ja zum Fürchten aus!" Leon stand vor dem Spiegel, trug den dunkelroten Satinumhang und den Graduiertenhut mit der Bommel. Skeptisch warf er einen Blick in den Spiegel. „Ich weigere mich!"

Ryan, der seinen Umhang ebenfalls schon trug, den Hut aber noch in der Hand hielt, lachte auf. „Baby, du hast recht, das sieht beknackt aus!"

„Los, setz den Deckel mal auf!"

„Bin ich bescheuert? Den setz ich erst nachher auf und mach ihn gleich wieder ab, wenn es nicht mehr als unhöflich ausgelegt werden kann."

Lachend liefen beide die Treppe hinunter.

„Mein Baby!" Maggie streckte die Arme aus und zog Leon fest an sich. „Gerade erst geboren und nun bekommt er sein Abschlusszeugnis. Ich ... verdammt, ich wollte nicht heulen!"

„Ich heule auch gleich. Mummy, du zerdrückst den wertvollen, kackhässlichen Umhang", grinste Leon und löste sich, streichelte sanft über die Wange seiner Mutter. „Mum, tief durchatmen. Wir beide müssen das tun."

Eileen sah ihren Sohn gerührt an. „Ich bin so stolz auf dich, mein Kind."

„Danke, Mum. Hey, du siehst gut aus. Die Farbe steht dir."

Eileen trug ein dunkelgrünes Sommerkleid mit weißem Spitzenmuster und hatte sich die Haare elegant hochgesteckt.

„Vielen Dank", strahlte sie.

„Lasst uns fahren, damit unsere Kinder sich nicht auf die hässlichen Umhänge übergeben müssen", lachte Taylor, und geschlossen verließen sie das Haus. Leon fuhr mit seinen Eltern,

Ryan mit seiner Mutter zur Schule.

„Ich habe die Blume für Michelle abgeholt. Sie liegt im Kühlschrank."

Ryan warf seiner Mutter einen verwirrten Blick zu. „Im Kühlschrank? Okay ... pack sie aber nicht aus Versehen als Salat auf den Tisch."

„Du Spinner. Im Kühlschrank halten sie sich länger, bis du sie ihr feierlich überreichst. Die ist fürs Handgelenk, mein Kind."

„Oh ... verstehe."

An der Schule angekommen, stieg Ryan aus und seufzte. „Okay, nun komm ich wohl nicht drum herum ..." Er setzte sich den Graduiertenhut auf und schaute nochmal in den Seitenspiegel. „Amerika hasst seine Seniors. Das steht fest."

Leon, der sich das Ding ebenfalls aufgesetzt hatte, stand seinem Freund gegenüber und strich noch eine Strähne des Ponys aus Ryans Stirn. „Verdammt, du kannst echt alles tragen. Du siehst süß aus."

„Verarsch mich nicht, Blake. Ich seh aus wie ein Trottel."

„Wie ein süßer Trottel", korrigierte Leon lachend.

Leise knurrte Ryan gespielt, biss seinem Freund sanft in die Unterlippe und küsste ihn.

Nach und nach trafen die Schüler mit ihren Familien ein.

„Hey, Jungs!" Daniel kam mit Ben und Sebastian auf sie zu.

„Sehr sexy, McCoy", lachte Ben.

„Klappe zu, Murphy." Ryan grinste, und die Jungs umarmten sich kurz. „Na dann, auf ins Gewühle."

Sie nahmen ihre Plätze in den ersten Reihen ein und lauschten einem halbstündigen Vortrag von Rektor Lewis über die Zukunft und ihre Bedeutung.

Leon musste plötzlich gähnen. „Sorry."

Ein Kichern zog sich durch die Reihen, bis es in Gelächter

ausartete.

„Okay, das war mein Stichwort. Die Schule ist vorbei, und sie weigern sich, still zu sitzen und zuzuhören", lachte der Rektor. „Dann kommen wir zu dem, wofür sie jahrelang unnützes Zeug in sich aufnehmen mussten. Marie Albright ... Kilian Anderson … Tara Baltow … Leon Blake … „

Leon stand auf, wurde tiefrot und ging nach vorn, stellte sich neben seine Mitschüler; und es war ihm sonnenklar gewesen, dass seine Familie sich nicht zurückhalten konnte. Laut jubelten sie auf, wie viele andere Familienangehörige auch.

Leon nahm sein Zeugnis entgegen und verließ die Bühne wieder. Weiter ging's mit den Schülern, dann: „Ryan McCoy."

Als Ryan aufstand, jubelten viele los.

„Bei Mr. McCoy bedankt sich die gesamte Lehrerschaft. Durch Schüler wie ihn haben wir die Hoffnung an den Wissensdurst der jungen Generation noch nicht aufgegeben. Er erhält neben seinem hervorragenden Zeugnis eine Urkunde für sehr gute Leistungen. Er ist mit Abstand der Jahrgangsbeste. Vielen Dank, Mr. McCoy."

Auf Ryans Wangen zeigte sich ein roter Schimmer, als die Lehrer aufstanden und applaudierten. Das war ihm schon wieder viel zu viel. Man sah deutlich, dass er unruhig wurde und beinahe von der Bühne rannte.

An seinem Platz zog Leon ihn in seine Arme. „Ich bin so stolz auf dich. Das hast du dir verdient", flüsterte er und umarmte ihn fest.

Nach und nach hatten alle ihre Zeugnisse bekommen.

„Nun, dann wünschen wir dem Abschlussjahrgang einen geebneten und wunderbaren Weg in die Zukunft!"

Laut jubelten alle auf, warfen die Graduiertenhüte in die Luft und fielen sich in die Arme.

„GESCHAFFT!", schrie Leon, als er auf seine Familie

zurannte. „Leute, ich zieh jetzt diesen ...”

„Stopp!”

Leon hielt in seiner Ausziehbewegung inne und starrte seine Mutter an. „Warum?”

„Du erlaubst uns noch ein paar Fotos?”

Darauf bestanden viele Eltern und widerwillig, laut murrend und knurrend setzte Leon den Hut wieder auf.

Das Posieren machte dann allerdings viel Spaß, da sie ihre Freunde dazuholten.

„Okay, auf drei dürft ihr die Hüte nochmal in die Luft werfen und euch die Klamotten vom Leib reißen”, lachte Susan mit der Kamera in der Hand.

Ryan sah sich um. „Bring mich nicht auf Ideen - die Jungs hier sind niedlich.”

Justin lachte laut auf. „Uh Ryan ... doch noch wir beide?”

„Klar, Baby, nachher suchen wir uns eine dunkle Ecke.”

„Hey, Paul, wir beide? Wenn unsere Kerle sich verdrücken?” Leon feixte und kabbelte sich munter mit Ryan, während die anderen lachten und die Eltern Fotos machten. Dann warfen sie auf Taylors Kommando laut brüllend ihre Hüte in die Luft und zogen die Umhänge aus, die gleich hinterher flogen.

„FREIHEIT!”

Am Abend stand Ryan vor dem Spiegel im Schlafzimmer seiner Mutter und legte das Handtuch beiseite, zog sich Shorts und Socken an, streifte die schwarze Hose über, knöpfte das weiße Hemd zu und sah in den Spiegel. Schon jetzt, ohne den Rest, fand er sich völlig verändert. Er band sich eine bordeauxfarbene Krawatte um und streifte die gleichfarbige Weste über. Immer den Blick stur in den Spiegel gerichtet, knöpfte er sie zu, schlüpfte in schwarze Schuhe und zog das schwarze Jackett über.

Da stand er. Der Junge aus dem Stall. Sein Blick glitt über

die braunen Augen, die frisch geschnittenen Haare, in die er etwas Gel verteilt hatte.

„Heute Abend beginnst du einen neuen Lebensabschnitt, Ryan." Eileen war ins Zimmer gekommen und sah ihn mit einem zärtlichen Blick an. „Ich kann dir gar nicht sagen, wie stolz ich auf dich bin. Und ich bin sicher, dass dein Großvater es genauso wäre."

Ryan blinzelte die Tränen weg und schaute verlegen auf seine Hände. „War nicht immer einfach, oder? Weißt du, was ich mich schon den ganzen Tag frage?"

„Na?" Eileen zog die Krawatte gerade und strich über den dunklen, glänzenden Stoff.

„Wie der Tag ausgesehen hätte, wenn Dad noch hier wäre. Ob ich ... all das heute tun dürfen ...", murmelte er.

Die warme Hand seiner Mutter streichelte über Ryans Wange. „Denke darüber nicht nach, mein Kind. Es ist egal. Er ist nicht mehr hier, und dieser Tag gehört allein dir. Ich bin so glücklich, dass du ihn genießen kannst. Du wirst heute zu deinem Abschlussball gehen. Das ist eines der wichtigsten Ereignisse, die es im Leben gibt. An diesen Abend wirst du dich ein lebenlang erinnern. Und ich möchte, dass du ihn in guter ... in perfekter Erinnerung behältst."

Zwei kleine Tränen liefen über Ryans Wangen, die Eileen zärtlich wegwischte. „Ich liebe dich, Mum", flüsterte er.

„Ich liebe dich auch, Ryan. Ich wünsche dir einen wunderschönen Abend."

Fest umarmten sich Mutter und Sohn, die so viel durchgemacht hatten, so viel zu leiden hatten, bis zum heutigen Tage, an dem sie sich nun in den Armen lagen.

„Du siehst so wunderschön aus."

Verlegen räusperte sich Ryan. „Danke."

Dann klopfte es an die Tür. „Ryan? Ich ... mein lieber

Schwan." Julius stand in der Tür und musterte Ryan von oben bis unten. „Boss, du siehst ... absolut irre aus. Kommst du mit in den Kuhstall, die Tränke reparieren?"

Amüsiert lachte Ryan auf. „Nein, heute nicht mehr. Ich geh zum Ball. Ich werde jetzt meine Prinzessin abholen."

„Dann, holder Prinz ... die Kutsche ist da. Oder besser gesagt, die Limousine."

„Die ... was?" Ryan flitzte zum Fenster. „Sowas hast du noch nicht gesehen ... MUM!" Ryan deutete auf eine schwarze Stretchlimousine, an dessen Tür ein Chauffeur stand. „Wo kommt die denn her?"

„Louise River?" flachste Julius. „Komm runter, dann erkläre ich es dir."

Als Ryan das Zimmer verließ, kam Jared die Treppe runter gesprungen und pfiff leise bei Ryans Anblick, doch das Keuchen vom oberen Treppenabsatz ließ Ryan innehalten und aufsehen.

Da stand Leon, in einem nachtblauen Smoking, mit Fliege und Kummerbund, die Haare etwas kürzer und wild gestylt.

„Ich schwöre es, ich komme gleich ...", murmelte er. Langsam ging er auf Ryan zu, der ihn frech angrinste. „Snoopy, du ... oh Mann ... du siehst absolut ... traumhaft aus. Ich ... Scheiße, mir fehlen die Worte."

Mit belegter Stimme hauchte Ryan 'Danke' und küsste Leon langsam und tief. „Ich weiß nicht, was ich sagen soll. Du bist ... wow ..." Er seufzte leise und vertiefte den Kuss nochmal. „Schon das Auto gesehen?"

„Jaah, irre, was? Wir sollen runter, dann bekommen wir was erklärt."

Hand in Hand verließen sie das Haus.

Vor ihnen standen die acht Mitarbeiter, Julius, Lance und Toby ein Stück vor ihnen.

„Ryan, ich kenne dich seit deinem elften Lebensjahr. Ich

habe gesehen, wie du groß geworden bist ... wie du ein Mann geworden bist. Ich war der Erste, dem du von deinem ersten Kuss berichtet hast, der von deinem ersten Mal erfahren hat", begann Julius.

Ryan wurde tiefrot. Zu Julius hatte er immer eine ganz besondere Beziehung gehabt, eine, von der kaum einer wusste.

„Manchmal hatte ich das Gefühl, der Vater für dich zu sein, den du nie hattest. Und dein Vertrauen hat mich immer geehrt."

„Oh ... jetzt hör auf, sonst fang ich vor versammelter Mannschaft an zu heulen", murrte Ryan leise.

„Hm ... ruiniert das Make-up, was?", zwinkerte Julius. „Wir, deine Angestellten, haben überlegt, was wir dir zum Abschluss schenken können und ... wenn ich euch beide so betrachte, haben wir die richtige Wahl getroffen. Die Limousine ist von uns, damit ihr beide standesgemäß zu eurem Abschlussball fahren könnt."

„Wow ... Jungs, das ist ... wow ..." Ryan starrte das große, elegante Auto an. „Das ist absolut irre. Ich werde euch morgen alle knuddeln, denn mit Verlaub gesagt; ihr seht aus, wie die Schweine!" Er grinste frech und sah Julius an. „Danke ... danke für alles. Und du hast recht. Du wirst immer der Vater sein, den ich nie hatte und den ich immer brauchen werde."

Julius lächelte mit feuchten Augen. „Na los, geht eure Ballmädchen abholen, Jungs ..." Er wandte sich ab, wollte nicht, dass Ryan seine Tränen sah.

Ryan selbst ging auf das Auto zu, warf seiner Mutter noch eine Kusshand zu und hob die Augenbrauen, als der Fahrer die Tür öffnete. „Mann, Michelle wird ... Michelle! Mum, unser Unkraut!", rief er.

Lachend lief Eileen ins Haus, holte zwei durchsichtige kleine Boxen, in denen kleine Gebinde für das Handgelenk lagen. Michelles Orchideen waren cremefarbend mit dunkelgrünen Satinschleifen, passend zu ihrem Kleid, wie sie Ryan mitgeteilt hatte. Julies Strauß bestand aus dunkelroten Teerosen.

„Klinge ich sehr schwul, wenn ich dir sage, dass sie mir gefallen?”, fragte Leon, als die Türen des Wagens sich geschlossen hatten und dieser sich in Bewegung setzte.

„Ja, aber das ist okay. Du bist eben sehr schwul.” Ryan lachte und küsste seinen Freund zart, bis der den Kuss vertiefte und langsam über dessen Lippen leckte.

Augenblicklich öffnete sich Ryans Mund, stupste Leons Zungenspitze an, lockte sie in seinen Mund, nur um sie frech wieder zurück zu drängen und das Spiel von neuem zu beginnen. Aufkeuchend küssten sie sich wild und ungezügelt, bis sich der Fahrer leise räusperte.

„Gentlemen, wir sind am Haus der Familie Mackins.”

„Na los, Baby. Hol dein Mädchen für den Ball ab.”

Ryan küsste ihn nochmal, dann stieg er aus, holte tief Luft und klingelte an der Haustür.

Als Susan geöffnet hatte, stockte ihr der Atem. „Ryan, als du das letzte Mal so aufgerüscht vor mir gestanden hast, musste ich mir das Lachen verkneifen. Heute verkneife ich mir offen gestanden ein lautes Stöhnen. Kind, du siehst umwerfend aus!”

Amüsiert lachte Ryan. „Danke, Susan. Das ist sehr ... nett.” Er trat ein. „Ist Michelle soweit?”

„Aber ja, sie wartet nur auf mein Wort.”

Ryan blieb im Flur stehen, und Susan lief hoch, kam darauf gleich wieder hinunter gerannt, nur um die Kamera bereit zu halten.

Dann war es Ryan, der laut aufseufzte. „Himmel ...”, flüsterte er.

Das war nicht Michelle, die da die Treppe hinunter kam. Das war ein Engel in einem dunkelgrünen Abendkleid, welches bis zum Boden reichte. Die Haare hatte sie elegant mit Bändern in der gleichen Farbe kunstvoll hochgesteckt; nur einzelne Locken umrahmten das weiche Gesicht.

„Mic ...", hauchte er, nahm ihre Hand und drehte seine Freundin um die eigene Achse, „ich ... ich weiß nicht, was ich sagen soll. Du siehst ... atemberaubend aus."

Mit roten Wangen lächelte Michelle und küsste Ryan kurz. „Du auch. Absolut umwerfend."

„Bleibt kurz beieinander. Das ist ein tolles Bild für Michelles Wand."

Liebevoll schlang Ryan seine Arme um Michelle, sah ihr tief in die Augen, und Susan machte einige Bilder.

„Okay, dann holen wir mal Julie-Maus ab." Er küsste Susan kurz auf die Wange, dann öffnet er die Haustür.

„Oh ... Himmel, was ist das denn?" Michelle starrte die Limousine an.

„Mein Geschenk zum Abschluss von den Jungs auf dem Hof", erklärte Ryan grinsend.

Leon stieg aus und musterte Michelle. „Süße, du siehst wunderschön aus", sagte er zärtlich und küsste sie kurz, dann stiegen sie ein.

Ryan öffnete die kleine Schachtel. „Gib mir dein Handgelenk", forderte er sanft.

„Ryan ... die sind ... unglaublich schön. Vielen Dank."

„Für dich nur das Beste." Er zwinkerte ihr zu.

Aufgeregt war Leon der nächste, der aus dem Auto stieg und an der Haustür von Familie Leather klopfte.

Hier öffnete Julies Vater und sah Leon skeptisch an. Immerhin würde er seine Tochter ausführen.

„Guten Abend, mein Name ist Leon Blake. Ich würde gern Julie abholen."

„Kommen Sie herein." Mr. Leather hielt die Haustür auf.

„Leon!" Julie kam aus dem Wohnzimmer, in einem süßen, kurzen Abendkleid aus dunkelblauem Samt.

„Wow ... Julie, du siehst süß aus. Wunderschön.” Er gab ihr zwinkernd einen Handkuss und richtete sich wieder auf, als auch schon Mrs. Leather vor ihnen stand und ebenfalls Fotos forderte. „Ich hab eine kleine Überraschung für dich”, flüsterte er ihr ins Ohr.

„Ja? Und die wäre?”

„Keine Schrottkarre.” Er lächelte charmant in die Kamera.

„Nicht? Zeig!” Aufgedreht kicherte sie und öffnete die Haustür. „Woah ... Mum! Sieh dir das an!”

Ihre Mutter trat hinter das Mädchen. „Mr. Blake, eine Limousine?”

„Wenn schon, denn schon. Wir haben nur einen Abschlussball. Wobei das aber ein Geschenk für Ryan von seinen Angestellten war. Wir profitieren lediglich.”

Julie lächelte strahlend. „Es ist ... wie im Märchen.”

Gemeinsam gingen sie zum Wagen, begrüßten Ryan und Michelle, dann fuhren sie zum Ball.

Bereits im Auto gab Leon seiner Begleiterin das Blumengebinde, welches er ihr vorsichtig ans Handgelenk band.

Der Festsaal, den die Schule gemietet hatte, gehörte zu einem der kleineren Hotels in Mountain Creek, und so wie viele andere hatte Ryan ein Zimmer gemietet. Er wollte danach mit Leon allein sein und nicht erst verzweifelt nach einem Taxi suchen. Den Schlüssel hatte er bereits, und die Aufregung war gewaltig, obwohl es sicher nicht der erste Sex war.

„Ladies?” Leon stieg als Erster aus und reichte Julie die Hand, dann folgte Ryan mit Michelle.

„Ähm ... vielen Dank”, sagte Leon zu dem Fahrer.

„Ich wünsche Ihnen einen wunderschönen Abend. Meine Damen, Sie sehen entzückend aus.” Der ältere Mann gab beiden einen angedeuteten Handkuss und zwinkerte, dann betraten die vier den Ballsaal.

Überall hingen goldene und silberne Bänder, Schleifen und große Stoffbahnen an den Wänden. Blumen verzierten die Tische, und auf der Tanzfläche drehten sich bereits die ersten Paare.

„Julie?" Michelle flüsterte ihr etwas ins Ohr, worauf diese hektisch nickte.

„Was ist los?", fragte Leon, sich selbst plötzlich den Blicken der Mädchen ausgesetzt.

„Es ist euer Abend. Wir wissen, dass ihr eigentlich zusammen hier sein müsstet. Es ist unglaublich lieb, dass ihr uns gefragt habt. Aber der erste Tanz gehört euch beiden, keiner von uns", sagte Julie.

„Oh ...", murmelte Leon überrascht, „das ist ... so lieb von euch." Er warf Ryan einen sanften Blick zu und nahm dessen Hand.

„Tanzen... oh Mann, hoffentlich trete ich dich nicht ..." Er ließ sich von Leon auf die Tanzfläche führen und lachte amüsiert, als der ihn einmal um seine eigene Achse drehte und dann an sich zog. „Du bist verrückt", hauchte er.

„Hmmm ..." Eine Hand hielt Leon fest in seiner, die andere lag in Ryans Nacken, „verrückt nach dir ..."

Tief sahen sie sich in die Augen. Das war wohl einer der romantischsten Momente in ihrer Beziehung.

„Ich liebe dich, Leon. Du hast keine Vorstellung, wie sehr ..."

Im Spiel der Lichter glänzen Leons stahlblaue Augen auf, seine Finger krallten sich sanft in das weiche Haar im Nacken und fest zog er ihn an sich. „Ich liebe dich ...", flüsterte er an dessen Lippen, bevor er ihn küsste. So intensiv und intim, und trotz der vielen Menschen, die um sie herum waren, hatten beide das Gefühl, allein zu sein, als würde die Welt stehen bleiben.

Ryan neigte den Kopf, löste seine Hand und schlang den freien Arm ebenfalls um Leon, so wie der die zweite Hand in das dunkelbraune Haar wühlte.

„Die zwei fangen früh an, was?"

Michelle zuckte zusammen, als eine Stimme sie unvermutet ansprach. „Verdammt, Ben!" Sie schlug ihm leicht auf den Oberarm, musterte ihn und Daniel dann aber.

„Sag's ruhig, wir sehen gut aus." Er zwinkerte ihr zu und nahm sie nun ebenfalls in Augenschein. „Sexy, Mackins ... schade, dass ich anscheinend doch schwul bin." Er küsste sie frech auf die Wange und sah dann wieder zu dem Paar auf der Tanzfläche. „Die beiden sind wirklich süß zusammen ..."

„Ja." Michelle seufzte. Wenn sie daran dachte, dass sie in wenigen Wochen hunderte Meilen entfernt sein würde, blutete ihr das Herz. „Ja, das sind sie ..." Traurig senkte sie den Kopf und fand sich in einer sanften Umarmung von Daniel wieder.

„Ryan und Leon sind deine besten Freunde, Michelle. So eine Freundschaft besteht über alle Grenzen hinaus. Vertrau darauf."

Sie nickte langsam und wischte sich die einsame Träne von den Wangen, die sie nicht hatte aufhalten können, als sie ihre Jungs beobachtete, wie sie sich selbstvergessen auf der Tanzfläche langsam bewegten und küssten.

Als Ryan und Leon zurückkamen, sah Ryan sofort, wie geknickt Michelle war. „Süße, was hast du?", fragte er sanft.

„Nichts. Euch zu sehen ... so zu sehen ... Himmel, ihr werdet mir so fehlen ..."

Ryan zögerte keine Sekunde und zog sie fest in seine Arme. „Du uns auch ... besonders mir. Dich nicht jeden Tag zu sehen ... Michelle ... ich liebe dich, vergiss das niemals, okay?"

„Niemals. Das verspreche ich dir, wenn du dir genauso merkst, dass ich dich liebe ..."

Ryan lächelte zärtlich. „Versprochen. So, und jetzt gehen wir beide tanzen. Ich tanze mit meinem Mädchen auf dem Abschlussball ... irre." Er kicherte und führte sie auf die Tanzfläche.

Der Abend zog sich dahin. Die Freunde tanzten kreuz und quer, sogar Paul schaffte es, Leon zu entführen, Ben wurde immer nervöser und Dakota bekam plötzlich solch einen Lachflash, dass ihr der Punsch fast aus der Nase lief.

„Fotos ... Kinder, der Fotograf hat gerade nichts zu tun!" Michelle zerrte Ryan mit sich. „Ich liebe meine Mum, aber fotografieren kann sie nicht."

Ryan stellte sich lachend in Pose, zog Michelle in seine Arme, genauso, wie es Leon bei Julie tat. „Wer immer der Vater deiner Kinder sein wird, Julie-Maus, du kannst ihnen sagen, dass dein Abschlussball-Date heißer war", kicherte er.

Julie lachte auf. „Gar nichts sag ich ihnen. Ich hab ja nicht mal einen Kuss von meinem Abschlussball-Date bekommen."

„Du hast einen Freund, liebste Julie."

„Hm ... ist er hier? Nein, er ist bei der Army. Pech gehabt." Sie sah ihn herausfordernd an.

„Okay, dann anders. Ich hab einen Freund."

Sie traten von dem Podest des Fotographen hinunter.

„Hm... dann frag ihn doch mal."

„Was soll ich fragen? Dass mein Abschlussball-Date knutschen will?", fragte er belustigt.

Julie hob spielerisch die Augenbrauen und grinste.

„Oh, er wird platzen vor Freude … Ryaaaaaan, mein Liebling", flötete er übertrieben.

Ryan, der mit Michelle, Dakota, Rick, Ben und Daniel am Buffet stand, drehte sich um und sah seinen Freund mit Julie an der Hand auf sich zukommen. „Was ist los?„

„Julie-Maus hat eine Beschwerde eingereicht, Snoopy."

„Julie-Maus? Wieso nennt ihr mich ständig Julie-Maus?"

Ryan lachte leise und erklärte: „Das stammt noch aus Saither Hill – Zeiten. Julie-Maus ist niedlich."

Verstehend nickte sie langsam, musterte dann aber wieder Leon.

„Okay, also, was für eine Beschwerde hat sie denn eingereicht?„

Leon grinste breit. „Sie weigert sich, ihren Kindern von ihrem heißen Abschlussball-Date zu berichten, wenn sie keine Knutscherei aufweisen kann. Ich finde das ziemlich unfair. Ich meine, das Abschlussball-Date ist doch einer der wichtigsten Menschen im Leben eines Mädchens. Das ist … unfair, eben." Er zog eine leichte Schmollschnute und blickte Julie aus gespielt traurigen blauen Augen an.

Sie hob die Augenbrauen und warf einen hilfesuchenden Blick zu Ryan. „Ohje, da fang ich gleich an zu weinen, bei dem Blick. Leon, guck mich nicht so an." Sie tatschte in seinem Gesicht herum, was ihn zum Lachen brauchte. Liebevoll nahm er sie in den Arm.

„Du willst also mit meinem Mann knutschen, ja?" Ryan sah zwischen den beiden hin und hier. „Okay, eine Minute. Und ihr bleibt hier." Er grinste frech.

„Eine Minute? Guckst du auf die Uhr?", wollte Leon lachend wissen.

„Und ob ich das werde. Und danach werde ich mein Revier markieren müssen, also stell dich darauf ein."

Julie wurde das Ganze etwas unheimlich. „Ich hab nur Spaß gemacht, ehrlich."

„Julie-Maus, die Chance, herauszufinden, wie verdammt gut Leon küssen kann, bekommst du nur jetzt, in diesem Moment."

Leon lachte nur. Er sah hin und her, bemerkte Ben, der sich fast nicht mehr beruhigen konnte, dann legte er eine Hand in

Julies Nacken und machte Nägel mit Köpfen. Er küsste sie so intensiv, dass Julie ergeben aufstöhnte und den Kuss erwidern musste, ob sie wollte oder nicht.

Ryan sah in der Tat auf die Uhr, doch sein Blick war zwischendurch fest auf seinen Freund gerichtet, der tief in den Kuss eintauchte. Er berührte Julie nicht weiter, außer dass seine Hand in ihrem Nacken lag, aber als seine Zunge in ihren Mund glitt, musste Ryan wirklich an sich halten, sich daran erinnern, dass es nur noch fünfzehn Sekunden waren.

Kaum war die Zeit um, zog er Leon sanft von Julie weg, fest in seine Arme und verpasste Leon einen Kuss, der diesem fast den Boden unter den Füßen wegzog.

Er schlang seine Arme um Ryans Hals, zog sich leicht an ihm hoch und erwiderte diesen besitzergreifenden Kuss leidenschaftlich.

„Du gehörst mir allein …“, knurrte Ryan leise an die feuchten Lippen.

„Nur dir allein“, wisperte Leon bestätigend. Er sah ihm tief in die Augen, dann küsste er ihn wieder.

Michelle wedelte vor Julis Nase mit der Hand. „Noch da?“

Von Julie kam nur ein seufzendes: „Himmel, kann der küssen.“

„Oh ja … das kann er“„ stimmten Michelle und Dakota unisono zu und grinsten sich frech an.

„Wie … habt ihr beide schon mit ihm geknutscht?„

Dakota wurde rot. „Ich hab mir den Silvesterkuss von ihm geklaut.„

„Mann, der liebe Leon ist echt kein Kostverächter bei den Mädels, was“, lachte Daniel auf.

Später am Abend - es war bereits nach Mitternacht - wurde Leon immer unruhiger. „Baby, lass uns gehen … lass uns hochgehen …“, knurrte er an Ryans Hals und biss zart in die weiche Haut.

Einen Augenblick lang musterte Ryan ihn, spürte, wie er allein von dessen verlangendem Blick ernsthafte Platzprobleme in der Hose bekam und nickte. „Leute, es war mir eine Ehre, so lange mit euch die Schulbank gedrückt zu haben. Gehabt euch wohl.“ Er küsste Michelle auf den Mund, dann verabschiedeten sie sich und verließen den Saal.

Am Fahrstuhl warf Leon seinem Freund einen vergnügten Blick zu. „Bist du auch so aufgeregt wie ich?„

„Worauf du dich verlassen kannst. Wenn du es ruhig und sanft brauchst, musst du auf die zweite Runde warten.“ Ryan grinste dreckig, dann öffneten sich die Fahrstuhltüren und sie traten ein. Kaum hatte sich der Fahrstuhl geschlossen, fielen sie küssend übereinander her. Ihre Hände schoben sich unter die störende Kleidung und als Ryan Leon die Fliege öffnen wollte, sagte ihnen ein leises ‚pling', dass sie ihre Berührungen nur um eine Minute vertagen mussten.

Leon rannte beinahe den Flur entlang. „Nun komm schon!“

„Immer langsam mit den jungen Pferden, ja?“ Ryan lachte leise und öffnet das Zimmer. Was dann geschah, bekam er gar nicht so richtig mit, so schnell ging es. Er stand plötzlich an der geschlossenen Tür, von Leon fast daran geknallt und heftig knutschend. Das weckte seine Triebe, steigerte seine Lust bis ins Unermessliche. Himmel, er war so höllisch scharf auf seinen Freund, mit dem er so oft an diesem Abend bereits heiße Küsse ausgetauscht hatte, dass er leise aufstöhnte.

„Ryaaaaaan, die … Klamotten stören … mach die weg!“ Leon trampelte fast unruhig mit den Füßen. „Mann, sollte das nicht harmonischer ablaufen?“ Er zerrte Ryan bei diesen Worten die feine Stoffhose hinunter.

„Scheiß auf harmonisch, dafür haben wir noch die ganze

Nacht Zeit." Ryan riss an dem Jackett seines Freundes, warf es mit Schwung durch das kleine Hotelzimmer und zerriss ihm das Hemd. „Sorry."

Kurz waren sie in ihrer Bewegung erstarrt und sahen auf das zerrissene Kleidungsstück, schließlich zuckte Leon die Schultern und küsste seinen Freund heftig, wühlte seine Finger in dessen Haar. „Oh jaa …", stöhnte er leise.

Stolpernd und schwankend bewegten sie sich weiter aufs Bett zu, ließen Klamotten fallen, wo sie gerade standen und fielen mit Schwung auf die Matratze, die leise quietschte.

„Ui, das wird ein Spaß", witzelte Ryan lachend.

Leon hatte das nicht mal gehört. Er zog seinen Freund ungestüm auf sich, schlang fest die Beine um ihn, überlegte es sich aber anders. „Los, zieh die Shorts aus. Die stören."

Ryan hob verspielt die Augenbrauen, stellte sich über ihn aufs Bett und sah seinem Freund tief in die Augen, zog sie sich mit lüsternem Blick langsam über den Hintern.

„Uhhh …" Leon schob schnurrend seine Finger an der Innenseite von Ryans Schenkel hinauf, wartete, bis der die Shorts aus dem Bett gekickt hatte und zog ihn wieder zu sich hinunter.

„Ja, so ist es … nein, warte." Er zerrte sich ungeschickt selbst seine Unterwäsche hinunter. „Fuck, warum bin ich gerade so unkoordiniert?", schimpfte er über sich selbst.

Einen Moment war Ryan nach Lachen zumute. Er biss sich auf die Unterlippe, doch als sein Blick über Leons zuckende Erektion wanderte, war nur noch pure Gier in ihm. Laut aufstöhnend küsste er ihn und presste sich an den heißen Körper.

Hände streichelten über verschwitzte Haut und wühlten sich in feuchte Haare, während sich ihre Beine um den Körper des anderen schlangen. Minutenlang, gefühlte Stunden, wälzten sie sich auf der Matratze, konnten keine Sekunde still liegen, dann brach es aus Leon heraus.

Ungeachtet der Tatsache, dass sie nicht zu Hause waren, dass auch andere Zimmer belegt waren, dass es Menschen geben könnte, die ihn hören würden, brüllte er: „Scheiße, jetzt mach endlich was … FICK MICH!“

„Pschhhht!“, lachte Ryan laut auf. „Wobei, das hört vermutlich eh gleich jeder …“ Er kicherte leise, rutschte etwas tiefer und leckte langsam über Leons Penis. „Gut so?“

„Eh, reiz mich doch noch weiter“, knurrte der ungehalten.

„Mach ich … keine Panik …“ Immer wieder leckte Ryan über Leons Erektion und saugte an der Spitze, nur um ihn dann tief in den Mund aufzunehmen.

„Ryan … Scheiße … bitte, mach was …“

Langsam glitt Ryan an Leons Körper nach oben, saugte an den Brustwarzen und küsste ihn verspielt auf die Lippen. „Ich mach doch was…“

„Mag sein, aber nicht genug. Komm schon … nimm mich endlich.“ Leon wimmerte lustvoll auf, als Ryans Erektion seinen Anus streifte. „Ja … ja, genau …“

Blind tastete Ryan nach seinem Jackett, welches allerdings weit entfernt auf dem Boden lag. „Mist. Nicht bewegen, Baby.“ Er sprang vom Bett hoch, nahm eine kleine Gleitgeltube aus der Innentasche und legte sie auf den Nachttisch. „Okay, wo war ich?“

Leon nahm ihm das Gleitgel ab und verteilte es mit einem leisen Schnurren über die Erregung seines Freundes. „Du wolltest mich zum Schreien bringen!“

„Stimmt …“ Ryan befeuchtete zwei Finger und umkreiste damit Leons Eingang. „Mal sehen, ob ich das schaffe …“ Sanft drang er mit beiden Fingern in ihn ein, reizte die empfindliche Muskulatur und küsste seinen Freund hungrig.

Für Leon taten sich ganze Welten auf, wie immer, wenn Ryan ihm so nahe war. „Baby … Himmel, ich komme gleich…“, keuchte er atemlos an dessen Lippen, vertiefte den Kuss gleich wieder.

Langsam drehte und spreizte Ryan seine Finger, weitete Leon, dann hielt er es selbst nicht mehr aus. Mit einem leisen Knurren drängte er sich in ihn, zog Leon so fest wie möglich an sich. „Gott, du fühlst dich so verdammt gut an."

Leons Blick schwankte zwischen den dunkelbraunen Augen und den verführerischen, feuchten Lippen. Er musste nichts sagen, sein Blick allein sprach für Ryan ganze Bände.

Immer wieder stieß er tief in ihn und reizte ohne Unterlass dessen Lustpunkt. In solchen Momenten gab es nur sie beide. Niemand sonst hatte zu ihrer Welt Zugang und niemals würden sie irgend jemandem diesen gewähren.

Tief schauten sie sich in die Augen, sahen die Lust des anderen.

„Ich liebe dich", flüsterte Leon noch, dann kam er mit einem lauten Schrei heftig über seinen Bauch.

So eingeengt zu werden trieb Ryan über die tiefe Klippe. Er vergrub aufknurrend seinen Kopf an Leons Hals, biss unbewusst und fest hinein.

Dann war es still.

Nur ihren fliegenden Atem konnte man hören.

„Leon?"

„Hm?"

„Ich liebe dich …"

Plötzlich waren ihre Küsse so sanft und süß, wie in ihren ersten Tagen. Wie ein Windhauch glitten ihre Lippen übereinander.

Wie genau sie es richtig aufs Bett geschafft hatten, wusste Ryan nicht, doch irgendwann lag Leon gesäubert in seinen Armen und verteilte kleine Küsse auf seiner Wange, auf den Hals und der Schulter.

„Der Abend war schön. Himmel, du brauchst einen Job, in dem du einen Anzug tragen musst", grinste Ryan. „Das sah irre sexy aus."

„So sexy, dass du mir das Hemd zerrissen hast? Was soll ich denn morgen anziehen, hm?"

„Nichts?"

Leicht tippte Leon ihm an die Stirn. „Hast du dir eben irgendwo den Kopf gestoßen?"

Lachend legte Ryan sich leicht auf ihn. „Nein. Aber das ist sexy."

„Hm … ich kann ja in Zukunft im Smoking arbeiten."

Lachend vergrub Ryan sein Gesicht an Leons Schulter. Die Vorstellung, dass Leon im Smoking die Schweine fütterte, war einfach zu viel. „Wenn das nicht nobel ist …"

Über den großen Teich

Am nächsten Morgen seufzte Leon leise, als er sein Hemd betrachtete. „Okay, ich werde einfach mein Jackett anziehen. Kann uns nicht jemand abholen und mir ein Shirt mitbringen?"

Ryan, der noch im Bett lag, grinste. „Mann, Blake. Wie gut kennst du mich eigentlich, hm?"

Verwirrt hielt Leon mit dem Hemd in der Hand inne. „Warum?"

Mit einer lässigen Handbewegung deutete Ryan auf eine kleine Tasche, die in der Ecke stand. „Hat Mum gestern hier abgegeben, als wir uns gestylt haben. Glaubst du, ich fahre heute im Anzug zurück? Dein Auto steht auch draußen." Er legte nachdenklich den Kopf schief. „Hey, jetzt kannst du doch nackt fahren.“

„Ich liebe dich. Oh, und nein. Ich zieh mir was an.“ Nach einer schnellen Dusche schlüpfte er in Shorts, Jeans und ein Shirt. „Nichts gegen Anzüge, aber ich kam mir schon etwas verkleidet vor.“ Er holte Ryans Klamotten raus und stopfte die feinen Kleidungsstücke in die Tasche. „Deine Mum wird einen Anfall bekommen, aber das ist mir egal. Los, steh auf und zieh dich an, ich bin am Verhungern.“

Murrend rappelte sich Ryan auf. Er hatte es im Bett eigentlich ganz nett gefunden, dann fiel ihm etwas ein. „Stimmt, ich muss die Jungs knuddeln. Vor allem Julius.“

Leon musterte ihn neugierig. „Er ist … dein Vater, oder? Also, vom Gefühl her.“

Nickend trat Ryan auf die Badtür zu und drehte sich um. „War er immer … mehr, als … jeder andere.“ Ein sanftes Lächeln huschte über seine Lippen, dann verschwand er unter die Dusche.

Als sie eine knappe Stunde später auf den Hof fuhren, grinste Ryan.

Seine Angestellten standen geschlossen am Anbinder, also stieg er aus, ging auf sie zu und schlang seine Arme, wie ein kleiner Junge, um Julius Hüfte. „Danke …”, flüsterte er in dessen Haar.

Gerührt nahm Julius den jungen Mann in die Arme. „Du weißt, dass wir nie Kinder hatten, weil Cindy keine bekommen kann, aber … ich hätte mir immer einen Sohn wie dich gewünscht und … ein wenig habe ich ihn ja auch.“

„Nicht nur ein wenig.“ Ryan blinzelte die Tränen weg und umarmte dann jeden Einzelnen. „Ihr seid die besten Angestellten der Welt. Ganz ehrlich. Ich denke, heute Abend können wir den

Grill anwerfen und machen ein schönes Barbecue. Holt eure Familien dazu.”

Strahlend wurde die Einladung von allen angenommen.

„Ryan, Leon, würdet ihr bitte ins Haus kommen?“ Maggie stand an der Tür zur Küche.

„Haben wir etwas ausgefressen?”, murmelte Leon leise.

„Hm … nicht, dass ich wüsste. Mein Zeugnis war okay.“

Gemeinsam betraten sie die Küche und hoben überrascht die Augenbrauen, als sie auch Susan, Michelle, Maggie und Taylor vorfanden.

„Mic? Haben wir doch etwas ausgefressen?“

„Ich überlege auch schon die ganze Zeit, aber ich komm nicht drauf.“

Mit unsicheren Mienen setzten sich die drei Freunde an den Küchentisch, streng gemustert von den Erwachsenen.

Die Blicke huschten hin und her. Leon knibbelte an der Tischdecke.

„Leon, lass sie heil, okay?”, sagte Eileen ernst.

„Mum? Was … was ist denn los?”, fragte Ryan leise.

Schweigen brach über die drei hinein und als Taylor mit strenger Miene fragte, ob sie sich das nicht denken könnten, schüttelten sie die Köpfe.

„Mum, nun sag schon”, bat Leon. Er bekam rote Wangen, wie immer, wenn er extrem unruhig war.

„Tut mir leid, ich kann das nicht. Mein armes Baby”, lachte Maggie auf und nahm das Gesicht ihres Sohnes in die Hände, küsste ihn liebevoll auf die Wange.

„Oh, nun hast du alles verdorben.“ Eileen holte amüsiert drei Umschläge, die auf dem Kühlschrank gelegen hatten. „Das ist unser Geschenk zum Abschluss.“

Leon knurrte leise seine Eltern an, nahm dann aber, genauso neugierig, wie Michelle und Ryan den Umschlag entgegen.

Mic war am schnellsten und keuchte laut auf. „Mum, das ist …“

„LONDON, BABY!”, schrie Leon auf und fiel seinem Vater um den Hals, da der ihm am nächsten stand.

Ryan war einfach nur sprachlos und starrte seine Mutter an.

„Ist das irre!“ Leon sprang aufgeregt durch die Küche, riss Michelle gleich mit, doch sein Freund rührte sich nicht. Einzig eine kleine Träne lief ihm über die Wange.

„Ryan, geht es dir gut?”, fragte Maggie verunsichert.

Sofort hielten auch ihr Sohn und die Blondine inne und musterten so wie alle Ryan.

„Mein Schatz, du hast so wahnsinnig viel durchgemacht in den letzten Jahren. Und nun … machst du deine Therapie, du bist ein wundervoller Chef hier, dein Zeugnis ist … perfekt … du hast es dir verdient”, lächelte Eileen zärtlich.

Nach einigen Sekunden schlich sich eben dieses Lächeln auf Ryans Lippen, als er aufstand und seine Mutter fest in die Arme nahm. „Ich liebe dich, Mum.“

Das Eis war gebrochen und Leon hüpfte weiter, schrie immer wieder ‚London, Baby’ und konnte sich gar nicht beruhigen.

„Mann, ich seh Bill wieder und Simon und Alec und … Jesedy hat noch eine CD von mir.“ Er warf seinem Freund einen strahlenden Blick zu. „Baby?“ Leon streckte die Arme nach ihm aus, in denen sich Ryan sofort verlor. „London, Baby”, kicherte er.

Michelle sah ihre Mutter an. „Du willst mich bestrafen, nicht wahr?“

„Warum denkst du das?“

„Guck dir Leon mal an, das ist ja peinlich und mit dem soll ich nach London fliegen?“

Während Susan laut lachte, versteifte sich Ryan ein wenig. Fliegen?

Ryan war für den Rest des Tages ziemlich still, doch am Abend beim Barbecue wurde er lockerer, alberte auch mit Jared und dessen Frau herum.

„Schatz? Was hast du?", fragte Leon und betrachtete den zweiten vollen Koffer, in den Ryan langsam seine Sachen legte. Es sollte schon am nächsten Tag losgehen und in seinem Kopf rotierte es, aus Angst, etwas zu vergessen.

In der Hoffnung, Leon würde das Thema nicht weiter vertiefen, schüttelte Ryan nur den Kopf und packte konzentriert weiter.

„Baby, machst du dir Gedanken wegen Eileens Worte?"

„Welche Worte? Du meinst … wegen meinem Dad und dass ich es verdient habe?"

„Ja."

Ryan verneinte erneut und setzte sich langsam. „Baby, ich hab Angst", murmelte er dann und atmete tief durch. Er wollte nicht zugeben, so schwach zu sein.

Leon, der sich vor ihn gekniet hatte, streichelte Ryans Hand, als er fragte: „Wovor?"

„Vor dem Fliegen …", nuschelte Ryan so undeutlich, dass Leon ihn erst kaum verstanden hatte, dann schossen jedoch seine Augenbrauen in die Höhe. „Oh …"

„Ich kann nicht. Ich meine … Menschen gehören auf den Boden, nicht in die Luft. Das ist … nicht richtig."

„Baby, fliegen ist die sicherste Art zu reisen. Ich … nein, vergiss die Verkaufssprüche. Hör mir zu", er setzte sich neben ihn aufs das breite Bett, „ich bin schon unzählige Male geflogen. Auch, um hierher zu kommen. Der erste Flug ist immer aufregend, vor allem gleich eine so lange Strecke. Aber ich bleibe dicht bei dir. Das verspreche ich dir hoch und heilig."

Ryan war nicht überzeugt, und er machte die ganze Nacht

kein Auge zu. Unruhig wälzte er sich hin und her und überlegte, wie er auf anderem Wege nach England kommen könnte, doch ihm fiel partout nichts ein. Ihm wurde immer schlechter, bis er es irgendwann im Bett nicht mehr aushielt und aufstand.

„Snoopy? Wo willst du hin?", murmelte Leon ins Kissen.

„Raus. Ich … ich kann nicht still liegen. Dann werde ich wahnsinnig. Schlaf weiter, Baby." Er küsste Leon auf die Wange, doch das merkte der gar nicht mehr.

Am Anbinder angekommen, lächelte er, als June in der Dunkelheit auftauchte. „Na, meine Süße? Bin ich ein Weichei, hm? Sag mir das mal …" Er streichelte über den Hals des Pferdes. „Ich bin eins …"

Bis zum Morgen saß er da, an June gelehnt und schaute in die aufgehende Sonne.

„Meine Güte, Ryan. Was tust du schon hier?" Eileen war verschlafen aus dem Haus gekommen, um die Zeitung zu holen.

„Sitzen."

„Warum bist du schon auf?„

„Ich stehe immer so früh auf. Ryan, konntest du nicht schlafen? Du siehst müde aus."

„Ich hab noch kein Auge zugetan", seufzte er leise. „Mum, ich hab Schiss."

„Wovor?"

„Vor dem Fliegen." Er sprang vom Zaun und lief aufgeregt hin und her. „Das ist so lang und … Muuuuuum…"

Sie lachte leise. „Glaube mir, mein Kind, ich versteh dich so gut. Aber du wirst leider nicht drum herumkommen. Leon wird schon auf dich aufpassen."

Ryan war noch immer nicht überzeugt. Er tigerte ungeduldig über den Hof. Dass er bis zum späten Nachmittag warten musste, machte ihn ganz irre.

Mittags fuhren sie los. In zwei Autos brachten Maggie und Eileen die drei zum Flughafen nach Richmond.

Bereits im Auto war Ryan so zappelig, wie noch nie in seinem Leben. „Scheiße, ich bin aufgeregter, als vor unserem ersten Sex."

„Naja, das will ich jetzt nicht unbedingt vergleichen. Es sei denn, wir vögeln mal zwölf Stunden durch", gab Leon lachend zurück.

„Was? Zwölf Stunden? So lange muss ich fliegen?"

Das war ihm zu viel. „Mum, ich bleib hier!"

„Du kommst mit. Ich möchte dir Bill vorstellen. Ryan, atme mal tief durch. Du hyperventilierst ja gleich."

„Gleich?" Ryan legte den Kopf zurück und atmete langsam ein und aus, dann zog er Snoopy aus seinem Rucksack und presste ihn fest an sich.

Am Flughafen fand ein tränenreicher Abschied statt.

„Mum, ich weiß gar nicht, warum du heulst, ich komme wieder mit dir mit." Ryan fuhr nun auf die bockige Schiene, doch das ließ Leon nicht zu. Er küsste seine Mutter auf die Wange, gab ihr das Versprechen, sich gleich zu melden, wenn sie angekommen waren und zog seinen zappelnden Freund mit sich zum Check in.

„Hi, ich soll nach London, aber ich bleibe hier." Ryan sah den jungen Mann an, der vor der Sicherheitsabfertigung stand.

„Er kommt mit. Er hat nur Angst." Leon sah seinen Freund an. „Los jetzt." Rigoros zog er ihn mit, trat nach Michelle durch den Scanner, dann folgte ihm Ryan murrend.

Es dauerte eine Weile, bis sie endlich im Transitbereich waren und Leon zu den großen Fenstern ging. „Siehst du? Da ist unsere Maschine."

„Das kleine Ding? Das soll bis London kommen?" Ryan schüttelte den Kopf. „Vergiss es. Da passt ja in dein Auto mehr

Sprit rein!“

Laut lachte Leon auf. „Baby, der fliegt nur bis New York. Da müssen wir umsteigen.“

„Auch noch … das wird ja immer besser.“ Er seufzte leise.

„Ja, aber sieh es mal so. Der Flug dauert nur anderthalb Stunden. Du weißt dann, was auf dich zukommt.“

Ryan betrachtete weiter die Maschine, bis ihr Aufruf kam und er langsam hinter Leon her trottete. Es war nicht so, dass er sich nicht auf London freute, aber … fliegen?

Michelle streichelte unentwegt Ryans Hand, schlang immer, wenn sie konnte, ihre Arme um ihn. „Wir werden viel Spaß haben, Schatz.“

„Hmmm … wenn wir ankommen…“

Grinsend gab Leon seine Bordkarte ab und ging langsam die Gangway entlang und betrat dann als erster das Flugzeug.

„Jungs, ich sitze vor euch. Leon, du solltest bei Ryan bleiben.“

„Okay. Snoopy, willst du ans Fenster?“

„Darf ich auch zu June?”, fragte Ryan, auch wenn er es nicht mehr all zu ernst meinte.

„Hm… nein, die passt hier nicht rein.“

Leise aufseufzend nahm Ryan Platz, schaute hinaus und knetete das Stofftier in seinen Händen.

Leon schnallte sich an, zeigte auch Ryan, was er tun musste, dann legte er seinen Arm um ihn und zog ihn fest an sich, als die Maschine langsam losrollte. Von der Ansage des Piloten und der Stewardess bekam Ryan nicht viel mit. Er wollte gerade nur raus.

Als die Maschine plötzlich auf volles Tempo beschleunigte, wimmerte Ryan leise an Leons Hals, hielt die Augen fest zusammengekniffen und keuchte auf, als die Räder den Boden verließen und er in seinen Sitz gedrückt wurde. „Lass mich nicht los … lass mich nicht los …“ Es wurde zu einem geflüsterten Mantra.

Leon ließ ihn nicht los. Erst, als der Pilot die Lichter der Anschnallpflicht löschte, drehte Ryan ein wenig den Kopf und öffnete die Augen. „Hilfe …“

„Du hast es geschafft. Du bist in der Luft, Snoopy. Geht's dir gut? In den Ohren und so?“

Ryan schluckte ein paar Mal und nickte dann. „Ja, da ist alles okay. Himmel, mein Magen hat einen Salto hingelegt.“

Amüsiert küsste Leon seinen Freund, dann lächelte er dankbar, als die Stewardess mit Kaffee und kalten Getränken kam.

Die drei Freunde tranken Kaffee, unterhielten sich und Ryan sah immer wieder aus dem kleinen Fenster. „Himmel, das ist … so hoch. Das sind Wolken.“

„Hast du nicht gesehen, wie wir durchgeflogen sind?”, fragte Michelle.

„Nein, er hat nichts gesehen. Er hatte die Augen zu.“ Leon küsste ihn verspielt.

Ryan beschäftigte sich mit kuscheln und gähnte immer wieder. Die heftige Aufregung war von ihm abgefallen und an ihre Stelle trat nun tiefe, schwere Müdigkeit.

„Halt noch ein wenig durch. Wenn wir dann in der anderen Maschine, sitzen kannst du schlafen.“

Ryan kämpfte mit sich. Er spürte, wie ihn der Schlaf von Minute zu Minute mehr übermannte.

Nach der Landung und einem erleichterten Aufseufzen lief er über den Flughafen, holte sich etwas zu essen und hielt sich wach, bis das ganze Prozedere erneut begann. Sicherheitscheck, Kontrolle des Passes und des Visums, dann konnten sie einsteigen.

Ryan war etwas ruhiger. Er kannte den Start, die Maschine war um einige Meter größer und sie saßen ganz hinten. Nach dem Start, den Ryan doch wieder wimmernd an Leons Hals verbrachte, stellten sie ihre Sitze ganz nach hinten.

Schnell hatte Ryan seine Schuhe ausgezogen und kuschelte sich an Leon unter die weiche Decke.

„Schlaf gut, mein Süßer", flüsterte Leon.

Er saß am Fenster, hatte es sich ebenfalls bequem gemacht, streichelte durch Ryans Haar und lächelte, weil Michelle sich mit dem Kopf auf Ryans Hintern gelegt hatte, dann schliefen sie ein.

„Wow …" Ryan war aufgewacht, als ihn die Sonne in der Nase gekitzelt hatte. „Das … Leon …" Er weckte ihn sanft und deutete auf den strahlendblauen Himmel, die hell blendende Sonne.

„Wie ich immer sage, Snoopy. Egal, wie das Wetter auf der Erde ist … über den Wolken scheint die Sonne." Er lächelte und schaute auf seine Uhr. „Kurz vor halb acht. Ich hätte Hunger." Er streckte sich, genauso wie Ryan und Michelle, die aufgewacht war, als Ryan sich aufgesetzt hatte.

„Ob man Frühstück bekommt?"

Leon stand auf, lief ein wenig herum, um seine Gliedmaßen in Schwung zu bringen und suchte die Stewardess, während Ryan die Toilette benutzte und sich etwas frisch machte. Als er zurück kam, tauschte er mit Michelle und Leon rührte bereits in seinem Kaffee. „Noch zweieinhalb Stunden, dann landen wir."

„Ja, Gott sei Dank. Ich brauche frische Luft." Ryan setzte sich und betrachtete das Tablett vor seiner Nase, auf dem zwei warme Croissants mit Marmelade lagen und einem Becher Kaffee stand. „Kaffee! Sehr gut."

Sie frühstückten in Ruhe, dann atmete Ryan langsam ein und aus.

„Was tust du?", fragte Leon amüsiert.

„Ich bereite mich seelisch auf die Landung vor." Er beugte sich über Leon und lächelte. „Home sweet Home, was, Baby?"

„Jaah, ich bin irre aufgeregt. Großmutter holt uns ab und

Mum hat gesagt, dass meine Freunde nicht wissen, dass wir kommen. Das heißt, ich kann sie überraschen.“

Jetzt war es Leon, der immer zappeliger wurde. Er schnallte sich an, als das Flugzeug den Landeanflug begann, und als es die Wolkendecke durchbrach und er auf die englische Landschaft sah, flossen einige Tränen.

„Oh Baby …“ Michelle lachte leise, streichelte Leons Hand.

„Ein Jahr, Leute. Ich war ein Jahr lang nicht zu Hause. Das ist … total irre gerade.“

„Baby, du kommst aber wieder mit zurück, oder?”, fragte Ryan halb amüsiert, aber auch ein wenig ernst.

Sofort schoss Leons Kopf zu ihm. „Jaaah! Glaubst du, ich könnte auch nur einen Tag ohne dich sein? Vergiss es!“ Er küsste seinen Freund fest auf den Mund.

Über eine Dreiviertelstunde musste er ausharren, dann setzte der Flieger auf englischem Boden auf.

Leon konnte es kaum erwarten, aus der Maschine zu kommen. Er wurde extrem ungeduldig, als ein Mann mittleren Alters den Gang versperrte.

„Kann der mal seinen fetten Arsch beiseite nehmen?“

Leise lachend schob Ryan ihn vorwärts, froh, endlich aussteigen zu können. Als sie im Terminal ankamen und erneut die Pässe vorzeigten, hielt Leon es nicht mehr aus. „Baby, nimmst du meinen Koffer mit? Ich will zu Großmutter.“

Ryan nickte lachend, und Leon flitzte los. Mit Michelle wartete er auf die drei Koffer, dann folgten sie ihrem Freund, der weinend in den Armen einer älteren Dame lag.

Geduldig warteten sie, bis Leon sich ein wenig beruhigt hatte.

„Großmutter, das ist Michelle Mackins, meine beste Freundin und … das ist mein Snoopy. Ryan McCoy.“ Er strahlte. „Kinder, Josephine Blake.“

Ryan fand sich schnell in einer vertrauten Umarmung wieder. So langsam hatte er sich daran gewöhnt, so dass er sie herzlich erwidern konnte. „Es freut mich, Sie kennen zu lernen.“

„Oh ja, geht mir ganz genauso, mein Lieber. Leon hat so oft von dir erzählt. Schön, endlich ein leibhaftiges Gesicht zu bekommen”, zwinkerte sie und begrüßte auch Michelle liebevoll. „Gut, dann lasst uns hier verschwinden.“ Sie betrachtete ihren Enkel. „Meine Güte, Kind, du hast vielleicht ein breites Kreuz bekommen!“

Erstaunt hob Leon die Augenbrauen. „Ehrlich?„

„Oh jaaah!”, seufzten Ryan und Michelle unisono. Lachend verließen sie den Flughafen Heathrow und stiegen in das bereitstehende Auto.

„Das ist extrem verwirrend.“ Ryan musterte das Auto. „Falschrum. Leon, wo hast du fahren gelernt?“

„Hier in England. Als ich in Amerika das erste Mal gefahren bin, hätte ich fast einen Unfall gebaut, weil ich von der Straße abgekommen bin. Ich wollte auf die andere Seite wechseln”, grinste er.

„Irgendwie ist das ein seltsames Bild.“ Ryan konnte sich gar nicht beruhigen. Die gesamte Fahrt über runzelte er die Stirn. „Wo genau wohnst du?„

„In Walthamstow. Ist ein Bezirk von London”, erklärte er.

Ryan achtete auf die Straßenbeschilderung und sah sich interessiert um.

„Die Häuser sind … klein, irgendwie”, sagte Michelle, während sie neugierig aus dem Fenster schaute.

„Ja, mit Prachtvillen sind wir hier nicht so sehr gesegnet. Dad hatte damals zwei Haushälften und hat einen Durchbruch gemacht. War aber alles dennoch ziemlich klein. Großmutters Haus ist etwas größer.“

Ryan drückte Leons Hand, als er sah, wie sehr dessen Augen

vor Freunde glänzten.

Als das Auto hielt, stiegen sie aus und nahmen aus dem Kofferraum ihr Gepäck. „Nun, dann kommt mal herein. Großvater wird das Essen bereits fertig haben."

Leon drängte sich frech an seiner Großmutter vorbei und lag wenig später in den Armen seines Großvaters. „Himmel, hab ich dich vermisst."

Sofort war Ryan und Michelle klar, woher Leon seine stahlblauen Augen hatte.

„Großvater, das ist Michelle Mackins, meine beste Freundin."

Der Mann sah sie von oben bis unten an. „Sag mal, warum genau bist du nochmal schwul?"

Michelle kicherte und schüttelte die große Hand, während Leon seine Arme um Ryans Hüfte schlang. „Weil das mein Schatz ist. Und glaub mir, er ist absolut heiß."

Ryan wurde etwas rot um die Nase, schüttelte die dargereichte Hand. „Ryan McCoy, Sir."

„Arthur Blake, es ist mir ein Vergnügen. So, Leon, zeig den beiden bitte, wo ihr schlaft, dann wascht euch die Hände und kommt essen."

„Ja, Großvater." Leon grinste übers ganze Gesicht, schnappte sich seinen Koffer und stieg die schmale Holztreppe hinauf. „Michelle, hier ist dein Zimmer. Das ist eigentlich Großmutters Nähstube. Ich hoffe, das ist okay."

„Ja, na sicher. Hauptsache, ich hab ein Bett." Sie betrat das kleine, dezent voll gestopfte Zimmer, während Leon Ryan weiter zog in das eigentliche Gästezimmer mit Doppelbett und Ausblick in den Garten.

„Es ist schön, zu sehen, wie glücklich du bist. Schön, dass ich dabei sein darf." Ryan stellte seinen Koffer ab und zog Leon fest in seine Arme.

„Ja … ich hab tierisch Herzklopfen. Ich kann es kaum erwarten, die Jungs zu sehen. Hoffentlich sind alle zu Hause."

„Bestimmt. So, lass uns runtergehen." Ryan wandte sich ab und grinste. „Jetzt weiß ich, woher du deine Augen hast."

Leon antwortete amüsiert, dass das eine Familientradition sei. Alle Blake-Männer hätten diese blauen Augen.

Am Mittagstisch erzählten sie von ihren Zeugnissen, wobei sich Josephine ganz begeistert über Ryans Intelligenz äußerte, über den Abschlussball und den Hof.

„Ein richtiges Farmerskind, Leon."

„Ja, irgendwie schon. Ich renne auch nicht mehr vor jeder Spinne davon."

„Das stimmt, nur vor den Heuschrecken. Und die tun ja nun wirklich nichts", lachte Ryan.

„Die sind widerlich!"

Nach dem Essen küsste Leon seine Großmutter auf die Stirn. „Ich hoffe es ist okay, wenn wir uns verdrücken. Heute Abend bin ich ganz für euch da. Aber ich vermisse die Jungs ungemein."

„Mach nur, mein Schatz. Heute Abend sind Großvater und ich beim Bingo, also mach dir keinen Stress. Ich gebe dir noch einen Schlüssel."

Das tat sie dann auch und gemeinsam verließen sie das Haus.

Leon grinste frech, nahm sein Handy und tippte *‚Treffpunkt Freiheit'* ein, schickte diese SMS an seine Freunde und schnappte sich Ryans Hand.

„Was war das denn?"

Unweit der drei Freunde saß ein rothaariger junger Mann vor seinem PC und nahm sein vibrierendes Handy in die Hand. „Was zum Teufel …", murmelte er, setzte sein Headset auf und wählte seinen besten Freund an.

„Hey”, murmelte Alec abwesend.

Bill Martens schaute noch immer auf sein Handy. „Hast du auch eine seltsame SMS bekommen?“

Alec schaute sich nach seinem Handy um, welches auf dem Nachttisch lag. „Ähm … lass uns mal nachschauen…“

Während Bill seinen PC herunterfuhr, meldetet sich Simon per SMS.

>>Ist Leon in der Stadt, oder sollen wir zu ihm kommen? xD<<

Leise lachend schrieb Bill zurück, dass sie nachsehen wollten und nur wenig später trafen sie sich an der Hausecke mit den Fahrrädern.

Leon betrat derweil mit seinen Freunden einen kleinen Spielplatz. „Treffpunkt Freiheit bedeutete, dass wir uns hier treffen. Simon hat das irgendwann begonnen, als wir dreizehn waren und es ist hängen geblieben. Mal schauen, ob sie auftauchen”, erklärte er.

Michelle setzte sich auf eine der beiden Schaukeln, während Ryan auf der daneben stehenden Tischtennisplatte Platz nahm.

„Snoopy, ich werde hoffentlich gleich von fünf fremden Jungs durchgeknuddelt. Bitte nicht eifersüchtig sein, okay?“

„Leon, wissen sie, dass du schwul bist?”, fragte Michelle.

„Ich habe es Bill erzählt. Also wissen es alle.“

Plötzlich schlich sich ein heftiges Strahlen auf sein Gesicht.

An der Straßenecke waren vier Jungen auf Fahrrädern aufgetaucht, die nach einem kurzen, erstaunten Halt nun auf sie zugerast kamen.

„BLAKE!”, rief Bill breit grinsend, sprang vom Rad, welches einfach auf der Wiese landete und zog Leon fest in seine Arme, hob ihn sogar etwas hoch.

Leon war frech genug, seine Beine um den anderen zu schlingen, als auch schon der Rest auf ihn einstürmte und sie lachend im Gras landeten.

Amüsiert und schweigend musterten Ryan und Michelle den kichernden Haufen, in dem Leon einen langen Moment nicht wirklich auszumachen war. Nur sein hellblaues Shirt blitzte hin und wieder hervor.

„Hey, ihr macht ihn doch kaputt!", rief Ryan laut.

Innehaltend sahen die Jungs auf.

„Ich bin platt", kicherte Leon noch immer. „Gott, ist das schön, euch zu sehen."

Simon, ein großer, schlaksiger Junge mit strohblondem Haar, welches er zu einem Zopf gebunden trug, stand auf und reichte Leon die Hand.

„Danke." Wieder auf seinen Füßen stehend, musterte er die Freunde. „Bill, Scheiße, wo ist dein dicker Bauch hin?" Grinsend piekste er ihn.

„Weg und da bleibt er hoffentlich auch." Bill war zwar noch nicht so schlank, wie er es gern wäre, aber er arbeitete hart daran. Eine Arbeit, zu der Alec jegliche Motivation fehlte.

„Wenigstens du siehst noch so aus, wie ich dich in Erinnerung habe, Alec", grinste Leon und umarmte die Jungs noch einmal. „So, und nun …" Er zog wieder zuerst Michelle zu sich. „Diese heiße Blondine ist Michelle, meine beste Freundin."

Nacheinander begrüßten die Jungs das Mädchen, bis Michelle bei Jesedy ankam, der sie langsam musterte. „Wie kann man da schwul werden? Mann, du bist echt blind, Blake!"

Leon lachte leise. „Naja, ich hab ihn gesehen." Leon trat neben Ryan. „Er ist mein Ein und Alles … mein Leben. Das ist mein Snoopy."

„Bitte, er heißt nicht wirklich so, oder?"

„Quatsch, er heißt Ryan. Leon ist schon so oft ins Detail

gegangen, dass ich mir jedes Pornogucken ersparen konnte", lachte Bill.

„Was? Leon!" Ryan starrte ihn an.

„Er übertreibt. Okay, das sind Bill, Alec, Jesedy und Simon."

„Freut mich. Ich hab schon viel von euch gehört", lächelte Ryan.

„Sagt mal … wo ist Ronny? Ist er nicht zu Hause gewesen?"

Bill seufzte leise und lehnte sich an die Tischtennisplatte. „Ich hab keine Ahnung, wo er ist. Ich dachte, er würde auch herkommen."

Ryan schaute hin und her. „Ronny Devaine?"

„Schon von ihm gehört, ja?"

Michelle sah verwirrt hin und her.

„Ronny war mein bester Freund. Er war sauer, weil ich mit meinen Eltern mitgegangen bin." Leon seufzte, doch Bills Worte ließen ihn den Atem stocken.

„Leon, du glaubst doch wohl nicht, dass das alles war, oder?„

„Meine Mum hatte recht … er ... er wollte mehr, oder?"

„Oh je, dein Glück, dass du von Haus aus extrem langsam bist. Ronny war total in dich verschossen … ist … war, ich weiß nicht genau."

„Ist er noch immer", mischte sich Simon ein. „Wir haben letztens Fotos auf meinem PC angeschaut, Bilder vom Campen am See. Er hat … fast geweint."

Leon senkte den Blick. „Ich hab's nicht gewusst. Mum hat es mir auch erst in Amerika gesagt. Warum … nein. Ich wusste nicht mal, dass ich schwul bin. Egal, was er gesagt hätte, es wäre nichts geworden. Er war immer mein bester Freund gewesen, egal, was meine Mutter darüber denkt."

„Warum rufst du ihn nicht mal an, hm? Frag ihn, ob er herkommt", schlug Bill vor.

„Ist er das?“ Michelle deutete auf einen jungen Mann, der auf seinem Fahrrad sitzend an der Hausecke stand und zu ihnen hinüber starrte.

„Ronny …“ Leon hauchte den Namen seines alten Freundes und trat langsam von der Gruppe weg, doch Ronny schüttelte nur den Kopf, machte kehrt und fuhr davon.

„Fuck … Bill, ich schnapp mir dein Rad.“ Ohne eine Antwort abzuwarten, sauste Leon hinterher. Er war ein verdammt guter Radfahrer, doch Ronny war um einiges besser.

„Verdammt, halt an!”, fluchte Leon, wich einer Frau mit Kinderwagen aus, brüllte immer wieder Ronnys Namen, bis der anscheinend aufgab, anhielt, das Fahrrad auf den Gehweg warf und herum wirbelte.

„WAS WILLST DU HIER? WARUM BIST DU ZURÜCKGEKOMMEN? MIT IHM! WARUM TUST DU DAS?”, brüllte er und schubste Leon vor sich her.

„Hör auf, bitte.“ Leon fing dessen Hände ein. „Ronny, hör auf!“

„ICH WILL ABER NICHT AUFHÖREN! DU KOMMST HIER AN, ALS SEI NICHTS PASSIERT! DAS KANNST DU NICHT MACHEN!“

Knurrend schoss Leon zurück: „UND WAS SOLLTE ICH TUN? MEINER MUM SAGEN, DASS ICH NICHT ZU MEINEN GROßELTERN FAHRE, WEIL DU DAMIT EIN PROBLEM HAST?“ Er atmete tief durch. „Ronny, meine Mutter und die von den anderen beiden haben uns die Reise zum Abschluss geschenkt. Was hätte ich tun sollen? Mich im Zimmer verkriechen? Scheiße, ich hab euch vermisst. Ich habe dich vermisst. Ich habe dir so oft geschrieben und nichts kam zurück.“

„Denk mal darüber nach, warum nichts zurückkam. Du hast mich einfach im Stich gelassen, Blake.“

Resigniert und tief enttäuscht ließ Leon sich auf eine niedrige

Mauer sinken. „Hörst du dir eigentlich zu, Ronny? Ich bin mit meiner Familie weggegangen. Ich habe die Freundschaft nicht beendet. Ich kann verstehen, dass du traurig warst … oder bist. Aber ich bin minderjährig. Ich ..."

„Du hättest bei deinen Großeltern bleiben können. Die Option stand durchaus und du weißt das auch."

Leon schwieg. Er schaute auf seine Füße, dann hob er langsam den Kopf. „Ja, sie bestand, aber ich wollte mit. Ronny, ich liebe meine Familie. Ich hätte es nicht ertragen, so weit weg zu sein. Es tut mir leid, dass ich eine Entscheidung getroffen habe, die nur allein für mich wichtig war. Und es tut mir leid, dass ich dir damit wehgetan habe, aber ich bereue es nicht. Nicht eine Sekunde habe ich davon bereut."

„Wegen ihm?" Aus Ronnys Augen schossen wütende Blitze. „Was hat er, was … nein, ich will es nicht wissen." Er nahm sein Fahrrad auf und sah seinen ehemals besten Freund lange an. „Ich hab dich nie vergessen, Leon. Du weißt, was ich für dich empfunden habe … noch immer empfinde, aber ich kann und will dir nicht mehr länger hinterher heulen."

„Das war's? Wir kennen uns seit fünfzehn Jahren. Wir sind zusammen aufgewachsen. Mann, Ronny, wir haben so viel Scheiße erlebt."

Wieder flog das Rad auf die Wiese. „Verdammt, begreifst du es nicht? Du lebst nicht mal auf diesem verfickten Kontinent! Wie stellst du dir das vor? Dass ich hier sitze und heule, weil ich dich nicht haben kann? Weil ich dich zu sehr vermisse?"

Plötzlich knallte in Ronny eine Sicherung durch. Er stand wie aus dem Nichts blitzartig so dicht vor Leon, dass der heftig zusammenzuckte und nicht im Entferntesten auf die Idee kam, den plötzlichen, leidenschaftlichen Kuss zu unterbinden. Ronnys Hand wühlte sich in das dunkelblonde Haar, seine Zunge schoss in den Mund des anderen und leise stöhnte er auf.

Und Leon? Er ließ alles über sich ergehen. Er hatte kaum eine Chance. Dieser Angriff auf seine empfindlichen Nervenbahnen setzte sein Hirn für einen Moment komplett außer Betrieb. Er lieferte sich einen wilden Kampf um die Vorherrschaft in seinem Mund, krallte seine Finger in dessen Shirt; und so plötzlich, wie der Kuss begonnen hatte, so abrupt stieß Leon seinen einst so guten Freund von sich, so stark, dass Ronny mit dem Hintern über den Asphalt rutschte.

„Störe ich?"

Bitte nicht, dachte Leon, schaute nach rechts, wo Ryan mit verschränkten Armen stand und sie wütend anfunkelte

„Snoopy, das ist ..."

„Anders, als es aussieht. Schon klar. Leon, komm her …" Er streckte die Hand nach seinem Freund aus, der sie sofort ergriff. „Und dir rate ich, mal dringend nachzudenken. Du hattest deine Chance. Shit happens, korrekt?" Er machte auf dem Absatz kehrt und zog Leon hinter sich her.

„Hey … Baby, warte mal."

„Nein. Ich werde mit dir darüber nicht diskutieren und auch nicht reden, Leon", blieb Ryan hart.

„Snoopy, verdammt … sieh hin!"

Ryan wandte sich um und knurrte leise.

Ronny auf dem Boden sitzen zu sehen, komplett aufgelöst und heftig weinend, ließ ihn zögern.

„Sieh mich an." Leon nahm dessen Gesicht in die Hände und küsste ihn sanft auf die Lippen. „Ich liebe dich, das weißt du. Und ich will nur dich. Bitte frage mich nicht, was mich da gerade geritten hat. Ich habe keine Ahnung. Aber er ist mein bester Freund, seit ich denken kann. Ich will ihn nicht komplett verlieren. Ryan, bitte vertrau mir." Er sah ihn aus seinen stahlblauen Augen an, die feucht schimmerten.

Mit sich ringend, ließ Ryan seine Stirn an Leons sinken. „Ich lass dich nicht mit ihm allein", flüsterte er, und nur um sein Revier zu markieren, küsste er ihn; intim, tief und besitzergreifend. Seine Hände schoben sich fest auf Leons Hintern. „Du gehörst mir … mir allein!"

Ein verliebtes Lächelnd zog sich über Leons Lippen. „Nur dir allein, Snoopy."

„Ich liebe dich."

Ein kleiner Kuss, dann drehte Leon sich um, hockte sich vor Ronny und hob sanft dessen Kopf. „Hey, hör auf zu weinen. Bitte. Das bin ich in hundert Jahren nicht wert. Es tut mir leid für dich, aber ich liebe ihn. Ryan ist mein Leben." Langsam sank er neben ihn auf den Boden. Dass sie mitten auf dem schmalen Gehweg saßen, interessierte sie nicht. „Ich wusste damals nicht, dass ich schwul bin. Ehrlich, vielleicht hättest du eine Chance gehabt, aber ich wusste es nicht."

Ronny wischte sich die Wangen ab. „Wenn ich eine Chance gehabt hätte, hättest du es bei mir schon gewusst." Er schielte hoch zu Ryan. „Ich sehe viel besser aus, als der da", murrte er trotzig. Kurz vergrub er das Gesicht an Leons Hals, was Ryan ein kleines Knurren entlockte. „Ich vermisse dich so sehr."

„Ich dich auch. Bitte, schreib mir zurück. Ich war wirklich traurig, dass so gar nichts kam."

Ryan hatte sich auf die Mauer gesetzt und musterte die beiden genau. Ums Verrecken nicht würde er sie aus den Augen lassen. Es tat ihm ja leid für Ronny, aber er vertraute ihm nicht.

„Ich … ich versuch's …", murmelte Ronny. Er küsste Leon sanft auf den Hals, dann stand er auf. Kurz musterte er seinen Gegenspieler, und Ryan erwiderte den Blick herausfordernd mit erhobener Augenbraue. „Tu ihm nicht weh. Tu ihm niemals weh."

„Ist das eine Drohung?"

„Das kannst du auffassen, wie du willst, aber Leon bedeutet

mir zu viel, als dass ich dann tatenlos daneben stehe."

Langsam nickte Ryan. „Okay, und noch was: wenn er dir so viel bedeutet, dann zeige ihm das, aber … nun, auf angemessene Art. Sonst kann's passieren, dass ich verdammt wütend werde und glaube mir, das willst du nicht erleben."

„Ist das eine Drohung?", fragte Ronny nun seinerseits zurück.

„Das kannst du auffassen, wie du willst", lächelte Ryan kühl.

Leon sah hin und her, wie bei einem spannenden Tennismatch, dann langte es ihm: „Okay, Jungs, fahrt mal das Testosteron hinunter, sonst platzt ihr noch. Ryan, ich weiß, wo ich hingehöre. Und Ronny, mein Platz ist in Amerika. Es tut mir leid … bedingt, aber es tut mir leid. Ronny Devaine – Ryan McCoy. So, und nun reicht euch die Hände." Als sich keiner der beiden rührte, knurrte Leon leise. „Los jetzt!"

Ronny und Ryan atmeten tief durch, gaben sich die Hände und schauten sich wild funkelnd in die Augen.

„Schön, gehen wir zurück? Jesedy sah aus, als wolle er Michelle noch auf dem Kinderspielplatz vernaschen, und ich denke, der Ort ist extrem ungeeignet dafür."

„Geht ihr. Ich fahre nach Hause."

Wieder ein leises Knurren. „Ronny, mach mich nicht wahnsinnig. Ich schwör's dir. Du bewegst jetzt deinen Arsch zu den anderen!"

Ryan schnappte sich Leons Hand, der Bills Rad schob, neben ihm lief Ronny mit gesenktem Kopf.

„Gott sei Dank, sie leben noch!", platzte Simon grinsend heraus.

„Ja, die beiden Bullen hier konnte ich gerade noch in Schach halten." Leon grinste frech.

„Übertreib's nicht, Blake. Die Rache dafür kommt noch", raunte Ryan neben ihm, dann suchte sein Blick Michelles, die noch immer auf der Schaukel saß, hinter ihr Jesedy, der sanft ihre Schultern massierte.

„Bist du verspannt, Süße?", fragte er dreist.

„Ja, irgendwie hab ich im Flugzeug nicht gut gelegen."

„Du hast auf Ryans Hintern geschlafen", lachte Leon und funkelte Jesedy an. Es war eine stumme Verständigung: Tu ihr nicht weh, sonst muss ich dir wehtun.

Jesedy nickte ihm zu und massierte die Blondine weiter.

„Habt ihr alles geklärt?", fragte Simon und musterte den verheulten Ronny.

„Ja, denke schon." Ronny lehnte sein Rad an das Klettergerüst und setzte sich auf die Fahrradstange.

„Okay, also heute lassen wir es noch ruhig angehen, aber morgen will ich in die Stadt. Ich will zum Piccadilly Circus und zur Tower Bridge und ..."

„Big Ben", unterbrach Michelle ihren besten Freund.

„Jaah und ich will die Queen angucken!"

Die Londoner Jungs lachten.

„Also die typischen Touri-Ziele. Madam Tussauds, London Dungeons?"

„Das Letzte kenne ich nicht", sagte Michelle.

Jesedy beugte sich hinunter. „Das ist was zum Gruseln", wisperte er ihr ins Ohr.

Michelle hätte es nicht zugegeben, aber über ihren Nacken zog sich eine leichte Gänsehaut. Der Schwarzhaarige mit den hellblauen Augen gefiel ihr mehr und mehr. „Kommst du mit?" Sie drehte den Kopf ein wenig. „Jemand muss mich ja beschützen."

Kurz glitt Jesedys Blick zu Leon, der allerdings mit Ryan und Bill sprach, dann nickte er und flüsterte ihr ins Ohr: „Darfst dich in meinen Armen verstecken."

Michelle funkelte ihn frech grinsend an.

„Leute, gehen wir ein Eis essen, oder bleiben wir jetzt hier hocken?", fragte Alec.

Sie schauten sich an, dann nickten sie. Eis klang schließlich immer gut.

Der Nachmittag wurde, trotz des etwas trüben Starts, doch recht witzig.

Ryan grinste immer wieder, denn Jesedy flirtete auf Teufel komm raus mit Michelle, die im Eiscafé wegen Stuhlmangels auf seinem Schoß saß.

„Gibst du mir deine Handynummer? Dann sage ich dir heute Gute Nacht", fragte Jesedy, als sie sich verabschiedeten.

Schnell waren die Nummern getauscht, ein Kuss auf die Wange der Blonden gehaucht, dann betraten die drei Freunde das Haus der Blakes.

Auf dem Doppelbett sitzend, erzählte Leon von seinem früheren Leben, sprach auch kurz über Ronny und kuschelte sich tief in Ryans Umarmung. „Es tut mir so leid, was ich getan habe", sagte er leise.

„Ich weiß. Baby, entschuldige dich bitte nicht. Ich bin dir nicht böse."

„Ohhhhhhh... Himmel, ist der süß!" Michelle strahlte kichernd.

„Wer?"

„Jessy. Er hat mir geschrieben. Sorry, ich wollte euch nicht unterbrechen."

„Hast du nicht. Was schreibt er denn?", fragte Ryan lächelnd.

„Nicht nur Gentlemen genießen und schweigen", grinste sie.

Leon und Ryan bettelten kurz, dann gab sie sich geschlagen.

„Hey, Engelchen, ich wünsche dir süße Träume. Freue mich auf morgen, wo du in meinen Armen liegst. Kuss Jessy", las sie vor und seufzte leise. „Er ist so süß."

Ryan runzelte amüsiert die Stirn. „Ist er gut für Michelle?", fragte er Leon.

„Jes ist okay. Absolut korrekt und lieb. Ein kleiner Witzbold." Er zwinkerte Michelle zu.

Sie seufzte selig, legte sich auf den Bauch und schrieb zurück, während Ryan und Leon sich zärtlich küssten.

Als Ryan Michelle am nächsten Tag sah, lachte er leise.

„Himmel, hast du geschlafen?"

„Nicht viel. Ich habe mit Jes bis halb zwei SMS geschrieben." Sie wurde rot. „Wann sehen wir ihn?"

Leon, der hinter ihnen aufgetaucht war, schlang seine Arme um die Blondine. „Dich hat's erwischt, was?"

„Nein!" Sie schüttelte den Kopf und sah zwischen den beiden hin und her. „Er ist schon toll. Hast du Bilder von ihm zu Hause?"

„Jede Menge. Fotografiert haben wir immer viel."

„Klasse, die will ich alle haben." Michelle hüpfte die Treppe hinunter und wandte sich um. „Und ihn will ich auch haben."

Ungeduldig schaute Michelle immer wieder auf die Uhr. Leon, der sah, wie aufgeregt sie war, schrieb Jes unter dem Tisch eine SMS.

Nur wenige Minuten später klingelte es an der Tür und Arthur Blake ging öffnen. Lächelnd begrüßte er den Freund seines Enkels: „Jesedy, guten Morgen. Bist du aus dem Bett gefallen?"

„Nein", lachte dieser, „mich hat die Vorfreude rausgetrieben. Darf ich reinkommen?"

„Oh, entschuldige, mein Junge. Geh durch, im Esszimmer ist noch Tee."

Jesedy nickte lächelnd und betrat das Zimmer. „Guten Morgen."

Michelle, die noch in ihrem kurzen Herzchenpyjama da saß, nicht ordentlich gekämmt und ziemlich verschlafen, schreckte auf. „Oh ... hi."

„Hey, Engelchen. Du siehst ja süß aus", lachte Jesedy.

„Was? Nein ... das ist furchtbar. Ich ... verdammt." Unruhig sah sie sich um und glättete ihre Haare.

„Mic, beruhige dich, du siehst immer süß aus", sagte Ryan und legte einen Arm um sie, während Leon und Jesedy sich verunsichert ansahen.

„Jes, setz dich auf deinen Hintern, in meinem Haus wird nicht gestanden. Und du, Schätzchen, siehst bezaubernd aus. Man muss nicht immer aufgedonnert sein. Das ist natürlich und süß", mischte sich Josephine Blake ein.

„Meine Rede." Jesedy setzte sich neben das Mädchen und strich ihr eine Strähne hinter die Ohren. „Absolut süß."

Verlegen lächelte Michelle, doch innerlich gefiel ihr das gar nicht, im Schlafanzug neben diesem Supertyp zu sitzen. „Entschuldigt mich bitte", sagte sie nach ein paar Minuten leise und verließ das Zimmer.

Da auch Leons Großmutter nicht im Raum war, beugte sich Jesedy vor. „Sie ist sehr schüchtern, was?"

Einen Moment sah sich das Paar an, dann nickte Ryan.

„Viele Typen betrachten sie als Eroberung. Das macht sie nicht mit, wenn du verstehst." Michelles Ruf in der Schule ging von prüde Zicke bis zu verklemmtes Miststück. Sie war nicht gänzlich unbeliebt, doch bei einigen Jungen, die sich einen Korb eingefahren hatten, stieß sie auf wenig Gegenliebe.

Jesedy seufzte leise. „Sie ist wirklich süß. Ich werde sie nicht bedrängen, keine Sorge, aber ... das Flirten kann ich nicht einstellen."

Leise lachte Leon. „Mann, Jes, sie ist kein Mauerblümchen. Tu ihr einfach nicht weh. Spiele mit offenen Karten, dann geht schon nichts schief."

Kaum hatten sie das Haus verlassen, schnappte sich Jesedy die Hand der Blondine und gemeinsam liefen sie Richtung Bus, wo sie sich mit den anderen treffen wollten.

Erfreut stellte Leon fest, dass auch Ronny dabei war und zwinkerte ihm liebevoll zu.

„Sag mal, Snoopy, bist du schon mal in einer Großstadt gewesen?"

Ryan überlegte. „Mainsfield?", gab er mit treudoofem Blick zurück.

Die Londoner Jungs schauten fragend hin und her, während Leon die Augenbrauen hob. „Baby, Mainsfield hat so viele Einwohner, wie Walthamstow."

„Hm ... okay, dann ... noch nie. In Miami hab ich ja nichts von der Stadt gesehen."

„Ohje ..."

„Halt ihn gut fest, Leon ..."

„Er wird aus den Schuhen kippen ..."

„Platzangst vorhanden?"

Die Jungs plapperten alle durcheinander.

„Snoopy, immer schön an meiner Hand bleiben, okay? London ist voll."

Ryan nickte mit einem artigen Lächeln und grinste dann. Die U-Bahn nahm er mit skeptischer Miene hin. Es war ihm definitiv zu laut und zu stickig. „Leon, ich will zu June. Da ist frische Luft!"

Leise lachend schüttelte Leon den Kopf. „Nein, jetzt bleibst du bei mir. June siehst du bald wieder."

„June?"

„Sein Pferd, Bill. Manchmal glaube ich, er liebt sie mehr als mich."

„Na und? Du rennst auch zuerst zu Snoopy, anstatt zu mir", gab Ryan amüsiert zurück.

„Jaah, aber Snoopy ist ja auch noch klein. Er bedarf meiner ganzen Liebe." Der Name seines Pferdes zauberte ein seliges Lächeln auf Leons Lippen, so wie immer, wenn er von ihm sprach.

„Snoopy ... klein? Hä? Scheiße, Leon, wir reden zu wenig", grinste Bill. „Wer ist Snoopy? Ich dachte Ryan ist Snoopy."

„Ja, Ryan ist auch mein Snoopy. Und dann habe ich ein Pferd. Es war ein Geschenk von Ryan und seiner Mum. Snoopy ist erst acht Monate alt. Er ist total süß." Sofort zog er ein Foto aus seiner Brieftasche, welches er liebevoll und stolz zeigte.

Den ganzen Tag verbrachten sie in der Londoner Innenstadt.

Ryan war von der Architektur sehr begeistert, auch wenn er mehrmals betonte, dass ihm das Landleben besser gefiel.

Als sie am späten Nachmittag im London Dungeon angekommen waren, weigerte Michelle sich, mit hinein zu gehen.

„Ich weiß, dass ich mich gruseln werde."

„Süße, erinnerst du dich? Du kannst dich an mich kuscheln. Es ist wirklich interessant", sagte Jesedy."

Sie sah erst ihn an, dann Ryan und Leon, die bereits die Karten holten.

Sie waren nur zu viert, da die anderen Jungs diese Londoner Attraktion bereits in-und auswendig kannten und keine Lust hatten.

Und es kam, wie Michelle vorhergesagt hatte. Sie kreischte mehrmals laut auf und schlug Ryan auf den Arm, weil dieser nur lachen konnte.

„Hör auf, mich auszulachen, du dämlicher Idiot!"

„Tut mir leid, Schatz, aber ... das ist lustig, nicht gruselig. Der ..." Er zuckte kurz zurück, als eine vermummte Gestalt plötzlich vor ihnen auftauchte. „Uhhh ... Schock schwere Not."

Er kicherte und zog Leon weiter.

„Du bist nicht mehr mein Freund, Ryan McCoy. Jessy, schlag ihn! Tu ihm weh!", murrte sie schmollend.

„Ja, mach ich, aber erst danach. Na los, bleib einfach bei mir."

Als sie wieder in der Sonne standen, atmete Michelle mehrmals durch und Jesedy kniff Ryan in den Nacken.

„Aua ... wofür war das denn?" Ryans Hand schnellte in den Nacken und verwirrt musterte er den Jungen vor ihm.

„Anordnung deiner Ex-Freundin", grinste Jes.

„Ex ... okay. Michelle ...", schnurrte er liebevoll und ging langsam auf sie zu.

„Oh nein ... nein, nein, nein. Weg mir dir, du Blödmann. Du hast mich ausgelacht..."

„Michelle ... meine niedliche, kleine, zuckersüße Michelle ..."

Ryan funkelte sie mit seinen tiefbraunen Augen an, doch sofort hob sie die Hand.

„Oh ... schau mich nicht mit diesem Blick an, McCoy. Los, mach dich weg ..." Sie fing bei diesen Worten an zu kichern.

„Michelle ..." Es war ein zärtlicher Singsang, mit dem Ryan ihren Namen aussprach. Dann schlossen sich seine kräftigen Arme um das zierliche Mädchen. „Schatz, ich würde dich niemals auslachen", sagte er ganz ernst und küsste sie sanft auf die Wange.

Als aus Jesedys Mund ein leises Knurren drang, lachte Leon auf. „Beruhige dich, Kleiner. Er will nichts von ihr."

„Hoffentlich. Ryan, bekomm ich meine Süße wieder?"

Ryan und Michelle hoben die Augenbrauen.

„Deine Süße?", fragte Ryan amüsiert. „Warte, lass mich nachdenken, ob ich sie dir anvertraue." Er musterte Jesedy von oben bis unten. „War er lieb zu dir, Mic?"

Michelle löste sich aus der Umarmung und kicherte leise.

„Oh ja, er hat mich beschützt."

Schnell schlang Jesedy die Arme um das Mädchen. „Meins."

In den folgenden drei Wochen beobachteten Leon und Ryan die beiden ganz genau. Es war nicht zu übersehen, dass sie verliebt waren, und umso näher das Ende ihres Aufenthaltes heranrückte, desto trauriger wurde Michelle.

„Ich werde ihn vermissen", murmelte sie zu Ryan, als sie zwei Tage vor der Abreise im Garten der Blakes allein saßen. Sie wischte sich eine kleine Träne von der Wange und seufzte.

„Süße, er ist nicht aus der Welt. Vielleicht hast du ja die Möglichkeit, ihn bald wiederzusehen. Und ihr könnt schreiben und telefonieren, und ihr habt beide eine Webcam."

„Aber das ist nicht das Gleiche, Ryan. Vorgestern ... da ..." Sie sah auf und wurde rot. „Er war so süß und zärtlich..." Schnell senkte sie den Kopf, als sie Ryans fragenden Blick bemerkte.

„Ihr hattet Sex?", murmelte er leise, worauf sie nach einem kleinen Zögern nickte.

„Es war unglaublich schön. Anders als mit dir. Und ... irgendwie besser. Entschuldige."

„Ach, Quatsch. Wofür entschuldigst du dich jetzt? Du bist in ihn verliebt, genauso wie er in dich. Logisch, dass der Sex besser ist." Er zog seine Freundin sanft in seine Arme. „Hör mir mal zu. Wenn ihr euch so viel bedeutet, dann schafft ihr das auch. Du musst nur daran glauben, okay?"

Trotz der beruhigenden Worte flossen dennoch reichlich Tränen. Michelle versteckte sich regelrecht in Jesedys Armen, weigerte sich, ihn loszulassen.

„Wir sehen uns bald wieder, meine Süße. Versprochen." Auch wenn er wusste, dass ein Flug nach Amerika kein Pappenstil war, konnte er dieses Versprechen nicht zurückhalten. Irgendwie würden sie es schaffen.

„Wir treffen uns auf halbem Wege."

Amüsiert sah er sie an und seufzte. „Auf dem offenen Meer?", fragte er leise und küsste sie sanft.

„Ja." Ihre blauen Augen schwammen in Tränen, die Jesedy immer wieder sanft wegwischte.

„Wir schaffen das", flüsterte er, dann ließen sich ihre Hände los.

„Oh Amerika, ich liebe dich!", stieß Ryan hervor, als sie in Richmond landeten. Sein Blick glitt kurz zu Michelle, die ihn traurig lächelnd ansah. „Willkommen zu Hause, meine Kleine."

„Zu Hause ... ja. Aber ohne ihn. Ich vermisse ihn jetzt schon wahnsinnig. Das ist alles ... Scheiße." Sie holte tief Luft. „Ich schaff das."

„Genau das ist die richtige Einstellung, Schatz."

Gemeinsam verließen sie das Flugzeug.

„Ich will jetzt ganz schnell nach Hause an meinen PC."

„Mic, ich will dir echt nichts böses, aber ... in London ist es jetzt zwei Uhr Morgens. Warte noch einen Moment", sagte Leon.

Frustriert schnaufte Michelle. „Ganz toll. Das wird immer unser Problem sein, oder?"

„Ja ... nein. Michelle, ihr bekommt das hin. Glaube einfach daran."

Als sie aus dem Anflugbereich traten, strahlten sie sofort.

Eileen und Taylor kamen lächelnd auf sie zu.

„Willkommen zurück, ihr Lieben", sagte Eileen und umarmte ihren Sohn fest.

„Mum, ich sag dir was. London ist toll, aber nichts geht über das Landleben. Ich will niemals in einer solchen Stadt leben. Da bekomm ich sonst 'nen Knall!"

Taylor lachte auf. „Das muss für dich Landei ein echter Schock gewesen sein, was?"

„Schock? Das war ... ein Ding mit dem Vorschlaghammer!" Er lachte auf und nahm seine Tasche. „Na dann los, ich will nach Hause. Farm steht noch? Alles noch so, wie ich es verlassen habe?", fragte er.

Saither Hill hatte ihm einen kleinen Dämpfer verpasst. Seine Befürchtung, dass sich wieder etwas Schlimmes ereignet haben könnte, machte ihn nervös.

„Nein, alles noch beim Alten. Mach dir keine Gedanken. Allerdings ..."

„Ich wusste, dass was kommt. Was ist passiert?"

„Nichts. Es hat nichts mit der Firma zu tun." Eileen trat ans Auto. „Leon, fährst du bitte mit deinem Vater mit? Ich möchte mit Ryan etwas besprechen. So von Mutter zu Sohn."

„Ja, na klar." Leon küsste sie kurz auf die Wange, dann waren Mutter und Sohn allein.

Ryan stieg ins Auto, schnallte sich an und musterte Eileen. „Was ist los, Mum?"

Sie lächelte und fuhr schweigend los. „Ryan, ich möchte dir gern jemanden vorstellen."

Mit großen Augen starrte Ryan seine Mutter an. „Warte ... hast ... hast du 'nen Kerl?"

„Was? Nein ... ja ... keine Ahnung. Nennt man das so?" Eileen zuckte fragend mit den Schultern.

„Hm ... ist er ein Bekannter? Was Näheres? Habt ihr geknutscht und ..."

„Stopp! Wehe, du sprichst das aus!"

Beide lachten kurz.

„Nein, erzähl mir von ihm", bat Ryan.

„Nun ... sein Name ist Fabian Marks. Er ist von Richmond nach Mountain Creek gezogen mit ... seinen Kindern."

Ryan hob die Augenbrauen. „Kinder?", fragte er perplex. „Mum, hast du dir einen alleinstehenden Daddy angelacht?", grinste er überrascht.

Nachdem Eileen kurz durchgeatmet hatte, lächelte sie nickend. „Ja ... ähm. Seine Kinder sind ... noch ziemlich klein. Emma ist vier und Jayden ist sieben."

Nun war Ryan sprachlos. Er schaute nach vorn. „Wie ernst ist es denn?", fragte er schließlich.

Auch Eileen zögerte mit ihrer Antwort. „Ich weiß nicht genau. Wir haben uns vor zwei Monaten kennen gelernt. Ryan, es tut mir leid, dass ich dir erst heute davon erzähle. Ich wollte nichts aufbauschen, was vielleicht nicht da ist. Nur ... jetzt hat er etwas gesagt, was ... mich etwas aus der Bahn geworfen hat.

„Und was? Dass er ... in dich verliebt ist?"

Wieder antwortete Eileen nicht sofort. Ihr Blick glitt über die Straße und blieb nur kurz an Ryan hängen. „Als Emma drei Monate alt war, wurde bei Fabians Frau Krebs festgestellt. Es ging ... sehr schnell. Die Kinder können sich beide nicht an ihre Mutter erinnern. Fabian sagte, dass er lange gebraucht hat, um überhaupt rauszugehen. Um ... sich anderen Menschen wieder zu stellen. Er ist aufs Land gezogen, damit er endlich loslassen kann."

Schweigend musterte Ryan seine Mutter.

„Ich habe Fabian bei Taylor in der Praxis kennen gelernt. Er war mit Emma da ... und es war ..."

„Liebe auf den ersten Blick?"

„Nein." Jetzt lächelte sie. „Eher Sympathie auf den ersten Blick. Ryan, er ist ein wunderbarer Mensch und ein sehr guter Vater. Er liebt seine Kinder. Ich habe sie heute zum Essen eingeladen, und ich hoffe ... ohje ...", seufzte sie leise.

„Was? Was hoffst du? Dass ich ihn mag?" Ryan drehte sich in seinem Sitz etwas. „Mum, alles, was dich glücklich macht, macht mich ebenso glücklich. Du hast es genauso verdient wie ich. Bitte mach dir keine Gedanken darum."

Eileen warf ihm einen liebevollen Blick zu. „Er ist mir sehr wichtig."

„Liebst du ihn?", fragte Ryan gerade heraus.

Schweigen, dann zuckte Eileen die Schultern. „Ich bin verliebt, ja. Aber Liebe ... ich schätze, so etwas muss sich entwickeln."

„Das sowieso." Er lächelte, grinste dann aber kess. „Bekomm ich dann Geschwister?"

„Oh, Ryan!" Laut lachte Eileen auf. „Soweit denke ich noch gar nicht. Ich ...", sie wurde wieder ernster, „ich will es langsam angehen lassen. Nichts überstürzen."

„Mum, ich liebe dich, das weißt du, und deswegen sage ich es dir ganz sanft. Du bist leider nicht mehr die Jüngste. Mit langsam angehen lassen würde ich mir nochmal überlegen."

Sofort schoss Eileens Kopf herum, doch als sie sah, dass Ryan sich das Lachen verbiss, knurrte sie nur ein 'freches Balg' und kicherte leise.

Auf dem Hof angekommen, lief Ryan sofort zum Anbinder. „Toby, wo ist June?", fragte er alarmiert, denn auch auf der Koppel konnte er die schneeweiße Stute nicht entdecken.

„Keine Panik, sie ist in der Box. Der Tierarzt war gerade zum Impfen da, und ich wollte ihr noch etwas Ruhe geben."

„Mann, erschreckt mich doch nicht so." Schwer atmete Ryan aus, sprang über den Zaun und betrat den Stall, wo er sofort June entdeckte. „Meine Süße, wie geht es dir?", flüsterte er nah an ihrem Ohr.

Leise schnaufte das Pferd, als wollte sie ihn beruhigen.

Er nahm sich einen Augenblick Zeit, um ihr seine Streicheleinheiten zu Gute kommen zu lassen, dann verließ er den Stall und schaute sich um. „Alles beim Alten, was?", lächelte er seinen Pferdepfleger an.

„Na klar. Alles so, wie du es hinterlassen hast.“

Zufrieden betrat Ryan das Haus und las die SMS, dass Leon später kommen würde, da er erst seine Familie begrüßen wollte.

„Mum, ich geh duschen und mich umziehen“, rief er die Treppe hinunter. London war toll gewesen, aber nichts ging über die eigenen vier Wände. „Oh, mein geliebtes Bett“, seufzte er und ließ sich der Länge nach drauf fallen.

„Ryan?“ Leon streichelte über dessen Nacken.

Verwirrt öffnete dieser die Augen und sah sich um. „Wie spät ist es?“

„Gleich fünf.“

„Verdammt ... ich bin eingeschlafen.“ Er setzte sich auf und rieb sich das Gesicht.

„Jetlag, was?“ Leon stellte seinen Rucksack in die Ecke. „Eileen sagte, dass jemand Wichtiges zum Dinner kommt?“

Einen Augenblick lang legte Ryan den Kopf schief, dann sprang er auf. „Scheiße ... ich sollte fertig sein, wenn er da ist.“

„Wer denn?“

Ryan zog Leon mit ins Bad und während sie duschten, berichtete Ryan, was seine Mutter ihm im Auto erzählt hatte.

„Wow ... das ist ja … ein Ding.“ Perplex starrte Leon ihn an. „Kinder, ja?“

„Kleine Kinder.“ Ryan grinste. „Mum sah glücklich aus, als sie von ihm erzählt hat. Ich bin echt gespannt.“

Schnell duschten sie, zogen sich dann an und Ryan strubbelte seine feuchten Haare durch. „Okay, so geht’s. Ich...“ Er brach ab, als Stimmen vom Hof durch das offene Fenster wehten. „Holla, die Waldfee.“ Er grinste. „Leon, das musst du dir ansehen.“

Schnell trat sein Freund neben ihn und lächelte.

Auf dem Hof hatte ein dunkelblauer Kombi geparkt, davor

stand ein großer, schlanker Mann, die Schläfen bereits etwas graumeliert, in Jeans, weißem Hemd und Sakko. Zwei Kinder flankierten ihn links und rechts. Der Junge hatte auffallend hellblonde Haare, die ihm immer wieder in die Augen fielen, das Mädchen trug die dunklen Locken zu einem Pferdeschwanz gebunden.

Doch was Ryan so zum Lächeln brachte, war seine Mutter, die mit mädchenhaft roten Wangen vor dem Mann stand und ihn regelrecht anschmachtete.

„Gehen wir deine neuen Geschwister begrüßen?"

Leon riss Ryan aus seinem Starren.

„Jap. Lass uns den Knaben mal checken, ob der gut genug für meine Mum ist."

Gemeinsam liefen sie die Treppe hinunter und traten aus dem Haus. „Oh ... Ryan, komm bitte her." Eileen streckte die Hand nach ihrem Sohn aus, der sie sofort ergriff. „Schatz, das ist Fabian Marks, seine Tochter Emma und sein Sohn Jayden. Ihr Lieben, das sind mein Ryan und sein Freund Leon."

Ryan amüsierte die offensichtliche Nervosität seiner Mutter. „Freut mich." Er gab allen dreien die Hand und verdrehte grinsend die Augen bei Emmas verzücktem Blick.

„Die Anziehung auf kleine Mädchen wirst du nicht los, was?", lachte Leon leise.

„Scheinbar nicht."

Emma lächelte mit roten Wangen und glänzenden Augen.

„Hier sind Pferde", sagte sie und deutete auf den Stall.

„Ja, möchtest du sie sehen?" Ryans Blick glitt zu deren Vater, der nur auffordernd nickte.

„Du kannst mitgehen, Em."

Das Mädchen jubelte.

„Jayden, kommst du auch mit?", fragte Leon den Jungen, der sich zurückhaltend schräg hinter seinem Vater hielt und misstrauisch die fremden Jungs musterte.

„Jayden ist sehr schüchtern. Ich ... ich befürchte, es ist meine Schuld", sagte Fabian leise.

„Hm ... verstehe. Jayden", Leon hockte sich hin und schaute ihn freundlich an. „Ich hab ein ganz kleines Pferd. Ein Fohlen. Er ist wirklich süß und ziemlich frech. Hast du Lust, es dir anzusehen?"

Jayden warf seinem Vater einen fragenden Blick zu. Fragend, ob er mitgehen sollte, nicht, ob er durfte.

„Geh ruhig, ich komme gleich nach, Großer, okay?"

Langsam nickte Jayden und sah auf Leons ausgestreckte Hand, die er zögerlich ergriff. „Er heißt Snoopy", erklärte Leon auf dem Weg zum Anbinder.

„Snoopy ist ein Hund", widersprach Jayden nuschelnd.

„Da hast du recht. Aber Ryan ist ein großer Snoopy-Fan und deswegen nenne ich ihn Snoopy. Ryan hat mir das Pferd geschenkt und deswegen heißt es auch Snoopy. Verstehst du?"

Jayden überlegte und nickte dann. „Snoopy ist toll, aber ich mag Woodstock lieber."

Ryan lachte leise bei dem Gespräch, doch Leon runzelte die Stirn. „Das ist der Vogel, oder?"

Nickend stand Jayden am Anbinder.

„Bleibt hier, ich hole die beiden." Ryan sprang gekonnt über den Zaun, lief auf die Koppel und ließ die Kinder mit Leon allein zurück.

„Ryan hat ganz viele Comichefte von den Peanuts. Die darfst du dir bestimmt anschauen."

Jaydens Augen leuchteten einen Moment. „Auch von Woodstock?"

„Bestimmt. Das kannst du ihn gleich fragen. Da kommt er." Leon deutete auf seinen Freund, der June und Snoopy an der Mähne führte.

„Dein kleiner Rebell ist mir glatt entwischt", grinste Ryan.

„Ohhhh ... der ist ja noch klein." Emma kletterte auf den Zaun, um besser sehen zu können, doch Jayden hielt sich leicht hinter Leon.

„Du brauchst keine Angst zu haben. Snoopy ist ganz lieb. Er tut nichts, er ist nur rotzfrech." Leon zwinkerte dem Jungen zu.

Die Pferde ließen sich streicheln und knabberten an den Möhren, die Ryan und Emma ihnen hinhielten, immer darauf bedacht, dass Emmas kleine Hand nicht in Junes übermütigem Maul verschwand.

Aus einiger Entfernung beobachteten Fabian und Eileen das Geschehen.

„Dein Sohn und sein Freund sind sehr einfühlsam, was Kinder angeht."

„Leon hat eine große Familie. Er ist der Älteste von vier Geschwistern. Er kann sehr gut mit Kindern umgehen. Und Ryan ... nun, ich denke, er hat eine sehr ausgeprägte, sensible Ader, auch wenn er das immer bestreitet." Eileen war sehr stolz auf ihre beiden Jungs, die sich rührend um die Kinder kümmerten.

Am Abend, als Fabian vom Hof fuhr, trat Ryan hinter seine Mutter und legte ihr die Hände auf die Schultern.

„Und, was denkst du?"

Einen Moment sah Ryan dem Auto nach, dann lächelte er. „Er ist sehr nett ... ruhig und sehr liebevoll zu dir und seinen Kindern. Zumindest, was ich heute gesehen habe."

„Ja. Ja, das ist er. Er liebt sie sehr und sagt es ihnen auch immer wieder. Fabian gibt sich große Schuld an Jaydens Verhalten. Nach dem Tod seiner Frau hat er das Kind an sich geklammert. Jayden kam nicht sehr oft raus. Er sieht nur seinen Vater."

Ryan schwieg einen Moment. „Er liebt den Kleinen. Und das ist es, worauf es ankommt, Mum. Mag sein, dass der Junge zu schüchtern ist, aber das legt sich auch wieder. Im Moment hat der Kleine einen Vater ... so wie es sein sollte.”

Epilog

Noch lag die morgendliche Ruhe auf dem Hof der McCoys. Die ersten Arbeiter kamen, parkten ihre Autos. Julius zog ein Tuch aus der Tasche und wischte sich den Schweiß von der Stirn, Jared maulte über den Staub auf seiner Maschine, so wie immer, Conrad und Paul holten ihre Taschen mit dem Frühstück aus dem Kofferraum.

Ryan stand am Fenster seines Schlafzimmers, trug nur seine Schlafanzughose, schaute hinaus.

Er war vor einem Jahr mit Leon in die komplett ausgebaute Scheune gezogen, hatte seine kleine Wohnung frei gemacht für Jayden und Emma.

Sein Blick schweifte über die Koppeln und Felder. Seit er den Hof übernommen hatte, war einiges an Weideland dazu gekommen. Der Betrieb hatte sich auf die Woll- und Milchproduktion konzentriert und das Geschäft florierte wie nie zuvor.

Mehrere hundert Tiere waren dazu gekommen, um die sich die rund dreißig Arbeiter kümmerten. Wenn er das Ganze jetzt, nach zwei Jahren, betrachtete, konnte er kaum glauben, was sie auf die Beine gestellt hatten. Sie alle, nicht er allein.

Tief in seinen Gedanken versunken, lächelte er, als sich zwei warme Hände auf seinen Bauch schoben, Lippen seinen Nacken streiften.

„Woran denkst du?", fragte Leon leise.

„An nichts Bestimmtes. Ich schaue mir die Felder an, den Hof. Es ist ... unglaublich. Vor zwei Jahren stand ich noch da drüben und hab meinem Vater zugesehen, wie er aus dem Haus gekommen ist ... wie er schon am frühen Morgen eine extreme Unruhe verbreitet hat. Und nun ... sieh sie dir an." Ryan deutete auf seine Angestellten, die vor ihrem Pausenraum in der Sonne saßen und lachten.

Dienstbeginn war um sieben, aber Ryan nahm das nicht so genau. Wusste er doch, dass sie ihre Arbeit dennoch schafften.

„Sie sind entspannt. Sie kommen gern her."

„Sie haben einen tollen Chef", murmelte Leon.

Ryan schüttelte den Kopf. „Nein ... das ist es nicht."

„Sondern?"

Einen Moment genoss Ryan die warmen, streichelnden Hände, lehnte sich in die vertraute Umarmung. „Es ist das ganze Umfeld. Sie verstehen sich alle gut. Sie arbeiten nicht nur miteinander, sie leben ihren Job aus. Sie lieben es. Und ... sieh dir Jared und Toby an. Da haben sich zwei Freunde fürs Leben gefunden."

Leon schaute über dessen Schulter und grinste, denn Jared und Toby kabbelten sich liebevoll im Gras um eine Flasche Wasser.

„Schade, dass sie hetero sind. Wäre ein süßes Pärchen."

Ryan drehte lachend den Kopf. „Spinner."

„Ist doch so." Leon ließ ihn los. „Wann müssen wir fertig sein?"

„Um elf. Ich will noch zu den Ferkeln. Ich mach mir Sorgen um das eine Schweinchen. Er kommt einfach nicht an die Milch ran."

„Ja, ich weiß. Ziehen wir es eben mit der Hand auf. Wäre nicht das erste Mal."

„Wohl wahr, aber diesmal nicht in unserer Wohnung." Ryan grinste und trat vom Fenster weg, schlüpfte in seine Arbeitsjeans.

Gemeinsam verließen sie das Haus. „Morgen, Jungs. Julius, Toby, Jared, Lance, habt ihr alles dabei?"

„Aber klar", gab Julius zurück.

„Kommst du kurz mit, ich will in den Schweinestall." Gemeinsam liefen die beiden los, ließen Leon zurück.

„Willst du es mit der Flasche aufziehen?"

Ryan nickte. „Ich werd nicht aufgeben. Es ist gesund, nur zu klein."

Ryan trat in den Stall, grinste bei dem lauten Gequieke aus der hinteren Ecke, wo die Sau mit ihren sieben Ferkeln lebte. Es war ein wildes Herumgewusel.

„Na du kleiner Strolch?" Ryan hatte eines der Tiere frech vom Boden gepflückt und kletterte über den Zaun. „Wo bist du, mein kleines Sorgenkind, hm?" Er schaute sich um, setzte das Ferkel ab und hob ein kleineres, zierlicheres auf den Arm. „Lassen dich deine Geschwister nicht an Mama ran?" Er sprach leise, mit sanfter Stimme.

„Lass uns den Kleinen mitnehmen. Er bekommt einen neuen Platz und dann kriegt er erstmal eine Flasche. Armes Ding", schlug Julius vor.

Ryan trat mit dem Ferkel raus in die Sonne, machte sich mit Julius auf den Weg in die Stallküche, wo das Gemüse gelagert wurde, die Milchkannen standen und wo es auch spezielle Flaschen für die Zufütterung von Tieren gab.

„Ryan?" Emma kam angerannt. „Leon hat gesagt, dass du dem Ferkel die Flasche geben willst. Darf ich zusehen?"

Im Laufe der letzten zwei Jahre hatte sich das kleine Mädchen für den nun zwanzigjährigen Ryan zu einer kleinen Schwester entwickelt. Und sie sah ihn voll und ganz als ihren großen Bruder an.

„Klar. Setz dich auf den Schrank. Mal schauen, ob es die Flasche überhaupt nimmt." Er nahm Julius die Milch ab und lagerte das Tier in seinen Armen etwas um. „Na los, Kleiner. Trink mal was..." raunte er leise, steckte den Sauger in die kleine Schnauze.

Strahlend beobachtete Emma, wie das hungrige Tier ohne zu zögern anfing zu trinken.

„Ja, so ist es richtig. Du hast Hunger, hm?"

Gemeinsam beobachteten sie das kleine Ferkel, das gierig trank und kichernd putzte Emma ihm die Schnauze sauber. „Wo wohnt es denn jetzt?"

Ryan zuckte mit den Schultern. „Das überlegen wir uns noch. Aber erstmal kommt es in einen eigenen Stall. Heute ist ein großer Tag, darüber machen wir uns morgen Gedanken."

Ryan brachte das Tier in einen separaten Stall, wo er es ins Heu bettete. „So, bis später, mein Kleiner."

Gemeinsam gingen sie zurück. „Paul, ich hab das Ferkel separat in eine Box gepackt. Ich denke, in drei Stunden kann es wieder eine Flasche bekommen."

Paul nickte und trank einen Schluck Kaffee.

Ryan selbst schnappte sich kurz Leons Tasse, trank etwas von dessen Kaffee und sah sich um. „Toby, ist June fertig?"

„Ja, ich binde ihr gleich die Bänder in die Mähne, ansonsten ist sie fertig. Ich geh nur nochmal mit der Bürste rüber. Der Hufschmied war gestern da, sie ist also Einsatzbereit."

„Sehr gut." Ryan betrachtete Snoopy, der ebenfalls fertig war und am Anbinder stand.

„Ryan, meinst du, er schafft das?"

„Ja, er ist darauf vorbereitet. Ich habe ihn trainiert, also kann er das auch."

Nickend stand Leon auf, trat zu seinem Pferd, den er liebevoll streichelte.

„Ich geh kurz zu meiner Mum. Die Jalousien müssen zu, sonst findet sie es schon vorher raus."

„Das wäre schlecht."

„Mum?" Er sah sich um, traf aber nur auf Fabian, der aus dem Badezimmer kam. „Hey, weisst du, wo Mum ist?"

„Ja, im Gästezimmer. Sie hat es Tatsache durchgezogen und das Schlafzimmer für diese Nacht verlassen. Tradition nannte sie es", lachte er leise.

Ryan hob amüsiert die Augenbrauen. „Na dann geh ich mal nach ihr sehen." Er zwinkerte, lief die Treppe hoch und klopfte an die Tür des Gästezimmers. „Mum? Darf ich reinkommen?"

Eileen, die am Fenster gestanden hatte, gekleidet in einen dunkelroten Morgenmantel, lächelte, als sie ihn hineinrief.

„Hey ... wie geht es dir?", fragte Ryan liebevoll.

„Ich bin entsetzlich aufgeregt. Das ist doch affig. Ist doch nicht das erste Mal."

„Nein, ist es nicht. Aber dieses Mal wird es um längen besser. Schon allein, weil ich dabei bin", grinste Ryan und trat ans Fenster. „Du darfst ab jetzt nicht mehr hinausschauen. Sonst sprengst du meine Überraschung." Er zog die Vorhänge zu und betrachtete das cremefarbene Kleid, welches am Schrank hin. „Du wirst wunderschön sein."

Eileen sah ihn errötend an. „Ich hoffe es, nicht dass Fabian zurückschreckt."

„Wird er nicht. Er liebt dich, du könntest auch im Bademantel heiraten."

Er setzte sich zu seiner Mutter aufs Bett. „Kaum zu glauben, dass du das tust. Positiv betrachtet, aber ... kaum zu glauben."

Langsam nickte sie. Es war in der Tat unglaublich. Aber Fabian gab ihr das, was Jonathan McCoy nie geschafft hatte. Liebe, Geborgenheit und ein herzliches, warmes Heim. Sie liebte ihn so, wie sie ihren Ex-Mann nie hatte lieben können. Emma hatte sie nach kurzer Zeit sogar Mama genannt. Eileen war beinahe in Tränen ausgebrochen. Jayden schwankte zwischen Mum und Eileen, unsicher, ob es richtig war, den Titel seiner verstorbenen Mutter weiter zu geben.

„Mum, du solltest dich langsam fertig machen, genauso wie

ich. Ich liebe dich." Er küsste sie auf die Wange und stand auf.

„Ich bin stolz darauf, dass du heute mein Trauzeuge sein wirst, Schatz."

Ryan wandte sich um und lächelte. „Ich bin genauso stolz, es sein zu dürfen."

Er verließ nach einem kleinen Zwinkern das Zimmer und lief die Treppe hinunter, wo ihm Maggie in die Arme lief. „Mum wartet auf dich", sagte er und trat hinaus in die Sonne. „Himmel, ich werde in dem Anzug umkommen. Julius, Lance, Toby und Jared. Legt die Arbeit nieder und geht rein, duschen." Er deutete auf sein eigenes, kleines Haus.

„Jaja Boss, darf ich noch die letzte Schleife machen?"

Ryan legte den Kopf schief und grinste. „June, du siehst zum knutschen aus!"

Toby hatte ihr mehrere blassrosa Schleifen in die Mähne gebunden. Sie sah echt süß aus. Wieder ließ er seinen Blick schweifen. Sein Leben war perfekt. So absolut perfekt.

Er betrat sein Wohnzimmer, wo sich Toby und Julius gerade auszogen. An einem Dachbalken hingen vier Anzüge in Kleidersäcken verpackt.

„LEON! NACKTE JUNGS IM HAUS!", rief er laut und gespielt aufgeregt. „Scheiße, Jared, bist du echt hetero?"

Leon kam die Treppe hinuntergesprungen, ebenfalls nur in Shorts.

„Oh Mann, ich bekomm gleich 'nen Orgasmus", sagte Ryan trocken.

Julius sah die drei jungen Männer in Shorts an. „Hm ... also Ryan, ich liebe dich echt, aber ... was findest du daran? Frauen sehen viel besser aus."

Auch Lance, der noch zu den Shorts sein Shirt trug, nickte zustimmend. „Sieht extrem langweilig aus."

Mit musternden Blicken sahen Toby und Jared sich an. „Wir

sind doch nicht langweilig!", lachten sie unisono.

Leon schaute ebenfalls an sich hinunter, betrachtete dann aber lieber die beiden Freunde. „Hm ... Toby ist mir zu klein. Jared ist heiß. Den nehm ich jetzt mit unter die Dusche. Komm, Babylein", lockte er ihn kichernd.

„Spinnst du? Ich hänge an meinem Job. Los, ich geh als erster duschen, einer muss ja mal den Anfang machen."

Nacheinander betraten sie das geräumige Badezimmer, wuschen sich schnell, bis Ryan als letztes eintrat, zu Leon unter die Dusche stieg und ihn tief küsste.

„Wie viel Zeit haben wir noch?", nuschelte Leon.

„Weiß nicht. Lass uns das auf heute Abend verschieben." Ryan sah ihm tief in die Augen, streichelte über die nasse Haut. „Das wird ein großer Tag …„

Leon nickte bestätigend. „Du bekommst eine Familie. Offiziell sozusagen." Er schlang seine Arme um Ryans Hals. „Einen kleinen Bruder, eine kleine Schwester und … einen Stiefpapa. Einen Vater, wie du ihn all die Jahre hättest haben müssen."

Ryan und Fabian hatten ein freundschaftliches Verhältnis aufgebaut. Er mochte den neuen Partner seiner Mutter sehr gern, doch es hatte lange gedauert, bis er sich ihm gegenüber ein wenig öffnen konnte. Noch heute wich er Fragen oft aus, beantwortete sie mit einem verzeihenden Blick nur halbherzig.

Fabian verstand und akzeptierte es. Niemals hatte er Ryan in irgendeiner Art und Weise bedrängt.

„Okay, dann lass uns mal die guten Klamotten rausholen." Ryan trat aus der Dusche, trocknete sich ab und griff zum Rasierer.

So wie immer machte sich Leon mehr als lustig darüber, wenn sein Freund sich Rasierschaum ins Gesicht schmierte. Er selbst bevorzugte die Trockenrasur.

Als sie wenig später in die Anzüge stiegen, konnte Leon den

Blick nicht abwenden. „Darf ich die Krawatte nachher zweckentfremden?", schnurrte er an Ryans Hals.

„Was hast du denn damit vor?"

„Ganz einfach. Ich nehme deine und dann nehme ich meine", hauchte er mit laszivem Unterton, „und binde dich damit ans Bett."

Leise atmete Ryan auf, sah ihm tief in die Augen. „Und dann?"

„Das wirst du sehen, denn wenn ich es dir jetzt erzähle, passt mir die Hose nicht mehr", gab Leon lachend zurück und band sich die Krawatte um den Hals.

Nach und nach traten die Männer aus dem Haus.

Es war ungewohnt für Ryan, seine Angestellten in diesem Aufzug zu sehen. Kopfschüttelnd schwieg er.

„Was ist los, Ryan? Nicht gedacht, dass wir auch anständig aussehen können?"

„Ihr seht so sauber aus. Jared, hattest du schon immer Sommersprossen?", neckte Ryan ihn.

Kurz darauf hörten sie vertrautes Hufgeklapper. „Jungs, es ist soweit." Ryan öffnete das breite Tor und strahlte.

Die weiße Kutsche war direkt einem Märchen entsprungen. Mit gelben und purpurfarbenen Blumen verziert, stand sie auf dem Hof und blendete beinahe im Sonnenlicht.

„Total irre." Leon schüttelte den Kopf und grinste. „Schwiegermama wird aus den Schuhen kippen."

„Na das hoffe ich. Pete und Mattis, holt ihr die Pferde?"

Die beiden Arbeiter, mittleren Alters, nickten, führten June und Snoopy vor die Kutsche, wo sie an das Geschirr gebunden wurden.

Leon stand beruhigend vor seinem Pferd, streichelte es und redete auf Snoopy ein, dann lächelte er. „Du siehst gut aus, mein Kleiner. Du schaffst das."

Ryan warf einen letzten prüfenden Blick auf das Gesamterscheinungsbild, dann nickte er zufrieden. „Okay, es kann losgehen."

Julius und seine Kollegen verabschiedeten sich. Sie würden sich erst an der Kirche wieder sehen, während Ryan und Leon vor der Kutsche herfahren würden.

Ryan klopfte an die Küchentür und trat ein. „Jayden! Mein lieber Schwan. Du siehst gut aus!"

Der neunjährige Junge lächelte verlegen. In den letzten Jahren war er mehr und mehr aus sich herausgekommen, trieb sich mit Steph und Ally immer wieder auf den Ländereien der McCoys herum und hatten eigentlich nur Unfug im Kopf.

Nun stand er in einem dunkelblauen Zweireiher vor ihm und zupfte an der Krawatte. „Die ist ziemlich eng."

„Komm mal her, Brüderchen." Ryan hockte sich vor ihn und lockerte sie etwas. „So besser?"

Jayden nickte und setzte sich an den Tisch. „Wann geht's los?"

Nach einem prüfenden Blick auf die Uhr, sagte Ryan: „Ich schätze jetzt. Wo ist Emma?"

„Oben. Sie zupft schon eine Ewigkeit an ihren Haaren herum."

„Na dann sollte sie jetzt aufhören, zu zupfen." Ryan lief hoch, klopfte an die Tür seiner Mutter. „Mum? Bist du fertig?"

„Ja ... ich … ich denke schon."

Sie stand allein im Zimmer, schaute immer wieder in den Spiegel, musterte den Brautstrauß und lächelte. „Perfekt", murmelte sie lächelnd.

„Okay, dann warte noch kurz." Ryan lief die Treppe hoch, holte Emma, und versammelte seine Geschwister und seinen Freund an der Kutsche, ging als erstes zu Fabian. „Es ist soweit."

Fabian lächelte. „Denise war eine wunderbare Frau. Versteh

mich nicht falsch. Ich liebe deine Mutter. Sehr sogar, aber … irgendwie habe ich das Gefühl, Denise … zu vergessen.“ Er sah beschämt zu Boden.

„Fabian, das ist Quatsch. Du hast sie verloren, du hast dich nicht von ihr getrennt. Du liebst sie noch immer und Mum weiß das. Ich schätze, Denise hätte nicht gewollt, dass du für den Rest deines Lebens einsam bleibst.“ Er legte dem Mann eine Hand auf die Schulter. „Das ist ein wichtiger Tag heute. Euer Tag. Genieße ihn einfach.“

Einen Moment sahen sie sich in die Augen, dann umarmten sie sich fest. „Du bist ein wunderbarer Junge. Deine Mum liebt dich sehr.“

Ryan nickte lächelnd. „Ja, ich weiß. Und nun holen wir sie. Es ist soweit.“

Fabian atmete tief durch, dann blieb er am Treppenabsatz stehen, während Ryan die Treppe ein Stockwerk höher lief und an die Tür klopfte. „Mum … auf geht's.“

Eileen schloss kurz die Augen, öffnete dann die Tür.

Mutter und Sohn standen sich breit lächelnd gegenüber.

„Du siehst fantastisch aus”, sagten sie gleichzeitig.

Lachend umarmten sie sich fest.

„Mum, das ist dein Tag. Genieße ihn, versprich mir das, ja?”, sagte er auch zu ihr.

Eileen lächelte glücklich. „Das werde ich.“

Ryan hielt ihr verschmitzt grinsend den Arm hin, zwinkerte seiner Mutter zu und führte sie die Treppe hinunter, wo Fabian auf sie wartete.

„Eileen, du … du bist wunderschön”, lächelte er flüsternd und küsste sie sanft, während Ryan diplomatisch und amüsiert das Gesicht abwandte und wartete.

„Gut, dann ab zum Auto”, meinte Fabian schließlich, als Eileen sich bei ihm unterhakte.

Gemeinsam traten sie aus dem Haus.

„Ohh … Ryan!“ Eileen starrte mit offenem Mund auf die Kutsche. „Was …“

Ryan trat lächelnd neben seinen Freund. „Das ist das Geschenk eurer Kinder.“

Fabian war sprachlos, er ging langsam auf die Kutsche zu.

„Daddy, du siehst toll aus”, strahlte Emma.

„Du auch, meine Süße. Das Kleid ist wunderschön.“

Auch Leon trat auf Eileen zu, umarmte sie fest, sagte ihr, wie gut sie aussah, auch wenn er damit nicht ihr Kleid meinte, und Eileen wusste das.

„Dann steigt mal ein. Ihr werdet an der Kirche erwartet.“ Ryan öffnete galant die Kutschentür und hielt seiner Mutter die Hand hin.

„Sollte das nicht meine Aufgabe sein?”, fragte Fabian grinsend.

„Nein, noch ist es meine. Du musst erstmal ‚Ja, ich will’ sagen, dann ist es deine Aufgabe.“

„Hm … okay.“ Fabian setzte sich neben die Braut, dann wendete die Kutsche.

Leon stieg mit Ryan und den Kindern ins Auto, um vor der Kutsche zu fahren.

An der Kirche war viel los. Leons Eltern, Tom, Sandra und Linda, Claire und Dave, Dylan und Jamie, Michelle, Susan und Ally und einige Freunde aus Mountain Creek standen bereit, das Brautpaar zu empfangen.

Ryan war sehr gerührt gewesen, dass seine Mutter ihn als Trauzeugen wollte. Und noch mehr, dass er sie zum Traualtar führen durfte.

Neben Fabian würde dessen Bruder stehen und dieser brachte Fabian nun ins Innere der Kirche, während die Gäste folgten. Nur Ryan, Eileen, Emma, Ally und Steph blieben draußen.

„Und ihr wisst; nicht alle Blüten auf einmal, okay?", sagte Ryan noch einmal zu den Mädchen.

„Jaja", antworteten diese kichernd im Chor.

Ryan schaute zu seiner Mutter, die nervös auf ihrer Unterlippe herumkaute. „Mum, mach das nicht. Ich bin sicher, die werden heute noch gebraucht", grinste er und legte einen Finger auf ihren Mund. „Du weisst doch, wenn dich in der nächsten Stunde jemand etwas fragt, einfach 'Ja' sagen." Er zwinkerte frech.

Dann war es soweit. Die Kirchentüren öffneten sich, eine kleine Gruppe Violinenspieler stimmte eine sanfte Musik an und Ryan begleitete seine Mutter zum Traualtar. Bevor er sie in Fabians Hände gab, küsste er sie auf die Wange. „Ich wünsche mir so sehr, dass du endlich rundum glücklich bist", flüsterte er und legte ihre Hand in die ihres zukünftigen Mannes.

Während der gesamten Zeremonie sah er immer wieder verstohlen zu Leon, der neben Ryans Stiefgeschwistern in der ersten Reihe saß.

Ihre Blicke verhackten sich regelrecht ineinander, als das Brautpaar sich das Ja-Wort gab und fast unmerklich formten Ryans Lippen den gleichen Schwur für den Menschen, den er über alles liebte.

Leon wischte sich die Tränen aus den Augen, lächelte ihn zärtlich an und sagte lautlos: „Ich liebe dich!"

Spät in der Nacht, nach der großen Feier, stand Ryan in Anzughose, Hemd und Krawatte am Fenster und sah hinaus. Der Hof war noch geschmückt, das große Partyzelt noch aufgebaut und ein kleines Lächeln huschte über seine Lippen. „Wie anders wäre es gewesen, wenn Mum nicht mit ... ihm ... verheiratet gewesen wäre ..."

Leon, der gerade sein Jackett auf einen Bügel hängte, sah ihn an. „Dann wärst du vielleicht nicht auf der Welt ... nicht bei mir ..."

Kurz sah Ryan über seine Schulter. „Okay, das ist ein akzeptables Argument. Dann hätte sie ihn gleich nach meiner Geburt verlassen sollen. Das wäre gut gewesen." Er sah wieder aus dem Fenster. „Ich habe Sheriff Lucas vor ein paar Tagen getroffen. Ich ... wollte Mum nichts sagen, sie war wegen der Hochzeit aufgeregt genug."

Leon, der langsam auf seinen Freund zuging, fragte: „Und ... was sagt er?"

„Mein ... also, Jonathan ist ins Bundesgefängnis nach Missouri überführt worden. Er hatte seine Strafe fast abgesessen, aber irgendwas hat er im Knast angestellt. Er hat weitere acht Jahre bekommen." Kurz runzelte er die Stirn. „Es ist seltsam, zu wissen, dass mein Vater im Gefängnis ist. Ich bin froh, dass er nicht hier ist, nicht mehr in meinem Leben, aber mein Vater ist ein ... Verbrecher. Das ist kein gutes Gefühl."

„Versteh ich ..." Leon schlang die Arme um den anderen, küsste ihn sanft in den Nacken. „Snoopy, versuche nicht darüber nachzudenken. Rede nächste Woche mit Dr. Ramos darüber. Du darfst so etwas nicht mit dir allein ausmachen. Versprich mir das."

Den Blick nach vorn aus dem Fenster gerichtet, nickte Ryan langsam. „Ist manchmal leichter gesagt, als getan. Ich denke viel darüber nach, ob ich will oder nicht." Er drehte den Kopf etwas, schaute Leon in die Augen. „Vorhin in der Kirche ... ich habs ernst gemeint", sagte er leise.

Mit einer süßen Röte auf den Wangen, küsste Leon ihn. „Ich weiß. Und würde es gehen, würde ich dich sofort heiraten."

„Eigentlich ein Manko. Aber ... vielleicht geht es ja irgendwann. Diese Eheähnliche Gemeinschaft ist einfach nicht das Gleiche."

„Nein. Aber Ryan ..." Leon drehte ihn zu sich um, schlang seine Arme um dessen Nacken. „Es ist egal. Sieh mal, für mich bist du alles. Mein bester Freund, mein Partner, mein Leben. Ich muss es nicht schriftlich haben, um zu wissen, dass ich allein dein bin."

Für einen Moment tauchte Ryan in diese wunderbar leuchtend blauen Augen ein, dann senkte er den Kopf, wisperte: „Mein ..." und küsste ihn. Zärtlich, gefühlvoll ... so intim, wie es nur ging. Seine Zungenspitze streifte über Leons Lippen, die sich bereitwillig für ihn öffneten und in dem Moment, wo sich ihre Zungenspitzen berührten, wusste Ryan, dass Leon recht hatte. Niemals würde er jemand anderen gehören, als ihm, niemals würde ein anderer Mensch diese Art Gefühle freisetzen können ... und das brauchten sie nicht schriftlich. Sie waren einfach füreinander bestimmt. Leon war sein Schicksal, genauso, wie Ryan seins war.

Ihre Zungenspitzen umkreisten sich, umschlangen sich, bis der Kuss tiefer ging, leidenschaftlicher wurde.

Leon schob seine Finger auf Ryans Brust, öffnete den Krawattenknoten und zog sie langsam von dessen Hals. Dann löste er den Kuss. „Heute Nacht gehörst du mir ...", hauchte er und sah ihm tief in die Augen.

Ein heißer Schauer rann über Ryans Rücken, als er hart schluckte. „Jaah ..."

Hand in Hand gingen sie gemächlich zum Bett, wo Leon die Krawatte neben seine eigene warf, bevor er Ryans Hemd öffnete. „Lass dich fallen ...", wisperte er und leckte langsam über dessen Hals.

Mit geschlossenen Augen legte Ryan den Kopf zur Seite, atmete leise auf und wühlte eine Hand in das dunkelblonde Haar seines Freundes. „Du sahst heiß aus, heute", murmelte er.

Ein leises Kichern glitt über Leons Lippen, sanft biss er in die weiche Haut. „Du auch ... mehr als das. Ich war am Nachmittag zwischenzeitlich total hart, als du mit mir getanzt hast."

„Hab ich gemerkt ..." Sie sahen sich in die Augen, dann konnte sie nichts mehr halten. Tief und hungrig küssten sie sich, zogen sich fahrig die Kleidung aus, die achtlos auf den Boden fiel, und ließen sich auf die Matratze sinken.

Kurz vergaß Leon jegliches Vorhaben, als sie sich küssend und streichelnd auf dem Bett wälzten, immer wieder die Positionen änderten und ergeben aufstöhnten.

Dann fand sich Ryan auf dem Rücken wieder, die Hände von seinem Freund auf die Matratze gepinnt.

„Jetzt bist du fällig …", raunte Leon dicht an Ryans Ohr. Er nahm erst seine eigene Krawatte, band Ryans rechte Hand an den Bettpfosten, dann folgte mit Ryans Krawatte die linke Hand.

Keuchend lag der auf dem Bett, schluckte immer wieder und leckte sich über die trockenen Lippen. Sein Blick huschte hin und her, verfolgte seinen Freund, der aufgestanden war und sich eine Zigarette anzündete. „Baby? Was wird das?"

„Hmmm … lass mich nachdenken …" Leon hielt ihm die Zigarette an die Lippen, von der Ryan einen tiefen Zug nahm.

Dann wartete er darauf, dass Leon zu ihm kommen würde, doch dieser zwinkerte ihm zu, verließ prompt das Zimmer. „Äh … hallo?"

Minutenlang lag er da, wartend, nicht wissend, was nun passieren würde.

„Sorry, musste erst was suchen." Leon hielt ein dunkelblaues Tuch in den Händen.

„Oh nein … nein, Baby. Ich will dich doch sehen", protestierte Ryan und zerrte an den Fesseln, doch er hatte keine Chance.

Leon verband ihm die Augen, hauchte einen Kuss auf dessen Lippen und stand vom Bett wieder auf.

Plötzlich blind, musste sich Ryan auf sein Gehör verlassen, versuchte auszumachen, was Leon tat, als leise Jazzmusik durchs Zimmer wehte.

Sie hörten solche Musik nicht oft, aber im Moment erregte sie Ryan seltsamerweise enorm. „Leon …“

„Schhht …”, flüsterte der plötzlich nah an seinem Ohr, leckte eine sanfte Spur über Ryans Hals. „Fühle …“

Und was dann kam, hätte Ryan nicht erwartet.

Mit einer Ausdauer und Hingabe widmete sich Leon seinem Körper, verwöhnte und streichelte ihn so zärtlich und sanft, dass Ryan schwindlig wurde. Immer wieder glitten dessen Lippen über die erhitzte Haut, zeichnete die Zunge feuchte Muster.

Unruhig wand sich Ryan unter ihm, stöhnte und keuchte, hatte das Gefühl zu zergehen, wie Butter in der Sonne. Sein ganzes Dasein hatte sich auf Leons sanfte Zärtlichkeiten reduziert.

Mit federleichten Berührungen genoss Leon diesen gut gebauten, gebräunten Körper. Er streichelte über Ryans Tätowierung im Leistenbereich, fuhr mit der Zungenspitze die feinen Linien des wilden Pferdes nach, betrachtete die Gänsehaut, die sich über Ryans schweißnassen Körper zog. Tupfende Küsse, dann musterte er Ryans Erektion, die groß und schwer auf dessen Bauch lag. Immer wieder sonderte Ryan Vorsaft ab, der unentwegt aus der Penisspitze tropfte und genüsslich leckte Leon ihn von der prallen Eichel.

„Kommst du gleich?”, flüsterte Leon an dessen Ohr.

Wimmernd konnte Ryan nur nicken, hob auffordernd sein Becken. „Bitte …“

„Bitte was?“

„Leon … ich kann nicht mehr … bitte tu etwas …“

Leon grinste teuflisch, was Ryan nicht sehen konnte. „Nein

… du wirst nicht abspritzen, Baby …. Du wirst dir das schön verkneifen …“

„Wie denn?”, platzte Ryan ungeduldig heraus.

„Lass dir was einfallen …“ Leon leckte über Ryans harte Brustwarzen, saugte sie leicht in seinen Mund. Immer wieder warf er einen Blick auf Ryans hartes Glied.

„Was willst du, Baby … hm? Sag es mir …“

Nur gehauchte Worte und doch schossen sie Ryan direkt in die Lenden, ließen seinen Penis erwartungsfroh zucken.

„Nimm mich …“

„Hm … das reicht mir nicht …“ Leon hatte Gleitgel auf seine Finger verteilt und massierte nun Ryans Anus, ließ die Fingerkuppe langsam eindringen.

Sofort spreize Ryan seine Beine.

„Oh, Mann …“ Leon stöhnte leise auf, bei Ryans williger Darbietung. „Was willst du …“

„Leon … Scheiße, mach was… ich kann nicht mehr …“

„Zu wenig …“ Leon Finger durchbrachen sanft den Muskelring, ertasteten Ryans Innerstes, als er anfing, ihn langsam und stetig zu weiten.

„Goooooott … willst du mich umbringen?“ Ryan warf den Kopf in den Nacken und stöhnte laut auf.

Sich fest auf die Unterlippe beißend, nur um nicht zu lachen, schüttelte Leon erneut den Kopf, bis ihm einfiel, dass Ryan das ja nicht sehen konnte.

„Mach mich los … ich will dich berühren.“

„Oh nein … vergiss das wieder. Du bleibst genau so, wie du bist …“ Stetig fuhren Leons Finger rein und raus, reizten Ryans Lustpunkt und er lauschte dem abgehackten Stöhnen. Allein das trieb Leon selbst immer weiter auf die Klippe zu. „Was soll ich tun …”, fragte er erneut.

„Verdammt … fick mich …”, winselte Ryan.

Leon ignorierte das, machte weiter. Er beobachtete genau Ryans Mimik und wusste, dass er kurz davor stand, rauszubrüllen, was Leon hören wollte. Und so kam es auch.

„LEON! JETZT SCHIEB ENDLICH DEINEN SCHWANZ IN MEINEN ARSCH UND FICK MICH!“

Schnell war Gleitgel auf seinem Penis verteilt und er kniete sich zwischen Ryans Beinen. „Sicher?“

Da von Ryan nur ein ungehaltenes Knurren kam, was Leon leise lachen ließ, lenkte er schnell ein: „Schon gut…“

Er setzte seine Eichel an, drang langsam in ihn ein und spürte, wie sich Ryan eng um seinen Penis schloss, umso weiter er vordrang.

Heftig keuchend schob Ryan sein Becken vor, wimmerte und stöhnte, dann stieß Leon sich bis zur Wurzel tief in ihn. „Gott …“ Er atmete heftig, versuchte die aufkommende Gier, sich wild in ihm auszutoben, zu unterdrücken, doch er gab nach, als Ryan ihn regelrecht anfeuerte, lautstark ‚Jajajajaja' brüllte.

Immer wieder trieb er sich in ihn, hart und unnachgiebig, steuerte sie beide auf eine wilde Spirale der Lust zu, die sie ergreifen würde, ob sie dazu bereit waren oder nicht.

Wie ein Mantra stöhnte Ryan den Namen seines Freundes, stieß das Becken in hartem Rhythmus zurück, kam Leon wild entgegen, der sich auf seine Hände gestützt hatte und alles gab, was noch in ihm steckte. Dann fiel er. Laut und heftig zog er Ryan mit sich in die Tiefe, die sie verschlang, brüllend und stöhnend, bis er nach vorn fiel, auf seinen Freund und heftig atmend liegen blieb.

„Baby …”, keuchte Ryan, zerrte an den Fesseln. Seine Arme schmerzten, die Handgelenke waren gerötet, so dass Leon ihn schnell befreite und vorsichtig das Tuch über Ryans Kopf schob.

„Hi …”, hauchte er selig.

Mühsam schlang Ryan seine Arme um seinen Freund. „Ich

bin … im Himmel … ich bin … mit dir im … Himmel …“

Nickend kuschelte sich Leon in die vertraute und geliebte Umarmung, nicht in der Lage, ein Wort rauszubringen.

Sie blieben lange so liegen, scherten sich nicht darum, dass sie verschwitzt und beschmiert waren, dass Leon aus ihm hinaus glitt und das Sperma aufs Laken tropfte.

„Mein Leben …”, flüsterte Leon. Wie immer wurde er nach dem Sex irrsinnig kitschig und romantisch. „Ich geb dich nie wieder her …“

Ryans streichelte über die feuchten Haare seines Freundes, lächelte zärtlich. „Nie wieder …”, flüsterte er.

Eine Stunde später, nachdem sie sich geduscht und angezogen hatten, saßen sie am Anbinder, streichelten June und Snoopy und befreiten die Tiere endlich von den Schleifen und Bändern in der Mähne, die sie sich schon zur Hälfte gegenseitig abgezupft hatten.

„Es hat sich viel verändert, was?”, sagte Ryan leise. Er ließ den Blick schweifen, wickelte eines der blassrosa Bänder um seinen Finger, beobachtet von seinem Freund, der schwieg.

„Ich kann mich noch erinnern, als ich dich das erste Mal gesehen habe. Ich saß vor der Schule auf der Bank und du bist mit deinem Motorrad vorgefahren. Ich fand deine Maschine toll. Dich habe ich gar nicht wahrgenommen …“ Er lächelte, warf Leon einen sanften Blick zu. „Aber … als du am Spint plötzlich vor mir gestanden hast ... so unvermutet …”, sprach er weiter, sah auf seine Finger, „da … ich glaube, in dem Moment hatte ich mich verliebt.“

Mit leicht geröteten Wangen lächelte Leon verlegen. „Da schon?„

Langsam nickte Ryan. „Ja, ich denke schon. In deine Augen. Es war … unglaublich. Ich habs irgendwie nicht verstanden. Ich war so wahnsinnig fasziniert von deinen Augen.“

„Es war ein wildes erstes Jahr … Ich weiß noch, als wir uns das erste Mal gestritten haben. Du hast im Kuhstall gesessen, hast mich angemotzt, ich solle verschwinden.“

„Klar, du hast gesagt, ich sei wie mein Vater. In dem Moment hättest du dich echt zum Teufel scheren können.“ Ryan lachte leise. „Aber … mir ist auch bewusst geworden, wie sehr ich dich in den paar Tagen vermisst habe. Ich schätze, dass hat deine Worte weggewischt …“

Leons Hand tastete nach der Erkennungsmarke, die um seinen Hals hing. Es gab nur wenige Momente, in der er die Kette abnahm. Eigentlich nur zum Schlafen, da er Sorge hatte, die Kette würde reißen. „Es war … der vermutlich kitschigste und romantischste Moment in meinem Leben, als du sie mir gegeben hast.“

Ryan sah auf, fragend, was Leon meinte und lächelte. „Hm … ja, ich war so wahnsinnig aufgeregt. Ich wusste nicht, ob du endlich zu deinen Gefühlen stehen würdest.“

„Doch, das wusstest du.“ Leon trat vor seinen Freund und sah ihm in die Augen. „Du hast es die ganze Zeit gewusst …“

Sie sahen sich an, fühlten die ganze Liebe des Anderen, dann versanken sie in einem tiefen Kuss, der mehr sagte, als sie je in Worte fassen könnten.

J Dankert

Gegen Vaters Wille

400 Seiten

ISBN
978-3-86361-005-0

Der Farmersohn Ryan, der unter einem tyrannischen Vater leidet, trifft auf den aus England stammenden Leon, der in einer liebevollen Familie aufgewachsen ist. In den ganz normalen Widrigkeiten eines Teenagerlebens an einer amerikanischen Highschool, kommen sich beide langsam näher und ergründen ihre Gefühle füreinander. Zuerst nur tiefe Freundschaft, wächst daraus langsam etwas anderes heran, was sie zuerst selbst nicht verstehen und womit sie auch nicht überall auf Gegenliebe stoßen. Unvorhergesehene Umstände, ihre Familie und treue Freunde schweißen Ryan und Leon jedoch nur noch enger aneinander ...

www.himmelstuermer.de

M. Hart

Sommermond

560 Seiten

ISBN
978-3-86361-057-9

Fortsetzung des Romans „Wintermond" - Nachdem Ben während der Geldübergabe von einem Schuss getroffen wurde, befindet er sich im Krankenhaus. Er hat überlebt. Seine Eltern, Exfreund Nick und Alex stehen ihm in der schwierigen Situation nach dem traumatischen Erlebnis bei. Doch viel Zeit bleibt Ben nicht, sich von dem Schock zu erholen. Schon bald gibt es neue Drohungen und die Lage verschärft sich. Als Ben deshalb die Polizei in die neuen Umstände einweiht, empfindet Alex sein Verhalten als Vertrauensbruch. Zwischen den beiden entfacht ein heftiger Streit, und als Ben zurück nach Flensburg muss, verabschiedet Alex sich nicht einmal von ihm ...

www.himmelstuermer.de

Florian Höltgen

Schattenfieber

260 Seiten

ISBN
978-3-86361-010-4

Das Leben nervt! Leons bester Freund Mattes ist weggezogen, der Freund seiner Mutter nervt unglaublich und zu allem Überfluss wird Leon auch noch beim Onanieren erwischt. Jetzt reicht's! Kurz entschlossen packt Leon seine Sachen und verschwindet, um sein Leben wieder auf die Reihe zu bekommen. Doch bei Mattes läuft auch nicht alles glatt: Leon soll für die Miete jobben. Der aber hat sich längst in den heißen Nachbarn von gegenüber verguckt. Schade nur, dass der Typ eine Freundin hat. Das aber hindert Leon nicht daran, sich Stück für Stück in die Welt des Angebeteten zu träumen. Und als schließlich die Schlüssel zur fremden Wohnung in Leons Hände gelangen, bekommt das Spiel eine ganz neue Dimension. Doch ist das noch ein Spiel? Selbst, als Leon beinahe auf frischer Tat ertappt wird, kann er nicht aufhören …

Nick Zachries

Ausnahmezustand

240 Seiten

ISBN
978-3-86361-015-9

Mit fast dreißig Jahren ist Wilfried Wolters noch Jungfrau – lebt obendrein auf dem Land und ist ans Haus gefesselt, weil die eigene Mutter ein Pflegefall ist – Norman Bates lässt grüßen!
In unmittelbarer Nähe lebt Jan Grewe, ein Familienvater mit drei Kindern, sportlich, gutaussehend und geil – der Traum seiner erotischen Fantasien.
Er erwacht aus seinen Träumen, als er von der größten Klatschtante des Dorfes erfährt, dass sein Favorit sich offenbar von der Ehefrau getrennt hat und nun mit einem jungen Mann zusammen ist. Voller Eifersucht nimmt Wilfried sich vor, sein Leben grundlegend zu verändern mit dem Ziel, eines Tages der Partner von Jan zu sein. Der verhasste Nebenbuhler muss weg. Notfalls mit Gewalt. Wilfried stellt fest: er besitzt mörderisches Potential …